HEYNE BÜCHER

SCIENCE FICTION

Herausgegeben
von Wolfgang Jeschke

Aus der Serie STAR TREK erschien
in der Reihe HEYNE SCIENCE FICTION & FANTASY:

Vonda N. McIntyre, *Star Trek II: Der Zorn des Khan* · 06/3971
Vonda N. McIntyre, *Der Entropie-Effekt* · 06/3988
Robert E. Vardeman, *Das Klingon-Gambit* · 06/4035
Lee Correy, *Hort des Lebens* · 06/4083
Vonda N. McIntyre, *Star Trek III: Auf der Suche nach Mr. Spock* · 06/4181
M. S. Murdock, *Das Netz der Romulaner* · 06/4209
Sonni Cooper, *Schwarzes Feuer* · 06/4270
Robert E. Vardeman, *Meuterei auf der Enterprise* · 06/4285
Howard Weinstein, *Die Macht der Krone* · 06/4342
Sondra Marshak & Myrna Culbreath, *Das Prometheus-Muster* · 06/4379
Sondra Marshak & Myrna Culbreath, *Triangel* · 06/4411
A. C. Crispin, *Sohn der Vergangenheit* · 06/4431
Diane Duane, *Der verwundete Himmel* · 06/4458
David Dvorkin, *Die Trellisane-Konfrontation* · 06/4474
Vonda N. McIntyre, *Star Trek IV: Zurück in die Gegenwart* · 06/4486
Greg Bear, *Corona* · 06/4499
John M. Ford, *Der letzte Schachzug* · 06/4528
Diane Duane, *Der Feind, mein Verbündeter* · 06/4535
Janet Kagan, *Uhuras Lied* · 06/4605

STAR TREK: DIE NÄCHSTE GENERATION:
David Gerrold, *Mission Farpoint* · 06/4589

STAR TREK: DIE ANFÄNGE:
Vonda N. McIntyre, *Die erste Mission* · 06/4619

DIANE DUANE

DER FEIND MEIN VERBÜNDETER

Die neuen Abenteuer des Raumschiffs ›Enterprise‹

Science Fiction Roman

Deutsche Erstausgabe

WILHELM HEYNE VERLAG
MÜNCHEN

HEYNE SCIENCE FICTION & FANTASY
Band 06/4535

Titel der amerikanischen Originalausgabe
MY ENEMY, MY ALLY
Deutsche Übersetzung von Andreas Brandhorst
Das Umschlagbild schuf Boris Vallejo

Redaktion: Rainer Michael Rahn

Printed in Germany 1988
Umschlaggestaltung: Atelier Ingrid Schütz, München
Gesamtherstellung: Ebner Ulm

ISBN 3-453-03125-3

Für Aels Patin…

»… *cara mihi ante alias;*
neque enim novus iste Dianae
venit amor, subitaque
animum dulcedine movit…«

…arma eraeque canō!

…Dann war niemand für die Gruppe
Und alle für den Staat.
Dann halfen die Großen den Armen,
Und die Armen achteten der Großen Rat.
Das Land wurde gerecht aufgeteilt,
Zu einem gerechten Preis verkauft die Beute.
Die Römer liebten sich wie Brüder,
In der guten alten Zeit, nicht im Heute.

Jetzt ist der Römer dem Römer
Verhaßter noch als der ärgste Feind.
Die Tribune fordern die Hohen heraus,
Und die Väter plagen, wer gering scheint.
Im Zwist erhitzen sich eure Gemüter,
Doch in der Schlacht kalt ihr seid.
Deshalb wird nicht mehr so gekämpft,
Wie in der guten alten Zeit…

Macaulay

Daisemi'in rhhaensuriuu
meillunsiateve
rh'e Mnhei'sahe yie ahr'en:

Mnahe auf'ein qiuu;
rh'e hweithnaef
mrht Heis'he ehl'ein qiuu.

(Von den zentralen Teilen der Herrschenden Leidenschaft kann nur dies mit aller Offenheit festgestellt werden: Haß gibt Grund für alles; Liebe aber ist unsinnig.)

V. Raiuhes Ahaefvthe (von Romulus II),
Taer'thaiemenh, Buch XVIII,
Absch. 886 – J. Kerasus, Übersetzer

KAPITEL 1

Ihr Name, der bei einigen Leuten bereits als Fluch galt, lautete Ael i-Mhiessan t'Rllaillieu. In der gewöhnlichen Sprache benutzte man ihren Rang als *khre'Riov:* Kommandeur-General. Ihre Identitätsnummer bestand aus sechzehn Zeichen, die sie inzwischen ebensogut kannte wie ihren vierten Namen – obgleich sie ihr weitaus weniger bedeuteten. Und es war zumindest in einem gewissen Sinn angemessen, sich in dieser Hinsicht eine solche Betrachtungsweise zu eigen zu machen, denn Ael befand sich in einer sehr schwierigen Lage: in einer Falle.

Es würde sich jedoch bald herausstellen, wie lange sie darin verbleiben mußte.

Zwar hatte sich ihr Vorrat an Geduld noch nicht erschöpft, aber ihr Temperament begann bereits damit, an den Gitterstäben des Käfigs zu rütteln. Ael winkelte den Arm an, stützte das Kinn auf die Hand und sagte zum Wandschirm der Kabine: »Hwaveyiir. Erein tr'khaell.«

Die Projektionsfläche flackerte, und innerhalb weniger Sekunden bildeten sich die Konturen der Brücke. Unterzenturio tr'Khaell hockte noch immer an seinen Kontrollen; schon seit zwanzig Minuten gab er vor, seine Kommunikationsinstrumente zu justieren. Als er Ael sah, richtete er sich rasch auf. *»Ie, khre'Riov?«* fragte er.

Spiel bloß nicht den Unschuldigen, Junge, dachte Ael. *Es hätte dir schon vor zehn Minuten gelingen müssen, die Meldung zu decodieren und zu übersetzen. Und das weißt du ganz genau.* »Erein, eliukh hwio' 'ssuy llasmene arredhaud' eitroi?«

Sie formulierte ihre Worte recht freundlich, aber tr'Khaell kniff andeutungsweise die Augen zusammen und musterte sie einige Sekunden lang schweigend.

Wenn sie ihn gefragt hätte, was die Decodierung der Meldung aufhielt, so wäre der Umgang mit ihm vermutlich noch problematischer gewesen. Schweiß bildete sich auf der Stirn des Unterzenturio. *»Ie, khre'Riov, sed ri-thlaha nei'yhreill-ien ssuriu mnerev dhaarhiin-emenorriul...«*

Was du nicht sagst! Ich weiß, wie schnell der Computer arbeitet. Als du noch nicht einmal wußtest, wie man ein Schwert in den Händen hält, war ich bereits damit beschäftigt, komplexe Elektronik zu konstruieren. Andererseits: Du kannst mir schließlich nicht offen mitteilen, daß du die Anweisung hast, die entschlüsselte Meldung erst der Sicherheitsabteilung vorzulegen, bevor du sie mir zeigst, nicht wahr? »Rhi siuren, Erein.«

Der Gesichtsausdruck des armen tr'Khaell ließ den Schluß zu, daß t'Liun mehr als nur ›fünf Minuten‹ brauchen würde, um die Nachricht zu prüfen. Der Unterzenturio schien der Panik nahe zu sein. *»Khre'Riov...«* begann er. Doch Ael unterbrach ihn, indem sie »Ta'k-hoi!« zischte, woraufhin die Darstellung auf dem Wandschirm verblaßte.

Ael empfand fast so etwas wie Mitleid mit tr'Khaell. *Eigentlich sollte ich ihn bedauern,* fuhr es ihr durch den Sinn. *Aber wenn er sich dazu entscheidet, so verdient er es nicht anders, als in eine Zwangslage zu geraten. Vielleicht wird ihm das eine Lehre sein.* Kurz darauf lachte Ael leise, sowohl über sich selbst als auch über tr'Khaell. *Das ist ebenso wahrscheinlich wie ein jähes Ende der galaktischen Rotation.*

Sie wandte sich von dem Tisch ab, lehnte sich in ihrem bequemen Sessel zurück und dachte mit gelinder Ironie daran, daß ihre Umgebung eigentlich gar keine Ähnlichkeit mit einem Käfig aufwies. *Sie glauben wirklich, mich getäuscht zu haben,* überlegte sie belustigt und verächtlich zugleich, als sie ihren Blick über den bescheidenen Luxus des Kommandantenquartiers schweifen ließ. *Den Zwinger mit Samt auslegen, so heißt es.*

Man gebe der alten Thrai saftiges Fleisch und köstlichen Wein – und überlasse ihr das Kommando über eine Flotte. Dann wird sie nicht merken, daß nur diejenigen ihre Befehle beachten, die mit ihr im Käfig sitzen. Ael schürzte die Lippen, als sie sich erinnerte: *Susse-thrai*, eine Bezeichnung, in der sowohl dumpfer Ärger als auch Zuneigung zum Ausdruck kam – so hatte sie die Besatzung der *Blutschwinge* genannt. Thrai: ein listiges und verschlagenes Raubtier, dann besonders gefährlich, wenn es in die Ekke gedrängt wurde; und tief im Rachen ersetzten neue Reißzähne die alten, die beim Versuch gesplittert waren, das Herz des Feindes zu zerreißen. Es ließ sich durchaus bewerkstelligen, einen Thrai zu fangen, in einen Käfig zu sperren und ihn auszulachen – aber irgendwann fand er gewiß eine Möglichkeit, sich für die erlittene Schmach zu rächen. Früher oder später brach er aus, zerfetzte seinem Wärter das Bein und fraß es vor seinen Augen – oder floh und wartete, bis sein Peiniger gestorben war, um dann sein Grab zu schänden.

Ael runzelte die Stirn, als sich so etwas wie Unbehagen in ihr rührte. »Eine primitive Vorstellung«, sagte sie leise. Nur einen Sekundenbruchteil später hob sie den Blick, beobachtete die Zimmerdecke über der Liege und fragte sich, ob es t'Liun in der vergangenen Woche gelungen war, winzige Kontrollmechanismen zu installieren. »Ich werde ebenso närrisch wie die anderen«, fügte sie hinzu. *Zerbrich dir den Kopf über diese Bemerkung; versuch herauszufinden, was sie bedeutet.* Ael erhob sich und ging in ihrem Käfig auf und ab.

Ihre Unruhe verstärkte sich, als sie sich eingestehen mußte, daß dieses Konzept tatsächlich eine reale Entsprechung zu finden drohte. Es war schon schlimm genug, daß die jungen Leute die Ansicht vertraten, Höflichkeit, Stolz, Ehre und Würde sollten dem Prinzip der Zweckmäßigkeit untergeordnet werden. Aber daß sie sich selbst auf dieses Niveau begab und Metaphern verwendete, bei denen es um Raubtiere und gedankenlose

Grausamkeiten ging, anstatt sich auf die Errungenschaften einer Intelligenz zu berufen, deren Zivilisation sich seit mehr als viertausend Jahren entwickelte – diese Vorstellung erfüllte sie mit Abscheu. *Ich beabsichtige nicht, mit ihren eigenen Methoden gegen sie zu kämpfen,* dachte Ael. *Das wäre der sicherste Weg, wie sie zu werden. Nein, ich möchte meine Siege auf ehrliche Weise erringen. Und was Sonnenkeim angeht…*

Vor einem der luxuriösen Ausstattungsdetails ihrer Kabine blieb Ael stehen. Es handelte sich dabei um etwas, das weitaus besser war als ein privates Erfrischungsmodul und ähnliche Dinge, die für gewöhnlich nur hohen Offizieren zur Verfügung standen. Jenseits der transparenten Wand vor Ael gähnte die Schwärze des Alls, durchsetzt mit den glitzernden Punkten von Myriaden Sternen. Derzeit flog die *Küraß* mit Unterlichtgeschwindigkeit, und deshalb schienen die leuchtenden Flecken stationär zu sein und sich überhaupt nicht von der Stelle zu rühren. *Ebensowenig wie ich,* dachte Ael, doch diese Überlegung gründete sich nur auf einen Reflex und entsprach nicht in dem Sinne den Tatsachen. Ael verzog das Gesicht und beugte sich vor. Ihre Stirn berührte kühlen Klarstahl.

In gewisser Weise konnte sie niemandem die Schuld an ihrer augenblicklichen Lage geben. Als sie vom Sonnenkeim-Projekt auf Levaeri V erfuhr und zu begreifen begann, welche Auswirkungen es auf die Rihannsu-Zivilisation haben mochte, sobald die entscheidende Phase begann, reagierte sie mit schockiertem Entsetzen und handelte rasch. Sie verließ die *Blutschwinge* und kehrte nach ch'Rihan zurück, um sich gegen das Projekt auszusprechen: Sie machte im Senat ihren Standpunkt deutlich und wandte sich an ihre alten politischen Freunde, die Krieger-Senatoren und wenigen Kameraden im Prätoriat, die ihr noch einen Gefallen schuldeten. Es dauerte eine Weile, bis Ael begriff, daß die alten Krieger den größten Teil ihres einstigen Einflusses an die jüngere Generation verloren hatten – an hitzköpfige Kinder, die nicht an die Tugend der Geduld glaubten und alles sofort verlangten, denen der Sinn nach leichten und raschen Siegen stand und die hofften, Sonnenkeim könne ihre Wünsche erfüllen. Ehrlose Siege, gegen hilflose Feinde errungen – doch das kümmerte die jungen Stimmen nicht, die seit einiger Zeit die Diskussionen im Senat bestimmten. Sie wollten Garantien, Sicherheit, eine Welt ohne Gefahren, ein Universum, in dem sie Raumschiffe oder Planeten überfallen konnten, die sich nicht zu wehren vermochten.

Diebe, fuhr es Ael durch den Sinn. *Sie denken gar nicht daran, zu Kriegern zu werden und gegen ebenbürtige Feinde zu kämpfen, ihre Kräfte mit ihnen zu messen und dann Beute zu machen, wenn sie größeres Kampfgeschick bewiesen. Sie möchten Freibeuter ohne Ehrgefühl sein, wie unsere verfluchten Verbündeten, die Klingonen. Plünderer, die aus dem Hinterhalt angreifen, selbst Unbewaffnete dahinmetzeln und ganze Welten verheeren, weil sie einfach Spaß daran haben. Und was uns angeht, die wir an den alten Traditionen festhalten... Sie warten einfach darauf, daß wir aussterben. Und manchmal versuchen sie gar, diesen Prozeß zu beschleunigen...*

Ael stieß sich von der kalten und durchsichtigen Stahlwand ab und atmete tief durch. Irgendwo dort draußen in der ewigen Finsternis schwebten ch'Rihan und ch'Havran im All, umkreisten in einem langsamen und majestätischen Jahrestanz das bernsteinfarbene Zentralgestirn Eisn – zwei grüne und goldfarbene Perlen, marmorierte Kugeln, meerumschlungen und eingehüllt in zarten Wolkenflaum. Ael bezweifelte, ob es jemals wieder eine Gelegenheit für sie geben mochte, unter jenen Wolken zu wandeln oder über die weiten Strände zu wandern. Durch ihren letzten Aufenthalt in den versiegelten Kammern des Senats war sie zu einer Art Geächteten geworden. Die jungen Repräsentanten des Oberkommandos hatten ihr von Anfang an mißtraut, und nun wußten sie genau, wie wenig Ael von ihnen hielt. Unverzüglich und konsequent reagierten sie auf ihre Opposition. Sie wagten es nicht, sie zu verbannen oder gar zu ermorden – immerhin galt sie als Kriegsheldin und hatte kein unmittelbares Verbrechen begangen. Statt dessen ›ehrten‹ sie Ael und beauftragten sie mit einer Mission, die angeblich sehr wichtig und gefährlich war. Sie übernahm das Kommando, das man ihr anbot – und wußte, daß sie die ganze Zeit über von Spionen der jüngeren Senatoren und Prätoren überwacht wurde. Was die Gefahren anging: Die meiste Zeit über kam es in den Außensektoren zu keinen besonderen Vorkommnissen, aber wenn etwas geschah, so konnten sich Zwischenfälle als fatal erweisen. Die Quadranten, in denen Ael patrouillierte, gehörten zur Neutralen Zone der Romulaner.

Namen, dachte Ael in einem neuerlichen Anflug von Ironie, *nichts weiter als Namen... Und manchmal haben sie überhaupt nichts mit der Realität zu tun.* Der Raumbereich in der Nähe von Eisn konnte kaum als neutral bezeichnet werden. Bestenfalls handelte es sich dabei um ein großes und dunkles Versteck, in das sich dann und wann Raumschiffe beider Seiten zurückzogen, um Erkundungsvorstöße in die Sektoren des feindlichen Nachbarn vorzubereiten. Was das Wort ›Romulaner‹ betraf... Ael hatte diese Bezeichnung zum erstenmal nicht etwa in einer Übersetzung gehört, sondern in Federation Basic, der allgemeinen Sprache der Föderation, und sie fragte sich häufig, warum der Erzfeind des Imperiums ihr Volk ausgerechnet mit einem solchen Namen versah. Sie entsann sich an ihre entsprechenden Nachforschungen, an die Feststellung, daß die Bedeutung dieses Ausdrucks auf einer terranischen Legende basierte, bei denen es um zwei Zwillingsbrüder ging, die ausgesetzt und von einem wilden Tier – einer *Wölfin,* einem thraiartigen Geschöpf – gesäugt wurden. Nur Terraner konnten sich etwas derart Bizarres ausdenken.

Doch ganz gleich, ob man die beiden Welten Eisns ch'Rihan und ch'Havran oder Romulus und Remus nannte – Ael wußte, daß sie kaum Aussichten darauf hatte, sie jemals wieder zu betreten. *Nie wieder kann ich über die purpurnen Auen Arissuins wandern,* dachte sie und blickte in die Unendlichkeit des Weltraums hinaus. *Nie wieder wird mein Blick auf das Namensbanner fallen, das ein geliebter Partner für mich aushängt. Nie wieder werde ich den Eilairiv ersteigen und von seinem Gipfel aus auf das Land meiner Ahnen blicken, für das sie tausend Jahre lang arbeiteten, jenes Land, das sie mit Pflugscharen erschlossen und mit dem Schwert verteidigten...* Die jungen Stimmen im Senat – Mrian, Hei, Llaaseil und die anderen – hatten dafür gesorgt, daß Ael keine Gefahr mehr für sie darstellte, sie ins Abseits geschoben. Und dort würde sie bleiben, solange die Jungen ihre Macht bewahrten. Sie konnten jetzt einfach abwarten und der Zeit das überlassen, wozu sie sich aufgrund mangelnden Mutes oder eines letzten Rests von Ehrgefühl außerstande sahen.

Dann und wann kam es in der Neutralen Zone zu Unglücksfällen. Manchmal gerieten Raumschiffe in Not, lichtjahrweit entfernt von Außenbasen mit Wartungs- und Reparatureinrichtungen. Und vermutlich stand Ael ein solches Schicksal bevor: Ihre Kriegsschwalbe, die *Küraß,* hätte längst ein Raumdeck ansteuern müssen, war kaum mehr als ein potentielles Wrack, das nur auf eine geeignete Gelegenheit wartete, um irgendwo im Raum auseinanderzubrechen. Darüber hinaus neigten Besatzungen bei langen Patrouillenflügen dazu, die übliche Disziplin zu mißachten und zu meutern. Auch mit dieser Möglichkeit mußte Ael rechnen: Ihre Mannschaft bestand zum größten Teil aus zweifelhaften Elementen, aus Ausgestoßenen und Unfähigen, die ihren Käfig mit ihr teilten. Voller Nostalgie dachte Ael an ihre Kameraden von der *Blutschwinge* zurück: tüchtige und mutige Männer und Frauen, in hundert Schlachten gestählt, ihrer Kommandantin treu ergeben – doch gerade diese Treue war der Grund, warum das Oberkommando Ael von der *Blutschwinge* auf die *Küraß* versetzt hatte. Eine Mannschaft, die sich nicht bestechen ließ, die sich nicht von der alten Loyalitätstradition abwandte, machte sie nervös. Sicher war es nur eine Frage der Zeit, bis selbst der über jeden Verdacht erhabene Tafv den Argwohn der jungen Senatoren weckte. *Es hat keinen Sinn, weitere Gedanken daran zu verschwenden,* überlegte Ael. Sie mußte mit der Besatzung der *Küraß* zurechtkommen, mit einer Mannschaft, deren eine Hälfte als Spione für ihre Gegner im Oberkommando arbeitete, mit Männern und Frauen, die sich gegenseitig verabscheuten, die aber eins verband: ihr gemeinsamer Haß auf Ael. Sie wußten ganz genau, warum sie den Einsatzbefehl für eine so lange Mission bekommen hatten.

Und wenn es Ael trotzdem gelang, mit all diesen Problemen fertig zu werden, wenn sie keinen Selbstmord beging und nicht einmal einem Attentat zum Opfer fiel, so gab es andere Dinge, die sie umbringen mochten, Dinge mit Namen wie *Intrepid, Inaieu* und *Constellation.*

Wenn Ael es wagte, zu lange zu überlegen, erhielt sie bestimmt einen neuen Befehl, der zu einer Konfrontation mit einem Föderations-Schiff führte. Ihr Ehrgefühl verlangte, daß sie sich an die Anweisungen hielt. Und da die *Küraß* allein Patrouille flog, fern von allen Außenstationen, hatte sie praktisch überhaupt keine Chance: Indem sie auf ihren traditionellen Ehrvorstellungen beharrte, ging sie geradewegs in den Tod. Eine Ironie des Schicksals – zweifellos zur hämischen Freude ihrer Gegner im Senat.

Nun, dachte Ael, *noch ist es nicht soweit. Warten wir's ab.* Sie drehte den Kopf und sah auf die Anzeige des Tischschirms. Blaue Zeichen glühten auf einem schwarzen Hintergrund.

VON KOMMANDEUR TAFV EL-LEINARH TR'RLLAILLIEU, DERZEIT BEFEHLSHABER DES

IMPERIALEN SCHIFFES *BLUTSCHWINGE,* AN DEN EHRENWERTEN KOMMANDEUR-GENERAL AEL T'RLLAILLIEU, DERZEIT BEFEHLSHABERIN DES IMPERIALEN SCHIFFES *KÜRASS.* ICH ÜBERMITTLE IHNEN RESPEKTVOLLE GRÜSSE. ES WÜRDE MICH FREUEN ZU HÖREN, DASS ES IHNEN GUT GEHT. GEEHRTE MUTTER, MIT GROSSEM BEDAUERN NAHM ICH ZUR KENNTNIS, DASS SIE KÜRZLICH DEN AUFTRAG ERHIELTEN, IN DEN AUSSENSEKTOREN ZU PATROUILLIEREN, DENN DADURCH KANN ICH NICHT DAS PRIVILEG WAHRNEHMEN, IHNEN MEINE PERSÖNLICHEN DIENSTE ANZUBIETEN. ABER WIR MÜSSEN ALLE DIE PFLICHTEN AUSÜBEN, DIE DAS IMPERIUM VON UNS VERLANGT UND NOCH WICHTIGER SIND ALS FAMILIENBANDE. ICH BIN SICHER, DIESE NOTWENDIGKEIT IST IHNEN BEWUSST.

UNSER GEGENWÄRTIGER AUFTRAG ENTSPRICHT REINER ROUTINE, WAS AUCH NICHT ANDERS ZU ERWARTEN WAR. IN DEM UNS ZUGEWIESENEN SEKTOR FINDET KEINE FEINDLICHE AKTIVITÄT STATT (ABER AUCH KEINE FREUNDLICHE). DAS OBERKOMMANDO GIBT NUR WENIGE INFORMATIONEN ÜBER DIE GESCHEHNISSE IN DEN AUSSEN-QUADRANTEN PREIS, IN DEM SIE PATROUILLIEREN (AUS SICHERHEITSGRÜNDEN, WIE ÜBLICH), UND ICH KANN NUR HOFFEN, DASS IHNEN KEINE GEFAHR DROHT! ODER BESSER NOCH: DASS ES IHNEN GELINGT, EINEN FEIND ZU STELLEN UND ZU VERNICHTEN, DER SICH IN UNSEREN RAUMBEREICH VORWAGTE.

DER ERSTE INGENIEUR TR'KEIRIANH HAT ENDLICH DIE URSACHE FÜR DIE FEHLFUNKTION DES WARP-ANTRIEBS ENTDECKT, DIE UNS WÄHREND UNSERES LETZTEN FLUGES

DURCH DIE PERIPHEREN RAUMSEKTOREN BEUNRUHIGTE, IN DER NÄHE DER HA-SUIWEN-STERNE. OFFENBAR WAR EINER DER MULTIWANDLERKRISTALLE NICHT RICHTIG JUSTIERT, UND DADURCH BILDETE SICH IN IHM EINE MIKROSKOPISCH DÜNNE MATERIALERMÜDUNGSFALTE. DAS WIEDERUM BEEINTRÄCHTIGTE DIE ENERGETISCHE STABILITÄT BEI MEGAGAUSS-MAGNETFELDERN, WIE SIE IM VERLAUFE EINES HOCHGESCHWINDIGKEITSTRANSFERS AUFTRETEN, NICHT ABER BEI TESTPHASEN. AUS DIESEM GRUND DAUERTE ES SO LANGE, DEN DEFEKT ZU LOKALISIEREN. DIE LAGE AN BORD IST EBENSO STABIL WIE ZU DEM ZEITPUNKT, ALS ICH DIE LETZTE BOTSCHAFT FÜR SIE VERFASSTE, UND DAHER MÖCHTE ICH KEINE WEITEREN WORTE DARÜBER VERLIEREN. ICH SCHLIESSE DIESE MITTEILUNG, INDEM ICH SIE DARAUF HINWEISE, DASS MICH EINIGE BESATZUNGSMITGLIEDER DER *BLUTSCHWINGE* BATEN, IHNEN RESPEKTVOLLE GRÜSSE ZU ÜBERMITTELN, DENEN ICH MEINE EIGENEN HINZUFÜGE. DIE MÄCHTE SEHEN MIT WOHLGEFALLEN AUF SIE HERAB. DIESE WORTE SCHICKE ICH IHNEN AM HUNDERTACHTZEHNTEN SCHIFFSTAG NACH DEM START DER *BLUTSCHWINGE* VON CH'RIHAN, DEM NEUNUNDACHTZIGSTEN TAG MEINES KOMMANDOS. TR'RLLAILLIEU. LANG LEBE DAS IMPERIUM.

Ael lächelte, als sie die Nachricht las, und sie war froh, daß kein Besatzungsmitglied der *Küraß* dieses Lächeln sehen konnte. Eine so wenig mitteilsame Botschaft entsprach ganz und gar nicht dem Stil Tafvs. Sie deutete darauf hin, daß er genau wußte, was mit seiner Mitteilung geschah, nachdem sie Aels Schiff erreichte. Zuerst las sie tr'Khaell am Kommunikationspult, und anschließend gab er sie an den Sicherheitsoffizier t'Liun weiter. Die Leiterin der Sicherheitsabteilung hatte tr'Khaell fest unter Kontrolle und prüfte die Botschaft sorgfältig auf verschlüsselte Mitteilungen und irgendwelche subversiven Hinweise. Später nahm sich tr'Iawaain die Nachricht vor und analysierte sie mit Hilfe des Computers. Was jedoch kaum etwas nützte: Tafv war kein Narr, und wenn er einen Code benutzte, so gab es für t'Liun bestimmt keine Möglichkeit, ihn zu entschlüsseln.

Natürlich sollte die Analyse wenigstens *irgend etwas* ergeben. Zu diesem Zweck verwendete Tafv eine zwar recht komplexe, aber altertümliche Verschlüsselungsmethode, die einerseits authentisch genug wirkte, um keinen Verdacht zu erregen, doch andererseits die Decodierungsspezialisten vor keine unlösbaren Probleme stellte. T'Liun würde folgende Botschaft entdecken: PLAN FEHLGESCHLAGEN, APPELL AN DAS PRÄTORIAT OHNE ERGEBNIS. WEITERE VERSUCHE SINNLOS. Genau das wollten t'Liun und das Oberkommando, das sie bezahlte, hören. Ael hoffte, daß sich ihre Gegner damit zufriedengaben. Bis es zu spät war.

Ael lehnte sich zurück und streckte sich. Tafvs Anspielung auf die Reparatur des Warp-Triebwerks bedeutete, daß er und Giellun tr'Keirianh es endlich geschafft hatten, die insgeheim von den Klingonen erworbenen waffentechnischen Erweiterungskreise mit den Phasern der *Blutschwinge* zu verbinden. Die Zusatzgeräte erhöhten die Feuerkraft der Kriegsschwalbe um das Dreifache. Ael hielt nicht viel von den klingonischen Schiffen, die das Imperium seit einiger Zeit kaufte. Die plumpen Konstruktionen beleidigten ihr ästhetisches Empfinden, und oftmals ließ auch die Fertigungsqualität zu wünschen übrig. Nun, die Klingonen mochten keine guten Baumeister sein, aber ihr Geschick in der Waffentechnik war unleugbar. Bei der Verbesserung der Phaser, die zur Armierung der *Blutschwinge* gehörten, handelte es sich um eine unabdingbare Voraussetzung für den Erfolg des Plans.

Mit dem Rest seiner Botschaft wies Tafv Ael darauf hin, daß er bereit war und nur noch auf ein Zeichen wartete. Indem er nichts weiter hinzufügte, machte er darüber hinaus deutlich, daß er ebenfalls überwacht wurde, daß sich das Oberkommando weigerte, ihn über den gegenwärtigen Aufenthaltsort Aels zu informieren, den er wahrscheinlich nur mit Hilfe der wenigen Familienspione in Erfahrung gebracht hatte, die noch im Hauptkommunikationszentrum arbeiteten. Außerdem mußte Ael in ihrem derzeitigen Patrouillensektor mit feindlichen Schiffen rechnen. Die letzten Worte der Nachricht waren eindeutig: Die Besatzung der *Blutschwinge* erklärte sich bereit, bei der Verschwörung mitzuwirken, die Ael zusammen mit Tafv plante, seit die ›Ehrenwache‹ sie von ihrem alten Schiff zur *Küraß* eskortiert hatte.

Ael nickte langsam. Es gab nur noch einen Faktor, den sie brauchte, um aktiv zu werden. Während ihrer letzten Reise nach ch'Rihan hatte sie eine Menge Geld ausgegeben, um die Entwicklung ein wenig zu beschleunigen. Jetzt blieb ihr nichts anderes übrig, als zu warten und darauf zu hoffen, daß ihr entweder die Zeit oder Einheiten der Föderationspolizei zu Hilfe kamen. Und wenn das geschah...

Das Bildschirmgerät summte leise. »Ta'rhae«, sagte Ael und wandte sich dem Instrument zu.

Tr'Khaell erschien auf der Bildfläche, und seine Stirn glänzte noch immer schweißnaß. *»Khre'Riov, na-hwi reh eliu arred-hau'ven...«*

Viereinhalb Minuten, dachte Ael amüsiert. *Offenbar hat T'Liun gelernt, schneller zu lesen. Oder tr'Khaell verliert nicht mehr soviel Zeit, sie zu benachrichtigen.* »Hnafiv 'rau, Erein.«

Der Mann konnte seine Mimik überhaupt nicht kontrollieren. Das Aufblitzen in seinen Augen wies Ael darauf hin, daß er eine wirklich wichtige Nachricht für sie hatte und hoffte, sie laut vorlesen zu können. »*Hilain na nfaaistur ll' efwrohin galae...*«

»Ie, ie«, sagte Ael, nahm wieder an ihrem Tisch Platz und winkte ungeduldig. Eine Mitteilung über die Ankunft ihrer längst überfälligen Flotte – wenn man überhaupt von einer *Flotte* sprechen konnte – interessierte sie nicht sonderlich. *Gebrauchter Klingonenschrott, der unterwegs von einem Schwarzen Loch hätte verschlungen werden sollen,* dachte sie mürrisch. »Hre va?«

»Lai hra'galae na hilan, khre'Riov. Mrei kha rhaaukhir. Lloannen'galae...te ssiun bhveinu hir' Enterprise *khina.«*

Ael versuchte, sich nicht von der Stelle zu rühren, sich nichts anmerken zu lassen. Sie trug ein ausdrucksloses Gesicht zur Schau, und erst nach einigen Sekunden hob sie langsam eine Braue. »Rhe've«, antwortete sie, nickte beiläufig und ruhig, so als sei sie nicht sehr überrascht. Es gelang ihr, den grimmigen und besorgten Triumph zu verbergen. *So rasch! So rasch!* »Rhe'. Khru va, Erein?«

»Au'e, khre'Riov. Irh' hvannen nio essaea Lloann'mrahel virrir...

Erneut winkte Ael. Mit den Angaben über Namen und andere Einzelheiten der neuen Patrouillen-Flottille der Föderation konnte sie sich auch noch beschäftigen, wenn ihre Frühschicht begann. »Lhiu hrao na awaenndraevha, Erein. Ta'khoi.« Und der Schirm verblaßte.

Dann, erst dann, lehnte sich Ael zurück, holte tief Luft und ließ den Atem zischend entweichen. Ihre Lippen zitterten und deuteten ein dünnes Lächeln an – ein Lächeln, das t'Liun sicher sehr beunruhigt hätte. *So rasch,* wiederholte sie in Gedanken. *Aber ich bin froh... Oh, mein Feind, sieh nur, welches Schicksal uns die Mächte zugedacht haben. Endlich bietet sich uns die Möglichkeit, eine alte Rechnung zu begleichen...*

Ael beugte sich wieder vor und zog die Tastatur des

Terminals zu sich heran. Sie löschte den elektronischen Brief Tafvs, gab verschiedene Paßwörter ein und stellte damit eine Verbindung zum großen Bordcomputer des Schiffes her. Sie öffnete verschiedene persönliche Dateien, und kurz darauf glühten auf dem Plasmaschirm des Monitors Sternkarten verschiedener Quadranten. »Ie rha«, sagte Ael, als sie sich an die Arbeit machte. Sie sprach laut – mit einer Mischung aus Zorn, Entschlossenheit und vibrierender Vorfreude –, und zumindest im Augenblick war es ihr vollkommen gleich, ob t'Liun sie belauschte oder nicht. »Rha'siu hlun vr'*Enterprise*, irrhaimehn rh'sien Kirk...«

KAPITEL 2

CAPTAINS LOGBUCH: STERNZEIT 0304.6

Es gibt nichts Besonderes zu berichten – sieht man von weiteren Ionenfluß-Messungen im Phi-Trianguli-Sektor ab. Mr. Chekov meint, es würden entschieden zu viele Messungen vorgenommen, und er erklärte, seine Mutter habe ihn nicht großgezogen, um Wetterberichte zu erstellen. Ich sollte ihn demnächst einmal danach fragen, was er gegen die Meteorologie einzuwenden hat; schließlich heißt es, sie sei doch in Rußland erfunden worden, wie auch alles andere.

Mr. Spock ist ›fasziniert‹ – wie immer – von der allmählichen Zunahme und Intensitätssteigerung der Ionenstürme in diesem Teil der Galaxis. Immer wieder hält er uns mehr oder weniger verständliche Vorträge darüber, wie wichtig unsere Arbeit sei, um zu einer besseren Einschätzung der Bedeutung des Problems zu gelangen. Damit meint er insbesondere die Folgen einer Veränderung des Sonnenwinds für die interstellare ›Ökologie‹, ihre möglicherweise katastrophalen Konsequenzen auf den interplanetaren Handelsverkehr und die Ökonomien der Welten im Bereich der betreffenden Schiffahrtslinien und so weiter und so fort. Allerdings hat mir Mr. Spock in einem privaten Gespräch eingestanden, daß er eine möglichst schnelle Lösung dieses Problems begrüßen würde, um sich anschließend interessanteren Dingen widmen zu können. Sein Captain stimmt ihm in diesem Punkt voll und ganz zu. James T. Kirk ist nahe daran, vor Langeweile zu sterben. Meine Mutter hat

mich ebenfalls nicht großgezogen, damit ich Wetterberichte erarbeite.

Andererseits: Die Veränderung des Sonnenwinds gefällt mir ganz und gar nicht. Handelt es sich dabei um ein böses Omen? Nun, eigentlich bin ich nicht abergläubisch. Wenigstens ist hier alles ruhig.

Ich frage mich nur, warum sich bei diesen Worten Unbehagen in mir regt...

»Jim?«

»Nicht jetzt, Pille.«

»Es geht um eine medizinische Angelegenheit, Captain.«

James T. Kirk sah von einem vierdimensionalen Schachwürfel auf und richtete seinen Blick auf den Chefarzt. »Was ist denn?«

»Wenn du dich für *den* Zug entscheidest«, erwiderte Dr. McCoy, »wirst du das für den Rest deines Lebens bedauern.«

»Doktor«, erklang eine ruhige Stimme auf der anderen Seite des Würfels, »jemand, der sich dauernd in Dinge einmischt, die ihn nichts angehen, ist bei Schachspielern mindestens ebenso unbeliebt wie bei Medizinern. Und selbst Vulkanier können sich ärgern.«

»Oh«, machte McCoy, »das ist mir völlig neu.« Er spähte über Jims Schulter und betrachtete die Konstellation im Würfel. »Sieht nicht gerade rosig aus. Wenn du den Läufer auf der dritten Ebene...«

»Doktor...«

»Schon gut, Spock, lassen Sie ihn nur«, sagte Kirk. »Ich bin bereit, von dir zu lernen, Pille. Nun, was hältst du davon?« Er deutete auf den Schachwürfel.

McCoy kniff die Augen zusammen, und Kirk nutzte die gute Gelegenheit, um sich zu strecken und sich auf dem Freizeitdeck der *Enterprise* umzusehen. Wie üblich herrschte rege Betriebsamkeit: Dutzende von Besatzungsmitgliedern saßen an den Tischen, aßen und tranken und sprachen miteinander, vertrieben sich die Zeit mit verschiedenen Spielen. Im Hauptbecken hatte ein überaus interessanter Wettkampf begonnen: Wasserpolo. Amphibien traten gegen Personen an, die sich im Naß nur bedingt wohl fühlten. Er grinste schadenfroh, als er beobachtete, wie der grünschuppige Leib Amekentras die Wasseroberfläche durchstieß, Fähnrich London am Bauch traf und ihn mit ihrer Masse in die Fluten drückte. Ganz in der Nähe fand eine wesentlich ruhigere und sehr konzentrierte Auseinandersetzung statt. Ein terranischer Mann spielte Komplex-Bridge gegen eine Tellaritin, die stirnrunzelnd auf ihre Karten starrte. Neben ihr saß ein breitschultriger Elaasianer, und sein Partner, ein Andorianer mit lichtem Haar, beobachtete ihn mit kühlem Interesse und wartete auf seinen Einsatz. Neben dem elektronischen Piano an der Wand, gut vierzig Meter entfernt, stand ein sulamidisches Besatzungsmitglied und hatte einen violetten Tentakel um ein sonderbar geformtes Trinkgefäß geschlungen. Die anderen gummiartigen Gliedmaßen ruhten auf der nahen Brüstung. Einige von ihnen krümmten sich rhythmisch, im Takt der Musik, und die acht Augenstiele des Sulamids blickten in unterschiedliche Richtungen. Die Pianistin – sie trug die weiße Uniform der medizinischen Abteilung – ließ ihre Finger virtuos über Tasten, Sensorpunkte und akustische Manipulationsflächen gleiten; melodische Chopin-Klänge hallten übers Deck. Kirk genoß die Musik, denn für ihn und ein Viertel der *Enterprise*-Crew hatte der ›Abend‹ begonnen. Die Delta-Schicht übernahm nun die Stationen, und die Alpha-Gruppe konnte sich entspannen.

Der Captain war mit sich und der Welt zufrieden – wäre nicht der Schachwürfel vor ihm gewesen. Erneut betrachtete er die Anordnung der Figuren, seufzte resigniert und musterte Spock. Der Vulkanier saß in seiner charakteristischen Schach-Haltung: die Ellbogen auf den Tisch gestützt, die Hände gefaltet, Zeige- und Mittelfinger gespreizt. Als er den Blick des Captains erwiderte, zeichnete sich in seinen Zügen ein Hauch von Mitleid ab – und etwas, das Kirk als Andeutung schelmischer Freude interpretierte.

Jim spürte, daß jemand an ihren Tisch herantrat, und als er den Kopf hob, bemerkte er Harb Tanzer, den Verantwortlichen für das Freizeitdeck. Tanzer war ein kleiner, untersetzter und grauhaariger Mann, und in seinen Augenwinkeln zeigten sich Lachfalten. Als er den Schachwürfel sah, lächelte er breit. Kirk blieb ernst. »Mister«, wandte er sich an Harb, »ich glaube, Sie sind in großen Schwierigkeiten.«

»Wieso, Captain? Ist mit dem Würfel etwas nicht in Ordnung?«

Mit einigen Mühen gelang es Kirk, ein Aufstöhnen zu unterdrücken. Die ganze Sache war seine Schuld. Vor einer Weile hatte er Harb darauf hingewiesen, 3-D-Schach sei zwar ein recht nettes Spiel, doch es beginne ihn zu langweilen. Daraufhin nahm sich Harb Moira, den Schachcomputer, vor, und kurz darauf präsentierte er dem Captain eine völlig neue Version: 4-D-Schach. Spock erhob Einwände gegen die Bezeichnung, denn die vierte Dimension war nicht etwa die Zeit, sondern der Hyperraum. Doch selbst der Vulkanier fand schnell Gefallen an der neuen Variante.

Harb ersetzte die drei Ebenen des üblichen Schachbretts mit einer hologrammartigen Anordnung verschiedener Würfel aus stabilisierter Energie, acht auf jeder Seite. Während des Spiels waren die Figuren in diesen Kuben ›eingebettet‹. Die ganze Vorrichtung ließ sich auf drei Achsen drehen, und Teile davon konnten vergrößert werden, wenn sich ein Spieler die aktuelle Konstellation genauer ansehen wollte. Die Figuren stellten die einzigen physischen Elemente dar und wurden von einem miniaturisierten Transportersystem bewegt. Die Kontrollen dafür befanden sich auf beiden Seiten des Spieltisches. Diese Neuerung schloß Streitigkeiten über Figuren aus, die berührt worden waren und somit als gesetzt galten, und Mogeleien und ähnlich freizügige Auslegungen der Regeln gehörten ebenfalls der Vergangenheit an – obgleich die besten Schachspieler an Bord der *Enterprise* nie zu solchen Mitteln griffen. Andererseits aber eliminierte die geänderte Version nicht nur alte Möglichkeiten, sondern schuf auch viele neue. Und Spock wandte gerade eine jener Taktiken an, um Kirks Positionen zu bedrängen.

Das Programm des Tischcomputers versetzte die Spieler in die Lage, einzelne Figuren (soweit das zulässig war) verschwinden zu lassen und später eine Rematerialisierung herbeizuführen, auch in anderen Würfeln – zum Beispiel hinter den Linien des Gegners, wo sie Unruhe stiften konnten. Diese Abwandlung beeinflußte nicht nur den allgemeinen Verlauf einer Partie, sondern veränderte auch das Muster eines gewöhnlichen Schachspiels. Es ging nun nicht mehr nur darum, die Züge des Gegners vorauszuahnen und sie zu durchkreuzen. Tatsächlich kam es darauf an, ganzen Strategien zuvorzukommen, festzustellen, welche Positionen der Gegenspieler nach fünfzehn oder gar zwanzig Zügen einnahm. Wem das gelang, der konnte entsprechende Felder oder Bereiche blockieren und sich dadurch einen entscheidenden Vorteil verschaffen.

Aus diesem Grund konzentrierte sich Kirk mit einer Ernsthaftigkeit auf die Partie, die er bei anderen Spielen in diesem Ausmaß nur selten aufzubringen vermochte. Bei den Überlegungen und Planungen galt es, Hunderte von verschiedenen Faktoren zu berücksichtigen. All die Taktiken, die er über die Jahre hinweg ausgearbeitet hatte, um sich beim Spiel Spock gegenüber durchzusetzen, nützten ihm jetzt nichts mehr. Schlimmer noch: Der Vulkanier offenbarte bei ihren jüngsten Partien eine mentale Agilität, der er kaum etwas entgegenzusetzen hatte. Seine wiederholten – und anscheinend mühelos – errungenen Erfolge machten deutlich, daß der Captain der *Enterprise* überhaupt nichts von den Gedankengängen hinter der Stirn seines Ersten Offiziers wußte. Kirk fragte sich einmal mehr, ob Spock infolge seiner besonderen Herkunft einen unfairen Vorteil hatte – ob die vulkanischen Aspekte seines Ichs mit ihrer kühlen und streng rationalen Analysefähigkeit die menschliche Hälfte seines Wesens so gut verstehen lernten, daß ihm auch die Verhaltensweisen der Menschen an Bord kein Rätsel blieben.

In diesem Zusammenhang erinnerte er sich daran, daß ihn McCoy einmal vor solchen Verallgemeinerungen gewarnt hatte: »Man kann ein Bewußtsein nicht einfach wie die beiden Hälften eines Apfels teilen«, entsann er sich an die spöttischen und belustigten Worte des Arztes. »Er ist eine in sich geschlossene Persönlichkeit – *Spock* –, und je eher du dich mit dieser Tatsache abfindest, desto besser kommst du mit ihm klar.« *Und doch...* dachte Kirk. Aber jetzt war es zu spät für solche theoretischen Überlegungen, und außerdem konnten sie ihm nicht dabei helfen, sich aus seinem gegenwärtigen Dilemma zu befreien. Er neigte den Kopf zurück und sah Harb Tanzer an. »Hätten Sie nicht bei den Karten bleiben können?« fragte er.

»Ich glaube, ich weiß jetzt, wo Sie einen Fehler gemacht haben«, erwiderte Harb und blickte nach wie vor auf den Würfel.

Stillschweigend gestand Kirk ein, daß Tanzer recht hatte. Eine seiner Lieblingstaktiken vom 3-D-Schach – er nannte sie schlicht und einfach ›Frontalangriff‹ – war völlig erfolglos geblieben. Aggressiver Enthusiasmus nützte nichts bei dieser Variante. Spock saß die ganze Zeit über ruhig da, ließ sich von den Zügen seines Captains nicht beeindrucken und plante. Der Vulkanier reagierte zunächst mit einer eher konservativ anmutenden Taktik, setzte erst eine Königin und dann auch die andere, brachte sie ins Mittelfeld, womit er den Angriff Kirks auf die Königsebene (Niveau vier) abblockte. Jim setzte seine Offensive eine Zeitlang fort und gewann dabei den Eindruck, Spock in den oberen Ebenen der zentralen Würfelzone in die Defensive zu drängen. Anschließend nahm er rasch hintereinander Auszeiten für seine beiden Türme, einen Springer und mehrere Bauern – und glaubte, damit Selbstsicherheit zu beweisen.

Genau zu diesem Zeitpunkt hob Spock langsam den Kopf und ließ eine Braue in die Höhe steigen. Kirk erwiderte den analytischen Blick des Vulkaniers, gab sich betont fröhlich und heiter. Und befürchtete tief in seinem Innern, daß ihn der Erste Offizier mit einigen wenigen Zügen von den Feldern fegte.

Seine Besorgnis war nicht ganz unbegründet. In seiner Hälfte des Würfels sah es etwa so aus wie in den Reihen der klingonischen Streitkräfte nach der Schlacht von Organia. In den meisten Einzelkuben seines Würfelbereichs herrschte bereits Leere. Spock brauchte nicht einmal auf die Rematerialisierung seiner Auszeit-Figuren zu warten. Es gab auch gar nicht viele von ihnen. Kirk argwöhnte nun, daß sich Spock in dieser Hinsicht Selbstbeschränkungen auferlegt hatte, um ihm weitere Demütigungen zu ersparen – oder um zu verhindern, daß jemand den Verdacht schöpfte, er erringe den Sieg mit telepathischer Sondierung des Gegenspielers. Jim betrachtete seinen König, der in den oberen Ebenen von zwei gegnerischen Königinnen bedroht wurde – jeweils darüber und darunter –, und er kam zu dem Schluß, daß er es vorgezogen hätte, durch Telepathie zu verlieren. Was ihm besonders zusetzte, war die Tatsache, daß es Spock überhaupt nicht schwerfiel, ihn zu besiegen, *ohne* die Gedanken des Captains zu lesen und seine nächsten Züge in Erfahrung zu bringen. Auf der anderen Seite sah die Lage nicht besser aus. Spock schützte seinen König mit einem Kordon aus Springern und Türmen. Seine Läufer hatte er so gut positioniert, daß sie praktisch alle mittleren Felder kontrollierten. Und selbst wenn sich der Vulkanier eine Blöße gegeben hätte: Kirk besaß keine Figuren, mit dem es ihm möglich gewesen wäre, einen neuerlichen Angriff zu führen. Inzwischen waren seine beiden Königinnen verschwunden, und fast alle anderen Figuren befanden sich in Auszeit – ein Bluff, der sich jetzt als fatal erwies.

Ich sollte mir das eine Lehre sein lassen, dachte Kirk. Er drehte den Kopf und sah über die Schulter. »Was meinen Sie?« fragte er Harb.

»Ich schätze, Sie haben da ein Problem, Sir«, entgegnete Tanzer.

»Was Sie nicht sagen. Das ist mir selbst schon aufgefallen. Was halten Sie davon, nach dieser Partie in die hydroponische Abteilung versetzt zu werden? Genauer gesagt: in den Klärschlamm. Pille?«

McCoy starrte auf den Würfel. »So wie's jetzt aussieht... Ich würde sagen, matt in sechs Zügen.«

»Fünf«, berichtigte Spock in seinem kühlen und beherrschten Tonfall, der völlig sachlich klang, weder arrogant noch freundlich.

Kirk blickte in den Würfel und versuchte, möglichst nachdenklich zu wirken. Er hoffte inständig, daß irgendwo ein Glas umfiel und auf dem Boden zersplitterte, oder auf eine wichtige Meldung von der Brücke, die ihm half, einen geordneten Rückzug anzutreten und das Gesicht zu wahren – aber nichts dergleichen geschah. Schließlich seufzte er, sah Spock an, lächelte schief und streckte die Hand nach der Aufgabe-Taste aus. »Ich muß zugeben, Mr. Spock...«

McCoy legte ihm die Hand auf die Schulter und unterbrach ihn. »Einen Augenblick, Jim. Hättest du etwas dagegen, wenn ich für dich weiterspiele? Nur als Übung. Was ist mit Ihnen, Mr. Spock?«

Jim musterte McCoy überrascht, richtete seinen Blick dann auf den Ersten Offizier. Diesmal hob der Vulkanier beide Augenbrauen und gab sich besorgt. »Jähe masochistische Neigungen«, sagte er zu Kirk, »sind ein Symptom für tiefgehende psychische Störungen...«

»Ach, kommen Sie, Spock. Ich möchte doch nur sehen, ob ich eine Chance gegen Sie habe.«

»Doktor«, sagte Spock, und diesmal ließ sich in seiner Stimme fast so etwas wie Mitleid vernehmen, »der Captain hinterläßt Ihnen eine praktisch aussichtslose Position. Warum bleiben *Sie* nicht bei den Karten? Sie sind der Experte für Poker, aber Schach...«

»Warten wir's ab«, sagte McCoy, grinste und ließ sich in den Sessel Kirks sinken. Der Captain trat zur Seite und lächelte hintergründig.

»Wie Sie wollen«, sagte Spock und lehnte sich vor, um die Konstellationen mit neuem Interesse zu betrachten.

McCoy sah ebenfalls in den Würfel. »Nun gut. Jetzt möchte ich bloß wissen, wo die Kontrollen für die verdammte Zugübersicht sind...« Harb beugte sich über seine Schulter und betätigte eine bestimmte Taste. Kleine und abgeschirmte Hologrammfelder leuchteten auf und die darin schimmernden Zeichen gaben Auskunft sowohl über den Standort der Auszeit-Figuren als auch ihrer voraussichtlichen Rematerialisierung.

»Denken Sie daran, Doktor«, sagte Spock höflich und hob den Kopf, »daß Sie für jede Statusveränderung einer Figur einen kompletten Zug verlieren.«

»Mhm«, machte McCoy und starrte weiterhin in den Darstellungskubus. Spock hob eine Augenbraue und setzte dann seine stumme Analyse fort. Über den Kopf des Bordarztes hinweg wechselte Kirk einen belustigten Blick mit Harb, und dann drehte er sich um, als er aus den Augenwinkeln eine Bewegung auf der rechten Seite wahrnahm. Die Pianistin hatte ihr Chopin-Stück beendet und näherte sich dem Spieltisch. Sie hieß Lia Burke und gehörte erst seit kurzer Zeit zum Mitarbeiterstab McCoys – eine auffallend schlanke Frau mit dunklem, lockigem Haar, die fröhlich wirkte und in deren

Augen es schelmisch blitzte. »Sie sind noch immer hier, Commander?« meinte Kirk in einem scherzhaften Tonfall, als Burke neben ihm, Harb und McCoy stehenblieb. »Für unsere letzte Mission wurden Sie aus dem Urlaub hierher beordert. Warum haben Sie uns nicht längst verlassen, um ihn dort fortzusetzen, wo Sie ihn unterbrechen mußten?«

Lia Burke zuckte mit den Schultern und lächelte. »Das war meine ursprüngliche Absicht. Das Problem ist nur: Ich habe festgestellt, daß die Arbeit an Bord der *Enterprise* mehr Spaß macht, als irgendwo Ferien zu genießen.« Bei diesen Worten nickte Kirk anerkennend; er empfand auf die gleiche Weise. »Außerdem sagte mir McCoy, er könne eine Zeitlang eine weitere Krankenschwester gebrauchen. Chris Chapel ist derzeit ganz auf ihre Doktorarbeit konzentriert, und er benötigt jemanden, der sie zumindest teilweise ersetzt. Selbst für zwei Schwestern gibt es hier mehr als genug zu tun.« Über die Schulter McCoys hinweg sah sie in den Würfel. »Sieht ganz danach aus, als ginge es bald wieder drunter und drüber. Wenn er verliert und sich ärgert, macht er uns Dampf...«

»Lia«, brummte McCoy, »überlegen Sie sich genau, was Sie sagen. Sonst gebe ich R-Levosulamin in Ihren Kaffee und sorge dafür, daß sie Hirnhämorrhoiden bekommen.« Nacheinander berührte er einige Sensorpunkte der Schachkontrollen, ohne den Blick vom kubischen Darstellungsfeld abzuwenden. Lia schwieg, und in ihren Augen funkelte es amüsiert. McCoy nickte langsam. »Spock? Alles klar. Drei Züge.«

»In Ordnung«, erwiderte der Vulkanier, betätigte mehrere Tasten und setzte in rascher Folge drei Figuren. Er veränderte die Positionen seiner beiden Läufer, die bisher das Mittelfeld abgedeckt hatten, führte zwar keinen unmittelbaren Angriff mit ihnen, zog aber die Schlinge enger, die er zuvor um den König Kirks gelegt hatte. Mit der dritten Figur, einem Springer, belegte er eine strategisch besonders wichtige Stelle auf der siebten Ebene. »Schach«, sagte Spock ruhig, neigte den Kopf andeutungsweise zur Seite und ließ einen zufriedenen Blick über die neue Konstellation schweifen.

Der Captain stöhnte leise. Wortlos machte Spock deutlich, was er von jemandem hielt, der ihm eine Schachfalle stellte und auch noch so dreist war, ganz offen darauf hinzuweisen. »Sie sind dran, Doktor«, wandte sich der Vulkanier an McCoy, und in seinen Zügen kam jene Andeutung von Mitleid zum Ausdruck, die Kirk kurz zuvor schon einmal beobachtet hatte.

McCoy starrte auf die Kontrollen und strich mit der Fingerkuppe über einen Manipulationssensor. Eine der wenigen noch einsatzfähigen Figuren Kirks – ein Springer – verschwand von der zweiten Ebene, wo sie in der Diagonalen als Abschirmung gegenüber den Läufern Spocks diente. Drei Ebenen weiter oben rematerialisierte der Springer, befreite den König zumindest vorübergehend aus seiner Zwangslage und bedrohte eine Königin des Vulkaniers.

»Ein faszinierender Zug, Doktor«, kommentierte Spock. »Es überrascht mich, daß Sie offenbar entschlossen sind, Ihre Leidenszeit noch ein wenig zu verlängern.« Er streckte die Hand nach den Kontrollen aus. »Die Reaktion liegt natürlich auf der Hand. Königin auf Ebene acht, mit Angriffsoption. Damit bedroht sie Ihren Springer in der vertikalen Diagonale.«

Spock stützte das Kinn auf die gefalteten Hände. »Ihr Zug«, sagte er gelassen.

Und plötzlich brach im Schachwürfel die Hölle los. Einer der Türme Kirks erschien in dem Einzelkubus, in dem sich Spocks Läufer befand, und die beiden Figuren eliminierten sich gegenseitig. Der andere Turm rematerialisierte dort, wo die erste Königin des Vulkaniers auf den Einsatz wartete und schaltete sie aus.

Diesmal hob Spock gleich beide Augenbrauen. »Spielen Sie Kamikaze-Schach, Doktor?« fragte er, und Kirk glaubte, in seiner Stimme ein Vibrieren der Verblüffung zu vernehmen. »Nun, eine derartige Taktik mag durchaus zu einigen Erfolgen führen, wenn es ihr auch an Eleganz mangelt...«

»Mr. Spock«, sagte McCoy, dessen Aufmerksamkeit noch immer auf das Darstellungsfeld gerichtet war, »für gewöhnlich ziehe ich bei meiner Arbeit Protoplaser und energetische Skalpelle vor. Für einige Dinge aber sind Messer noch immer gut genug.«

Ein Bauer kehrte aus der Auszeit zurück und schlug die zweite Königin Spocks, seine einzige Figur, von der noch eine echte Gefahr ausging. Unmittelbar darauf erschienen zwei andere Bauern – einer in der ungeschützten achten Reihe des Bodenniveaus, der andere in der achten Reihe auf Ebene acht. Das Transporterfeld zischte leise, als sich beide Figuren in Königinnen verwandelten.

Ganz langsam hob der Vulkanier die Hand und betätigte eine Taste seines Kontrollbereichs. Der schwarze König fiel auf die Seite, blitzte kurz auf, als der Entmaterialisierungsprozeß eingeleitet wurde – und verschwand.

Kirk, Harb und Lia starrten ungläubig auf den Würfel.

Spocks Gesicht blieb völlig ausdruckslos, und das war ein deutliches Anzeichen für sein Erstaunen. McCoy sah noch einmal in den Kubus, streckte sich dann und murmelte leise: »Wie ich schon sagte: Man kann Persönlichkeiten nicht wie die beiden Hälften eines Apfels teilen...« Er stand auf. »Vielen Dank, Mr. Spock«, sagte er und nickte dem Vulkanier ernst zu. Als sich McCoy zu Kirk umwandte, deutete er ein dünnes Lächeln an. »Du solltest dich nicht dauernd unterschätzen«, flüsterte er ihm ins Ohr. Anschließend schritt der Bordarzt ganz gemächlich dem Schott des Freizeitdecks entgegen.

Kurz bevor er es erreichte, summte das Interkom.

»Brücke an Captain Kirk«, erklang Uhuras Stimme aus dem Lautsprecher.

Jim bedachte Harb Tanzer mit einem kurzen Blick, der daraufhin mit dem Kopf schüttelte und fortging, um seinen Pflichten nachzukommen. Lia Burke sah McCoy staunend nach und schien Mühe zu haben, in die Wirklichkeit zurückzukehren. Nach einigen Sekunden entschuldigte sie sich und folgte dem Doktor. Kirk schaltete das kleine Gerät an der Wand ein. »Was gibt's, Uhura?« fragte er.

»Sir, wir haben gerade eine Meldung von Starfleet empfangen, die sich nur mit Ihrem persönlichen Code entschlüsseln läßt. Wollen Sie Ihr Quartier aufsuchen?«

»Nein, das ist nicht nötig. Ich komme auf die Brükke.«

»Ja, Captain. Brücke Ende.«

Kirk betrachtete noch einmal den Schachwürfel und richtete seinen Blick dann auf Spock. Der Vulkanier schien sich inzwischen von seiner Überraschung erholt zu haben. »Jim«, sagte er ruhig, »vielleicht sollten Sie einen Eintrag ins Logbuch vornehmen. Ich war von meinem Sieg fest überzeugt, und doch...«

»Ich ebenfalls«, gestand Kirk ein. »Spock, habe ich irgend etwas übersehen?«

Der taktvolle Vulkanier zögerte, bevor er Antwort gab. »Ja, verschiedene Gelegenheiten. Aber der Gewinner des Spiels macht ebenso Fehler wie der Verlierer. Wo jemand einen Ausweg aus einer schwierigen Lage sieht, erkennt ein anderer vielleicht keine Möglichkeit – was jedoch nicht bedeutet, daß er ein schlechterer Spieler ist. Die Motivationsstrukturen in einem aktiven Bewußtsein, die unterschiedliche Art und Weise, in der es auf Stimulationen und äußere Reize reagiert – diese Faktoren sind es, die ein derartiges Spiel so interessant machen. Darüber hinaus kommt es auch noch auf die Fähigkeit an, die eigenen Denkmuster zu verstehen. Erfahrung ist nicht alles. Wie einst ein terranischer Künstler sagte: ›Ein in gutem Glauben gemachter Fehler kommt einem Hoffnungsschimmer gleich – nicht aber die emotionslose Perfektion des reinen Stilisten.«

Kirk glaubte zu verstehen, was der Vulkanier damit meinte. Er lächelte und verzichtete darauf, in aller Öffentlichkeit für diesen Rat zu danken. »Stimmt. Aber bei der Partie eben habe ich so viele ›Fehler in gutem Glauben‹ gemacht, daß sie mir für ein Jahr genügen. Außerdem: Die letzten Züge McCoys wären mir nie in den Sinn gekommen. Ich hätte diese Möglichkeit zumindest *erkennen* müssen. Hat der Tischcomputer die Partie aufgezeichnet? Ich würde mich später gern mit dem Endspiel beschäftigen. Und vielleicht könnten Sie mir dabei über die Schulter sehen und mir meine Fehler erklären.«

»Gern, Captain. Bestimmt verbessert die Analyse Ihre Spielfähigkeiten.«

Kirk nickte. »Schlechter können sie wohl kaum werden.« Er lächelte erneut, als er das amüsierte Aufblitzen in den Augen des Vulkaniers sah. Anscheinend war der Erste Offizier dankbar dafür, auf keine Fragen antworten zu müssen, die *seiner* Spielstrategie galten. »Kommen Sie, Mr. Spock. Ich bin gespannt, welche Überraschung Starfleet diesmal für uns parat hat.«

»Die Frage lautet: Was ist dort draußen eigentlich los?« Uhura blickte auf die Anzeigen ihres Kommunikationspults. »Eine einfache Patrouille erfordert keine solche Konzentration an Feuerkraft. Zu der Flottille gehört sogar ein *Zerstörer.* Mit anderen Worten: Es steckt mehr dahinter.«

Kirk konnte Uhuras Verwunderung durchaus verstehen, sah sich jedoch außerstande, ihre Fragen zu beantworten. Er schüttelte den Kopf und beobachtete die Zeichenkolonnen, die auf dem Projektionsschirm glühten. An James T. Kirk, den befehlshabenden Kommandanten der NCC 1701 *Enterprise* und so weiter...

SIE WERDEN HIERMIT ANGEWIESEN, IHRE GEGENWÄRTIGE MISSION ABZUBRECHEN (SIEHE MELDUNG SFCC/T 121440309, SZ 0112.0) UND SOFORT KURS AUF GALLON G/117 D ZU NEHMEN, 48.21OM/GALLAT +6D 14.335M/DISTARBGALCORE 24015 L.Y. IM AUSSENBEREICH DER PATROUILLENQUADRANTEN DES SEKTORS PHI TRIANGULI TREFFEN SIE AUF DIE WEITER UNTEN GENANNTEN EINHEITEN. SIE ÜBERNEHMEN DAS KOMMANDO ÜBER DIE FLOTTE UND SETZEN DEN FLUG NACH SIGMA 285 TRIANGULI/NR 551744 FORT; IHR EINSATZBEREICH BESTEHT AUS EINEM HUNDERT PARSEC DURCHMESSENDEN RAUMKUBUS. DORT FÜHREN SIE GEWÖHNLICHE PATROUILLENMANÖVER GEMÄSS DEN STRATEGISCHEN KLASSIFIKATIONEN DER TIEFRAUMDECKUNG DURCH. FÜR DIE DAUER DIESER OPERATION WIRD IHNEN DER STATUS ›AUSSERORDENTLICHE DISKRETIONSBREITE‹ ZUERKANNT; SIEHE DAZU DIE ENTSPRECHENDEN STARFLEET-BESTIMMUNGEN (BAND 12444, ABSCHNITT 39.0 FF). NEHMEN SIE DIESEN AUFTRAG BIS AUF WIDERRUF WAHR. (GEZEICHNET) WILLSON, K., ADMIRAL, SFC, DENEB.

(CC: WALSH, M., CPT, CMDR NCC 1017 CONSTELLATION: RIHAUL, NHS., CPT, CMDR NCC 2003 INAIEU: SUVUK, CPT, CMDR NCC 1631 INTREPID: MALCOR, K., ADMRL, SFC SOL III/TERRA: T'KAIEN, ADMRL, SFC 40 ERI IV/VULKAN)

Uhura runzelte die Stirn, sah dann zu Kirk auf und verzog das Gesicht. »Das, was uns die Nachricht nicht mitteilt, ist weitaus aufschlußreicher als der Rest, Captain. Seit dem letzten Krieg mit den Romulanern wurden keine solchen Umschreibungen mehr benutzt, um die

Neutrale Zone zu bezeichnen. Ob man bei Starfleet glaubt, es sei jemandem gelungen, den Kommandocode zu entschlüsseln?«

»Vielleicht. Obgleich das eigentlich als unmöglich gilt...« Kirk hob den Kopf. »Aber Sie haben völlig recht, Uhura. Es fehlen nach wie vor Hinweise darauf, was eigentlich los ist.«

»Vermutlich Ärger mit den Romulanern«, sagte Uhura. »Übrigens: Was bedeutet ›außerordentliche Diskretionsbreite‹?«

Spock sah zur Decke hoch – für einen Vulkanier eine Geste, die an Verzweiflung grenzte. Kirk schüttelte den Kopf. »Sie hat keine genau bestimmbare Bedeutung«, erwiderte er. »Und genau darin besteht das Problem. Es handelt sich um eine sehr allgemein gehaltene Option der Starfleet-Vorschriften, die einem Captain Handlungsfreiheit bei ungewöhnlichen Situationen geben soll. Wenn ich es für erforderlich halte, mich über einige Primär-Direktiven hinwegzusetzen, wenn dadurch eine Katastrophe verhindert wird und Starfleet nichts gegen meine Entscheidungen einzuwenden hat... nun, dann bekomme ich wahrscheinlich eine Auszeichnung. Aber wenn man etwas an meinem Verhalten auszusetzen hat, kann ich ebensogut vor ein Kriegsgericht gestellt werden – ob das Problem gelöst ist oder nicht.«

Uhura seufzte. »Mit anderen Worten: Die Verantwortlichen bei Starfleet waschen ihre Hände in Unschuld. Wie üblich.«

»Genau«, sagte Spock. »Und wenn sie versuchen, sich den Rücken freizuhalten, weil sie um ihre Reputation fürchten, so bedeutet das, wir haben es mit einer sehr ernsten Krise zu tun.«

»Sie spekulieren ohne eine ausreichende Datenbasis, Spock?« fragte Kirk. »Das erstaunt mich.«

Der Vulkanier trug seinen Sie-scherzen-wohl-Captain-Gesichtsausdruck zur Schau, den Kirk bereits gut kannte. »Sir, ich bin der wissenschaftliche Offizier der

Enterprise. Politik ist durchaus nicht unwissenschaftlich – obgleich sie mir häufig plump und emotionsüberladen erscheint. Es liegen mir tatsächlich nicht besonders viele Daten vor, aber die wenigen Informationen genügen, um diese Schlußfolgerung zu ermöglichen: Entweder gibt es in der Neutralen Zone bereits Schwierigkeiten, oder sie stehen unmittelbar bevor.«

»Und Starfleet möchte, daß sich zwei Experten in romulanischen Angelegenheiten mit der Sache befassen«, warf Uhura ein. »Sie beide. Mit der *Enterprise.*«

Kirk schnitt eine Grimasse. Die meiste Zeit über empfand er es als ausgesprochen angenehm, mit sehr aufmerksamen und intelligenten Offizieren zusammenzuarbeiten – auch wenn das manchmal bedeutete, daß unangenehme Wahrheiten ausgesprochen wurden. »Leider muß ich sowohl Ihnen als auch Spock zustimmen. Aber ganz abgesehen davon: Es ärgert mich, daß wir unsere gegenwärtige Mission abbrechen müssen, obwohl Ihre Messungen und Forschungsarbeiten jetzt die ersten Ergebnisse erbringen, Mr. Spock. Starfleet ist nicht einmal so höflich, uns einen vernünftigen Grund dafür zu nennen, beschränkt sich darauf, uns die Anweisung zu geben, zweitausend Lichtjahre zurückzulegen und...«

»Eintausendneunhundertachtundsechzig Komma vier fünf Lichtjahre, um ganz genau zu sein«, sagte der Vulkanier. »Mit Warp acht wird der Flug acht Komma drei drei Tage dauern.«

»Wie dem auch sei: Ich hätte nichts dagegen, zur Abwechslung einmal eine begonnene Mission zu Ende zu führen und nach erledigter Arbeit eine Starbase anzulaufen...«

»Sie haben recht, was die Meßdaten angeht«, unterbrach ihn Spock. »Sie ließen bereits erste Korrelationen zu. Aber ich bin sicher, daß auch dann weitere Ergebnisse erzielt werden können, wenn wir diesen Sektor verlassen.«

»Da bin ich ganz sicher – vorausgesetzt natürlich, ein anderes Schiff setzt die Forschungsarbeiten fort. Allein der Himmel mag wissen, ob Starfleet daran gedacht hat, entsprechende Order zu geben. Außerdem: Wenn uns die bisher gewonnenen Informationen ein richtiges Bild von der hiesigen Lage geben, so folgt daraus, daß die Messungen keineswegs eine Routineaufgabe darstellen. Wenn sich die interstellare Ökologie in diesen Quadranten tatsächlich verändert, so müssen wir mit weitaus ernsteren Auswirkungen als bisher rechnen. *Jetzt* kann man vielleicht noch etwas dagegen unternehmen, aber in einigen Monaten oder in einem Jahr ist es möglicherweise zu spät.«

Spock bedachte Kirk mit einem Blick ironischer Resignation. »Da bin ich ganz Ihrer Meinung, Sir. Doch wir wissen bereits aus Erfahrung, daß es bei Starfleet andere Prioritäten gibt. Es bleibt uns nichts anderes übrig, als die Order zu akzeptieren.«

»Ja. Ich wünschte nur, die Prioritäten Starfleets würden sich häufiger mit unseren decken. Nun, die Entropie ist allgegenwärtig, und daran können wir nichts ändern...« Kirk klopfte mit den Fingern auf Uhuras Konsole und dachte nach. »Uhura, weisen Sie den Computer an, alle Starfleet-Meldungen zu analysieren, die wir in den vergangenen Monaten empfingen. Vielleicht findet er etwas, das im Zusammenhang mit unserer neuen Mission steht. Berichte der Nachrichtendienste, die Logbücher von Schiffen, die in der Neutralen Zone patrouillierten. Lassen Sie nichts außer acht. Nehmen Sie sich sowohl routinemäßige Mitteilungen als auch klassifizierte Informationen vor. Anschließend ein Download in mein Terminal. Ich sehe mir alles an, bevor ich zu Bett gehe.«

»Die Daten sind schon seit zwanzig Minuten in Ihrem Computer gespeichert«, erwiderte Uhura und lächelte schief. »Und da Sie mir Ihren Kommandocode nannten, hatte ich auch Zugang zu den als geheim eingestuften

Informationen. Sie warten seit fünf Minuten auf Abruf.«

Kirk nickte langsam. »Ausgezeichnet, Uhura. Sie haben es nicht zufällig auf eine Beförderung abgesehen?«

Das Lächeln der dunkelhäutigen Frau wuchs in die Breite. »Wissen Sie, Captain, diesmal ist die Gammaschicht nicht gerade sehr abwechslungsreich gewesen. Aus reiner Langeweile habe ich mich immer wieder mit den Transkriptionskreisen und logischen Interpretatoren beschäftigt.« Uhura streckte sich ein wenig und ließ die Knöchel ihrer Finger knacken. »Nun, inzwischen sind die neoduotronischen Komponenten meiner Station soweit verbessert, daß sie fast in der Lage sind, die *Gedanken* anderer Raumschiffe zu empfangen. Tja, ich mußte mich irgendwie ablenken, und das ist das Ergebnis...« Sie wandte sich wieder ihrem Pult zu. »Da fällt mir gerade ein: Kurz vor der Starfleet-Meldung empfing ich noch eine andere Nachricht. Inzwischen müßte die decodierte Version vorliegen.« Sie griff in einen der Speicherschlitze der Komstation, zog eine schmale Kassette daraus hervor und reichte sie Spock.

»Post?« fragte Kirk.

Spock drehte das Aufzeichnungsmodul, berührte ein Sensorfeld und las die Aufschrift, die anschließend langsam verblaßte. »Nicht unbedingt, Captain. Es scheint sich um die Daten zu handeln, die ich vom interstellaren Handelsbüro der Föderation angefordert habe – eine Liste aller Raumschiffe, die während der vergangenen Jahre spurlos verschwanden. Wenn ich jene Angaben mit dem korrelierten Forschungsmaterial vergleiche, läßt sich vielleicht feststellen, ob die vorliegenden Informationen einen Trend beschreiben oder nur eine statistische Abnormität.«

Der Vulkanier drehte sich um und nahm an der Konsole des Bibliothekscomputers Platz. Er wirkte konzentriert und interessiert. *Damit kann ich die Endspielanalyse wohl vergessen,* dachte Kirk bedauernd. *Na, was soll's...*

»Nun gut, Mr. Spock. Geben Sie mir Bescheid, wenn Sie irgend etwas entdecken. In der Zwischenzeit… Uhura, weisen Sie Ihren Computer an, dem Navigator die Flugkoordinaten zu übermitteln. Mr. Chekov, berechnen Sie den Kurs. Wir kommen Phi Trianguli keinen Meter näher, wenn wir einfach nur herumsitzen…«

»Ich bitte um Verzeihung, Captain«, sagte Chekov und führte mehrere Schaltungen durch, um Uhuras Koordinaten für die Kurselaboration in den Navigationscomputer zu speisen. »Sowohl die lokale Sternendrift als auch die galaktische Rotation treiben uns dem Patrouillenkorridor von Phi Trianguli mit einer Geschwindigkeit von rund achtzehn Kilometern in der Sekunde entgegen…«

Kirk lächelte überrascht und sah den Vulkanier an. »Mr. Spock«, sagte er und gab sich ernst, »Sie scheinen eine ansteckende Wirkung zu haben.«

»Kalkulative Vernunft ist keine Infektionskrankheit«, entgegnete der wissenschaftliche Offizier, blickte von seiner Konsole auf und machte ein ebenso unschuldiges Gesicht wie Chekov. »Ich habe Mr. Chekov nur ermutigt, seine ohnehin bereits erstaunlich gut ausgeprägte Tendenz zur Logik weiterzuentwickeln. Übrigens handelt es sich dabei um eine Eigenschaft, die bei Menschen sehr selten ist…«

»In der Tat, Mr. Spock«, sagte Kirk und konnte der Versuchung nicht widerstehen. »Das habe ich vor kurzer Zeit auf dem Freizeitdeck bemerkt…«

Die anderen Offiziere auf der Brücke versuchten teilweise vergeblich, sich ihre Erheiterung nicht anmerken zu lassen. Kirk ignorierte die grinsenden Gesichter und erinnerte sich an eine alte Redensart: Im Normalraum war nur der Klatsch an Bord von Raumschiffen schneller als das Licht. Spock bedachte seinen Captain mit einem gelassenen Blick. Ganz leise sagte Chekov: »Kurs liegt an, Sir.«

»Gut, Mr. Chekov. Dann los – mit Warp acht. Starfleet scheint es sehr eilig zu haben. Uhura, ich ziehe mich jetzt in mein Quartier zurück. Noch einmal besten Dank für die Schachpartie, Mr. Spock. Gute Nacht.«

»Sir...« Spock neigte kurz den Kopf, und die anderen Offiziere verabschiedeten den Captain ebenfalls mit einigen knappen Worten, als Kirk in den Turbolift trat und herzhaft gähnte.

»Bitte wiederholen Sie«, erklang die Sprachprozessorstimme des Liftcomputers. »Ihre Angaben konnten nicht decodiert werden.«

Kirk lachte leise. »Das wundert mich nicht. Deck fünf.« Er gähnte erneut und dachte in diesen Augenblicken nicht an Starfleet und den neuen Auftrag, sondern an ein warmes Bett.

Doch Kirk kam nicht sofort dazu, unter die Decke zu schlüpfen. Seit einer Stunde schon saß er am Tisch, und auf dem Bildschirm vor ihm glühte die zwölfte Seite des Berichts, den Uhura für ihn zusammengestellt hatte. Ärger regte sich in ihm: Wie bei der Meldung Starfleets waren gerade die Dinge interessant, die in dem Dokument unerwähnt blieben.

Im ersten Teil ging es um zivile und militärische Raumschiffe, und mit den entsprechenden Angaben konnte Kirk kaum etwas anfangen. Die Flottenbewegungen sowohl in den Sektoren, die an die Neutrale Zone grenzten, als auch in den entfernteren Quadranten, waren reine Routine, und in diesem Zusammenhang gab es keine besonderen Zwischenfälle. In der Neutralen Zone selbst geschah ebenfalls nichts Ungewöhnliches – soweit das die Fernerkundungssensoren der betreffenden Beobachtungsbasen feststellen konnten...

Die wenigen Föderationsagenten im Imperium wußten, auf welches Risiko sie sich einließen, und deshalb kam es ihnen in erster Linie darauf an, am Leben zu bleiben und keinen Verdacht zu erregen. Aus diesem

Grund wagten sie keine Aktionen, mit denen sie Aufmerksamkeit auf sich gelenkt hätten. Sie schreckten davor zurück, in wirklich wichtigen Bereichen zu ermitteln, zum Beispiel bei Regierungsvertretern und den Ratgebern der Großen. Das Resultat bestand darin, daß ihre Berichte nur knapp waren und kaum Einzelheiten enthielten. Doch die Meldungen der vergangenen drei Monate weckten trotzdem das Interesse Kirks.

Schon seit einer ganzen Weile faszinierte ihn die ›modifizierte Trikammer‹, der sich aus drei Institutionen zusammensetzende legislative und exekutive Bereich des romulanischen Imperiums. Die Trikammer bestand aus einem ›Senat‹ – aufgeteilt in zwei Hälften; die eine schlug Gesetze vor und verabschiedete sie, und die andere opponierte dagegen – und einem ›Prätoriat‹, eine Art Vierer-Troika oder Duodezimvirat. Dem Prätoriat gehörten zwölf Männer und Frauen an, die die Verordnungen des Senats anwandten, über Krieg und Frieden entschieden und – wie Kirk glaubte – die meiste Zeit über damit beschäftigt waren, Intrigennetze zu spinnen, um mehr Macht zu erringen. Dabei spielte die Art ihres Amtes eine wichtige Rolle: Ein Prätor konnte ›bestimmt‹ werden, entweder durch eine Wahl oder die Manipulationen gewisser Einflußgruppen. Ein Senator hingegen wurde als solcher geboren. Die Übertragung des Senatsamts erfolgte per Erbschaft. Der Vater gab es an die Mutter weiter, und die wiederum übertrug es auf den Sohn oder die Tochter der ältesten Schwester. Den Sitz im Senat verlor man nur durch Tod.

Und Kirks Aufmerksamkeit galt genau diesem Umstand. Im Verlaufe der letzten Monate waren gleich mehrere Senatoren ums Leben gekommen. Für sich betrachtet erschien dieser Umstand wenig bemerkenswert. Es geschah ziemlich oft, daß sich ein Senator oder Prätor die Feindschaft eines Kollegen zuzog, indem er zu einflußreich wurde, und der Preis für eine solche Herausforderung war entweder eine öffentliche Exekution oder der Befehl, Selbstmord zu begehen – eine Anweisung, die normalerweise die Zwölf gaben. In diesem besonderen Fall aber waren vier verschiedene Senatoren, die sowohl dem Entscheidungsgremium als auch der Opposition des Ehrenwerten Hauses angehörten, aus dem Leben geschieden, und die Berichte erwähnten angeblich natürliche Todesursachen.

Kirk saß vor der Konsole und dachte daran, daß es verschiedene Gifte gab, die einen ›normalen‹ Tod bewirkten. Dumpfe Sorge regte sich in ihm, denn heimtückisches Morden entsprach eigentlich nicht dem romulanischen Stil. So etwas galt im Imperium als verabscheuungswürdiges und unehrenhaftes Verbrechen, ein Beweis für die charakterliche Verderbtheit desjenigen, der den Killer beauftragte. Gerade dieses ›unverantwortliche‹ Verhalten war es, das die Romulaner den Klingonen vorwarfen. Die ganze Sache schien überhaupt keinen Sinn zu ergeben.

Sie ist irrational und unlogisch. Und in kultureller Hinsicht stehen die Romulaner den Vulkaniern noch immer nahe genug, um die Logik nicht völlig aufgegeben zu haben...

Vier Todesfälle genügen wohl kaum, um daraus den logischen Schluß zu ziehen, daß jenseits der Neutralen Zone das Chaos ausbricht. Aber die Romulaner sind so... so konsequent, daß mir ihre jüngste Irrationalität zu denken gibt.

Zum Teufel mit Starfleet! Warum bekommen wir nicht einmal einen Hinweis darauf, worin die Krise besteht? Wenn ich von der schlimmsten Annahme ausgehe – und das ist immer klug, soweit es Starfleet betrifft... Vielleicht ein Krieg? Aber wie soll ich einen Krieg verhindern (oder ihn gar gewinnen), wenn ich nicht weiß, wo er beginnt?

Es sei denn... Es sei denn *was?* Eine wichtige Information, die Starfleet erreicht hatte und streng geheimgehalten wurde, die nicht einmal codiert gesendet werden konnte? Doch worin mochte ihre Bedeutung bestehen?

Möglicherweise wissen die Verantwortlichen von Starfleet nicht einmal, was vor sich geht. Vielleicht sollen wir es heraus-

finden... Kirk ließ den angehaltenen Atem entweichen und erinnerte sich daran, wie vor vielen Jahrhunderten auf der Erde große Raubkatzen gejagt wurden. Einige Leute wagten sich in den Busch, wo sich ein Tiger verbergen mochte. Dort schrien sie laut und schlugen mit Knüppeln auf Bleche, um das Tier zu erschrecken und aufzuscheuchen. Manchmal geriet es tatsächlich in Panik, verließ seinen Schlupfwinkel und floh; gelegentlich aber griff es an. *Ein gutes Beispiel,* fuhr es dem Captain durch den Sinn. *Drei Raumschiffe und ein Zerstörer, die in unmittelbarer Nähe der Neutralen Zone patrouillieren und den Gegner geradezu herausfordern...*

Er fragte sich, ob sich das ›Raubtier‹ in diesem Fall zur Flucht entschied – oder aber angriff.

Nach einer Weile spürte Kirk, wie müde er war. Er beugte sich vor, winkelte die Arme auf dem Tisch an und rieb sich die Augen. Dann stützte er das Kinn auf die gefalteten Hände und sah erneut auf den Schirm. Nach wie vor glühte die Seite zwölf des Berichts im Projektionsfeld. Inzwischen hatte Kirk die von Uhura zusammengestellten Informationen mehrmals gelesen, doch immer wieder kehrte er zur zwölften Seite zurück. Sie gab die Bezeichnungen der romulanischen Schiffe an, die jenseits der Neutralen Zone patrouillierten. Die Kursdaten bestätigten, daß sie sich genau an die Vorgaben hielten. Etwas anderes hätte Kirk auch überrascht. Er las ihm bereits vertraute Namen: *Jäger, Arien, Speer, Reas Helm, Küraß, Eisn* und *Irrlicht*. Die *Enterprise* war bereits mehrfach mit diesen Einheiten konfrontiert worden, bei kurzen Scharmützeln innerhalb oder außerhalb der Neutralen Zone, bei langen und ansonsten ereignislosen Patrouillenflügen. Kirk hob langsam den Kopf, ohne den Blick vom Schirm abzuwenden.

Die üblichen Schiffe – in den üblichen Positionen.

Alle Namen. Bis auf einen.

Wo, zum Teufel, steckt die Blutschwinge?

Unwillkürlich ballte Kirk die Fäuste.

KAPITEL 3

»Khre'Riov?«

Ael streckte sich in ihrem Kommandosessel auf der Brücke und drehte den Kopf, gerade weit genug, um Zenturio t'Liun zu verstehen zu geben, daß sie ihre Worte vernommen hatte. »Ie?«

»Nniehv idh ra iy'tassiudh nnearh.«

Du meinst wohl, mein Beiboot sei ›bereit‹, weil deine Mitarbeiter von der Sicherheitsabteilung es gründlich untersucht und nichts Verdächtiges gefunden haben. Närrin! Glaubst du etwa, du hättest es mit jemandem zu tun, der auf dem gleichen Niveau tätig ist wie du? Laut sagte Ael: »Khnai'ra rhissiuy, Enarrain.« Sie formulierte ihren Dank betont freundlich, um t'Liun zu verwirren.

Nach einer Weile erhob sich Ael von ihrem harten Sitz und hielt auf den Lift zu. Wie nicht anders zu erwarten gewesen war, stand t'Liun neben dem Schott, obgleich sie ebensogut hätte Platz nehmen können. Sie beobachtete. Ael hatte sich so gut unter Kontrolle, daß ihr Gesicht Respekt gegenüber der Kommandantin zum Ausdruck brachte. *Wie sehr ich dich verachte!* dachte Ael, als sie an der kleinen, dunkelhaarigen Frau mit den kalt blickenden Augen vorbeischritt. *Du würdest die Seelen der Söhne und Töchter deiner Schwester an orionische Sklavenhändler verkaufen, wenn du hoffen könntest, dadurch ein wenig mehr Macht zu erringen.* Ael betrat den Lift. »Ri'laefv'htaiell, Enarrain«, sagte sie und winkte.

Bevor sich die Tür schloß, sah Ael, daß t'Liun ihrem Befehl nachkam, sich jedoch mit auffallender Hast dem Kommandosessel näherte. Sie lachte leise. Wie sehr sich die Leiterin der Sicherheitsabteilung wünschte, jenen Sessel für immer mit Beschlag belegen zu können! Ael schmunzelte selbst dann noch, als sie das Hangardeck erreichte, wo das Beiboot auf sie wartete.

Es war ein nur kleines Schiff, eigentlich kaum mehr

als eine Scoutkapsel, kurz und schmal. Eine schwarze und lichtabsorbierende Patina bedeckte die Außenhülle, und in der winzigen Triebwerkskammer ruhte ein Warp-Generator. Das Beiboot war nicht annähernd so alt wie die *Küraß* oder der Rest ihrer armseligen Ausstattung: Es gehörte Ael und stammte von der *Blutschwinge* – sie hatte darauf bestanden, es mitzunehmen. Sie nannte es *Hsaaja,* nach dem ersten *Fvai,* auf dem sie als Kind geritten war – ein launisches und empfindsames Tier, das ständig irgend etwas fraß. Das Futter, das dieser *Hsaaja* verlangte, bestand aus hochenergetischem Treibstoff, und wie das Tier, nach dem Ael ihn benannt hatte, war er ungewöhnlich schnell – schneller noch als die wesentlich größere *Küraß.* Auf die begründete Nervosität t'Liuns reagierte Ael mit einer gewissen Zufriedenheit.

Die Luke des Beibootes stand bereits offen. Ael kletterte die Leiter hoch, nahm im Pilotensessel Platz und aktivierte den Sicherheitskokon. Dann setzte sie sich mit dem Hangardeck in Verbindung und forderte tr'Akeidhad auf, ihre Startvorbereitungen zu bestätigen. Pumpen surrten und saugten die Luft aus der Kammer. Auf dem Instrumentenpult der *Hsaaja* funkelten Lichter und Sensorpunkte, und auf einen verbalen Befehl hin lief das Triebwerk an. Das große Außenschott öffnete sich, und das Licht der Scheinwerfer verblaßte. Ael sah das matte Schimmern ferner Sterne, das rhythmische Blitzen der Landemarken auf dem Deck. Sie zündete die Chemodüsen, und die *Hsaaja* hob ab und schwebte ins All. Als die Entfernung zur *Küraß* einige hundert Meter betrug, schaltete sie das Ionentriebwerk ein und nahm Kurs auf die Flotte.

Die einzelnen Schiffe wahrten die für Flottenmanöver vorgesehenen Abstände – jeweils etwa dreitausend Kilometer – und waren somit außer Sichtweite. Ael fühlte sich versucht, für einige Sekunden im Warp-Kontinuum zu fliegen, entschied sich dann aber dagegen. Es ging ihr nicht etwa darum zu vermeiden, daß t'Liun, die sie bestimmt mit Hilfe der Sensoren beobachtete, in Panik geriet – das hätte ihr sogar Vergnügen bereitet. Doch in der letzten Zeit bekam sie nur selten Gelegenheit, den Normalraum zu sehen. Die andere Dimension, in der sich Raumschiffe während des Warp-Fluges bewegten, bot keinen besonders interessanten Anblick. Ael lehnte sich zurück, sah auf die Kontrollen, blickte aus der Kanzel und genoß den Flug.

Auf dem kleinen Computerschirm leuchteten die ID-Kennungen der drei kürzlich eingetroffenen Schiffe. Zahlen- und Buchstabenkolonnen gaben Auskunft über ihre Klassifikation. Es handelte sich um klingonische Schiffe. *Wann hört das Oberkommando endlich damit auf, solchen Schrott zu erwerben,* dachte Ael. Aber sie wußte natürlich, daß sich auch das OK mit gewissen Dingen abfinden mußte. Die Rihannsu hatten einen Handelsvertrag mit den Klingonen abgeschlossen – eine Übereinkunft, die man mit einem weichen Futteral vergleichen konnte, das über ein scharfes Schwert gestülpt wurde. Wenn sich die Rihannsu weigerten, pro Jahr eine bestimmte Anzahl von Raumschiffen zu kaufen, drohte Krieg. Damit bestätigte sich einmal mehr eine alte Redensart: »Wenn du einen Mörder bezahlst, bekommst du lebenslange Dienste.« Angesichts ihrer derzeitigen ökonomischen Probleme würden die Klingonen den Vorwand verletzter Vertragsbestimmungen sofort nutzen, um die peripheren Welten der Rihannsu zu überfallen. Aus diesem Grund hielt sich ch'Rihan an die Bestimmungen. Die Flotte bestand jetzt zur einen Hälfte aus schäbigen, alten Kriegsschwalben, die in einem jämmerlichen Zustand waren – Ersatzteile für sie wurden nicht mehr hergestellt –, und zur anderen aus klingonischen Schiffen. Oft wiesen sie irgendwelche Defekte auf, die ihre Einsatzfähigkeit beeinträchtigten, und für die zur Reparatur benötigten Komponenten forderten die Klingonen Wucherpreise.

Geplante Abnutzung, dachte Ael verbittert, als sich Ihre Kapsel dem ersten Schiff der Flotte näherte. *Oder vielleicht haben die Leute recht, die behaupten, die klingonische Regierung ließe ihre Schiffe in den billigsten Werften bauen...*

Dennoch war sie neugierig, beugte sich vor und betätigte einige Tasten, um mehr in Erfahrung zu bringen. Neben den ID-Kennungen leuchteten Namen auf: *Arakkab, Kenek, Ykir*. Ael starrte auf den Datenschirm, doch es erfolgten keine weiteren Angaben, keine Rihannsu-Bezeichnungen. *Klingonische Namen?* überlegte sie verwundert. *Gab es bisher noch keine Gelegenheit dafür, sie umzubenennen?* Eine geradezu lächerliche Vorstellung. Kein Rihannsu-Schiff wurde ohne einen richtigen Namen in Dienst gestellt. So etwas galt als böses Omen, als Beleidigung der Elemente, was Unglück herausforderte.

Aels Gesicht blieb ausdruckslos, doch tief in ihr vibrierte Unbehagen. In ihrer Magengrube schien sich ein Krampf zu bilden, als sie zu begreifen begann. Rasch beugte sie sich vor und gab dem Computer die Anweisung, die Identifikation des Schiffes zu ermitteln, das sie gerade verlassen hatte.

Auf dem Monitor leuchteten mehrere Zeichen: KL *Ehhak*.

Plötzlich fiel es ihr wie Schuppen von den Augen. Zwar setzte sie den Flug fort, um keinen Verdacht zu erregen, aber eigentlich brauchte sie sich den anderen Einheiten gar nicht mehr zu nähern. Als die Entfernung zum ersten Schiff weiter zusammenschmolz, sah Ael ihre Überlegungen bestätigt: Es handelte sich um ein brandneues Kriegsschiff der *K'tinga*-Klasse, und die Außenhülle wies klingonische Hoheitssymbole auf. Noch bevor die *Hsaaja* den Hangar erreichte und Ael ausstieg, wußte sie, was sie und ihre Flotte in den nächsten Wochen erwartete. Bestimmt erhielt sie den Befehl, die Neutrale Zone zu durchqueren, um jenseits davon einen Krieg zwischen ›Klingonen‹ und der Föderation auszulösen. Es gab nicht die geringste Möglichkeit für sie, die Gefechte zu überleben, und somit war für den Senat das Problem namens Ael gelöst. Während zwischen den Klingonen und der Föderation ein Krieg entbrannte – der Monate, vielleicht sogar Jahre dauern mochte –, hatten die Rihannsu Zeit genug, sich mit anderen Dingen zu beschäftigen.

Mit was für Dingen? fragte sich Ael, während sie von der unterwürfigen Kommandantin der *Arakkab* begrüßt und durchs Schiff geführt wurde. Ihr Körper schien rein reflexiv zu reagieren, lächelte, lachte leise, wenn jemand einen Scherz machte, formulierte anerkennende Bemerkungen in Hinsicht auf neue (und schlecht konstruierte) Instrumente. *Was ist geplant? Vermutlich Angriffe auf Welten sowohl der Klingonen als auch der Föderation. Wahrscheinlich soll* unserer *Ökonomie zu einem Aufschwung verholfen werden, auf eine direkte und ausgesprochen unehrenhafte Art und Weise. Plünderung der Planeten, die vom Krieg nicht mehr betroffen sind, Raubzüge hinter den feindlichen Fronten – wie ein* Sseikea, *der einem* Thrai *folgt und das verschlingt, was auf seinem Pfad zurückbleibt. Sicher wird man die Kriegswirren jenseits der Neutralen Zone ausnutzen, um Vorteile daraus zu ziehen, um das Imperium zu vergrößern, auf Kosten der Klingonen und der Föderation. Und wenn eine der großen Mächte die andere vernichtend geschlagen hat, werden die jungen Stimmen im Senat einen Krieg verlangen. »Wir müssen den Feind jetzt angreifen, solange er noch geschwächt ist.« Ja. Weitere Schlachten. Weitere Verwüstungen. Tod und Verderben. Vielleicht sogar ein Sieg. Aber mit verabscheuungswürdiger Niedertracht errungen…*

Die wütende Anspannung in Ael ließ nicht nach. Mit einigen Offizieren der *Arakkab* beamte sie sich an Bord der *Ykir*. Dort begrüßte sie der Kommandant, ein dicklicher Mann mit fleischigem, aufgequollen wirkendem Gesicht, an das sich Ael später mit grimmiger Genugtuung erinnerte. Eine derartige Gestalt paßte zu dem frevlerischen Plan des neuen Senats. *O Feuer über und Erde unter uns,* dachte sie. *Verurteilte, Versager, Abschaum der Kommandantenkaste. Und bestimmt sind sie stolz darauf, neue Raumschiffe erhalten zu haben und mit einer Mission beauftragt worden zu sein. Aber was nützt ihnen das?* Denn auf der anderen Seite der Neutralen Zone warteten nicht nur die *Intrepid* und die *Constellation,* sondern auch der Zerstörer *Inaieu* und – schlimmer noch – die *Enterprise.* Selbst mit der *Blutschwinge,* mit einer ebenso fähigen wie loyalen Besatzung, hatte Ael die Konfrontationen mit der *Enterprise* nur knapp und mit großer Mühe überstanden. Einer ihrer Verwandten war während eines solchen Scharmützels gestorben. Welches Schicksal mochte *diese* Mannschaften und Kommandanten erwarten? Nach ihrem Erscheinungsbild zu urteilen schienen die meisten unerfahrene Rekruten zu sein. Und was war mit ihr selbst? fuhr es Ael durch den Sinn. Ihr Schiff trug nun ebenfalls eine klingonische Bezeichnung, war voller Leute, die nur darauf warteten, sie hintergehen zu können, voller Spione und potentieller Verräter.

Ael sah sich die *Ykir* an, und anschließend wanderte sie durch die *Kenek,* versuchte dabei, ihren Zorn im Zaum zu halten und stellte fest, daß die verwirrten und hintergründig lächelnden Personen, die sie begleiteten, überhaupt nichts von dem Brodeln in ihr bemerkten. *Vergiß die* Küraß, dachte sie. *Es kommt darauf an zu überleben. Aber selbst wenn mir das gelingt – was dann? Vielleicht gerate ich in Gefangenschaft, an Bord der* Enterprise *oder eines anderen Schiffes der Föderation. Dort erwartet mich ein Prozeß, und im Anschluß daran wird man mich dem Imperium ausliefern. Ein schändlicher Tod unter Qualen, während der Senat lacht und triumphiert. Nein, das lasse ich nicht zu. Eher gehe ich freiwillig in den Tod.*

Aber auch der Selbstmord würde den jungen Ehrlosen gefallen. Sie glauben, mir bliebe kein Ausweg mehr. Ja, ein ehrenwerter Selbstmord käme ihnen sehr gelegen. Ebenso wie ein Tod im Kampf oder meine Hinrichtung in Schande. Vielleicht nehmen sie sogar an, ich würde mich weigern, die Neutrale Zone zu durchqueren, um ihnen in die Hände zu spielen. Ein stolzer Tod ist in jedem Fall besser als ein Leben in Ehrlosigkeit. Nun, wenn ich den Befehl erhalte, stellt sich tatsächlich die Frage der Ehre… Ael lächelte, als sie im Maschinenraum der *Kenek* in ein geöffnetes Schaltpult mit unzuverlässigen elektronischen Eingeweiden blickte, wurde dann aber sofort wieder ernst. Sie achtete gar nicht auf die Worte, die ihre Begleiter an sie richteten, dankte insgeheim der Bürokratie dafür, ihr noch eine gewisse Gnadenfrist zu gewähren. Und sie traf eine Entscheidung, nahm sich vor, nach der Rückkehr zur *Küraß* dafür zu sorgen, daß sich die Bürokratie noch mehr Zeit mit der Übermittlung des Einsatzbefehls ließ.

»Hra'vae?« fragte sie in einer anderen Kammer des Schiffes, als ihr ein Unteroffizier die Details der neuen klingonischen Waffentechnik erklärte. Er drückte sich ziemlich ungenau aus und schien nicht über alle Einzelheiten der entsprechenden Komponenten informiert zu sein. Ael dachte an die Erweiterungen an Bord der *Blutschwinge,* und ihre Verärgerung verwandelte sich in Heiterkeit – ihre gefährlichste Stimmung, wie sie selbst wußte. Sie machte nicht einmal den Versuch, dieses Empfinden zu unterdrücken. Während der nächsten Tage mußte sie gefährlich sein. *Verrat,* überlegte sie. *Ich bin nicht bereit, so etwas zu dulden – und das werden meine Gegner bald feststellen…*

Schließlich ging die Besichtigungstour zu Ende. Ael beamte sich auf die *Arakkab* zurück und verabschiedete sich mit sehr höflichen Worten von der Kommandantin, stieg in die *Hsaaja,* startete und nahm Kurs auf die *Küraß.* Als sie sich dem Schiff näherte, beobachtete sie die Flecken an der Unterseite der Kriegsschwalbe, deutliches Anzeichen für ihren schlechten Zustand. Früher wäre sie bei einem solchen Anblick sicher empört gewesen. Jetzt zuckte sie nur mit den Schultern: Es gab Wichtigeres.

Bevor die Ortungssensoren der *Küraß* das kleine Beiboot erfaßten, führte Ael an Bord der *Hsaaja* eine ganz bestimmte Schaltung durch, im Ortungsschatten der Deflektoren, die die *Kenek* in einen energetischen Schutzkokon hüllten. Sie spürte die kurze Vibration, als sich Detonationsbolzen lösten und ein Objekt freigaben, das sich bis zu diesem Zeitpunkt in einem verborgenen Rumpffach befunden hatte. Sie konnte es nicht sehen, denn es trug die gleiche Absorptionspatina, die auch die Hülle der Kapsel bedeckte, aber kurz darauf wanderten helle Zeichen über den Datenschirm. Sie bestätigten die Funktionsfähigkeit des Miniaturtriebwerks und des Bordcomputers. Innerhalb von einer Stunde würde die Sonde mit Hilfe ihres abgeschirmten Impulsbrenners auf die andere Seite der *Kenek* gelangen. Und wenn in den vier größeren Raumschiffen ›Nacht‹ herrschte, sah das gespeicherte Programm eine Zündung des Hauptantriebs vor. Der Energievorrat reichte für eine Sekunde mit Warp acht – und das genügte völlig. Ael zweifelte nicht daran, daß Tafv ihre Nachricht noch vor Ende der Nachtperiode erhielt.

Sie war das Zeichen.

Als sich Ael wieder an Bord der *Küraß* befand, traf sie die notwendigen Vorbereitungen.

KAPITEL 4

Der Weltraum von Sigma-285-Trianguli war, schlicht ausgedrückt, langweilig. Keine der Sonnen im betreffenden Sektor hatte einen Namen – und sie schienen es auch nicht zu verdienen, mit individuellen Kennungen in einem Katalog verzeichnet zu werden. Es handelte sich um einen offenen Haufen aus roten Zwergsternen der Kategorie N und R, jeweils etwa so groß wie Jupiter. Hier und dort brutzelte auch eine ›Kohlenstoff‹-Sonne vom S-Typ vor sich hin. Ihre Oberflächentemperaturen waren so gering, daß sich in den Atmosphären sogar Wasserdampf bilden konnte. (»Ihnen geht der Brennstoff aus», meinte Uhura; sie sah Spock über die Schulter, als die Sensoren erste Daten übermittelten.) In einigen Systemen gab es Planeten – öde Felsbrocken, auf denen sich einst, vor vielen Millionen oder Milliarden Jahren, Leben entwickelt haben mochte, die jetzt aber steril waren. Jene Welten wiesen nichts auf, für das sich irgend jemand interessierte. Was man nur als eine glückliche Fügung des Schicksals bezeichnen konnte, denn in unmittelbarer Nähe – wenn man astronomische Maßstäbe anlegte – erstreckte sich die Neutrale Zone. An einem Ort wie diesem hätten sich Kolonisten bestimmt nicht wohl gefühlt.

Es handelte sich um eine Raumzone, in der man nie genau wissen konnte, wem man begegnete – die sich aber bestens für ein vorbereitetes Rendezvous eignete. Als die *Enterprise* den Warp-Transit beendete, tauchte sie in den schmalen Gravitationsschacht von Sigma 285 und umkreiste die kleine Sonne in einer weiten, elliptischen Umlaufbahn. Auf den Ortungsschirmen pulsierten kleine Reflexe, und es dauerte nicht lange, bis das Raumschiff Begleitung bekam. Zwei andere Einheiten wahrten die übliche Fünf-Kilometer-Distanz: die *Constellation* und die *Intrepid*, die zur gleichen Klasse wie die

Enterprise gehörten. Die dritte blieb zehn Kilometer entfernt – und wirkte doch ebenso groß wie die beiden anderen Schiffe. Die *Inaieu* bot somit einen beeindruckenden Anblick.

Der Zerstörer war wesentlich größer als die Raumschiffe der *Enterprise*-Kategorie – um vielen Besatzungsmitgliedern bei langen Reisen ausreichend Platz zu bieten, um mehr Ausrüstungsmaterialien und Waffen zu transportieren. Der obere Diskus hatte dic dreifachen Ausmaße der *Enterprise*-Scheibe und die Triebwerksgondeln waren zweimal so lang. Darüber hinaus verfügte sie über insgesamt vier Gondeln: eine oben, eine unten und zwei an den Flanken. Der Rumpf mit dem Maschinenraum durchmaß fast fünfhundert Meter, und die Länge betrug knapp anderthalb Kilometer. Man hatte die *Inaieu* in einer Deneb-Werft gebaut, und sie wurde auch in einem denebianischen Schiffsregister geführt. Ihr Name erinnerte an die alte Hohekönigin von Deneb IV, von der es hieß, sie sei ›ausgezogen, um ihre Feinde zu vernichten‹. Kirk befand sich auf der Brücke und beobachtete die Darstellung des gewaltigen Schiffes auf dem großen Wandschirm. Die *Inaieu* erschien ihm wie ein Symbol der Macht, und sie glühte purpurn im roten Licht des Zwerggestirns. Plötzlich war er froh, daß der Zerstörer zur Flottille gehörte; er gab ihm ein Gefühl der Sicherheit.

»Wieviel Zeit bleibt uns noch, Mr. Spock?« fragte er.

Der Vulkanier sah von seiner Wissenschaftsstation auf. »Die Besprechung beginnt in fünfundzwanzig Komma sechs Minuten, Sir. Captain Rihaul hält sich natürlich bereits an Bord der *Inaieu* auf. Captain Walsh fliegt den Zerstörer mit einem Shuttle an, und Captain Suvuk wird den Transporter benutzen.«

McCoy stand hinter dem Steuermann und hob überrascht den Kopf. »Mit einem Shuttle? Warum beamt sich Captain Walsh nicht einfach an Bord?«

Kirk lächelte dünn und begegnete dem Blick des

Bordarztes. »Stimmt ja, du kennst Mike Walsh noch nicht. Ihr werdet euch bestimmt prächtig verstehen. Mike haßt den Transporter. Du solltest ihn einmal darauf ansprechen, wie er auf der Erde zur Oper von Sydney wollte und sich statt dessen im Hafen von Baltimore wiederfand.« Kirk winkte ab. »Ach, ich glaube, du brauchst ihn gar nicht darum zu bitten, dieses Erlebnis zu schildern. Er erzählt dauernd davon.«

McCoy seufzte. »Also gibt es bei Starfleet wenigstens zwei sensible Männer. Jim, muß ich wirklich an der Konferenz teilnehmen? Bestimmt werden dabei nur strategische und taktische Fragen erörtert. Ist es denn notwendig, daß ich die Atome meines Körpers von dem verdammten Apparat ins All hinausblasen lasse, nur um...«

»Tut mir leid, Pille. Es müssen alle Sektionsleiter zugegen sein. So lauten die Vorschriften.«

»Lieber Himmel«, stöhnte McCoy. »Pläne für blutige Schlachten auf der einen Seite, und auf der anderen extrem logische Vulkanier...«

Kirk lachte leise. »Du hast es erfaßt, Pille.«

Spock blickte weiterhin auf die Anzeigen seiner Instrumente, als er einwarf: »Angesichts der Vorstellung von einem ganzen Raumschiff voller Vulkanier, die auch ohne die Hilfe von Menschen mit der schweren Bürde der Logik und des Intellekts fertig werden, befürchtet unser Doktor offenbar, daß er nicht gebraucht wird...«

»Sie sollten sich genau überlegen, was Sie sagen«, brummte McCoy. »Schließlich erwarte ich Sie in einigen Wochen zu einer Generaluntersuchung...«

Spock hob nur eine Braue, ansonsten blieb sein Gesicht unbewegt. Kirk lehnte sich im Sessel des Befehlsstandes zurück, sah auf den großen Wandschirm und beobachtete die *Inaieu* wie die beiden anderen Raumschiffe. Inzwischen war es schon einige Jahre her, seit die erste *Intrepid* während eines Patrouillenfluges auf ein amöbenartiges Raumwesen gestoßen war, und der Captain erinnerte sich daran, daß es die Besatzung der *Enterprise* – mit der entscheidenden Hilfe Spocks – schließlich geschafft hatte, jenes Geschöpf zu vernichten. Die Vulkanier reagierten mit der für sie typischen ernsten Trauer auf die vielen Toten – einer Trauer, die Menschen für ruhige Gleichgültigkeit halten mochten –, und das Monument, das sie für die Gefallenen errichteten, bestand in einem neuen vulkanischen Raumschiff.

Das Konstruktionsmuster entsprach dem eines schweren Kreuzers, aber es gab viele Details, die wichtige Verbesserungen aufwiesen. Aus diesem Grund hatte Starfleet später entschieden, jene Strukturen beim Bau aller neuen Kreuzer zu verwenden. Kirk kannte die Baupläne der *Intrepid* und fand sie ausgezeichnet. Die Erweiterungen waren nicht nur logischer als die alten Gestaltungsprinzipien, sondern stimulierten auch den menschlichen Sinn für Ästhetik. Manche konnten direkt als hübsch bezeichnet werden. McCoy hatte sich ebenfalls mit den entsprechenden Unterlagen befaßt, eine ganze Zeitlang geschwiegen und schließlich kommentiert, wenigstens seien die Hygienekammern größer. Doch das gelegentliche Brummen des Bordarztes wies Kirk darauf hin, daß er die neue Konstruktion durchaus zu schätzen wußte, wenn er auch nicht bereit war, das offen zuzugeben. Jetzt schwebte die zweite *Intrepid* fünf Kilometer von der *Enterprise* entfernt im All, und ob man es als logisch bezeichnen konnte oder nicht: Kirk freute sich, sie zu sehen. Voller Interesse erwartete er die Begegnung mit ihrem Kommandanten Suvuk, einem Admiral im Ruhestand, der im Verlaufe vieler Jahrzehnte einschlägige Erfahrungen gesammelt hatte – ein Mann, den Terraner als Helden bezeichneten, von dem es auf Vulkan jedoch nur hieß, er erfülle schlicht und einfach seine Pflicht.

»Ein gutes Schiff«, sagte Kirk. »Die Triebwerksgondeln sind schmaler und eleganter... Spock, wird durch die eingesparte Masse die Leistungsfähigkeit des Triebwerks beeinträchtigt?«

»Vor der Umgestaltung gelang es den vulkanischen Technikern, den energetischen Umsatz in den Generatoren um dreiundfünfzig Prozent zu steigern«, erwiderte der wissenschaftliche Offizier. »Mit anderen Worten: Im Vergleich zur *Enterprise* beträgt das Antriebspotential hundertdreiunddreißig Prozent. Ich fürchte, Mr. Scott leidet derzeit am schlimmsten aller menschlichen Gefühle: Neid.«

McCoy knurrte etwas Unverständliches. »Können wir jetzt endlich los?« fragte er barsch. »Ich möchte nicht noch mehr Zeit verlieren. Ich muß in der Krankenstation nach dem Rechten sehen.«

»Einen Augenblick, Doktor«, sagte Spock. »Ich warte nur noch auf einige Daten. Das Ergebnis der Berechnung müßte gleich eintreffen. Während wir uns an Bord der *Inaieu* aufhalten, kann der Computer eine Analyse durchführen...«

»Geht es um die Ionenstürme?«

»Ja.«

Die beiden Hälften des Brückenschotts schoben sich mit einem verhaltenen Zischen auseinander, und Fähnrich Naraht trat ein. Es klang so, als schiebe jemand schwere Betonklötze über den Boden. Kirk lächelte. Er konnte nicht anders; er lächelte immer, wenn er dieses Wesen sah.

Naraht war einer von insgesamt dreißigtausend Nachkommen der letzten Horta-Brut, jener inzwischen berühmt gewordenen Silizium-Lebensform, die sich auf Janus VI entwickelt hatte. Während ihrer ersten Fünf-Jahres-Mission erhielt die *Enterprise* den Auftrag, Janus VI anzufliegen und dort ein ›Ungeheuer‹ zu eliminieren, doch statt dessen rettete sie den einzigen überlebenden Horta, der schließlich Tausende von Eiern legte und zur ›Mutter‹ eines ganzen Volkes wurde.

Sobald die Nachkommen ausgeschlüpft waren, wuchsen sie auf die für sie gewöhnliche Art und Weise heran. Innerhalb weniger Minuten nach der Geburt bohrten sie sich in harten Fels, und schon nach einigen Tagen waren sie hochintelligent und erreichten die Latenzperiode.

Auf den Welten der Föderation erwachte natürlich sofort das Interesse für Geschöpfe, die derart außergewöhnlich waren und doch eine erstaunliche Anpassungsfähigkeit in Hinsicht auf so ›bizarre‹ Wesen wie Hominiden aufwiesen. Die Hortas zeigten sich ebenfalls fasziniert. Nichts hätte sie von der Föderation fernhalten können. Und was die politischen Formalitäten einer offiziellen Aufnahme in den Völkerbund anging: Geschöpfe, für die massiver Fels praktisch überhaupt kein Hindernis darstellte, schreckten auch vor bürokratischen Hürden nicht zurück. Es dauerte nur drei Jahre (und in manchen Fällen verstrich weitaus weniger Zeit), bis die ersten von ihnen die Starfleet-Akademie absolvierten und ihren Dienst an Bord von Raumschiffen antraten.

Naraht war als qualifizierte Fachkraft zur *Enterprise* gekommen; er gehörte zu den zehn besten Akademie-Absolventen seines Jahrgangs. (In der Regel sprach man von ihm, als handelte es sich um einen ›Mann‹. In seiner Personalakte wurde das Geschlecht mit dem Ausdruck ›autogam-männlich, Typ B-4A‹ beschrieben – was, wie McCoy meinte, in Hinsicht auf seine sexuelle Orientierung der menschlichen Fantasie genügend Spielraum ließ.) Der Horta hatte sich auf Biomathematik spezialisiert, jene außergewöhnliche Wissenschaft, die sowohl Aspekte der Psychiatrie aufwies als auch in Verbindung mit der Mesonenphysik stand. Das bedeutete, daß er zumindest nominell zur Abteilung McCoys gehörte. Aber auch die technische Sektion und die analytische Chemie erhoben Anspruch auf ihn, was nicht weiter verwundern konnte: Immerhin verspeisten Hortas Stein und ernährten sich von den darin enthaltenen Metallelementen und Silikaten. Naraht brauchte nur einen Bissen von irgendeinem Metall oder Mineral zu nehmen, und schon wenige Sekunden später nannte er die exakte chemische Zusammensetzung der ›Delikatesse‹, schilderte sie mit der Präzision eines Feinschmeckers, der das Rezept einer besonderen Köstlichkeit erläuterte.

Kirk nahm die Auseinandersetzung zwischen den einzelnen Abteilungen, bei denen es um Naraht ging, mit einer gewissen Erheiterung zur Kenntnis, hütete sich jedoch davor, als Captain einzugreifen. Die *Enterprise* diente den Personen an Bord, nicht umgekehrt. Er überließ Naraht seiner Biomathematik und beschränkte sich darauf, seine Fortschritte zu beobachten. Spock hingegen hielt es offenbar für unlogisch, die Fähigkeiten des Horta ungenutzt zu lassen, und er bestellte ihn dann und wann auf die Brücke, um ihm bestimmte Aufträge zu geben. Dagegen hatte Kirk nichts einzuwenden. Es erstaunte ihn immer wieder, von einem Wesen mit ›Sir‹ oder ›Captain‹ angesprochen zu werden, das aussah wie eine überdimensionale Pizza mit besonders viel Salami und Käse.

»Ich habe die Untersuchung der Meteoritenfragmente abgeschlossen«, wandte sich Naraht an Spock, richtete sich zu seiner vollen Größe auf und nahm ›Haltung‹ an. Kirk hörte, wie sich der hinter ihm stehende McCoy räusperte, um nicht laut zu lachen. Naraht war ein ›horizontales‹ Wesen, und ›volle Größe‹ bedeutete etwa einen halben Meter.

»Ihr Bericht, Mr. Naraht«, sagte Spock und begann damit, Daten in seinen Bibliothekscomputer einzugeben.

»Ja, Sir. In der Reihenfolge der größten Konzentrationen setzen sie sich aus folgenden Substanzen zusammen: Eisen 55, fünfundvierzig Komma acht null Prozent; Nickel 58, zwölf Komma sechs eins Prozent; Blei

82, neun Komma acht acht Prozent; Quecksilber 201, neun Komma vier sechs Prozent; Gallium 69, neun Komma drei null Prozent; Gold 198, acht Komma eins eins Prozent; Samarium 151, drei Komma eins null Prozent; Rhodium 101, eins Komma zwei drei Prozent; Palladium 106, null Komma zwei null Prozent; Iridium 193, null Komma drei null Prozent. Darüber hinaus enthielten sie Spuren von Neodym, Yttrium, Strontium und Tantal. Sie ergeben insgesamt einen Anteil von null Komma null eins Prozent.«

Spock sah mit großem Interesse auf die Instrumente der wissenschaftlichen Station. »Mr. Naraht«, sagte er, »sind Sie ganz sicher, was den Wert für Iridium anbelangt?«

»Bis auf sechs Dezimalstellen, Sir! Null Komma drei null vier eins vier eins zwei zwei.«

»Das sind *acht* Dezimalstellen, Fähnrich«, stellte Spock fest. Doch seine Stimme klang dabei so sanft, daß ihn McCoy mit einem verwunderten Blick bedachte.

»Oh«, machte Naraht. »Tut mir leid, Sir! Ich dachte, Sie seien vielleicht an einer noch genaueren Angabe interessiert.«

»Das Wort ›vielleicht‹ drückt eine Ungewißheit aus, die keinen Platz in einem Gebäude reiner Logik hat«, sagte Spock im gleichen Tonfall wie zuvor. Kirk senkte den Kopf, um sein Lächeln zu verbergen. »Trotzdem bin ich bereit, diesen Fehler zu entschuldigen – vorausgesetzt, er wiederholt sich nicht.«

McCoy richtete seine Aufmerksamkeit auf den Captain, der den Sessel des Befehlsstandes herumgedreht hatte und wieder auf den großen Wandschirm sah – um sich von Spock und Naraht abzulenken. *Es ist nicht zu fassen,* gab der Arzt Kirk stumm zu verstehen. *Ich glaube fast, Spock nimmt Naraht auf den Arm!* Jim zuckte mit den Schultern, nahm den Bericht McCoys entgegen und überflog die Notizen darauf, während der Vulkanier hinter ihm seinen Vortrag fortsetzte. »Begeisterung *für* die Wissenschaft ist durchaus lobenswert«, sagte Spock, »doch Enthusiasmus *in* der Wissenschaft muß unter allen Umständen vermieden werden. Er beeinträchtigt die Objektivität und könnte wichtige Schlußfolgerungen unmöglich machen. Nehmen Sie sich davor in acht.«

»Ich werde Ihren Rat beherzigen, Sir«, erwiderte Naraht. »Gibt es sonst noch etwas?«

»Im Augenblick nicht, Fähnrich. Sie können gehen.«

Nahrat schlurfte in Richtung Schott. »Mr. Naraht«, sagte Spock, als Kirk gerade den Kopf heben wollte. Das Kratzen und Schaben hinter ihm verklang.

»Sir?«

»Sie haben gute Arbeit geleistet, Mr. Naraht. Wenn Sie so weitermachen, wird bestimmt ein hervorragender Wissenschaftler aus Ihnen.«

»Danke, Sir.«

»Das wär's.«

Der Horta schob sich mit einem dumpfen Knirschen in die Kabine des Turbolifts. Spock wandte sich wieder seinen Geräten zu und ignorierte den fragenden Blick Uhuras. McCoy wartete einige Sekunden, bevor es aus ihm herausplatzte: »Spock, ich bin nicht sicher, ob ich meinen Ohren trauen kann«, sagte er verblüfft. »Haben Sie dem Horta eben ein Kompliment gemacht?«

Der Vulkanier betätigte einige Tasten und sah nach wie vor auf die Projektionsfläche des Bibliothekscomputers, während er entgegnete: »Es ging mir nur darum, die Leistungen Narahts angemessen zu bewerten, Doktor. Wie Sie selbst wissen, ist Feedback sehr wichtig, um Motivationen zu verbessern.«

»Woraus ich den Schluß ziehe«, warf Kirk wie beiläufig ein, »daß Sie mit der Arbeit des Horta im großen und ganzen zufrieden sind, nicht wahr?«

»Sehr sogar, Captain. Tatsächlich weist Naraht viele der besonders lobenswerten Eigenschaften eines jungen Angehörigen *Ihres* Volkes auf. Er ist fröhlich, gewissenhaft, gehorsam, höflich und begeisterungsfähig, und außerdem bringt er seinen Vorgesetzten Respekt entgegen...«

»Und vermutlich ist er auch brav, zurückhaltend, ehrerbietig und hält seine persönlichen Dinge in Ordnung«, fügte McCoy hinzu. »Mit anderen Worten, Mr. Spock: Er könnte als Musterbeispiel für alle Raumkadetten dienen.«

»Komm schon, Pille«, sagte Kirk. »Was wäre Starfleet ohne gute Kadetten?«

»Darum geht es mir gar nicht, Jim. Spock schätzt ihn! Und das schlägt dem Faß den Boden aus!«

»Da bin ich mir gar nicht so sicher«, hielt ihm Spock entgegen. Der Vulkanier seufzte und sah von seiner Arbeit auf. »Doktor, Mr. Naraht hat einen bemerkenswert logischen Verstand. Was mich auch nicht weiter verwundert, denn das war auch bei seiner Mutter der Fall. Wenn seine emotionalen Tendenzen...«

»Ah, jetzt kommt's raus!« triumphierte McCoy. »Genau das ist der Punkt! Sie mögen den Jungen, weil Sie seine Mutter-Horta kannten – *die Gefallen an Ihren spitzen Ohren fand*!«

Spock starrte McCoy nur wortlos an. Kirk konnte sich nicht länger beherrschen und begann leise zu kichern. Unglücklicherweise gab ausgerechnet in diesem Augenblick die Kommunikationskonsole Uhuras ein leises Summen von sich. Die dunkelhäutige Frau hielt sich das Verbindungsmodul ans Ohr und blickte einige Sekunden lang ins Leere. Dann sagte sie: »Captain, die *Inaieu* ist bereit, Sie zu empfangen.«

Kirk stand auf und schmunzelte noch immer. »Antworten Sie, wir seien bereits auf dem Weg. Meine Herren, das Verteidigungs-Plädoyer in bezug auf die Nepotismus-Anklage verschieben wir auf später. Uhura, geben Sie dem Transporterraum Bescheid.«

»Wir benutzen kein Shuttle?« fragte McCoy kummervoll.

»Dazu haben wir keine Zeit mehr, Pille.«

»Irgendwann«, brummte der Bordarzt, als er zusammen mit Kirk und Spock in den Turbolift trat, »gibt der verdammte Transporter seinen Geist auf, und dann können wir endlich Menschen bleiben, wenn wir von einem Raumschiff zum anderen wechseln.« Er sah den Vulkanier an. »Abgesehen von Ihnen, Spock.«

Die *Inaieu* schien noch größer zu sein, als sie aussah. Kirk fragte sich zunächst, ob irgendein Programmierfehler dazu geführt hatte, daß sie im Frachttransporter rematerialisierten und nicht etwa auf den Empfangsfeldern der Personenstation. Der Raum war ebenso groß wie ein kleiner Hangar. Doch der eyrenische Transportoffizier an der Konsole erinnerte den Captain der *Enterprise* daran, daß sich nicht nur die Größenverhältnisse von Raumschiffen unterschieden, sondern auch die der Besatzungsmitglieder.

Das Planetensystem der Riesensonne Deneb bestand nicht nur aus einem Trabanten. Die Klaha – das erste denebianische Volk, mit dem Starfleet Kontakt aufgenommen hatte – lebten auf Deneb V. Diese Spezies meinte die Föderation, wenn sie von ›Denebianern‹ sprach. Doch die Bewohner der anderen Planeten – die Eyrenier, !'hew und Deirr – waren ebenfalls Denebianer. Die Welten des blauen Riesen zeichneten sich alle durch besondere Größe und Dichte und eine hohe Schwerkraft aus, die die Physiologie der dort beheimateten Lebensformen nachhaltig geprägt hatte. Die Konstruktion der *Inaieu* entsprach den körperlichen Erfordernissen der hauptsächlich aus Denebianern bestehenden Mannschaft. Die Eyrenierin an der Konsole war eine typische Vertreterin ihres Volkes und ähnelte einem achtbeinigen, kopflosen Elefanten mit vier Rüsseln und einem kugelförmigen Leib. Die Haut schimmerte in einem goldfarbenen Ton. Ein derart massiges Wesen brauchte Bewegungsfreiheit, und ein von Menschen errichteter Transporterraum hätte ihm gewiß nicht genug Platz geboten.

Nach der Rematerialisierung Kirks und seiner drei Begleiter kam die Eyrenierin hinter der Konsole hervor und ›verneigte‹ sich respektvoll, in dem sie die Vorderbeine knickte. »Captain, meine Herren...« sagte sie. »Sie werden im Hauptbesprechungsraum erwartet. Wenn Sie mir bitte folgen würden...«

»Gewiß, Lieutenant«, erwiderte Kirk, der bereits die Streifen auf den vier Ärmeln bemerkt hatte. Darüber hinaus stellte er fest, daß die Uniform der Eyrenierin nur aus jenen Ärmeln bestand. Sie wankte auf den Korridor und bewegte sich überraschend flink und elegant. Der Grund dafür lag auf der Hand: In weiten Bereichen des Schiffes herrschte geringe Schwerkraft, um den Besatzungsmitgliedern, die aus verschiedenen Völkern stammten, den Aufenthalt an Bord so angenehm wie möglich zu machen. »Ich nehme an, es gibt hier Hochschwerkraft-Kabinen auf der *Inaieu?«* wandte sich Kirk an McCoy.

»Das habe ich gehört. Die entsprechenden Einrichtungen erforderten besondere Strukturverstärkungen und einige Tricks, um die energetische Belastung möglichst gleichmäßig zu halten. Aber die Energiereserven der *Inaieu* sind bestimmt ausreichend.«

»Das glaube ich auch«, bestätigte Scott und blickte durch eine offene Tür, als sie an einem von insgesamt sechs Maschinenräumen vorbeikamen. »Die Warp-Module dort drin sind bereits halb so groß wie das ganze Triebwerk der *Enterprise.«*

Kirk musterte seinen Chefingenieur kurz. Scott zögerte und blickte sehnsüchtig in Richtung der gewaltigen Anlagen. »Später, Scotty«, sagte er. »Ich glaube, es bleibt uns noch Zeit genug für eine Besichtigungstour. Es muß ohnehin ein routinemäßiger Austausch der Datenbestände erfolgen, und diese Gelegenheit können Sie nutzen, um dem hiesigen Chefingenieur einen Besuch abzustatten und Höflichkeiten mit ihm auszutauschen.«

»Und Formeln«, warf McCoy ein.

Scott lächelte und seufzte übertrieben, als sie einen Turbolift betraten, dessen Kabine so groß war wie ein gewöhnliches Shuttle. »Deck achtzehn«, sagte ihre eyrenische Begleiterin. »Niedrigschwerkraft.« Die Transportkapsel schwang zur Seite, und anschließend ging es in gemäßigtem Tempo in die Höhe. Kirk lächelte still vor sich hin. Alle Denebianer mochten das Gefühl des Andrucks bei starken Beschleunigungen haben, und bestimmt verzichtete die Eyrenierin nun zugunsten ihrer Schützlinge auf ein solches Vergnügen. Als er sich vorstellte, mit welcher Geschwindigkeit die Liftkabinen für gewöhnlich durch die Tunnel des Zerstörers rasten, schauderte er unwillkürlich. Das gehörte zum Wesen der Völker aus dem Deneb-System. Kein Denebianer würde ruhig gehen, wo er laufen konnte, und selbst ihre Raumschiffe flogen sie so schnell, wie es gerade noch zulässig war. Sie meinten, das Leben sei zu interessant, um unnötig Zeit zu verlieren. Sie vertraten die Ansicht, man müsse das Beste aus einem ›nur‹ sechshundert Jahre langen Leben machen, soviel Neues wie möglich entdecken. Aus diesem Grund unternahmen sie weite Reisen, steckten ihre Nasen – zumindest diejenigen, die mit solchen Organen ausgestattet waren – in alles, was ihre Neugier weckte, und vergnügten sich prächtig. Die Denebianer galten als die fröhlichsten Entdekker und Forscher in der ganzen Galaxis, und zweifellos stellten sie einen großen Aktivposten für die Föderation dar. Kirk mochte sie sehr.

»Da sind wir. Hier entlang, meine Herren.« Die Eyrenierin eilte aus dem Lift, und Kirk und seine drei Begleiter folgten ihr. Das elefantenartige Wesen stapfte erstaunlich gemächlich durch den Gang, und doch hatte der Captain Mühe, mit ihm Schritt zu halten. Nach einigen Dutzend Metern deutete das massige Geschöpf auf eine offene Tür. »Der Hauptbesprechungsraum, meine Herren.«

»Vielen Dank, Lieutenant«, sagte Kirk und führte seine Offiziere ins Zimmer.

Wie nicht anders zu erwarten gewesen war, hatte die Kammer die Ausmaße eines Tennisplatzes. Der Tisch bewies einmal mehr, wie taktvoll sich die Denebianer verhielten, wenn sie es mit Vertretern anderer Rassen zu tun bekamen – eine runde und leere Fläche in der Mitte des Raums, an der Klaha, Eyrenier und !'hew standen (sie nahmen niemals Platz), davor einige Sessel für Hominiden und schüsselförmige Stützgestelle für die Deirr. Auf diese Weise konnte jeder Konferenzteilnehmer die anderen beobachten, ganz gleich, ob er einen stereoskopischen Blick, Augenstiele oder Infrarotsensoren besaß. Natürlich verfügten alle Personen über intradermale Übersetzungsmodule, so daß es keine Verständigungsprobleme gab. Wenigstens nicht mehr als üblich...

Die Gestalten am Tisch erhoben oder verneigten sich, um Kirk und seine Begleiter zu begrüßen. Eins der Wesen glitt aus seinem Schüsselsitz und gab dabei ein schmatzendes Geräusch von sich, das Kirk gut kannte. Er lächelte. »Nhauris«, sagte er und streckte die Hand aus. »Sie haben sich überhaupt nicht verändert.«

»Ebensowenig wie Sie«, erwiderte der Captain der *Inaieu*, rutschte ihm entgegen und winkelte einen seiner Tentakel um Kirks Handgelenk. Nhauris Rihaul war eine Deirr von Deneb IV und rund eine halbe Tonne schwer. Ihr Körper schien aus feuchtem, braunem Leder, Falten, Runzeln und beutelartigen Erweiterungen zu bestehen, sah aus wie eine riesige Schnecke, der es irgendwie gelang, aufrecht zu stehen – eine Schnecke, die fast drei Meter lang war und an der dicksten Stelle rund anderthalb Meter durchmaß. Dort, wo man bei einem Menschen die Stirn erwartet hätte, glänzte ein breites Augenband. Darunter zeigte sich ein vertikaler und lippenloser Mundschlitz, der keine Zähne aufzuweisen schien. Kirk wußte jedoch, daß dieser erste Eindruck täuschte. Etwas tiefer wuchsen mehrere Pseudopodien aus dem schwammigen Leib. Einige Tentakel waren eher klein und dünn; andere ähnelten langen Kabeln. Nhauris hatte Kirk mit einer der schmaleren Gliedmaßen berührt und bewegte sie wie einen Hebel auf und ab – auf diese Weise imitierte sie ein menschliches Händeschütteln. »Wie geht's Ihnen, Jim?«

»Soweit ganz gut, Captain«, erwiderte Kirk. »Aber wenn Sie mich nicht bald loslassen, muß ich McCoy um ärztliche Hilfe bitten.«

Nhauris ließ ihren Tentakel sinken und gab ein gurgelndes Geräusch von sich, das Deirr-Äquivalent eines Lachens. Es klang eher so wie ein lautes Magenknurren. »Wie Sie meinen, Captain. Ich muß mich dafür entschuldigen, daß diese Besprechung an Bord meines Schiffes stattfindet. Eigentlich hätten wir die *Enterprise* aufsuchen sollen, denn schließlich ist sie das Flaggschiff der Flotte. Aber ich glaube, in Ihrem Konferenzraum wäre es für uns ein wenig eng gewesen.«

»Da haben Sie vermutlich recht«, erwiderte Kirk und ließ seinen Blick über die anderen Denebianer am Tisch schweifen: zwei Klaha, drei Eyrenier und einen !'hew. Jeder von ihnen war fast so groß wie ein normales Beiboot. »Wie dem auch sei: Wir sollten jetzt die Vorstellungsförmlichkeiten hinter uns bringen, um anschließend mit der eigentlichen Arbeit zu beginnen. Captain Rihaul, ich möchte Sie mit meinem Ersten und wissenschaftlichen Offizier Spock bekannt machen...« Der Vulkanier neigte andeutungsweise den Kopf. »Mein Chefingenieur Montgomery Scott und der Bordarzt der *Enterprise*, Dr. Leonard McCoy.«

»Es ist mir eine große Ehre, meine Herren«, sagte Captain Rihaul und wickelte ihren Tentakel kurz um die Hände der genannten Hominiden. Diesmal verzichtete sie auf die Pumpbewegung. »Willkommen an Bord der

Inaieu.« Sie führte sie in Richtung Tisch. »Das sind meine Offiziere: der Erste Offizier und Leiter der wissenschaftlichen Abteilung, Araun Yihoun; der Verantwortliche für den medizinischen Sektor, Lahiyn Roharrn, und Chefingenieur Lellyn UUriul. Auf der anderen Seite sehen Sie unsere Gäste von der *Constellation*...«

»Jim und ich kennen uns bereits, Nhauris«, sagte Mike Walsh und reichte Kirk die Hand. »Schon von der Akademie her – und später waren wir beide an Bord der *Excalibur*. Wann haben wir uns zum letztenmal gesehen? Bei der M 5-Sache, nicht wahr? Himmel, damals ging es drunter und drüber. Eine verdammte Maschine, die außer Kontrolle geriet...«

Aus den Augenwinkeln bemerkte Kirk, daß McCoy den Kopf hob. »Diese Besprechung könnte interessanter werden, als ich dachte«, sagte er und musterte Mike eingehend. Vor langer Zeit hatten Jim und seine Studienkameraden die Meinung vertreten, es sei ein großer Vorteil, daß es bei Starfleet im Gegensatz zu den alten Raumagenturen keine Größenvorschriften gab, denn sonst hätte es Walsh nie zum Kommandanten gebracht. Er war fast zwei Meter groß, ein schlanker Mann mit strohblondem Haar, der zwar immer aufmerksam, gleichzeitig aber auch berechnend wirkte. Bei seinen Freunden stand er in dem Ruf, der beste Pokerspieler von Starfleet zu sein. Er gewann ständig, und daher gab es kaum jemanden, der bereit war, gegen ihn anzutreten – zumindest nicht zweimal. Trotzdem bemühten sich viele Leute, an Bord der *Constellation* zu gelangen. Seit Mike das Kommando über jenen Kreuzer übernommen hatte, berichtete das Logbuch über ähnliche Abenteuer, die auch die *Enterprise* und ihre Crew auf die Probe stellten. Walsh war ein außerordentlich fähiger Captain, der Gefahren nicht scheute, aber keine unnötigen Risiken einging. Er haßte es ebensosehr wie Kirk, eine Niederlage zu erleiden, und hatte sich mit Personen umgeben, die seine Einstellung teilten. Er verstand sich auf die Kunst, in einer gefährlichen Galaxis zu überleben.

Mike deutete auf seine Begleiter – einen asiatischen Terraner und zwei attraktive Frauen, eine von ihnen Tellaritin. »Meine Erste, Raela hr'Sassish. Die Bordärztin Aline MacDougall. Und mein Chefingenieur Iwaio Sasaoka.«

»Und hier haben wir den Captain der *Intrepid*«, ließ sich Rihaul vernehmen. »Captain Kirk, ich möchte Ihnen Captain Suvuk vorstellen.«

»Sir«, sagte Kirk und nickte. Die Geste, sich die Hand zu reichen, war bei Vulkaniern nicht üblich. Jim musterte den Mann, der fast dreißig Raumschiffe vor der Vernichtung bewahrt und das Leben vieler tausend Starfleet-Angehöriger gerettet hatte, indem er bereit gewesen war, sich während des letzten Krieges den Klingonen als Geisel anzubieten. Jener Krieg entschied sich an der organianischen Front. Suvuk wurde gefoltert und anschließend einer Mentalsondierung unterzogen – aber es gelang ihm dennoch, sich aus der Gefangenschaft an Bord des klingonischen Flaggschiffes Hakask zu befreien. Er zerstörte den Warp-Antrieb, sprengte einige wichtige Komponenten des Impulstriebwerks in die Luft und ließ auf seinem Weg Dutzende von Bewußtlosen und Verletzten zurück, auch einige tote Klingonen. Anschließend fertigte er Kopien von allen wichtigen Daten im Bibliothekscomputer an und löschte den Speicher. An Bord eines gestohlenen Klingonenshuttles kehrte er zur gerade erst in Dienst gestellten *Intrepid* zurück – bevor die Organianer eingriffen und sowohl das Imperium als auch die Föderation feststellen mußten, daß es zu riskant war, die Kämpfe fortzusetzen. Später ehrte die Föderation Suvuk mit der Pentares Friedens-Auszeichnung und gab ihm eine Medaille für seinen beispiellosen Heldenmut.

Doch es erforderte keine solchen Ehrenzeichen, um zu erkennen, daß es sich bei Suvuk um einen, schlicht ausgedrückt, erstaunlichen Mann handelte. Er war ein ganzes Stück kleiner als Spock, auch schlanker. Damit entsprach sein Aussehen den Holobildern, die Kirk bereits betrachtet hatte und die zu den Berichten über seine Aktivitäten an Bord der *Hakask* gehörten. Aber derartige Aufnahmen konnten nicht die beeindruckende Kraft der Persönlichkeit übermitteln, die in einem so unscheinbar wirkenden Körper ruhte. Kirk glaubte fast, es mit einer lebenden Legende zu tun zu haben. Dieser Vulkanier war sich seiner selbst so sicher, daß er sich nicht mehr als unbedingt nötig den Traditionen seiner Heimatwelt beugen mußte. Jim beobachtete ein Gesicht mit scharfgeschnittenen Zügen, ebenso gelassen und ernst wie das aller anderen Vulkanier. Darüber hinaus strahlte es eine innere Ruhe aus, an der es jüngeren Bewohnern des Planeten Vulkan mangelte. In den Augen- und Mundwinkeln zeigten sich dünne Falten, und den trüben Glanz der Pupillen hätte man für ein Zeichen von Gleichgültigkeit halten können. Zwar stand Suvuk kerzengerade, aber seine Haltung wirkte dennoch entspannt. *So könnte Spock in etwa sechzig Jahren aussehen,* dachte Kirk. *Hoffentlich erlebe ich das noch...*

»Captain«, sagte Suvuk. Jim war erneut überrascht, denn er hatte nicht mit einer so volltönenden Stimme gerechnet. Der Vulkanier hob die Hand, spreizte Mittel- und Ringfinger in der für sein Volk typischen Geste. »Ich grüße Sie, sowohl persönlich als auch im Namen meiner Heimat. Wir hatten allen Grund, ihre Leistungen anzuerkennen, und bestimmt werden Sie unsere Erwartungen auch diesmal nicht enttäuschen.« Er wandte sich an Spock, Scott und McCoy. »Glück und langes Leben, Spock«, sagte Suvuk, und Spock hob ebenfalls die Hand. »Das wünsche ich auch Ihnen, Mr. Scott und Dr. McCoy.« Er sah den Bordarzt der *Enterprise* an. »Ich habe Ihre jüngsten Dokumentationen über kombinierte Enzymmanipulation und die Kyrotherapie in bezug auf das traumatisierte Simulperikardium bei uns Vulkaniern gelesen. Dafür möchte ich Ihnen meine Hochachtung aussprechen. Ihre Angaben sind präzise, verständlich und von großem Nutzen.«

McCoys Gesicht blieb ausdruckslos; es gelang ihm, seine Überraschung zu verbergen. »Captain«, erwiderte er, »Ihr Kompliment freut mich sehr. Ich bin nur neugierig darauf, ob die neue Technik nicht nur in der Theorie funktioniert, sondern auch im praktischen Einsatz.«

»Oh, in dieser Hinsicht können Sie ganz beruhigt sein«, entgegnete Suvuk. »Die T'Saien-Klinik der wissenschaftlichen Akademie auf Vulkan verwendet sie bereits bei ihren Patienten. Ich war einer der ersten, der behandelt wurde, vor einigen Monaten.« McCoys Reaktion beschränkte sich darauf, daß seine Augenbrauen langsam in die Höhe kamen. Jim unterdrückte ein Lächeln und war sicher, daß Leonard nach ihrer Rückkehr an Bord der *Enterprise* eine Flasche saurianischen Brandy hervorholen würde. »Vielleicht bietet sich uns später noch eine Möglichkeit, über diese Angelegenheit zu sprechen«, fuhr Suvuk fort. »Der Bordarzt meines Schiffes wird sich bestimmt freuen, darüber mit Ihnen zu diskutieren. Das Simulperikardiumtrauma stellt uns vor große Probleme.« Er deutete auf seine Begleiter. »Mein Bordarzt Sobek. Chefingenieur T'Leiar. Und der Erste Offizier Sehlk.« Die Offiziere nickten nacheinander – der ein wenig untersetzte Arzt Sobek, die schlanke, blauäugige und dunkelhaarige T'Leiar, und auch Sehlk, der Suvuk ähnelte, aber etliche Jahre jünger war: klein, dunkelhäutiger als die anderen Vulkanier, ruhig und gelassen. In seinen Augen schimmerte wache Aufmerksamkeit. »Ich glaube, wir sollten jetzt beginnen. Captain Kirk hat sicher eine Menge mit uns zu erörtern.«

Daraufhin setzten sich alle – bis auf die Denebianer. Kirk hörte erneut das schmatzende Geräusch, als Rihaul in ihren Schüsselsitz glitt, und einmal mehr mußte er die Lippen zusammenpressen, um nicht laut zu lachen. Deirr waren eigentlich gar nicht feucht: Ihre glatte und glänzende Haut erweckte nur diesen Eindruck. Schon an der Akademie, wo Kirk als ihr Mathematik-Dozent tätig gewesen war, hatte Rihaul geklagt, die bei Starfleet üblichen Schüsselsitze kämen für sie einem Fluch gleich. Wenn sie darin Platz nahm, verursachte sie unweigerlich Geräusche, die bei Hominiden als peinlich galten. Und um lautlos aufzustehen, mußte sich ein Deirr entweder sehr anstrengen – oder er brauchte die Hilfe mehrerer Freunde. Nhauris und Kirk scherzten oft darüber, daß sie nur deshalb Captain eines Raumschiffes hatten werden wollen, um endlich einen stoffgepolsterten Schüsselsitz zu bekommen.

»Ich glaube«, begann der Captain der *Enterprise,* »wir sollten uns zuerst mit der strategischen Situation befassen, bevor wir über taktische Erwägungen sprechen.« Spock reichte ihm eine Speichereinheit, und Kirk schob sie in den Tischcomputer. Vier kleine holografische Projektionsfelder bildeten sich, und in jedem zeigte sich eine dreidimensionale Karte der Galaxis. Myriaden winziger Sterne gleißten. Die Darstellungen rotierten, bis die Anwesenden den Eindruck gewannen, von ›oben‹ auf die galaktische Scheibe zu blicken. Der Zoomeffekt holte den Sagittarius-Spiralarm heran – eine unregelmäßig geformte Struktur, dreißigtausend Lichtjahre lang und halb so breit. In dieser Zone erstreckten sich die Machtbereiche der Föderation und auch die der Klingonen und Romulaner. Aus der gegenwärtigen Perspektive betrachtet, sah der Sagittarius-Arm fast so aus wie der nordamerikanische Kontinent. In diesem Fall fehlte es Nordamerika jedoch am größten Teil Kanadas, und die Vereinigten Staaten reichten im Westen nur bis zu den Rocky Mountains und endeten im Süden bei Oklahoma. Sol leuchtete dort im Sternenmeer, wo man Oklahoma City vermutet hätte.

»Dies ist unsere Position«, sagte Kirk. Erneut wurde

der Zoomeffekt aktiv, und der ›Kontinent‹ schwoll an, bis in den Darstellungsfeldern nur noch das stellare Äquivalent der südwestlichen Teile Nordamerikas, Mexikos und Kaliforniens zu sehen war. »Die Raumgebiete der Föderation und der klingonischen und romulanischen Einflußgebiete sind entsprechend gekennzeichnet.« Drei amöbenartige Formen bildeten sich: rotes Leuchten für die Klingonen, goldfarbenes Glühen für die Romulaner und blaues Schimmern für die Föderation. Die einzelnen Grenzlinien waren alles andere als regelmäßig geformt, und nur an einer Stelle war eine klare und glatte Wölbung zu sehen, die sich an den Rand der blauen Sphäre schmiegte und einen Teil des goldfarbenen Bereichs umschloß. »Umstrittene Sektoren sind mit orangefarbenen Tönungen markiert.« Davon gab es eine ganze Menge, vor allen Dingen in den Zonen, wo Blau auf Rot traf und rotes Leuchten mit goldfarbenem verschmolz. »Bei dieser schematischen Übersicht wurden die neuesten Informationen verarbeitet, die uns die Nachrichtendienste über Klingonen und Romulaner zur Verfügung stellen konnten. Es ist deutlich zu erkennen, daß es dort draußen einige Schwierigkeiten zu geben scheint. Entweder kam es beim Bündnis zwischen Klingonen und Romulanern zu Problemen, oder aber ihre Allianz gründet sich auf andere Prinzipien als die bei uns gebräuchlichen. Das liefert uns den ersten Hinweis darauf, warum wir eigentlich hier sind – es sei denn, Starfleet hat jemanden von ihnen gründlicher informiert.«

Suvuk schüttelte andeutungsweise den Kopf; Walsh rollte mit den Augen und starrte kurz an die Decke. »Bei Starfleet ist man selten so zurückhaltend gewesen«, ließ sich Rihaul vernehmen. »Ich bin sicher, es bahnt sich eine besonders ernste Krise an.«

»Das glaube ich auch«, bestätigte Kirk. »Und deshalb sollten wir ständig in Verbindung bleiben und Meldungen austauschen. Vielleicht kommen wir auf diese Weise dahinter, was gespielt wird. Nun, mein Mitarbeiterstab hat sich mit Berichten befaßt, die von unseren Agenten bei den Romulanern stammen. Ich überspiele Ihnen die Daten, damit Sie sie selbst analysieren können. Wenn Sie anschließend irgendeine Idee haben, so zögern Sie bitte nicht, mich davon in Kenntnis zu setzen. Ich beabsichtige, bei dieser Operation zunächst auf eine strenge Reglementierung zu verzichten. Zumindest so lange, bis etwas geschieht. Und ich bin sicher, es *wird* etwas geschehen.«

»Da stimme ich Ihnen voll und ganz zu, Captain«, sagte Suvuk. »Unsere hiesige Mission dient sowohl der Provokation als auch der Ermittlung. Man schickt einen Zerstörer nicht in einen leeren Sektor, von dem man glaubt, daß er leer bleiben wird. Ich vermute daher, wir stellen eine Herausforderung für die Romulaner dar, sollen ihnen auf den Zahn fühlen, wie sich Captain Walsh ausdrücken würde.«

Kirk verbarg seine Überraschung, als er Suvuk musterte und einen raschen Blick mit Walsh wechselte. *Habe ich richtig gehört?* überlegte er. *Nein, Vulkanier machen keine Witze, und erst recht nicht Suvuk. Und doch...* »Ja, Sir«, erwiderte er laut. »Unter diesem besonderen Gesichtspunkt habe ich das Patrouillenmuster entwickelt, mit dem ich Sie nun vertraut machen möchte. Ich nehme gern irgendwelche anderen Verbesserungsvorschläge entgegen.«

Die Darstellung in den Projektionsfeldern veränderte sich und zeigte weitere Einzelheiten. Die lange, gewölbte und ellipsoide Grenzfläche zwischen den beiden Einflußsphären wuchs in die Breite, und die Sterne in den betreffenden Sektoren schienen auseinanderzutreiben. »Das hier ist Sigma 285«, erklärte Kirk und deutete auf einen der hellen Punkte. »Meiner Ansicht nach sollten wir möglichst große Abstände zwischen unseren Schiffen wahren. Einerseits muß sichergestellt sein, daß wir jederzeit miteinander kommunizieren können, aber andererseits dürfen wir nicht die Überwachung dieses Quadranten vernachlässigen.«

»Nach Ihrer Vorlage betrüge die Distanz zwischen unseren Einheiten rund zweihundert Lichtjahre«, warf Walsh ein.

»Genau. Die Grenzen des Kontrollbereichs sind folgende: 218 Persei im galaktischen Norden, 780 Arietis im Süden, der ›Ost-West-Korridor‹, der von 56 Arietis bis nach Iota Andromedae reicht – ungefähr ein halber galaktischer Grad. Auf diese Weise kann jedes Schiff innerhalb eines Maximums von einem Tag Hilfe erhalten.«

»Ich schlage vor, die *Inaieu* im Zentrum zu stationieren«, sagte Rihaul, »so daß sie jederzeit reagieren kann.«

Kirk nickte. »Das hatte ich vor. Des weiteren wird die *Enterprise* nicht etwa außerhalb der Formation in Flaggstellung warten, sondern selbst an der Patrouille teilnehmen. Erstens decken wir damit einen zusätzlichen Raumbereich ab, und zweitens ist sie für die Romulaner eine alte Bekannte. Möglicherweise erweckt sie ihre Aufmerksamkeit und lockt sie aus der Reserve. Das gäbe uns Gelegenheit, in Erfahrung zu bringen, was sich auch auf der anderen Seite der Neutralen Zone tut, indem wir die Komsendungen der gegnerischen Einheiten abhören. An Bord meines Schiffes warten Experten für romulanische Codes und die bei ihnen gebräuchliche Sprache nur darauf, sich endlich an die Arbeit machen zu können. Und wenn es zu einem Gefecht kommt, versuchen wir, Romulaner gefangenzunehmen und am Selbstmord zu hindern.«

»Einverstanden«, sagte Suvuk. »Captain, haben Sie bereits separate Patrouillenanweisungen für alle vorbereitet?«

»Sie sind im Speichermodul enthalten, Sie können sie jederzeit einsehen. Die einzelnen Positionen in der Staffel werden regelmäßig gewechselt.«

Rihaul deutete mit einem Tentakel auf das Holografiefeld. »Wie ich sehe, übernimmt die *Enterprise* wieder einmal die Spitze«, sagte sie und das Schimmern ihres Augenrings verstärkte sich. Kirk interpretierte dies als ein Zeichen gelinder Erheiterung. »Nun, dagegen gibt es kaum etwas einzuwenden, nicht wahr? Schließlich haben Sie das Kommando über unsere kleine Flotte. Aber erledigen Sie nicht alles selbst. Denken Sie auch an die anderen. Auch wir verspüren manchmal den Drang, die Zivilisation zu retten.«

»Captain«, entgegnete Kirk und lächelte schief, »ich habe das unangenehme Gefühl, daß diese Mission allen ausreichend Gelegenheit gibt, einem derartigen Drang nachzugeben. Bis es soweit ist, werde ich Ihr Anliegen mit dem gebührenden Wohlwollen in Erinnerung behalten... Sonst noch etwas? Irgendwelche Fragen oder weitere Vorschläge?«

»Nur eine Bemerkung«, meinte Suvuk. »Ich halte es für unlogisch, schon jetzt mit den Patrouillenflügen zu beginnen.«

»Aber so lautet nun einmal der Befehl, Sir.« Kirk stand auf, und die anderen erhoben sich ebenfalls. »Sie können jetzt wieder ihren üblichen Pflichten nachgehen«, wandte er sich an die Anwesenden. »Wenn die Kommandanten bitte bleiben würden...« Er drehte sich um. »Pille«, sagte er zu McCoy und mußte fast schreien, um sich Gehör zu verschaffen. Die Denebianer veranstalteten einen ziemlichen Lärm, als sie wie Berserker aus dem Besprechungsraum stürmten. »Ich brauche dich derzeit nicht mehr. Wenn du irgend etwas anderes zu tun hast...«

»Und ob!« brummte McCoy und grinste selbstzufrieden. »Hast du vergessen, was Suvuk über meine jüngste Dokumentation sagte?«

»Oh, ich verstehe. Nun, wenn du dir auf diese Weise die Zeit vertreiben willst...« Suvuk trat zu ihnen, begleitet von einem zweiten Vulkanier, dem medizinischen Offizier Sobek. »Captain«, sagte Suvuk und neigte kurz den Kopf. »Sie wollten mich sprechen?«

»Ja. Um Sie zu bitten, McCoy in Ihre Obhut zu nehmen, Sir. Er ist so bescheiden, daß ich ihm befehlen muß, ausführlich über seine letzten Arbeiten zu diskutieren. Ich bin sicher, es gefiele ihm sehr, sich Ihre Krankenstation anzusehen. Bitte begleite Captain Suvuk, Pille. Und mach dir um uns keine Sorgen: Wir warten nicht auf dich.«

Amüsiert beobachtete Kirk, wie die Vulkanier mit McCoy fortgingen und bereits damit begannen, ihm einen fachlichen Vortrag zu halten in der für sie typischen Art. Der Bordarzt sah nur einmal kurz über die Schultern und bedachte Jim mit einem Dafür-wirst-du-büßen-Blick, bevor er das Zimmer verließ. »Spock«, wandte sich Kirk anschließend an seinen Ersten Offizier, dessen Gesicht nach wie vor völlig ausdruckslos war. »Ich hatte keine Zeit, mir die Dokumentation anzusehen. War sie wirklich so gut?«

Spock zögerte kurz. »Ja – nach der Korrektur der Rechtschreibfehler«, antwortete er.

Mike Walsh näherte sich, in seinen Augen ein berechnendes Funkeln. »Wie steht's, Jim? Können Sie heute abend ein paar Stunden für eine gemütliche Pokerpartie erübrigen?«

»Nein«, erwiderte Jim fest. »Aber ich bin bereit, zwanzig Credits für eine Wette zu riskieren: Ich behaupte, Sie haben keine Chance gegen den Schachmeister der *Enterprise*.«

»Ach, sind Sie da ganz sicher? Nun, es wird sich herausstellen. Wann beginnt die Partie?«

Jim sah Spock an, blickte in Richtung Tür und hob die Brauen. Spock wirkte einige Sekunden lang recht nachdenklich, deutete dann ein Nicken an und ging zum Lift, um den Transporterraum aufzusuchen. »Jetzt sofort«, antwortete Kirk. »Helfen Sie mir, Nhauris aus ihrem Schüsselsitz zu befreien.«

»Verschwinden Sie auf der Stelle!«

»Diejenigen, die solche Möbel konzipieren, haben anscheinend noch eine Menge zu lernen. Dieser besondere Sessel hat so seine Tücken...« Als Kirk zusammen mit Walsh zugriff, fügte er hinzu: »Captain Rihaul, ich schätze, Sie haben zugenommen...«

KAPITEL 5

Gemäß der weithin bekannten Militärtradition der Rihannsu galten die besten Kommandanten oft als launisch und verschroben. Für gewöhnlich achtete Ael darauf, sich nicht auf diese Weise zu verhalten. Die häufigen Wutanfälle der Kommandeure, unter denen sie gedient hatte, führten nur dazu, daß sie ihre Kompetenz bei wirklichen Krisensituationen bezweifelte. Und selbst gespielte Unruhe konnte sich rasch in echte Nervosität verwandeln.

Jetzt aber sah Ael eine Chance, diese alte Tradition als einen Vorteil zu nutzen. Als sie von der Inspektion ihrer Flotte zurückkehrte, wirkte sie nicht direkt zornig, gab sich aber mürrisch und verdrießlich. T'Liun wurde sofort auf sie aufmerksam, zeigte sich besorgt und fragte Ael nach dem Zustand der anderen Raumschiffe. Ael wußte natürlich, daß es der Leiterin ihrer Sicherheitsabteilung nur darauf ankam herauszufinden, was der Grund für ihre gereizte Stimmung war, und ganz offen berichtete sie t'Liun, was sie von den Schiffen hielt, von ihren klingonischen Konstrukteuren und den Rihannsu-Besatzungen, die sie als unfähig bezeichnete. Sie empfand ihre Tirade als in höchstem Maße zufriedenstellend, denn sie gab ihr die Möglichkeit, der tief in ihr brodelnden Wut Luft zu machen und sich von einem Teil ihrer Anspannung zu befreien. T'Liun würde sicher zu entsprechenden Schlußfolgerungen gelangen – wobei sie allerdings von falschen Annahmen ausging.

Kurze Zeit später verließ Ael die Brücke der *Küraß*, stürmte durch die Korridore und beschimpfte die Junioroffiziere für die angeblich schlechte Reparatur von Ausrüstungskomponenten, die in einem erstaunlich guten Zustand waren. Bis spät in die Schiffsnacht hinein wanderte sie umher, sah in alle Räume und

Kammern und wurde zum Schrecken der Freischicht. Damit erzielte sie genau die gewünschte Wirkung. Scharfe und zornige Blicke folgten ihr, wenn sie sich von einer Abteilung auf den Weg zu einer anderen machte. Später zog sie sich in ihr Quartier zurück, schaltete das Interkom ein und belauschte die interne Kommunikation; angesichts der Flüche, mit der einige Mannschaftsmitglieder ihre Kommandantin bedachten, mußte Ael ihre Meinung in Hinsicht auf die Fantasie der meisten Rihannsu an Bord revidieren. Sie lächelte amüsiert und fühlte, wie neue Kraft und Entschlossenheit sie erfüllten. Aber was noch weitaus wichtiger war: Niemand hatte Verdacht geschöpft, als sie in einer technischen Nische einen bestimmten Regelkreis ›prüfte‹; als sie zurückkehrte, runzelte sie mißmutig die Stirn, doch in ihrem Innern triumphierte sie. Ael schlief spät ein, und das einzige Licht in ihrer Kabine stammte von den Sternen, die jenseits der transparenten Wand funkelten und schimmerten. Stumm dankte sie ihren Vorfahren, insbesondere ihrem Vater, der sie einst beauftragt hatte, seine alte Kriegsschwalbe Stück für Stück auseinanderzunehmen und anschließend wieder zusammenzumontieren.

Am nächsten Morgen ging Ael noch einen Schritt weiter. Sie bestellte t'Liun, tr'Khaell und die anderen Senioroffiziere zu sich und wies sie an, eine vollständige Kontrolle aller Schiffsfunktionen durchzuführen. Die Offiziere hielten nicht sonderlich viel von der Aussicht, einen kompletten Check, der normalerweise Wochen dauerte, in nur wenigen Tagen vornehmen zu müssen, und deshalb versicherten sie der Kommandantin, alle Systeme seien in bester Ordnung. Ael ließ sich nur zögernd umstimmen – und gab sich später noch wütender, als eine Nachricht vom Oberkommando eintraf und t'Liuns Kommunikationsstation ausfiel.

Am Vortag hatte sich Ael noch zurückgehalten. Jetzt aber beherrschte sie sich nicht länger und benutzte besonders scharfe und beleidigende Ausdrücke, um die Inkompetenz ihrer Besatzung zu rügen. Sie beorderte ihre Untergebenen auf die Brücke, hielt ihnen einen wortgewaltigen Vortrag, bei dem ihre Wangen abwechselnd grün und bronzefarben glühten – was außerordentlich eindrucksvoll wirkte –, und wies sie an, sich nach den normalen Schichten mit der verlangten Systemanalyse zu befassen. Doch niemand von ihnen sollte die von den Elementen verfluchte Kommunikationskonsole anrühren, die durch t'Liuns unfähige Pfuscherei vermutlich völlig unbrauchbar geworden sei. Vielleicht hatte sich das Oberkommando mit einem wichtigen Einsatzbefehl an sie gewandt, und nun blieb ihnen nichts anderes übrig, als zu antworten: »Es tut uns leid, aber wir haben Ihre Botschaft leider nicht empfangen.« Dieses zweifelhafte Vergnügen überließ Ael t'Liun. Darüber hinaus forderte sie eine Wartungsbox an, um die Komstation höchstpersönlich zu reparieren, und sie verbot sich dabei jede Störung.

Die Offiziere machten sich auf und davon, flohen aus dem Fokus des Zorns ihrer Kommandantin. Als auf der Brücke Stille herrschte und nur noch ein Unterzenturio zugegen war – zu scheu, um von seinen Kontrollen aufzusehen oder gar das Wort an Ael zu richten –, nahm sie die Verkleidung der Kommunikationskonsole ab, bedankte sich bei den Ahnen, indem sie in Gedanken mehrmals den vierten Namen ihres Vaters formulierte, und lachte lautlos. *Vielleicht ist es verrückt zu glauben, ich käme mit einer solchen Sache durch,* dachte sie, als sie die Energiezufuhr abschaltete. Wenn t'Liun irgendwo geheime Überwachungsinstrumente installiert hatte, so nützten sie ihr jetzt nichts mehr. *Andererseits jedoch – ich darf nicht einfach die Hände in den Schoß legen und abwarten. Nein, die Thrai hat noch nicht alle Zähne verloren, kann nach wie vor zubeißen...* Vorsichtig löste Ael einen Logikbaustein aus der kristallenen Halterung und hielt ihn so behutsam wie ein kostbares Juwel. Zu den Geräten, die man ihr gebracht hatte, gehörte natürlich auch ein tragbarer Generator, den sie nun mit dem Logikchip und den elektronischen Innereien der Konsole verband. Sie aktivierte nur die fest gespeicherten Funktionen.

Es war zwar kompliziert, aber nicht allzu schwierig, den Logikbaustein mit der ID-Kennung des Raumschiffes neu zu programmieren, und während sich Ael an die Arbeit machte, erinnerte sie sich liebevoll an ihren Vater. *Ael*, entsann sie sich an seine Worte, *irgendwann hast du möglicherweise Probleme und nicht Zeit genug, das Programm zu starten, um festzustellen, ob es wie gewünscht funktioniert. Das bedeutet, dir dürfen beim ersten Versuch keine Fehler unterlaufen, wenn du nicht dein Leben oder das anderer Rihannsu aufs Spiel setzen willst. Die Verantwortung ruht allein auf deinen Schultern; schreck nicht davor zurück, den Elementen gegenüberzutreten, auch wenn du glaubst, die Lage sei so gut wie aussichtslos. Denk nur an deine Aufgabe und laß dich nicht ablenken. Übersieh nichts.*

Ael hielt die kleine Tastatur auf den Knien, als sie den Oberkörper aufrichtete und einen bestimmten Code eingab, der aus Zahlen und Buchstaben bestand. Sie dachte über Verantwortung nach – über Leben, die nicht verlorengingen, sondern schlichtweg vergeudet wurden. *Bitter*, fuhr es ihr durch den Sinn. *Es ist bitter. Ich bin keine Mörderin… Aber das Oberkommando schickte mich als Gefangene hierher – um mich aus dem Weg zu räumen. Wahrscheinlich hoffen die Verantwortlichen auf meinen Tod. Bin ich solchen Leuten gegenüber zu irgendeiner Art von Loyalität verpflichtet? Was schulde ich ihnen? Sie setzen sich über alle Ehrbegriffe unseres Volkes hinweg. Es sind meine Kerkermeister und nicht etwa meine Gefährten. Was ist falsch daran zu versuchen, aus dem Kerker zu fliehen?*

Doch ich habe den Eid abgelegt, bei den Elementen und meiner Ehre geschworen, meine Besatzung zu schützen, sie vor Gefahren zu bewahren. Bin ich auch daran gebunden, wenn sie mich hintergeht?

Der Gedanke an die Elemente spendete Ael keinen Trost. Was auch nicht weiter verwunderlich war, denn schließlich befand sie sich im All, weit entfernt von Welten mit dem Element Erde. Und Wasser und Luft existierten hier nur in einem steinhart gefrorenen Zustand. Das einzige vertraute Element war Feuer – das nukleare Brennen in den Sonnen, die Materie-Antimaterie-Verschmelzung in den Schiffsreaktoren. Diese Vorstellung schuf eine gewisse Zufriedenheit in Ael, denn sie wußte, daß ihr eigenes Element Begleiter des Feuers war – Luft – und gleichzeitig als Medium für die Dinge diente, mit denen sie sich auskannte, für Waffen und Worte. Doch selbst jene alte Symmetrie konnte sie nicht beruhigen. *Loyalität, der beste Teil der herrschenden Leidenschaft, besteht aus Feuer. Wenn meine Besatzungsmitglieder auch nur einen Funken dieses Feuers aufwiesen, würde ich versuchen, daraus neue Flammen zu entfachen. Dann wäre ich bereit, alles zu unternehmen, um sie zu retten. Aber in ihnen herrscht die dunkle Kälte von Heimtücke und Verschlagenheit.*

Außerdem geht es nicht nur um mich und die Mannschaft der Küraß, *sondern um etwas weitaus Bedeutsameres.* Noch immer saß Ael auf dem Boden der Brücke, und einige Sekunden lang starrte sie in die Ferne. Wenn das schreckliche Projekt weitergeführt wurde, das in einer Forschungsstation auf Levaeri V begonnen hatte, standen nicht nur einige Leben auf dem Spiel. Das Experiment bedrohte Tausende, Millionen, mochte zunächst im Imperium zu Rebellion, Krieg und Verheerung führen, bevor die Vernichtungswelle auch die Föderation und den Einflußbereich der Klingonen erfaßte. Das Schicksal der Klingonen interessierte Ael nicht sonderlich, das der Föderation noch weniger – möglicherweise aufgrund der alten Rihannsu-Vorstellungen, die den Völkerbund als Erzfeind bezeichneten. Aber trotz ihrer diesbezüglichen Gleichgültigkeit mußte sie sich eingestehen, daß auch in den beiden anderen Machtblöcken intelligentes Leben wohnte, dem nun die Auslöschung drohte.

Aels Erwägungen drehten sich nicht nur um Krieg und den damit einhergehenden Schrecken. Wenn Ehre jede Bedeutung verliert, wenn Vertrauen einer Schwäche gleichkommt, die von anderen gnadenlos ausgenutzt wird... Welchen Sinn hat dann noch das Leben? Und gerade dieser Gefahr sah sich nun das Imperium ausgesetzt, in dem Ehre einst die wichtigste Tugend gewesen war. Der Niedergang zeichnete sich schon jetzt ab. Ael hatte am eigenen Leib erfahren, welche Konsequenzen sich daraus ergaben. Sie empfand den Geschmack der Ehrlosigkeit als abscheulich und widerwärtig. Selbst das Wissen, daß anderenorts Rihannsu an den alten Traditionen festhielten, daß Tafv und ihre alten Kameraden von der *Blutschwinge* unterwegs waren, um ihr zu helfen, verschaffte Ael keine Erleichterung. Trotz der vielen verzweifelten Kämpfe hatte sie bisher ein eher behütetes und sicheres Leben geführt – doch diese Mission schuf eine Wunde in ihrer Seele, von der sie sich niemals wieder ganz erholen würde. Sie konnte nur dafür sorgen, daß andere nicht zu leiden brauchten.

Und um dieses Ziel zu erreichen, blieb ihr nichts anderes übrig, als die Besatzung der *Küraß* ihrem Plan zu opfern. Wenn Ael sie am Leben ließ, ging sie das Risiko ein, daß das Oberkommando zu früh Verdacht schöpfte. Aber indem sie die Mannschaft dem Tod auslieferte, machte sie sich eben jener Heimtücke schuldig, die sie so sehr verachtete. Und eigentlich gab es nicht einmal eine Entschuldigung dafür, denn gerade sie kannte die alten Traditionen und wußte, wie wichtig Ehre und aufrechtes Verhalten waren. Sie konnte sich nicht rechtfertigen, nicht einmal mit einem Hinweis auf die Verschlagenheit t'Liuns und der anderen. Mit anderen Worten: Ael mußte die schwere Bürde der Schuld tragen und früher oder später mit ihrem eigenen Leid dafür büßen.

Darin bestanden die Folgen in der Welt der Elemente: Behutsam verwendetes Feuer wärmte, doch wenn man die Flammen zu hoch lodern ließ, verbrannten sie. Im Prinzip ging es jetzt nur noch um die Frage, ob Ael die Bereitschaft mitbrachte, die Schande zu akzeptieren, die sie mit dem Tod ihrer Mannschaft auf sich lud – oder sie zurückwies, die Verantwortung dafür ablehnte und somit die Vergeltung der Elemente ein wenig hinauszögerte.

Erneut dachte sie an ihren Vater, beobachtete ihn vor ihrem inneren Auge dabei, wie er an einen Hlai herantrat. Unvorsichtigerweise hatte die kleine Ael den Stall geöffnet, und das Tier war daraus entwichen und einem Hnoiyike zum Opfer gefallen. Ganz deutlich sah die Kommandantin den zerfetzten Körper des Wesens, das schmierige Blut. Sie starrte in einer Mischung aus Faszination und Entsetzen auf die Insekten, die über den Kadaver krabbelten, aus Augenhöhlen und Maul krochen. Erst jetzt begriff sie, was Tod bedeutete. »Gerade deshalb müssen wir das Leben achten und vorsichtig damit umgehen«, sagte ihr Vater in beherrschtem Zorn. »Der Tod ist ein unersetzlicher Verlust. Laß nicht die Zerstörung dessen zu, was unwiederbringlich verlorengeht.« Und anschließend wies er seine Tochter an, den zerrissenen Leib des Hlai zu begraben.

Ael sah auf und seufzte. Damals hatten die Worte ihres Vaters einen seltsamen Klang für sie gehabt. Sie schienen seinem Wesen als tapferer Kämpfer und Soldat zu widersprechen. Heute jedoch offenbarte sich ihr der tiefere Sinn jenes Hinweises. Ein dünnes Lächeln der Verbitterung umspielte ihre Lippen. Sie schickte sich an, nicht nur ein Leben zu vernichten, sondern Dutzende, das der Personen, die eigentlich ihre Kameraden sein sollten, und jetzt verstand sie ihren Vater besser als jemals zuvor.

Offenbar beginnt bereits die leidvolle Buße, dachte sie. *Nun gut. Ich übernehme die Verantwortung.* Daraufhin konzentrierte sie sich wieder auf ihre Arbeit und verdrängte die Gedanken an das Schicksal der Mannschaft, während sie den Logikbaustein mit einem neuen Programm versah. Sie holte eine ähnliche Komponente hervor, verband sie zunächst mit der ersten und dann auch mit dem Generator. Es war keine Routine, den Inhalt des ursprünglichen Chips in den zweiten zu kopieren. Nachdem sie das Duplikat eingesteckt hatte, wandte sie sich wieder dem Original zu, nahm hier und dort Neujustierungen vor und programmierte eine Endlosschleife. Der Baustein sollte auf bestimmte Anweisungen nicht mehr reagieren und gleichzeitig einige Funktionen aufrufen, sobald ihn die Sensoren der *Küraß* entsprechend stimulierten. Zuletzt schützte Ael das neue Befehlspaket mit einem speziellen Zugriffscode, so daß t'Liun selbst dann nichts bemerkte, wenn sie eine sorgfältige Kontrolle vornahm.

Fertig. Einmal mehr beugte sie sich zu der Konsole vor, schob den Logikbaustein in die kristallene Halterung zurück, schloß die Verkleidung und seufzte. Jetzt gab es kein Zurück mehr. Diese Komeinheit würde keine weiteren Befehle vom Oberkommando weiterleiten. Sie empfing die Order zwar und bestätigte sie auch – aber ohne den zuständigen Offizier zu benachrichtigen. Und ihre Funktion bestand nun nicht mehr nur in der Codierung und Decodierung externer Kommeldungen…

Ael stand auf und ließ die Wartungsinstrumente an Ort und Stelle liegen. Wenn sie jemand anders beauftragte, Ordnung zu schaffen, bestätigte das nur die Rolle, die sie gegenwärtig spielte. Sie wandte sich dem ängstlichen Unterzenturio zu und wies ihn an, t'Liun auf die Brücke zu bestellen. Sie fügte hinzu, sie werde sich nun in ihr Quartier zurückziehen und wolle nicht gestört werden. Dann verließ Ael den Kontrollraum und machte sich auf den Weg zu ihrer Kabine. Die Besatzungsmitglieder, denen sie in den Korridoren begegnete, mieden ihren Blick. Ael beachtete sie überhaupt nicht.

Jetzt konnte sie nur noch warten.

Ihre Geduld wurde auf keine harte Probe gestellt. Sie hatte gehofft, daß Tafv wenigstens einmal die Gebote der Ehre vergaß und während der Bordnacht angriff. Aber es begann bereits die zweite Tagesschicht, als auf dem Datenschirm des Personalcomputers, der Ael zur Verfügung stand – und der das Duplikat des modifizierten Logikbausteins enthielt – ID-Kennungen aufleuchteten. Sie löste den Chip aus dem Rechner, steckte ihn ein und sah sich noch einmal in ihrer dunklen Kabine um. Sie enthielt nichts, was sie brauchte. Sie verließ ihr Quartier und schritt ohne Hast in Richtung der technischen Abteilung. Im Maschinenraum hielten sich nur die Ingenieure auf, sonst niemand. Ael winkte ihnen kurz zu und ging weiter, bis sie schließlich die *Hsaaja* erreichte. Als sich hinter ihr das Innenschott des Hangars schloß, begannen die Alarmsirenen zu heulen: Jemand auf der Brücke hatte Sichtkontakt zu einem fremden Raumschiff hergestellt. Ael blickte nicht zurück, stieg in das Beiboot, versiegelte die Schleuse und aktivierte die Bordsysteme. Inzwischen mußten die Offiziere auf der Brücke bemerkt haben, daß ihre Instrumente nicht mehr richtig funktionierten.

»Khre'Riov t'Rllaillieu urru Oira!« klang t'Liuns Stimme aus den Lautsprechern der internen Kommunikation. Ael reagierte gar nicht darauf; sie hatte nicht die geringste Absicht, zur Brücke der *Küraß* zurückzukehren. Das Fauchen und Zischen t'Liuns wurde immer leiser, als die Pumpen die Luft aus dem Hangar saugten. Ael schaltete die Chemodüsen ein, woraufhin die *Hsaaja* abhob und in Richtung des Außenschotts schwebte, das nun nicht mehr von der Brücke aus kontrolliert werden konnte. Wenige Sekunden später befand sich Ael im All und hielt sich

dicht unterhalb des Heckbereichs, wo es bei einer gewöhnlichen Kriegsschwalbe keine Armierung gab. Die *Küraß* erzitterte, als Phaserstrahlen über ihre Hülle leckten, die nun nicht mehr von Deflektoren geschützt wurde. Unmittelbar darauf verschwammen ihre Konturen: Das Schiff tauchte in den Warp-Raum und floh mit Überlichtgeschwindigkeit.

Mit grimmiger Zufriedenheit sah Ael durch die transparente Kanzel und beobachtete eine zweite Kriegsschwalbe, die sich ihrer kleinen Transportkapsel näherte. Die geöffnete Hangarschleuse wirkte wie ein aufgerissenes Maul. Sie schaltete das Ionen-Triebwerk ein und näherte sich dem anderen Schiff, kehrte nach Hause zurück – und in den Krieg.

KAPITEL 6

»Wie steht's mit dem Fokus, Jerry?«

»Hm, ich kann keinen Unterschied feststellen. Sehen Sie sich die Sache selbst mal an.«

Das waren die ersten Worte, die Kirk am nächsten Morgen hörte, als er das Freizeitdeck aufsuchte, um eine Tasse Kaffee zu trinken und mit Harb Tanzer zu sprechen. In der Mitte des saalartigen Raumes blieb der Captain kurz stehen. Es herrschte reger Betrieb, wie immer. Die Dienstzeit der Gamma-Schicht war schon vor sechs Stunden zu Ende gegangen, doch die Männer und Frauen saßen noch immer an den Tischen. Bald konnte die Delta-Gruppe mit Ablösung durch die Alpha-Schicht rechnen, und dann ging es in diesem Bereich bestimmt noch hektischer zu. Kirk gehörte zur Alpha-Schicht, wie auch alle Sektionsleiter der Flotte. Diese neue Einteilung diente dazu, die Kommunikation untereinander zu erleichtern. Überrascht beobachtete Kirk den Kommunikationsoffizier Uhura: Die dunkelhäutige Frau schien schon seit einer ganzen Weile auf den Beinen zu sein und wirkte alles andere als müde. Sie lag halb unter der Kontrollkonsole für die Holobühne und hantierte mit mehreren Instrumenten. Neben ihr stand Lieutenant Freeman, betätigte einige Tasten auf dem Pult und runzelte die Stirn, als er die Anzeigen betrachtete.

»Und jetzt?«

»Hm. Kommen Sie, Nyota, lassen Sie mich ran.«

»Zur Brücke unterwegs?« erklang eine Stimme hinter dem Captain. Kirk drehte sich um und sah Harb Tanzer, der zwei Tassen in den Händen hielt. Eine bot er Jim an.

»Können Sie Gedanken lesen?« fragte Kirk und nippte an dem heißen Kaffee.

»Nein, das überlasse ich Spock.« Harb lächelte.

»Sonst glaubt der Vulkanier vielleicht, ich stellte seine Privilegien in Frage. Und dann bekäme ich es möglicherweise mit der Gewerkschaft der Spitzohren zu tun. Übrigens: *Gibt* es Gewerkschaften auf Vulkan?«

»Keine Ahnung«, erwiderte Kirk und trank erneut einen Schluck. Er deutete auf Uhura und Freeman. »Was ist da los?«

»Das wollte ich selbst gerade herausfinden. Schon seit zwei Stunden fummeln sie an der Konsole herum. Uhura stand schon sehr früh auf, und für Freeman ist es jetzt mitten in der Nacht...«

»Nun, wie dem auch sei: Ich wollte mit Ihnen sprechen. Da fällt mir ein – Sie sind ebenfalls recht früh dran, nicht wahr?«

»Hab' mit dem Computer gearbeitet und die Tüchtigkeitsquotienten der Besatzung überprüft.«

»Sie sind *doch* Telepath.«

»Nein, nur aufmerksam.«

»Und die Ergebnisse Ihrer Analyse?«

Harb zuckte mit den Schultern. »Alles in Ordnung, Captain. Die Reaktionszeit auf Anweisungen läßt nichts zu wünschen übrig. Die Stimmung an Bord ist gut. Keine Fälle von Depressionen, auch keine übertriebene Euphorie. Alle sind sicher, daß Sie uns gesund und munter nach Hause zurückbringen.«

»Ich wünschte, in diesem Punkt wäre ich ebenso sicher.«

»Sie sollten nicht zweifeln.«

»Diesen Rat hat mir auch McCoy gegeben. Er meinte, ich müsse endlich damit aufhören, mich dauernd zu unterschätzen.«

»Ja, ich weiß. Ich habe die Partie gesehen. Jim, der Computer konnte keine Anzeichen dafür feststellen, daß die Besorgnisrate in irgendeiner Abteilung dieses Schiffes höher ist als plus eins. Die Leute fürchten sich in erster Linie vor dem Unbekannten. In diesem Fall aber haben wir es nur mit Romulanern zu tun.«

»Nur...« Kirk blickte zu Freeman, der sich gerade unter die Konsole schob. Uhura nahm seinen Platz an den Kontrollen ein. »Nun gut. Was ist mit den anderen Einheiten unserer kleinen Flotte?«

»An Bord der *Constellation* gibt es keine Probleme. Randy Cross, der für den Bereich Erholung und Entspannung zuständige Offizier, meinte, die psychischen Belastungswerte seien ebenso beschaffen wie bei uns: plus eins, hier und dort plus eins Komma fünf. Übrigens: Warum wird Captain Walsh ›Mike der Grieche‹ genannt? Ist er nicht irischer Abstammung?«

»Ich nehme an, das bezieht sich auf eine alte irdische Legende. Die Griechen erfanden entweder die Demokratie oder das Pokern – ich weiß nicht mehr genau.« Harb hätte sich fast an seinem Kaffee verschluckt. »Ich habe da eine Bitte«, fügte Kirk hinzu. »Könnten Sie auf möglichst diskrete Art und Weise feststellen, ob es dort drüben Buchmacher gibt?«

»Natürlich, Captain. Wollen Sie für ein bißchen Abwechslung sorgen?«

»Mr. Tanzer! Glauben Sie etwa, es käme mir darauf an, Wettbüros einzurichten?«

»Das wäre mir *nie* in den Sinn gekommen, Sir.«

»Das will ich auch hoffen. Was ist mit den Vulkaniern?«

»Nun, die *Intrepid* hat keine Abteilung, die man mit derjenigen vergleichen könnte, für die ich verantwortlich bin. Allerdings verfügt sie über Räumlichkeiten, die dem gleichen Zweck dienen. Der Erholungsbereich untersteht der medizinischen Sektion: Die Ärzte verschreiben einfach Medikamente, wenn es nötig ist. Tja, die Vulkanier weisen die für sie üblichen Äquivalenzwerte von ungefähr plus null Komma fünf auf. Was die *Inaieu* angeht...«

»Ich schätze, an Bord des Zerstörers herrscht eine großartige Stimmung. Die Denebianer sind vermutlich ganz wild darauf, daß es endlich losgeht.«

»Plus null Komma fünf bis null Komma sieben«, sagte Tanzer.

Kirk musterte Harb überrascht. »Das hätte ich eigentlich nicht erwartet.«

»Normale Werte für Denebianer. Im allgemeinen sind die Deirr besonders nervös. Aber sie machen sich ebenfalls keine Sorgen.«

Kirk war dankbar, daß Rihaul zu den Deirr gehörte. Nervöse Raumschiffkommandanten hielten ihre Besatzungen wenigstens auf Trab. »Trotzdem sollte in Hinsicht auf diese Quoten etwas unternommen werden. Ich spreche mit Rihaul. Danke, Harb. Sie haben alle meine Fragen beantwortet.« Kirk warf einen Blick aufs Wandchronometer. »Mir bleiben noch etwa zehn Minuten, aber es kann bestimmt nicht schaden, zu früh zur Stelle zu sein.« Er wandte sich um. »Meine Güte, ich würde wirklich gern wissen, was dort vor sich geht.«

»In Ordnung, versuchen Sie's jetzt«, ertönte Freemans Stimme. Inzwischen war er halb in die Konsole hineingekrochen. »Die erste Kassette.«

Uhura griff nach dem Speichermodul und schob es in einen Aufnahmeschlitz. Nur einen Sekundenbruchteil später bildete sich auf der Holobühne die Darstellung eines sitzenden Mannes, neben dem eine andere Gestalt stand. Beide wirkten recht verbittert. »Ich könnte jetzt jemand *sein*«, sagte der erste Mann zornig. »Ein *zufriedenes* Leben führen!«

»Nein, ich meine das andere Band«, brummte Freeman. Uhura zog die Kassette heraus, und die Projektion verflüchtigte sich.

Kirk nickte langsam, als er zu verstehen begann. »Harb, ist das der Mann, der die alten Sachen aus dem Archiv kramt und sie in den internen TV-Kanal einspeist? Arbeitet er nicht in der biologischen Abteilung?«

»Für die Xenobiologie, um ganz genau zu sein«, erwiderte Tanzer. »Dies ist sein Hobby. Eine recht interessante Sache. Die Daten sind schon seit Jahren digitalisiert und abrufbereit, aber bisher hat sich niemand die Mühe gemacht, sie für 3-D-Darstellungen und Echtsound zu verarbeiten. Freeman liebt alles, was vor dem Jahre 2200 produziert wurde. Er brauchte ungefähr drei Monate, um einen Bildprozessor zu konstruieren, und inzwischen hat er die Bibliothek der Unterhaltungsholos um rund zehn Prozent erweitert. Gestern meinte er zu mir, er arbeite derzeit an einer Verbesserung des Prozessors, um sich einige alte vulkanische Dramen vorzunehmen und sie anschließend der *Intrepid* zu schicken.«

Gefolgt von Tanzer trat Kirk näher an die Konsole heran und beobachtete das Geschehen, zusammen mit einigen ebenfalls neugierig gewordenen Besatzungsmitgliedern. »Captain«, wandte sich jemand an ihn, ein Nonhominide, der respektvoll seine Tentakel verknotete. »Haben Sie gut geruht?«

»Ich fühle mich ausgezeichnet, Mr. Athende«, erwiderte Kirk geistesabwesend. »Macht das musikalische Analyseseminar von Lieutenant Sjveda Fortschritte?«

»Sie beschäftigt sich noch immer mit der klassischen Periode, Sir. Beethoven, Mozart, Wagner, Verdi, Devo, Dead Kennedys, Judah's Priest und dergleichen. Steigt einem manchmal ganz schön zu Kopf.«

»Kann ich mir denken«, sagte Kirk und überlegte, wo sich der Kopf eines Wesens befinden mochte, das nur aus Pseudopodien und Augenstielen zu bestehen schien. »Übertreiben Sie es nicht, Mr. Athende. Nehmen Sie immer nur kleine Dosen.«

»Jetzt müßte es klappen«, sagte Uhura, schob eine andere Kassette in den Schlitz des Scanners und betätigte eine Taste. Mehrere Sekunden lang erfolgte keine Reaktion, und dann ertönte ein seltsames Schaben und Kratzen. Auf der Holobühne formten sich die Konturen eines großen, blauen und rechteckigen Gebildes mit Türen. Oben blitzte ein weißes Licht, und über den Zugängen hing ein breites Schild mit der englischen Aufschrift POLICE PUBLIC CALL BOX. Nach einer Weile ließ das schimmernde Flackern nach, und auch die Geräusche verklangen. Schließlich öffnete sich eine der Türen. Kirks verwunderter Blick fiel auf einen terranischen Hominiden, der nach draußen trat und sich interessiert umsah. Der Mann hatte krauses Haar, trug eine kirschrote Jacke und einen Schlapphut. Von den Schultern hingen die beiden Enden eines auffallend langen Schals herab. Die Gestalt lächelte unsicher und naiv wie ein Kind. »Bitte entschuldigen Sie«, sagte er fröhlich und mit einem typisch britischen Akzent, schien sich dabei an Kirk zu wenden, »ist dies vielleicht der Flughafen Heathrow?«

Himmel, dachte der Captain. *Mir scheint, du bist ganz schön vom Weg abgekommen.* »Harb«, sagte er, »fühlt sich Freeman in der xenobiologischen Abteilung wohl?«

»Ich glaube schon.«

»Schade. Mit seinem Talent könnte er in der Kommunikationssektion eine steile Karriere machen.«

»Der Meinung ist auch Uhura.«

»Da wir gerade dabei sind...« begann Kirk. Genau in diesem Augenblick sah Uhura auf die Anzeige des Chronometers und ging neben der Konsole in die Hokke. »Jerry, mein Dienst beginnt in einigen Minuten.« Sie hob den Kopf und lächelte schief, als sie Kirk und Harb bemerkte. »Machen Sie ruhig weiter«, wandte sie sich noch einmal an Freeman. »Bis später.«

Sie überließ ihn den elektronischen Eingeweiden der Konsole, stand auf und trat an den Captain heran.

»Sie müssen sich sehr langweilen, wenn Sie früh aufstehen, um sich alte Filme anzusehen, Uhura«, meinte Kirk. »Vielleicht sollte ich Ihnen mehr Arbeit geben...«

Sie lachte leise. »Harb«, sagte sie, »ich glaube, wir haben jetzt die letzten Fehler ausgemerzt. Mr. Freeman wollte ganz sichergehen – er weiß, wie kritisch Vulkanier sind. Doch wenn er mit dem letzten Material für die *Intrepid* fertig ist, nimmt er gern neue Aufträge an.«

»Freut mich zu hören. Danke, Lieutenant.«

»Nichts zu danken. Darf ich Sie begleiten, Captain?«

»Gern.«

Sie machten sich auf den Weg zur Brücke. »Haben Sie eine neue Freizeitbeschäftigung gefunden, Uhura?«

»Nicht in dem Sinne.« Sie betraten den Lift. »Ich helfe Mr. Freeman aus beruflichem Interesse. Er hat einige neue Ideen in bezug auf Bild- und Tonverarbeitung und den entsprechenden Computertechniken, die den Kommunikationsspezialisten bisher nicht in den Sinn gekommen sind. Im xenobiologischen Laboratorium arbeitet er an einem Projekt, das die Subraum-Kommunikation erheblich erleichtern könnte. Bisher war die interstellare Ionisierung ein großes Problem. Sie beeinflußt die unteren und oberen Bandbreiten und verringert die Übertragungsgeschwindigkeit. Die Subäther-Trägerwellen...«

Sie erreichten die Brücke, und die beiden Hälften der Lifttür schoben sich auseinander. »Ich bin gerade erst aus dem Bett gestiegen, Uhura«, wandte Kirk ein, »muß erst noch richtig wach werden.«

Sie lächelte schelmisch. »Ich verstehe«, sagte sie. »Sie bekommen einen ausführlichen Bericht.«

»Das wäre nett.« Kirk nahm im Sessel des Befehlsstandes Platz, und Uhura setzte sich an die Kom-Station.

»Guten Morgen, Mr. Spock«, sagte der Captain. »Ihr Bericht, bitte.«

»Die Patrouillenmanöver laufen reibungslos«, erwiderte der Vulkanier. »In der Neutralen Zone rührt sich nichts. Die *Intrepid* befindet sich derzeit an der ›Spitze‹ unserer Formation, zweihundertachtundvierzig Lichtjahre entfernt. Ihr Standort: eins acht Komma plus sechs. Sie kreuzt in der Nähe von 2450 Trianguli. Unsere Distanz zur *Inaieu* verringert sich und beträgt im Augenblick einhundertfünfzehn Lichtjahre; der Zerstörer befindet sich in zweiundsiebzig Komma null. Die *Constellation* bildet die Nachhut in null Komma minus drei, zweihundertzweiundneunzig Lichtjahre hinter uns. Die Flottille wahrt eine durchschnittliche Geschwindigkeit von Warp vier Komma vier fünf.«

»Ausgezeichnet. Was ist mit dem interstellaren Wetter?«

Spock wirkte ernst. »Gewöhnliche Ionenstrukturen, Captain. Allerdings hat der Computer inzwischen recht anomale Werte in Hinblick auf unsere früheren Forschungsarbeiten und Messungen berechnet.«

Kirk forderte Spock mit einem Nicken auf, ihm Einzelheiten zu nennen. Der Vulkanier blickte auf seinen elektronischen Notizblock und hob die Augenbrauen. »Sie erinnern sich bestimmt an die Analyse der Meteoritenfragmente, die Mr. Naraht durchführte.«

»Sie interessierten sich dabei insbesondere für die Angaben über den Iridium-Anteil, nicht wahr?«

»Ja. Es handelte sich nicht um ›normales‹ Iridium, und die Konzentration des Isotops war ungewöhnlich hoch. Das deutete darauf hin, daß der entsprechende Meteorit in jüngster Zeit außerordentlich harter Strahlung ausgesetzt gewesen ist. Die Probe stammte aus einem der Raumsektoren, in denen wir Messungen vornahmen, und mir lag gerade deshalb etwas an einer genaueren Untersuchung, weil mir bereits einige Daten vorlagen. Bemerkenswert ist folgendes: Andere und wesentlich ältere Meteoriten, die wir im gleichen Quadranten an Bord nahmen, waren völlig normal beschaffen. Und in dem betreffenden Sektor kam es kürzlich zu einem Ionensturm.«

»Irgendwelche Schlußfolgerungen?«

Spock verzog andeutungsweise das Gesicht. »Noch nicht, Captain. Aber es wäre durchaus möglich, die wildesten Spekulationen anzustellen…«

»Was Ihnen jedoch nicht liegt.«

»Jedenfalls nicht in der derzeitigen Phase«, erwiderte Spock so leise, daß nur Kirk ihn verstehen konnte. »Die Situation ist höchst ungewöhnlich. Ich habe deshalb

Mr. Naraht gebeten, noch weitere Analysen für mich vorzunehmen.«

Kirk nickte. »Wie geht's unserer Pizza?«

»Bitte?«

»Entschuldigen Sie, das ist mir so rausgerutscht. Ich meinte: Macht Mr. Naraht Fortschritte?«

Er bekam keine Antwort darauf, denn genau in diesem Augenblick summte Uhuras Kom-Station. Die dunkelhäutige Frau setzte den Decodierer ans Ohr und lauschte einige Sekunden lang. »Es ist die *Intrepid*, Captain.«

»Optische Verbindung.«

Uhura betätigte eine Taste, und die Darstellung auf dem großen Wandschirm veränderte sich. Statisches, graues Wallen flackerte.

»Verdammt«, murmelte Uhura. »Tut mir leid, Captain. Eine optische Verbindung ist derzeit leider nicht möglich. Die *Intrepid* meldete die Schockwelle eines heranziehenden Ionensturms mit Stärke vier. Die energetischen Störungen nehmen rasch zu.«

»Ist an Bord alles in Ordnung?«

»Ja. Keine Probleme, die sich nicht innerhalb kurzer Zeit lösen ließen. Es handelte sich nur um den stündlichen Routinebericht.«

»Nun gut. Informieren Sie die anderen Einheiten; sie sollen Vorsichtsmaßnahmen treffen.« Kirk seufzte leise, sah dann zu Spock auf und stellte fest, daß seine Züge noch immer Besorgnis ausdrückten. »Jetzt ist es also soweit. Sie haben Starfleet ja darauf hingewiesen, daß sich das Klima in diesem Raumbereich rasch verändert. Sieht ganz danach aus, als gerieten wir in ein regelrechtes Unwetter.«

»Ja«, bestätigte Spock. »Aber um ganz ehrlich zu sein: Selbst wenn Starfleet entschieden hätte, alle zur Verfügung stehenden Schiffe einzusetzen – die Umsiedlung ganzer planetarer Populationen ist weder unproblematisch noch wünschenswert. Außerdem gibt es da noch einen anderen Aspekt...« Der wissenschaftliche Offizier unterbrach sich.

»Was meinen Sie?«

»Einen unbekannten Faktor. Mir liegen noch nicht genügend Daten vor, Captain. Wie dem auch sei: Ich finde es erstaunlich, daß das Phänomen des interstellaren Ökologiewandels auch eintausendachthundert Lichtjahre von dem Quadranten entfernt auftritt, in dem wir es untersucht haben.«

»Erneuter Kontakt mit der *Intrepid*, Captain«, warf Uhura ein. »Sie konnte ein Signal durch einen Ruhekorridor zwischen zwei Wellenfronten schicken. Der Ionensturm hat Stärke sechs erreicht, doch die *Intrepid* nimmt an, die energetischen Entladungen stabilisieren sich auf diesem Niveau und werden sich irgendwo in der Nähe von 766 Trianguli verausgaben. Während ihres Fluges schickt sie Berichte an die unbemannten Beobachtungsstationen am Rande der Zone. Das bedeutet, wir brauchen die Interferenzen nicht weiter zu beachten und können die Meldungen von den Speicherelektroniken abrufen, wenn wir die Distanz zu ihnen verkürzt haben. Der Status an Bord ist normal. Abgesehen von dem Sturm gibt es keine besonderen Vorkommnisse.«

Unmittelbar im Anschluß an diese Worte heulten die Alarmsirenen auf, und die Kontrollautomatik der *Enterprise* gab Alarmstufe Rot. Die Männer und Frauen auf der Brücke besetzten die Gefechtsstationen. »Ortung eines fremden Raumschiffes, Captain!« sagte Uhura. »Keine Föderationskennungen.«

»Identifizieren Sie es!«

»Ich empfange kein ID-Signal, nur die Energieemissionen des Antriebs...«

»Ein Kriegsschiff, Captain«, stellte Spock fest, der wieder seinen Platz an der wissenschaftlichen Station eingenommen hatte und in den abgeschirmten Scanner blickte. »Mit einer außergewöhnlichen Absorptionskurve. Es durchfliegt die Neutrale Zone und nähert sich mit Warp acht.«

Es geht also los, dachte Kirk. »Kurs?«

»Tangential. Ich vermute, man hat uns noch nicht geortet.«

»Die ID-Marke, Captain«, sagte Uhura und wirkte sowohl ernst als auch verwirrt. »Es handelt sich um eine klingonische Einheit.«

»Die Klingonen verkaufen ihre Schiffe schon seit einer ganzen Weile auf dem romulanischen Markt...«

»Ich weiß, Sir. Aber bei dieser ID-Kennung wird ein eindeutig klingonischer Code verwendet: KL 77 *Ehhak.*«

Diese Bezeichnung kannte Kirk aus den Berichten über die Schlacht von Organia. Die *Ehhak* war eins der Schiffe, die den Planeten angegriffen hatten. »Was, zum Teufel, macht sie hier? Mr. Chekov, armieren Sie die Photonentorpedos und bereiten Sie sich darauf vor, die Phaser mit Energie zu beschicken. Mr. Sulu, berechnen Sie einen Ausweichkurs. Ausführung auf meinen Befehl hin.«

»Aye, Sir.«

»Phaser klar, Sir.«

»Gut. Eröffnen Sie erst das Feuer, wenn ich Ihnen das Zeichen gebe.«

»Aye, Sir.«

»Fremdschiff nähert sich weiter...«

»Es ist keine klingonische Einheit«, meldete Spock plötzlich. »Zwar sendet sie einen klingonischen ID-Code, aber die energetische Absorptionskurve entspricht einer Einheit der alten *Akif*-Klasse oder neuen *K'tinga*-Kategorie. Entfernung jetzt sechshundertachtzig Lichtjahre, reduziert sich weiter. Begegnungskurs. Wenn ihn das Schiff beibehält, kommt es vor und über unserer Formation vorbei...«

»Ein zweites Schiff!« sagte Uhura. »Ein romulanisches Kommunikationssignal: ChR 63 *Blutschwinge*...«

Kirk ballte die Fäuste. »Kurs?«

»Die zweite Einheit folgt der ersten«, antwortete Spock. »Schließt mit Warp neun auf.«

»Uhura, Meldungen an die *Inaieu* und *Constellation.* Deflektoren ein, alle Gefechtsstationen bereit. Wenn die beiden Schiffe in Reichweite unserer Geschütze kommen, wird erst dann reagiert, wenn sie das Feuer auf uns eröffnen! Wir lassen sie passieren.«

»Ja, Captain.«

»Ich möchte wissen, was sie vorhaben«, sagte Kirk. »Ich bin bereit, über eine Verletzung des Hoheitsgebietes der Föderation hinwegzusehen – vorausgesetzt, die Eindringlinge teilen mir mit, warum sie gekommen sind, ohne uns zuvor Bescheid zu geben.«

»Es deutet alles darauf hin, daß die Besatzung des ersten Schiffes bald nicht mehr in der Lage sein wird, auf irgendwelche Fragen Auskunft zu geben, Captain«, ließ sich Spock vernehmen. »Die Einheit mit dem ID der *Blutschwinge* verringert rasch den Abstand zur anderen. Gerade treffen weitere Daten ein. Die angebliche *Ehhak* ist kein klingonisches Schiff, sondern eine alte romulanische Kriegsschwalbe. Zwar verfügt sie über eine Tarnvorrichtung an Bord, doch sie ist nicht aktiviert. Die *Ehhak* beginnt mit Ausweichmanövern – vergeblich. Die *Blutschwinge* nähert sich weiter.«

»Distanz?«

»Zweihundertfünfzehn Lichtjahre. Zweihundert... Die Sensoren können die *Blutschwinge* jetzt besser erfassen. Die energetische Absorptionskurve ist atypisch. Offenbar wurde die Leistungsfähigkeit des Warp-Triebwerks verbessert, und es gibt auch Anzeichen für andere Erweiterungen... Einhundertfünfzig Lichtjahre...«

»Es dauert noch etwas, bis sie die Neutrale Zone durchquert haben...«

»Bei dieser Geschwindigkeit noch etwa vier Sekunden.« Schweigend blickte Spock auf die Anzeigen seiner Instrumente. »Die *Ehhak* hat die Grenze überflogen. Jetzt auch die *Blutschwinge.* Visueller Kontakt...«

Die Darstellung auf dem großen Wandschirm teilte sich und zeigte zwei romulanische Kriegsschwalben. Hoch über dem gegenwärtigen Flugvektor der *Enterprise* rasten sie aus der Neutralen Zone. Die verfolgte Einheit wich zur Seite aus und versuchte, die andere abzuschütteln. Doch die *Blutschwinge* ließ sich von diesen Manövern nicht beirren. »Entfernung verringert sich weiter«, sagte Spock. »Distanz zu uns: einhundert Lichtjahre. Fünfundsiebzig. In zweiundzwanzig Komma sechs drei Sekunden erreichen sie das Perihel. Die *Blutschwinge* schließt auf und kommt auf Schußweite heran. Eröffnet jetzt das Feuer auf die *Ehhak.*«

»Ganz ruhig, Mr. Chekov«, sagte Kirk, als er die Nervosität des Navigators bemerkte. »Noch wird nicht auf uns geschossen.«

»Verstanden, Sir.«

»In Ordnung. Das Ergebnis der Salve, Mr. Spock...«

»Bisher keine Schäden. Die *Ehhak* drehte erneut ab, und diesmal wendet sie sich der *Blutschwinge* zu. Feuer. Deflektoren stabil. Wieder Phaser-Emissionen...«

Auf dem Wandschirm blitzte es grell auf, und bevor die Filter reagierten, war die Brücke der *Enterprise* für einen Sekundenbruchteil in blendend helles Licht getaucht. »Ganz offensichtlich wurde das Potential der Phaser an Bord der *Blutschwinge* erheblich gesteigert«, stellte Spock fest. »Die Absicht des Kommandanten bestand anscheinend darin, der *Ehhak* nahe genug zu kommen, um sie zu zerstören. Und das ist ihm auch gelungen.«

»Ich verstehe, Mr. Spock«, erwiderte Kirk. »Position und Kurs der *Blutschwinge.*«

»Der alte Kurs hat sie an uns vorbeigeführt, Captain. Sie kehrt jetzt zurück. Distanz: dreiundfünfzig Lichtjahre. Vektor: eins neunundneunzig Komma plus achtzehn. Annäherungskurs.«

»Status«, sagte Kirk und spürte, wie Unruhe in ihm entstand.

»Verzögerung«, antwortete Spock. »Deflektoren aktiviert. Hinweise auf Angriffsabsichten sind nicht zu erkennen. Geschwindigkeit reduziert sich auf Warp sechs, jetzt Warp fünf. Konstant. Wenn die Romulaner diesen Kurs nicht ändern, passiert uns die *Blutschwinge* in einem Abstand von einer Lichtsekunde.«

»Ein Katzensprung«, brummte Kirk. »Die Deflektoren weiterhin stabil halten. Wir warten einfach ab.«

Es wurde still auf der Brücke, und die Offiziere blickten gespannt auf den Wandschirm. Die *Blutschwinge* kam immer näher. Nach einer Weile paßte sie ihre Geschwindigkeit der *Enterprise* an und schien dreihunderttausend Kilometer entfernt unbewegt im Raum zu schweben.

Zehn Sekunden verstrichen, ohne daß irgend etwas geschah. Kirk hielt unwillkürlich den Atem an.

Uhuras Komkonsole summte.

Sie hob den Transdator ans Ohr und lauschte. »Die Romulaner versuchen, sich mit uns in Verbindung zu setzen, Captain.«

»Antworten Sie. Und schalten Sie gegebenenfalls einen offenen Kanal.«

Uhura formulierte einige leise Worte, und erneut änderte sich das Bild auf dem Wandschirm.

Kirk sah die kleine Brücke eines romulanischen Raumschiffes der Kriegsschwalben-Klasse. Vor der Aufnahmeoptik stand ein Mann, der die übliche Uniform eines Romulaners trug: Jacke und Hose aus einem dunklen, glänzenden Stoff und einen scharlachroten, schalartigen Überwurf. Der Mann war mittelgroß, jung und kräftig gebaut. Er hatte eine gewölbte Nase und kastanienbraunes Haar, so kurzgeschnitten wie das eines Vulkaniers. Er kniff jetzt die Augen zusammen und blickte wachsam. Als er sprach, reagierte die Übersetzungsautomatik der Kom-Konsole mit einer gewissen Verzögerung. »Enterprise«, sagte der Romulaner. *»Ich bin Subcommander Tafv tr'Rllaillieu, stellvertretender Kom-*

mandant des romulanischen Kriegsschiffes Blutschwinge. *Ist mein Gesprächspartner Captain James T. Kirk?«*

Kirk stand auf und fühlte sich versucht, einen ebenso freundlichen Tonfall zu benutzen wie der junge romulanische Commander – obgleich es sich bei dem höflichen Klang seiner Stimme nur um eine Taktik handeln mochte. »Ja«, bestätigte er. Er wartete einige Sekunden lang, bevor er fortfuhr: »Sir, darf ich fragen, ob Sie mit einem Commander namens *Ael* t'Rllaillieu verwandt sind?« Er gab sich Mühe bei der Aussprache der Silben und hoffte, daß ihn der Übersetzungschip nicht im Stich ließ.

Der Subcommander neigte andeutungsweise den Kopf. *»Sie dürfen, Captain. Ich bin Aels Sohn.«*

»Danke für die Auskunft. Darf ich außerdem fragen, was Sie unter so... ungewöhnlichen Umständen in unseren Raumbereich führte?«

»Auch diese Frage will ich Ihnen gern beantworten. Commander Ael hielt es für erforderlich, diesen Sektor aufzusuchen. Ich bin beauftragt, mich im Namen von Commander t'Rllaillieu an Sie zu wenden und um eine Unterredung zu bitten, an der all die Mitglieder Ihres Mitarbeiterstabs teilnehmen können, deren fachlichen Rat Sie für nötig halten. Ael möchte eine Angelegenheit mit Ihnen diskutieren, die sowohl Ihnen als auch uns zum Vorteil gereichen könnte.«

»Was für eine Angelegenheit?«

»Das kann ich Ihnen leider nicht erläutern, Captain. Dieser Kommunikationskanal ist nicht abgeschirmt, und wir halten strengste Geheimhaltung für unbedingt erforderlich.«

»Welche Bedingungen stellen Sie für die Begegnung?«

»Commander Ael ist bereit, sich ohne Eskorte an Bord Ihres Schiffes beamen zu lassen. Wie ich schon sagte: Es geht um eine sehr wichtige Sache, und deshalb legt Ael derzeit keinen Wert auf Förmlichkeiten.«

»Geben Sie mir ein wenig Bedenkzeit?«

»Selbstverständlich.« Der Mann verbeugte sich er-

neut, und seine Darstellung im Projektionsfeld verblaßte. Der Wandschirm zeigte nun wieder die Sterne – und die *Blutschwinge*, die nach wie vor neben der *Enterprise* im Raum schwebte.

Kirk nahm wieder im Sessel des Befehlsstandes Platz, dachte kurz nach und wandte sich dann an Spock. »Nun, was halten Sie davon? Wie sollen wir uns jetzt verhalten? Ich bitte um Vorschläge.«

Spock drehte sich um, verschränkte die Arme und trug einen ernsten Gesichtsausdruck zur Schau. »Wir kennen diese romulanische Einheit bereits, Captain.«

»Kann man wohl sagen.« Kirk nickte. »Sie saß uns einige Male im Nacken. Und wir ihr ebenfalls...«

»Wie dem auch sei«, fügte Spock hinzu. »Es kam zwar mehrfach zu Gefechten mit der *Blutschwinge*, aber ihre Besatzung hat sich nie unehrenhaft verhalten. Tatsächlich war das Gegenteil der Fall. Wir kennen Ael t'Rllaillieu zwar nicht persönlich, aber ich glaube, sie hält nichts von Heimtücke und Verschlagenheit.«

»Dieser Meinung bin ich ebenfalls«, sagte Kirk. Er erinnerte sich an die erste Konfrontation mit der *Blutschwinge* in der Nähe von 415 Arietis; eine ganze Woche lang dauerten die Kampfmanöver, und später fand Jim heraus, daß das *t'* im Namen des romulanischen Commanders auf eine Frau hinwies. *Lieber Himmel, auch das noch,* hatte er damals gedacht. Nach einigen Siegen und Niederlagen aber änderte er seine Meinung, und jetzt freute er sich auf die Aussicht auf eine unmittelbare Begegnung mit Ael.

Diese Chance wollte er nicht ungenutzt verstreichen lassen.

»Nun, Mr. Spock«, sagte er, »wir haben eine ziemlich weite Strecke zurückgelegt, um Informationen über die Romulaner zu sammeln, und jetzt bietet sich uns eine Gelegenheit dazu. Ich meine, wir sollten feststellen, was Ael von uns will. Uhura?«

Die dunkelhäutige Frau nickte und stellte eine Verbindung zur *Blutschwinge* her. Tafvs Abbild erschien auf dem Schirm. Kirk stand auf. »Subcommander, wenn Sie bis auf Transporterreichweite herankommen und uns Aels Koordinaten nennen, sind wir gern bereit, sie zu empfangen. Beamen Sie in genau dreihundert Sekunden. Uhura, geben Sie dem Subcommander Peilsignale in Abständen von jeweils fünf Sekunden.«

»Vielen Dank, Captain«, erwiderte Tafv. *»Wir orten das Signal und halten uns an Ihre Angaben.* Blutschwinge *Ende.«* Kirk kehrte dem Wandschirm den Rücken zu. »Uhura«, sagte er, »wenn Sie fertig sind, geben Sie Dr. McCoy Bescheid und bestellen Sie ihn in den Transporterraum. Kommen Sie, Mr. Spock. Wir sollten die Dame nicht warten lassen.«

KAPITEL 7

Fünf Minuten später wies Kirk den Transporteroffizier an: »Energie, Mr. Kyle.«

Über einem der Empfangsfelder bildete sich eine schimmernde Lichtsäule, und darin formten sich die Konturen einer Frau. Eine Romulanerin rematerialisierte im Fokus stabilisierter Energie.

Einige Sekunden lang rührte sich Kirk nicht von der Stelle und musterte Ael stumm. Sie war recht klein, und das überraschte ihn. Aus irgendeinem Grund hatte er sie sich immer groß und schlank vorgestellt, sehnig vielleicht oder auch kräftig gebaut. In Wirklichkeit aber war Ael noch kleiner als die anderen romulanischen Kommandantinnen, die Spock und er bereits kannten. Sie mochte nur etwa eins fünfzig groß sein, und auf einem Planeten mit terranischer Schwerkraft wog sie bestimmt nicht mehr als hundertzehn Pfund. Das geflochtene Haar bildete am Nacken einen dicken Zopf, und deutlich konnte man die langen und spitz zulaufenden Ohren erkennen. Kirk bemerkte einige graue Strähnen. Statur und Züge der Romulanerin wirkten so zart, daß man den Eindruck gewann, ein fester Griff genüge, um ihr einen Knochen zu brechen – aber Jim hatte genügend Erfahrungen mit Romulanern gesammelt, um es besser zu wissen. In Aels Gesicht fielen große, dunkle Augen auf, und die dünnen Falten in den Mundwinkeln wiesen darauf hin, daß sie gern und häufig lächelte. Als Kirk sie beobachtete, bemerkte er die Ähnlichkeit mit Tafv. Die Nase war ähnlich beschaffen wie die ihres Sohns. Als besonders verblüffend aber empfand Kirk das Alter dieser stolzen Frau – und die Art und Weise, wie sie die Bürde der Jahre trug. An ihrer großen Erfahrung konnte kein Zweifel bestehen. Darüber hinaus schien sie daran gewöhnt zu sein, Befehle zu geben und Macht zu haben – eine Macht, die sie klug und umsichtig einsetzte und nicht als Mittel zum Zweck mißbrauchte. Jim verglich sie mit einem lebenden Banner oder einer organischen Waffe – eine Tigerin, die jederzeit bereit war, die Zähne zu fletschen und loszuspringen, die jedoch im Augenblick in sich selbst ruhte. Er fragte sich, ob er ebenso aussehen würde, wenn er ihr Alter erreichte. Er wußte, daß Romulaner und Vulkanier von derselben Rasse abstammten, und das bedeutete, daß Ael vielleicht schon vor einer ganzen Weile ihren hundertsten Geburtstag gefeiert hatte.

»Bitte um Erlaubnis, an Bord kommen zu dürfen«, sagte Ael.

»Erlaubnis erteilt.« Kirk trat hinter der Transporterkonsole hervor, und Spock folgte ihm. »Willkommen.«

Die romulanische Kommandantin stand entspannt, musterte erst den Captain der *Enterprise* und dann seinen wissenschaftlichen Offizier. Ihre Augen blickten aufmerksam und taxierend. Kirk versuchte ebenfalls, das Wesen dieser Frau zu ergründen. »Ihre Uniformen wurden verändert«, stellte er fest.

Ael senkte den Kopf, betrachtete kurz ihre Jacke, die Hose, auch die Stiefel – und lächelte schief. »Glücklicherweise«, erwiderte sie. »Den alten Tuniken mangelt es an Eleganz und Bequemlichkeit.« Sie verließ das Empfangsfeld und sah sich neugierig um. »Funktioniert mein Übersetzungsmodul einwandfrei?« fragte sie. »Wir hatten nicht viel Zeit, es auf Federation Basic zu programmieren.«

»Bisher gibt es nichts daran auszusetzen«, sagte Kirk. »Aber wenn Sie möchten, kann Dr. McCoy Sie mit einem intradermalen Transkriptionschip ausstatten.«

»Das ist sicher eine gute Idee«, kommentierte Ael. »Wir haben eine Menge zu besprechen, und dabei darf es zu keinen Interpretationsfehlern kommen. Verständnisprobleme müssen unter allen Umständen vermieden werden. Zuviel steht auf dem Spiel.«

Sie sah Kirk mit solcher Gelassenheit an, daß er sie

fast beneidete. *Wäre ich ebenfalls so ruhig, wenn ich mich gerade meinen Feinden ausgeliefert hätte? Oder hat sie irgendeinen Trumpf im Ärmel?* »Endlich lerne ich meinen alten Freund Captain Kiurkk persönlich kennen.« Offenbar versuchte Jim vergeblich, sich nichts anmerken zu lassen, denn Ael lächelte erneut. »Vielleicht sollte ich Sie einfach nur Captain nennen. Damit vermeide ich es, Ihren Namen falsch auszusprechen.« Sie wandte sich an Spock. »Mit Ihrem habe ich gewiß keine Schwierigkeiten, obgleich sich unsere Sprachen sehr voneinander unterscheiden.« Sie sah McCoy an. »Ihr persönlicher Identifikationscode könnte fast ein romulanischer sein. Doch ›Doktor‹ ist ein Ehrentitel, und deshalb werde ich ihn benutzen. Meine Herren, wie wär's, wenn wir jetzt einen Ort aufsuchen, an dem wir uns unterhalten können? Diese Kammer ist zwar recht interessant, scheint sich jedoch nicht für längere Erörterungen zu eignen.«

»Hier entlang«, sagte Kirk, und er führte seine Begleiter durch den Korridor in die Offiziersmesse. Mit einer angedeuteten Verbeugung forderte er Ael auf, den Saal zu betreten. Nach einigen Schritten blieb sie abrupt stehen. Aber sie reagierte nicht in erster Linie auf die geschmackvolle Einrichtung, die Bilder und Kunstgegenstände an den Wänden oder die Erfrischungseinrichtungen, sondern auf das lange, transparente Wandsegment, durch das man die Sterne betrachten konnte. Ihr Licht flackerte immer wieder, ein Effekt des Warp-Feldes, aber Ael genoß den Anblick trotzdem. »Wenn die *Enterprise* mit Unterlichtgeschwindigkeit fliegt«, sagte sie langsam, »muß die Aussicht fantastisch sein.«

»In der Tat«, bestätigte Kirk. »Wenn Sie Platz nehmen möchten, Commander...«

»Gern.« Ohne zu zögern trat sie auf einen der Tische zu, ignorierte die Couch davor und nahm in einem Einzelsessel Platz. Von dort aus konnte sie alle anderen im Auge behalten und hatte gleichzeitig den besten Zugang zum Servicetisch. Kirk lächelte unwillkürlich, schwieg jedoch, setzte sich aufs Sofa und bedachte McCoy mit einem raschen Blick. Der Bordarzt hob nur kurz die Brauen und nahm sowohl ein Transkriptionsimplantat als auch einen entsprechenden Injektor zur Hand.

»Was können wir für Sie tun, Commander?« fragte Kirk.

»Derzeit sollten Sie sich darauf beschränken, mir zuzuhören«, entgegnete Ael. »Der mühsame und anstrengende Teil kommt später – vorausgesetzt, Sie sind bereit, meinen Ausführungen zuzustimmen. Zunächst aber möchte ich Ihnen meinen Namen nennen. Ich bin Ael.«

Der neben Kirk sitzende Spock hob überrascht den Kopf, hatte sich aber sofort wieder in der Gewalt. »Ihr Erster Offizier weiß vermutlich am besten, daß wir Romulaner normalerweise nicht einmal unsere Vornamen preisgeben – selbst dann nicht, wenn sie bereits bekannt sind.« Ael seufzte. »Es gibt noch andere Silben, die zu unserem persönlichen Identifikationscode gehören, und in der Regel gelten sie als geheim. Indem ich offen darüber Auskunft gebe, möchte ich ihnen beweisen, daß ich es ernst meine, daß ich mit offenen Karten spiele, wie es bei Ihnen heißt. Viele der Dinge, die ich Ihnen zu sagen habe, klingen sicher unglaubwürdig. Sowohl das Schicksal des romulanischen Imperiums als auch die Zukunft der Föderation und des klingonischen Reiches hängen davon ab, ob es mir gelingt, Ihnen die Krise klar genug begreiflich zu machen, die sich derzeit anbahnt.«

»Um was geht es, Ael?« fragte Spock.

»Das läßt sich nicht mit wenigen Worten beschreiben.« Als die Romulanerin sah, daß McCoy seine Vorbereitungen beendet hatte, streckte sie den Arm aus. Der Bordarzt setzte den Injektor an und betätigte den Auslöser. Ein leises Zischen erklang, als das Transkriptionsimplantat die Haut durchdrang und sich mit dem

Armnerv verband. »Das ist alles? Gut. – Nun, Captain, haben Sie jemals etwas von Levaeri V gehört?«

Kirk dachte einige Sekunden lang nach. »Wenn ich mich recht entsinne, ist Levaeri eine Sonne im romulanischen Raumbereich. Ich nehme an, das ›V‹ bezieht sich auf einen Planeten.«

»Ja. Der Trabant selbst ist unbewohnt, doch in der Umlaufbahn befindet sich eine bemannte Raumstation mit Forschungs- und Entwicklungslaboratorien. Schon seit fünfzehn Jahren beschäftigen sich romulanische Wissenschaftler mit der Untersuchung von Genen. Dabei geht es insbesondere um die Moleküle, die die Informationen des Lebens speichern und weitergeben – und natürlich die betreffenden Übertragungssubstanzen.«

»DNS und RNS«, warf McCoy ein.

»Genau. Die Forschungsarbeiten sind geheim, und den Grund dafür werden Sie gleich verstehen. Inzwischen haben sie bereits das Endstadium erreicht. Wenn die Ergebnisse jenes Projekts in unsere Zivilisation Eingang finden, müssen wir mit einer Katastrophe rechnen – und Ihre Kultur ebenfalls. Die Experimente betreffen Manipulationen vulkanischer Gene.«

Spock richtete sich kerzengerade auf, und Kirk musterte ihn. Er kannte den Blick seines Ersten Offiziers, das Schimmern in den Augen, das auf beginnendes Verstehen hindeutete. Doch er hütete sich davor, irgendeine Bemerkung zu machen. »Und zu welchem Zweck?« fragte er.

»Die Wissenschaftler von Levaeri V haben in Hinsicht auf vulkanische DNS und Boten-RNS die evolutionäre Lücke geschlossen, die im Laufe der Zeit zwischen romulanischen und vulkanischen Genen entstand. Das ›berichtigte‹ Material soll genutzt werden, um Romulanern die paramentalen Fähigkeiten ausgebildeter Vulkanier zu verleihen.«

»Meine Güte«, brummte McCoy leise.

Kirk überlegte, ob er irgendeinen Aspekt übersehen hatte, Aels Worte klangen zwar recht unheilvoll, aber andererseits... »Pille, würdest du mir bitte erklären, was das bedeutet?«

McCoy nickte langsam und verzog dabei das Gesicht. »Wenn ich Aels Bemerkungen richtig interpretiere, gibt es in bezug auf diese Forschungsarbeiten eine frühe irdische Parallele. Damals führte man primitive Experimente mit Planarien durch, die auch Plattwürmer genannt werden. Wenn man einem solchen Plattwurm etwas beibringt – was ziemlich lange dauert, wie ich dir versichern darf –, ihn anschließend zermahlt und von einem anderen Plattwurm verspeisen läßt, so bekommt das betreffende Exemplar dadurch die gleichen Fähigkeiten wie sein Vorgänger. Mit anderen Worten: RNS- und DNS-Moleküle können auf verschiedene Weise von einem Lebewesen auf ein anderes übertragen werden – selbst durch Verdauung, banal ausgedrückt. Damals kursierten einige dumme Witze in der Art ›Du bist das, was du ißt‹ und so weiter. Aber einige der Lehrtechniken, die bei Starfleet verwendet werden und bei denen es um chemische Substanzen geht, die die Lernfähigkeit verbessern, gründen sich auf das eben erwähnte Prinzip.« Rasch fügte er hinzu: »Natürlich ist diese Methode inzwischen erheblich verbessert worden.«

»Wir verstehen uns also«, sagte Ael. Sie wirkte erleichtert, gleichzeitig aber auch beunruhigt, so als widerstrebe es ihr, derartige Themen offen zu diskutieren. »Der Prozeß, den ich meine, ist noch weitaus subtiler als das chemische Verfahren, das wir ebenfalls anwenden...«

»Und das von uns entwickelt wurde«, warf Kirk ein. »Ich nehme an, Ihre Spione und Agenten haben wieder einmal gute Arbeit geleistet.«

Ael bedachte ihn mit einem scharfen Blick, lächelte dann und nickte kummervoll. »Ja, dauernd bestehlen wir uns gegenseitig, nicht wahr, Captain? Nun, darauf möchte ich später noch zurückkommen. Was jene Technik angeht: Die Wissenschaftler haben sie erheblich verbessert, so daß sie ein außerordentliches Gefahrenpotential gewonnen hat. Irgendein kluger Kopf – die Elemente hätten ihn zu sich holen sollen – kam auf den Gedanken, unsere Verwandtschaft mit den Vulkaniern auszunutzen, um uns ihre Mentaldisziplinen anzueignen…«

Spock beugte sich vor und bedachte Ael mit einem durchdringenden Blick. »Unsere besonderen geistigen Fähigkeiten entwickelten sich viele Jahrhunderte nach dem Aufbruch der Kolonistenschiffe mit Ihren Vorfahren an Bord. Während des kriegsartigen Stadiums der Zivilisation vor der sogenannten Reformation – vor dem Frieden von Surak – hätte sich eine solche Bewußtseinstechnik gar nicht herausbilden können. Soweit wir wissen, herrscht in der romulanischen Kultur noch immer die aggressive Atmosphäre wie damals auf Vulkan. Ich glaube kaum, daß sich in dieser Beziehung inzwischen etwas geändert hat.«

»Und damit haben Sie im großen und ganzen recht, Mr. Spock«, erwiderte Ael und lachte bitter. »Andernfalls wäre die Zerstörung der *Küraß* vermutlich nicht nötig gewesen. Aber ich mußte verhindern, daß meine Pläne dem Imperium bekannt werden. Unter anderen Umständen hätte man mich auch nicht zur Neutralen Zone verbannt. Vielleicht gäbe es sie nicht einmal. Nun, ich verfalle dem Wunschdenken, und das bringt uns nicht weiter. Um auf den eigentlichen Kern der Sache zurückzukommen: Die Forscher in der Orbitalbasis von Levaeri V kamen zu dem Schluß, vulkanische Mentalfähigkeiten wie Gedankenverschmelzung, Berührungstelepathie, Heiltrance und kontrollierte ›hysterische Stärke‹ ließen sich relativ einfach auf in diesem Sinne nicht begabte Personen übertragen. Zu diesem Zweck arbeiten sie an einem Prozeß, bei dem neutrale Gewebeimplantate und DNS- beziehungsweise RNS-Injektionen in die Hirnflüssigkeit verwendet werden.« Ael nannte noch einige weitere Einzelheiten, und nach einer Weile nickte McCoy ernst.

»Es wäre möglich«, sagte er langsam. »Ja, ich glaube, es könnte tatsächlich bewerkstelligt werden. Aber um Erfolg zu haben, brauchten Ihre Forscher...«

»Gewebeproben«, führte die Romulanerin aus. »Hirnzellen, sowohl ›weiße‹ als auch ›graue‹. Und Nervenstrukturen von begabten Vulkaniern, um entsprechende Kulturen wachsen zu lassen. Zu Anfang war der Bedarf an solchen Materialien besonders hoch, denn die Kulturen mußten verfeinert werden, um eine Immunreaktion beim Empfänger zu verhindern. Nun, die Wissenschaftler von Levaeri V konnten nicht einfach die Neutrale Zone durchqueren, Vulkan anfliegen und dort um lebendes Hirngewebe bitten. Ganz abgesehen davon, daß kein Vulkanier bereit gewesen wäre, ihr Anliegen auch nur in Erwägung zu ziehen. Deshalb entschied man sich für eine andere Taktik: Man ›lieh‹ sich Vulkanier aus.«

Spock wandte sich an Kirk. »Captain«, sagte er, »aus diesem Grund habe ich von der interstellaren Schifffahrtskommission der Föderation Daten über die kürzlich verschwundenen Kreuzer und Transporter angefordert. Bei den ersten Analysen entdeckte ich eine ungewöhnliche Sequenz in der allgemeinen Wahrscheinlichkeitskurve. Alles schien darauf hinzudeuten, daß raumfahrenden Vulkaniern größere Gefahren im All drohten als den Angehörigen anderer Spezies. Diese statistische Anomalie stimmte mich sehr nachdenklich. Bisher hoffte ich, daß meine Befürchtungen nicht den Tatsachen entsprechen, doch jetzt...«

»Sie irrten sich nicht«, sagte Ael. »Die Vulkanier wurden von Romulanern verschleppt, Mr. Spock. Man brachte sie nach Levaeri V und ging besonders vorsichtig dabei zu Werke – um kein Aufsehen zu erregen. In der Experimentalstation werden die Entführten als Versuchsobjekte und Gewebespender verwendet.«

Kirk musterte McCoy, der vor Wut zu zittern begann. »Das ist ungeheuerlich, Commander«, sagte er und gab sich alle Mühe, nicht die Beherrschung zu verlieren, möglichst ruhig zu sprechen.

»Allerdings, Doktor«, bestätigte Ael. »Ich halte es für unehrenhaft und schändlich, Feinde auf hinterhältige Art und Weise gefangenzunehmen, ihnen keine Chance zu geben, sich zur Wehr zu setzen – und sie später wie Tiere zu quälen und einfach abzuschlachten. Aber es kommt noch schlimmer. Inzwischen dürfte Ihnen klar sein, worum es bei dem Projekt geht. Das Oberkommando des Imperiums möchte die vulkanischen Mentaldisziplinen als Waffe gegen Sie und auch die Klingonen verwenden, die sich immer mehr als zweifelhafte Bündnispartner herausstellen. Schon seit einer ganzen Weile werden im OK keine mahnenden Stimmen mehr laut. Die Angehörigen des Oberkommandos, Prätoriats und Senats werden die ersten sein, die die neue Technik für sich beanspruchen. Soweit ich weiß, dauert die Übertragung nicht lange: eine kleine Operation, dann mehrere Injektionen und eine kurze Ausbildungszeit.« Ael unterbrach sich kurz und ließ einen ernsten Blick über die Mienen ihrer Gesprächspartner schweifen. »Um zu verstehen, was das bedeutet... Stellen Sie sich einmal vor, welche Lage auf Vulkan herrschte, wenn das Volk im allgemeinen und die Regierenden im besonderen niemals die Logik des Friedens und das ethische Verhalten gemäß der Philosophie Suraks entwickelt hätten – und trotzdem die Mentaltechnik besäßen.«

Spock senkte den Kopf, und sein Gesichtsausdruck machte deutlich, daß er sich schon mit solchen Konzepten beschäftigt hatte. Das Ergebnis seiner Überlegungen schien ihn sehr zu beunruhigen. »Eine Kultur, die aus erbarmungslosen Opportunisten bestünde«, sagte er leise. »Aus Individuen, die gegenseitig ihre Gedankensphären verletzen würden, um Macht zu erringen oder sich schlicht zu vergnügen. Unruhe bei den Entscheidungsträgern, die bemüht wären, sich gegen alle anderen durchzusetzen und die Technik für sich zu behalten. Die Rebellion derjenigen, die ebenfalls Anspruch auf die geistigen Fähigkeiten erheben und nicht auf sie verzichten wollen. Krieg...«

»Noch mehr als das«, sagte Ael düster. »In einer derartigen Welt wäre niemand mehr sicher, der bestehende politische Richtlinien auch nur in Gedanken verurteilt. Allein ein Anflug von Unmut könnte genügen, um diejenigen, die solche Empfindungen ›belauschen‹, zu Mördern zu machen. Unter diesen Umständen würden Ehre und Vertrauen endgültig ihre Bedeutung verlieren, und persönliche Integrität könnte zu einem neuen Schandmal werden, wenn sie gegen die Leute opponiert, die über die neuen mentalen Eigenschaften verfügen und ihre Macht und Vorrangstellung bewahren wollen. Der Veränderungsprozeß hat bereits begonnen. Auf Romulus und Remus finden schon die ersten politischen Auseinandersetzungen statt, bei denen es darum geht, wer in den Genuß der neuen Technik kommen soll. Wer wird der erste sein, der die Gedanken der anderen lesen kann? Wer bringt als erster die Geheimnisse seiner Feinde in Erfahrung? Und natürlich gibt es Leute, die um jeden Preis verhindern wollen, daß ihre Gegner etwas über sie in Erfahrung bringen. In diesem Zusammenhang schreckt man auch nicht vor heimtückischem Meuchelmord zurück.« Ael gab ein verächtliches Zischen von sich. »Bereits vier Senatoren sind dem Ehrgeiz oder den Befürchtungen ihrer Kollegen zum Opfer gefallen.«

Kirk nickte und verstand nun, was es mit den Todesfällen auf sich hatte, für die ›natürliche Ursachen‹ angegeben worden waren.

Ael schwieg einige Sekunden lang, um ihre Gedanken zu ordnen. »Meine Herren«, sagte sie dann, »ich möchte ganz offen sein. Ich bin Soldatin, und der Frieden langweilt mich. Aber ich lege großen Wert auf Ehre. Wenn die neuen Mentaltechniken tatsächlich Verbreitung finden, entsteht ein anderes romulanisches Imperium, in dem es keinen Platz mehr gibt für die überlieferten Traditionen. Ich habe einen Eid abgelegt und geschworen, dem alten Imperium treu zu bleiben, ihm loyal zu dienen. Wenn ich die Hände in den Schoß legte und tatenlos zusähe, wie all das zerstört wird, was mein bisheriges Leben bestimmt, könnte ich mir ebensogut ein Messer in die Brust stoßen. Ich habe nicht die Absicht, einfach abzuwarten. Die Forschungsstation im Orbit von Levaeri V muß zerstört werden, bevor man die dortigen Daten und Übertragungsgewebe für den praktischen Einsatz nutzen kann.«

Kirk, Spock und McCoy sahen sich an. Sie begriffen jetzt, worin das Problem Starfleets bestand – Informationen von solcher Tragweite durften nicht einmal dem Kommandocode anvertraut werden. Wenn die Klingonen auch nur ahnten, was die Romulaner planten, würden sie sofort einen Krieg beginnen und alles daransetzen, die neue Technik selbst zu nutzen. Vielleicht funktionierte sie bei ihnen nicht ganz so gut, aber das spielte eigentlich keine Rolle. Wenn es ihnen gelungen war, den romulanischen Raumbereich zu erobern – die Pufferzone zwischen ihren Sektoren und denen der Föderation –, zögerten sie gewiß nicht lange damit, durch die Neutrale Zone vorzustoßen und Welten des Völkerbunds anzugreifen. *Ganz abgesehen davon,* dachte Kirk bitter. *Bestimmt gibt es auch in der Föderation Leute, die bereit wären, über Leichen zu gehen, um einen derartigen Vorteil gegenüber ihren Gegnern und Widersachern zu erringen. Macht korrumpiert, erst recht dann, wenn sie solche Ausmaße gewinnt. Man könnte niemandem mehr trauen, nicht einmal denjenigen, die versichern, nur das Wohl der Allgemeinheit im Sinn zu haben…*

»Commander«, sagte Kirk leise, »wir ahnten bereits, daß sich eine Krise anbahnt, doch Ihre Ausführungen übertreffen selbst unsere schlimmsten Befürchtungen. Wir sind Ihnen sehr dankbar dafür, daß Sie uns vor der Gefahr warnten. Aber in diesem Zusammenhang gibt es einen Punkt, den ich nach wie vor nicht ganz verstehe: Warum haben Sie sich an uns gewandt? Bisher kannten wir uns nicht persönlich; dies ist die erste direkte Begegnung. Andererseits habe ich oft genug gegen Sie gekämpft, um zu wissen, daß Sie nicht ohne einen triftigen Grund handeln.«

Einige Sekunden lang blickte Ael den Captain ruhig an, und angesichts ihres gefaßten Verhaltens empfand Kirk einmal mehr eine Mischung aus Bewunderung und Neid. Die Romulanerin neigte den Kopf und sah sich um. »Captain«, sagte sie, »können Sie sich vorstellen, wie oft ich davon geträumt habe, dieses Schiff zu vernichten?«

Kirk entschied sich für eine aufrichtige Antwort. »Vermutlich habe ich mir ebenso oft gewünscht, Ihre *Blutschwinge* zu zerstören.«

Diese Worte schienen ein wenig zu hart zu klingen. Rasch fügte er hinzu: »Obgleich ich es anschließend bedauert hätte...«

»Ja«, erwiderte Ael geistesabwesend. »Ich ebenfalls. Zumal es sich bei der *Enterprise* um ein ausgezeichnetes Schiff handelt.« Sie deutete ein Lächeln an, und Kirk erwiderte es zaghaft. »Captain, ich bin hierher gekommen, weil ich meine Heimat in Gefahr sehe – und auch Ihre. Meine Freunde können mir nicht mehr helfen. Millionen und Milliarden von Leben stehen auf dem Spiel, und deshalb blieb mir nichts anderes übrig, als mich an meine Feinde zu wenden. Von allen meinen Gegnern bringe ich Ihnen den größten Respekt entgegen, Captain. Sie sind ein entschlossener Kämpfer, der mir gegenüber jedoch immer höflich gewesen ist. Sie wissen, was Ehre bedeutet, und in dieser Hinsicht sind

Sie nicht bereit, Kompromisse zu schließen. Sieht man einmal von einigen Kriegslisten ab.« Sie seufzte. »Auch ich habe des öfteren Befehle erhalten, die mir nicht gefielen, an die ich mich aber trotzdem halten mußte. Daher verstehe ich, daß Ihnen in Hinblick auf die Tochter meiner Schwester gar keine Wahl blieb.«

»Die andere romulanische Kommandantin...« warf McCoy heiser ein. »Sie ist Ihre *Nichte*?«

»Sie *war* es.« Ael nickte. »Ich nehme an, früher oder später kommen wir auf diese Angelegenheit zurück, Captain. Derzeit aber gilt es, ein weitaus wichtigeres Problem zu lösen. Die Forschungsstation Levaeri V muß zerstört werden!«

»Da bin ich ganz Ihrer Meinung«, pflichtete ihr Kirk bei. »Aber ich bezweifle, ob wir dadurch einen Krieg verhindern. Ich bin zwar bereit, darüber hinwegzusehen, daß Sie die Neutrale Zone durchquert haben und in unseren Hoheitsbereich vorgestoßen sind. Aber Ihr Oberkommando würde es sicher nicht einfach dulden, wenn die *Enterprise* in die romulanischen Raumsektoren vordringt. Ich nehme an, Sie möchten uns darum bitten, Ihnen mit diesem Schiff bei der Vernichtung von Levaeri zu helfen, nicht wahr?«

»Ja.«

»Wenn wir die Neutrale Zone durchfliegen, brechen wir damit den Vertrag zwischen der Föderation und Ihrem Imperium. Und das romulanische Oberkommando könnte dies zum Anlaß nehmen, uns den Krieg zu erklären.«

»Nicht unbedingt.«

»Ael«, sagte McCoy, »es kann kein Zweifel daran bestehen, daß es sich bei der *Enterprise* um ein Raumschiff der Föderation handelt. Es gibt keine Möglichkeit, es als romulanische Kriegsschwalbe zu tarnen. Eine Veränderung des ID-Signals genügt nicht! Wie sollen wir Ihre Quadranten erreichen, ohne daß man uns sofort identifiziert und unter Beschuß nimmt?«

Ael lehnte sich zurück und musterte die Anwesenden der Reihe nach. Kirk glaubte, in ihren Augen ein schelmisches Funkeln zu erkennen. »Ich dachte daran, die *Enterprise* zu kapern«, entgegnete sie. »Was halten Sie davon?«

KAPITEL 8

Kirk bedachte die Romulanerin mit einem scharfen Blick. »Wenn das ein Scherz sein soll«, erwiderte er schließlich, »so ist er nicht besonders gelungen. Und wenn Sie uns in eine Falle locken wollen, so können Sie trotz meines Respekts Ihnen gegenüber damit rechnen, daß die Bordgeschütze der *Enterprise* die *Blutschwinge* zu atomarem Staub zerblasen. Auch in *diesem* Zusammenhang bin ich nicht bereit, irgendeinen Kompromiß zu schließen.«

Ael lächelte und hatte offenbar mit einer solchen Reaktion gerechnet. »Es war kein Witz«, sagte sie. »Und ich will Sie auch nicht in eine Falle locken. Ich mag verzweifelt sein, bin aber nicht übergeschnappt. Es käme Wahnsinn gleich, Ihnen zu drohen, wenn eine Salve des Zerstörers genügt, um die *Blutschwinge* in nukleare Schlacke zu verwandeln. Glauben Sie etwa, ich wüßte nicht, daß die *Inaieu* fünf Kilometer von Ihrer Steuerbordflanke entfernt auf den Einsatzbefehl wartet und auch die *Constellation* rasch zur Stelle sein könnte? Unterschätzen Sie mich nicht, Captain.«

»Ganz gewiß nicht, Commander.« Kirk schürzte die Lippen. »Was also schlagen Sie vor?«

»Daß Sie mich bei einer Aktion unterstützen, die – wie Ihnen mein Sohn bereits mitteilte – sowohl zu Ihrem als auch zu meinem Vorteil gereicht. Wir arbeiten zusammen und erwecken den Anschein, als sei die *Enterprise* in ein Gefecht verwickelt worden. Sie hat kapituliert und ist von meiner romulanischen Mannschaft übernommen worden. Diesen Bericht schicke ich dem Oberkommando – und füge hinzu, meine Absicht bestehe darin, das ›eroberte‹ Schiff nach Romulus und Remus zu bringen. Aufgrund unserer gegenwärtigen Schwierigkeiten mit den Klingonen patrouillieren nur wenige Schiffe an der Neutralen Zone, aber selbst wenn uns das OK eine Eskorte schickte... Sie hätte praktisch keine Möglichkeit, unsere List zu durchschauen. Lebensindikatoren können keinen Unterschied zwischen Romulanern, Terranern und fremden Spezies feststellen, dienen nur zur Ermittlung der Anzahl aller Individuen. Ihre Besatzung bleibt an Bord der *Enterprise* und überwacht die Schiffsfunktionen von der Hilfsbrücke aus – während die Stationen im Hauptkontrollraum von Romulanern besetzt werden, um den Schein zu wahren.«

»He, *Moment* mal!« knurrte McCoy.

»Nein, gedulde dich noch ein wenig, Pille. Ael, angenommen, ich lasse mich auf eine solche Verrücktheit ein – wie sollen wir rechtfertigen, daß wir beim Flug nach Romulus und Remus Levaeri V passieren? Bei der Einrichtung einer so bedeutenden Forschungsstation wurden umfangreiche Sicherheitsmaßnahmen nicht außer acht gelassen. Und ich nehme an, dazu gehört auch eine sorgfältige Routenkontrolle...«

Die Romulanerin nickte. »Da haben Sie völlig recht. *Normalerweise* kämen wir nicht weiter als bis auf einige Lichtminuten an die Basis heran. Aber schließlich gelang es uns, die berühmte *Enterprise* in unsere Gewalt zu bringen – und damit haben wir eine außergewöhnliche und alles andere als ›normale‹ Situation geschaffen. Abgesehen von den Vergeltungswünschen einiger Leute im Oberkommando, die sich sehr über eine Gelegenheit freuen würden, Ihnen langsam und mit Genuß alle Knochen im Leib zu brechen und Sie zu Tode zu foltern... Es gibt gleich mehrere Haftbefehle, die auf den Namen Spock ausgestellt sind. Die alte Spionage-Anklage besteht nach wie vor. Machen Sie kein so verblüfftes Gesicht, Dr. McCoy. Soweit ich weiß, wird auch nach Ihnen gefahndet, unter anderem deswegen, weil Sie sich bei einem Spionage-Vergehen der Komplizenschaft schuldig machten. Aber wie dem auch sei: Das Oberkommando gibt mir zweifellos die Anweisung, die

Enterprise auf dem schnellsten und direktesten Wege nach Romulus und Remus zu bringen – um Ihnen nicht die Zeit zu geben, einen Fluchtplan zu entwickeln. Von hier aus führt der Kurs zu jenem Sonnensystem direkt an Levaeri V vorbei. Ich habe alles sorgfältig vorbereitet. Wir sorgten dafür, daß die romulanische Einheit *Küraß* diesen Sektor anflog, bevor wir sie vernichteten. Mit anderen Worten: Es gibt jetzt einen guten Grund dafür, daß wir uns ausgerechnet hier befinden. Und die Strahlenspuren bestätigen unsere Angaben.«

Kirk beugte sich vor und lächelte dünn, erneut beeindruckt von dem messerscharfen Verstand der Romulanerin. Es gab nur ein Problem: Sie hatten keine Garantie, daß es Ael ernst meinte und sich hinter ihrem Plan keine Falle verbarg.

»Commander«, sagte er langsam, »ich verspreche Ihnen nichts, aber es ist Ihnen zumindest gelungen, mein Interesse zu wecken. Weihen Sie uns ein.«

»Nun«, gab Ael zurück und erwiderte Kirks Lächeln, »die von mir befehligte *Blutschwinge* wird sich als *Küraß* ausgeben, was nicht weiter schwierig ist. An Bord der Kriegsschwalbe befindet sich eine Kopie der ID-Kennung und kann jederzeit installiert werden. Die angebliche *Küraß* überraschte die *Enterprise* bei einem Vorstoß in unseren Raumbereich und folgte ihr in die Neutrale Zone, wo ein Kampf begann. Allerdings kam es an Bord Ihres Schiffes zu einigen Funktionsstörungen – ich bin sicher, Ihrem Chefingenieur fällt in diesem Zusammenhang etwas ein –, die die Leistungsfähigkeit des Warp-Triebwerks beeinträchtigten. Aus diesem Grund war die *Enterprise* nicht in der Lage, sich von meinem Schiff abzusetzen, und wir brauchten bloß abzuwarten, bis sich die energetische Reserve der Phaser und Photonentorpedos erschöpfte. Dann schwächten wir mit mehreren Salven Ihre Deflektoren und schickten ein Enterkommando an Bord. Es ist allgemein bekannt, wie sehr Ihnen das Wohl Ihrer Besatzung am Herzen liegt, und daher wird es niemanden überraschen, daß Sie kapitulierten, um eine Vernichtung der *Enterprise* – und damit auch allen Lebens an Bord – zu verhindern. Wir besetzten Ihre Brücke und drohten damit, das interne Sicherheitssystem gegen Sie selbst zu verwenden. Eigentlich ist es zur Abwehr von Eindringlingen bestimmt, aber vom Kontrollraum aus kann man es relativ problemlos umprogrammieren. Dieser Drohung hatten Sie nichts entgegenzusetzen, und somit blieb Ihnen nichts anderes übrig, als sich zu fügen. Daraufhin nahmen wir die *Enterprise* ins Schlepptau und machten uns auf den Heimweg.«

Das klang durchaus plausibel, selbst für die Ohren mißtrauischer Romulaner. »Aber in diesem Sektor kreuzten auch noch andere Schiffe«, wandte Kirk ein. »Wenn jemand die von uns und Ihnen zurückgelassenen Ionenspuren ortet, stellt er auch die Passage der *Intrepid, Constellation* und *Inaieu* fest...«

»Das stimmt. Andererseits jedoch ist es sehr schwierig, solche Strahlungsreste zeitlich genau zu bestimmen, nicht wahr? Sie zerfallen nicht nach einem genau festgelegten Muster, und außerdem gibt es in diesem Sektor aufgrund der sich verändernden interstellaren Ökologie weitere Anomalien.« Ael neigte den Kopf andeutungsweise zur Seite und sah Kirk an. »Es wird eine ganze Weile dauern, bis ein Kontrollschiff hier eintrifft, um die Ionenspuren zu untersuchen. Und selbst wenn es tatsächlich etwas entdecken sollte: Bis es auf Subraumkommunikations-Reichweite an Levaeri V herankommt, ist es bereits zu spät. Dann haben wir unseren Plan bereits verwirklicht. Anschließend erledigen unsere beiden Schiffe die Eskorte – vorausgesetzt, es gibt überhaupt eine...«

»Dabei läßt sich ein Kampf wohl kaum vermeiden«, sagte McCoy. »Wollen Sie allen Ernstes behaupten, Sie seien bereit, mehrere romulanische Einheiten zu vernichten, nur um uns die Flucht zu ermöglichen?« Etwas ruhiger fügte er hinzu: »Aus wie vielen Schiffen bestünde die Eskorte?«

»Da es um die *Enterprise* geht, aus mindestens zwei. Wir sollten besser mit vier rechnen.«

McCoy schüttelte skeptisch den Kopf und sah erst Spock und dann Kirk an. »Eine ganze Flottille. Es ist nicht einfach, mit einer solchen Streitmacht fertig zu werden. Bestimmt bekämen wir es mit klingonischen Modellen zu tun...«

»Sie werden es schaffen«, sagte Ael in einem Tonfall unerschütterlicher Gelassenheit. »Immerhin ist dies die *Enterprise* und nicht irgendein Kreuzer der Föderation... Nach der Neutralisierung der Eskorte dürfte es nicht weiter schwerfallen, Levaeri V zu zerstören.«

»Wahrscheinlich nicht«, sagte Kirk. »Aber was ist mit den Leben, die wir dabei auslöschen?«

»In dieser Hinsicht hatten die romulanischen Forscher und Wissenschaftler bisher keine Bedenken«, antwortete Ael kühl. »In den verschleppten Vulkaniern sahen sie nichts weiter als Experimentiermaterial. Nun, ich dachte eigentlich, Sie würden diesem Punkt ebenfalls keine große Beachtung schenken. Aber vielleicht habe ich mich geirrt.«

»Vielleicht.« Kirk hätte sie am liebsten verflucht, wußte aber um die Nutzlosigkeit einer scharfen Erwiderung. Damit ließ sich nichts ändern. Die vor ihm sitzende Ael wirkte fast wie eine Frau von der Erde, doch ihre letzte Bemerkung erinnerte ihn daran, daß sie aus einer völlig anderen Kultur stammte. »Irgendwelche Vorschläge, Mr. Spock?« fragte er schließlich.

Spock zögerte und dachte sorgfältig nach, bevor er erwiderte: »Commander Ael, ich möchte Sie darum bitten, meine Worte nicht als Beleidigung zu verstehen.«

Sie neigte kurz den Kopf – und machte mit dieser Geste deutlich, daß sie in Spock fast einen Ebenbürtigen sah. Kirk spürte, wie Unruhe in ihm entstand.

»Captain«, sagte der Vulkanier, »ich halte den Plan

für tollkühn. In der Anfangsphase ist die Wahrscheinlichkeit für einen Erfolg ziemlich hoch. Dennoch muß ich Ihnen davon abraten. Es gibt zu viele Variable und unbekannte Aspekte, die uns einen Strich durch die Rechnung machen könnten. Selbst wenn einer unserer Verbündeten eine solche Operation vorschlüge und zu diesem Zweck eine romulanische Kriegsschwalbe mit manipulierter ID-Kennung anböte – ich bin sicher, Starfleet hielte nichts davon. Und da dieser Vorschlag von der Repräsentantin einer Macht handelt, die uns nicht gerade freundlich gesinnt ist...«

»Das kann ich nur unterstreichen, Mr. Spock«, brummte McCoy. »Die ganze Sache ist völliger Blödsinn.«

»Nein, Doktor«, widersprach der Erste Offizier und sah den Bordarzt an. »Eben nicht. Commander Ael hat uns einen ausgezeichneten und gut durchdachten Plan erläutert. Doch während der Endphase nehmen die Risiken ein untolerierbares Ausmaß an – zumindest für einen Vulkanier. Captain?«

Kirk wandte sich an die Romulanerin. »Sie meinten, Sie wollten zumindest für eine Weile auf Ihren Stolz verzichten«, sagte er. »Erlauben Sie mir also bitte folgende Frage: Woher sollen wir wissen, daß Sie uns nicht anlügen? Oder schlimmer noch: Wie können wir sicher sein, daß Sie keiner Gehirnwäsche unterzogen wurden? Dies könnte verhindern, daß Sie wissentlich lügen, würde Sie aber in die Lage versetzen, uns dennoch zu hintergehen.«

Ael ließ den angehaltenen Atem entweichen, und Kirk fragte sich, ob das romulanische Seufzen die gleiche Bedeutung hatte wie ein terranisches. »Ich nehme Ihnen diese Frage keineswegs übel – unter den gegebenen Umständen ist sie nur zu verständlich.« Sie zögerte kurz. »Aber es gibt eine Möglichkeit, Ihnen Gewißheit zu verschaffen – und gleichzeitig steht sie in einem unmittelbaren Zusammenhang mit dem besprochenen

Problem. Wenn Mr. Spock bereit wäre, sein Bewußtsein mit meinem zu verschmelzen...«

Kirk sah den Vulkanier an. Spocks Gesicht glich einer starren Maske. McCoy räusperte sich. »Ael hat recht. Es existieren Methoden, mit denen man eine mentale Konditionierung durchführen kann, die man nicht mit zerebralen Scannern feststellen kann – wohl aber bei einer Bewußtseinsverschmelzung. Diese ließe eindeutige Schlüsse zu, Jim.«

»Ich habe bereits daran gedacht«, antwortete Kirk. »Aber ich weiß nicht, ob...« Er brach ab.

Einige Sekunden lang herrschte Stille. Schließlich hob Spock den Kopf. »Ich bin einverstanden, Commander«, sagte er, und seine Stimme war kaum mehr als ein Flüstern. Er wandte sich an Kirk. »Captain, ich halte es für angebracht, daß wir einen Ort aufsuchen, wo uns niemand stören kann.«

»Wie wäre es mit Ihrer Kabine?«

Spock nickte. »In Ordnung. Commander, wenn Sie mich bitte begleiten würden? Captain Kirk und Dr. McCoy werden später zu uns kommen.«

»Natürlich.«

Als der Vulkanier und die Romulanerin hinausgingen, sah ihnen Kirk überrascht nach. Ihre Gestalten ähnelten sich sehr, und dieser Eindruck gründete sich nicht nur auf die rassische Verwandtschaft. McCoy bewegte sich unruhig. »Heraus damit, Pille.«

Der Bordarzt beugte sich vor, stützte die Ellenbogen auf die Knie und starrte den Captain groß an. »Was ich dir zu sagen habe«, brummte er, »hängt ganz von deinen Plänen ab.«

»Bis mir Spocks Bericht über den Bewußtseinszustand Aels vorliegt, unternehme ich nichts.«

»Und was ist, wenn sie wirklich die Wahrheit gesagt hat, Jim? Willst du dich tatsächlich dazu hinreißen lassen, in romulanisches Gebiet vorzustoßen, um dort vermutlich mit einer ganzen Flotte feindlicher Schiffe konfrontiert zu werden? Beim letzten Mal kamen wir noch einmal mit einem blauen Auge davon, doch vielleicht begegnet uns das Schicksal nicht wieder mit solchem Wohlwollen. Lieber Himmel, wenn ich daran denke, daß wir uns den Romulanern *freiwillig* ausliefern sollen... Das ist doch verrückt! Besser wär's, wir springen irgendwo im All ohne Raumanzug aus der Luftschleuse. Würde uns eine Menge Unannehmlichkeiten ersparen...«

»Pille«, sagte Kirk, nicht unbedingt zornig, aber laut. Wenn McCoy in Fahrt geriet, dauerte es häufig eine ganze Zeitlang, bis er sich wieder beruhigte.

»Noch habe ich keine Entscheidung getroffen«, meinte Kirk. »Darüber denke ich erst nach, wenn ich weiß, ob Ael die Wahrheit sagt oder nicht. Aber wenn ihre Angaben stimmen, bahnt sich eine folgenschwere Katastrophe an. Und in diesem Fall können wir nicht einfach jede Verantwortung ablehnen und es anderen überlassen, die Kastanien aus dem Feuer zu holen. Diese Information ist viel zu wichtig, um sie durch den Äther zu schicken; es muß unter allen Umständen vermieden werden, daß sie bekannt wird. Zuviel hängt davon ab; was die Konsequenzen angeht, hat Ael sicher nicht übertrieben. Kein Schiff darf unsere Flotte verlassen, und ich bin nicht bereit, ein unbewaffnetes Shuttle oder ein Kurierboot der *Inaieu* loszuschicken.« Er streckte die Hand aus und betätigte eine Taste des Tischkommunikators. »Brücke. Mr. Scott.«

»Hier Scott.«

»Was machen unsere romulanischen Freunde, Scotty?«

»Sie sind ganz lieb und friedlich und wieder auf ihrem vorherigen Kurs. Captain. Abstand: eine Lichtsekunde. Geschwindigkeit: Warp fünf.«

»Irgendwelche Mitteilungen?«

»Nein, Sir.«

»Nun gut. Geben Sie mir Uhura.«

»Sie hat derzeit dienstfrei«, meldete sich eine andere Stimme. *»Hier spricht Lieutenant Mahase.«*

»Oh. Nun gut. Setzen Sie sich mit dem romulanischen Schiff in Verbindung, Mr. Mahase, und richten Sie Subcommander Tafv meine Grüße aus. Die Beratungen mit Commander Ael dauern an. Falls er fragen sollte: Bisher wurden noch keine Fortschritte erzielt, über die es zu berichten lohnt.«

»In Ordnung, Sir. Übrigens, Captain: Wir haben eine Nachricht von der Intrepid *erhalten.«*

Direkter Kom-Kontakt oder Basistransfer?«

»Basistransfer, Sir. Die Botschaft war im Signalspeicher des Überwachungssatelliten NZRM 4488 aufgezeichnet. Der Ionensturm hat nach wie vor Stärke sechs, aber die Intrepid *rechnet damit, daß er bald nachläßt. Die Sensoren registrieren noch immer Destabilitätszonen mit angeregten Wasserstoffatomen. Wenn wir den Kurs nicht ändern, erreichen wir die betreffende Zone in Kürze.«*

Kirk rieb sich die Augen. *Verdammtes Weltraumwetter...* »Gut. Versuchen Sie weiterhin, einen direkten Kontakt herzustellen. Die *Intrepid* sollte erfahren, was hier geschieht. Gibt es sonst noch etwas?«

»Mr. Chekov bittet um Erlaubnis, eine Salve auf die Blutschwinge *abfeuern zu dürfen. Nur um nicht aus der Übung zu kommen, meint er.«*

»Sagen Sie ihm, er soll kalt duschen, wenn seine Schicht zu Ende ist«, erwiderte der Captain. »Kirk Ende. Komm, Pille. Ich bin gespannt, ob Ael *wirklich* die Wahrheit gesagt hat.«

KAPITEL 9

Ael folgte Spock schweigend durch die Korridore der *Enterprise* und versuchte, sich ein Bild von den Besatzungsmitgliedern zu machen, indem sie ihre Umgebung beobachtete. Das, was sich ihren Blicken darbot, schien nur wenig Sinn zu ergeben und erfüllte die Romulanerin mit dumpfem Unbehagen. Die übertrieben gemütliche Einrichtung des Transporterraums und der lächerliche Luxus der Offiziersmesse stießen sie ab. Mit nostalgischen Empfindungen dachte sie an ihre kleine und spartanische Kabine in der *Blutschwinge* zurück – so als sei sie Tausende von Lichtjahren entfernt, als befinde sie sich wieder auf der *Küraß*. Eigentlich aber war der Unterschied gar nicht so groß. *Hier oder dort,* dachte sie. *Ich bin mitten unter Fremden. Und wenn mein Plan gelingt, wird das bis zu meinem Lebensende der Fall sein. Ich sollte mich besser daran gewöhnen.* Als sie das Quartier des Vulkaniers betrat, rechnete sie nicht mit einer Überraschung. Vielmehr erwartete Ael einen Raum, der sie ebenfalls mit terranischem Prunk konfrontierte und ihre innere Unruhe somit weiter verstärkte.

Doch das war nicht der Fall. Zuerst einmal fiel der Romulanerin auf, daß es in dem Zimmer warm genug war, um sich wohl zu fühlen. Zwar bot es weitaus mehr Platz als ihre eigene Kabine, doch die Einrichtung wies gewisse Parallelen auf. Nirgends sah sie das geringste Anzeichen von Unordnung, und die wenigen Möbelstükke schufen eine Atmosphäre unaufdringlicher Behaglichkeit. Wenn dieser Eindruck den Charakter Spocks widerspiegelt, so hielt es Ael für angebracht, ihre Meinung über das Wesen der Vulkanier zumindest in einigen Punkten zu revidieren.

Ihr Blick fiel auf einige persönliche Gegenstände, deren Zweck ihr verborgen blieb und die sie deshalb nicht weiter beachtete. Aber es gab andere Dinge, die ihre

Aufmerksamkeit weckten. Auf dem glänzenden und völlig staubfreien Tisch stand ein Stereowürfel, der sowohl einen Vulkanier als auch eine attraktive, ältere Frau zeigte. Ein freundliches Lächeln umspielte ihre Lippen und machte deutlich, daß sie nicht von Vulkan stammte. Ael streckte die Hand nach dem Würfel aus, berührte ihn aber nicht. Sie dachte an ihren Vater. »Das ist bestimmt Botschafter Sarek«, sagte sie. »Und die Frau neben ihm muß Lady Amanda sein.«

»Sie sind gut informiert, Commander«, gab Spock zurück. Er stand hinter Ael und rührte sich nicht von der Stelle, wirkte fast wie eine unbewegliche Statue. Ael verglich ihn mit jemandem, der sich einem gefährlichen Tier gegenübersah und nicht wagte, es zu provozieren.

Ihr leises Lachen galt nicht nur Spocks Worten, sondern auch ihren Überlegungen. »Vielleicht sogar zu gut.« Sie wandte sich von dem dreidimensionalen Porträt ab und betrachtete die Wand neben dem Raumteiler, der den Schlaf- vom Aufenthaltsbereich trennte. Sie ließ ihren Blick über die altertümlichen Waffen schweifen, die dort hingen, und nach einigen Sekunden holte sie scharf Luft.

»Mr. Spock«, sagte sie langsam, »irre ich mich, oder ist das dort wirklich ein S'harien?«

Als sie sich umdrehte, sah sie in den Zügen des Vulkaniers einen Ausdruck, der zwar nicht ganz als Erstaunen, aber wenigstens als Anerkennung interpretiert werden konnte. Ael blieb skeptisch: Es war sehr schwierig, die Mimik eines Vulkaniers zu deuten.

»In der Tat, Commander. Wenn Sie es sich genauer ansehen möchten...«

Ael nahm das Schwert vorsichtig von der Wand und hütete sich davor, Fingerabdrücke auf dem prächtigen sardonyxfarbenen Holz der Scheide zu hinterlassen. Die Klinge war schmal, lang und scharf – sowohl eine Manifestation emotionsloser Logik als auch ein Beweis für Ästhetik. Der Griff bestand aus schwarzem *Kahs-hir*, und man hatte ihn nicht etwa geglättet, sondern rauh gelassen. Hier kam erneut die Logik ins Spiel. »Darf ich es ziehen?« fragte sie.

Spock nickte. Mit einem leisen, knisternden Schaben löste sich der Stahl aus der Scheide. Ehrfurcht regte sich in Ael, als sie die blitzenden und funkelnden Reflexe auf der Klinge sah. Niemand hatte so ausgezeichnete Arbeit geleistet wie die alten Schwertschmiede auf Vulkan, vor fünftausend Jahren – und S'harien war der beste von ihnen gewesen. Die Auswanderer, die sich später auf ch'Rihan niederließen, nahmen fünf solcher Waffen mit. Drei Klingen zerbrachen während der Dynastiekriege, zersplitterten in den Händen sterbender Könige und Königinnen. Eins wurde gestohlen und blieb verschwunden; von diesem Schwert hieß es, es schwebe in einem weiten, kometenartigen Orbit um Eisn. Das letzte lag auf dem Leeren Stuhl in der Senatskammer und durfte von niemandem berührt werden. Ael hätte nie geglaubt, daß sich ihr irgendwann einmal die Gelegenheit bot, ein S'harien in der Hand zu halten. Der kühle Stahl berichtete ihr von vielen Dingen, von einer jahrtausendelangen Geschichte, von Heimat und verlorenen Schätzen, von Herrschaft und Ohnmacht...

Es verschlug ihr die Sprache, und voller Neid und Bewunderung sah sie zu Spock auf. *Du benimmst dich wie eine Närrin!* fuhr es ihr durch den Sinn. *Warum läßt du dich von einem Stück Metall so sehr beeindrucken?*

»Ich habe es geerbt«, sagte der Vulkanier, der offenbar ahnte, was in Ael vorging. »Es wäre unlogisch, das Schwert in irgendeinem Sicherheitsfach unterzubringen, wo es niemand betrachten und bewundern könnte.«

»Bewunderung«, sagte Ael langsam. Sie versuchte, spöttisch zu klingen, konnte aber nicht über das verräterische Zittern in ihrer Stimme hinwegtäuschen. »Das ist ein Gefühl, nicht wahr?«

Er musterte sie, und Ael wußte, daß Spock auch ohne

die Mentalverschmelzung oder eine telepathische Berührung merkte, wie nervös sie war. »Commander«, erwiderte er ruhig und gelassen, »›Bewunderung‹ ist ein Substantiv. Es bringt nichts weiter als eine gewisse Wertschätzung zum Ausdruck.«

Ael starrte ihn skeptisch an.

»Ich glaube, Sie sagen die Wahrheit«, fuhr Spock fort. »Und wenn das zutrifft, so respektiere und achte ich Ihren Wagemut, ihr entschlossenes Eintreten für den Frieden. Doch der Glaube allein genügt weder mir noch dem Captain. In Hinsicht auf Ihre Motive und Informationen darf kein Platz für Zweifel bleiben.«

Der Vulkanier hob den Kopf, als er vom Korridor her Schritte hörte. Ael hielt es nicht für besonders klug, den Captain mit einem Schwert in der Hand zu begrüßen, zwinkerte Spock kurz zu und drehte sich um. Bevor sie das S'harien an die Wand zurückhängte, behielt sie die Klinge noch einige Sekunden in der Hand und genoß das Gefühl des kühlen Stahls.

Es summte an der Tür. »Herein«, sagte Spock ruhig. Captain Kirk und Dr. McCoy betraten die Kabine, und als sich die Tür hinter ihnen schloß, blieben sie unsicher stehen und beobachteten Ael. Sie wandte sich ihnen zu, und als sie die Erheiterung in den Zügen McCoys sah, die Verwirrung im Gesichtsausdruck des Captains, legte sich schlagartig das Unbehagen in ihr.

»Meine Herren…« sagte sie und schob das Schwert in die Scheide. »Ich hatte keine Ahnung, daß an Bord der *Enterprise* Museumsgegenstände transportiert werden. Treffen vielleicht die Gerüchte zu, die besagen, Raumschiffe seien Boten der Kultur?«

Zu ihrem Erstaunen ließ sich Kirk nicht von dieser scherzhaft gemeinten Bemerkung täuschen. Er deutete ein Lächeln an und schien genau zu wissen, was es bedeutete, eine S'harien-Klinge in der Hand zu halten.

»Wir sind tatsächlich dieser Meinung, Commander«, erwiderte er. »Sehen Sie sich irgendwann einmal unseren Erholungsbereich an... Dort gibt es einige interessante Dinge. Nun, ich glaube, wir sollten jetzt beginnen.« Er bedachte Spock mit einem Blick, den Ael nur zu gut kannte: Auf diese Weise sah sie Tafv an, wenn eine unangenehme Sache bevorstand, die keinen Aufschub duldete.

Sie verbeugte sich knapp vor Kirk und nahm auf einem Stuhl an Spocks Tisch Platz. Als der Vulkanier hinter sie trat, lehnte sie sich zurück und schloß die Augen.

»Zuerst werden Sie sich nicht besonders wohl fühlen, Commander«, verkündete Spocks Stimme über ihr. »Wenn Sie es vermeiden können, dagegen anzukämpfen, geht diese Phase rasch vorüber.«

»Ich verstehe.«

Finger berührten ihr Gesicht und suchten nach einer Verbindung zu den Gehirnnerven. Von einem Augenblick zum anderen erbebte Ael, doch das Zittern ließ fast sofort wieder nach.

Zuerst befürchtete sie, nicht mehr atmen zu können. Besser gesagt: Mit ihrer Atmung schien irgend etwas nicht in Ordnung zu sein, so als hole sie in zu kurzen Abständen Luft... Ael zwang sich dazu, den Rhythmus zu verlangsamen, die Lungen ganz ruhig auszudehnen und wieder zusammenzupressen. Dann plötzlich spürte sie, daß die organischen Reflexe nicht mehr auf die Anweisungen des Hirns reagierten, daß es ihr nicht gelang, ganz tief durchzuatmen.

Kämpfen Sie nicht dagegen an, erklang ihre eigene telepathische Stimme – ohne daß sie einen solchen Gedanken formuliert hatte. Ael befürchtete, den Verstand zu verlieren, einfach überzuschnappen.

Spock, der Captain und Dr. McCoy – sie haben mich hintergangen und versuchen, mich wahnsinnig werden zu lassen. Das darf nicht geschehen. Auf keinen Fall! Ich habe noch etwas zu erledigen, etwas sehr Wichtiges...

Commander... Ael... Ich habe Sie vor der ersten Reaktion

gewarnt. Wenn Sie weiterhin dagegen ankämpfen, schaden Sie sich nur selbst...

– Oh, wie seltsam: Es waren vulkanische Worte, und doch konnte Ael sie ohne Schwierigkeiten verstehen. Genauer ausgedrückt: Sie hörte sie gleichzeitig auf Rihannsu, Federation Basic und Vulkan, und sofort offenbarte sich ihr die Bedeutung der Silben und Sätze. In der weiten Sphäre ihres Bewußtseins ertönte eine Stimme, die sie als ihre eigene identifizierte. Aber sie sprach von ganz allein, wie ein losgelöster Teil ihres Ichs –

Schon besser. Unser Bewußtsein nähert sich einander... Öffnen Sie sich, Ael. Schaffen Sie einen Zugang für mich.

– Es war unmöglich, sich dieser Forderung zu widersetzen. Die Stimme des anderen Selbst war zwar recht freundlich, brachte jedoch eine Kraft zum Ausdruck, die Aels gedankliche Strukturen einfach zerfetzen konnte. Eine Gefahr, für die es keine reale Entsprechung gab, begriff sie unmittelbar darauf, in irgendeinem dunklen Winkel ihres Geistes –

Wir kommen uns näher, immer näher.

– Elemente im Drüben und Jenseits: Wovor hatte sie sich gefürchtet? Was für ein bemerkenswertes Erlebnis, mit anderen Lungen zu atmen, durch ein anderes geistiges Auge zu blicken, durch die Finsternis einer anderen Ich-Sphäre zu reisen und am Ende Licht zu sehen... Das unterschied sich kaum von ihren Flügen mit der *Blutschwinge*, von Erfahrungen, die sie auf diese oder ähnliche Weise schon des öfteren gemacht hatte – warum sollte sie Angst davor haben? Ohne zu wissen, auf welche Weise sie es bewerkstelligte, streckte sie dem anderen die Hände entgegen, Zuversicht und Entschlossenheit waren die Werkzeuge, auf die es jetzt ankam, ebenso wie bei vielen anderen Dingen – *Wir sind eins.*

Ael spürte es sofort. Einerseits empfand sie es als seltsam, daß es plötzlich eine zweite Version ihres Ichs gab, doch andererseits erschien ihr das vertraut, so als sei es schon immer so gewesen. In der seltsamen Ruhe eines Traums, der selbst die ungewöhnlichsten Dinge als völlig normal darstellt, entwickelte sie eine eigentümliche Neugier in Hinsicht auf die Ereignisse der vergangenen Monate, in bezug auf Levaeri V und alle damit zusammenhängenden Dinge. Glücklicherweise nahmen die Reminiszenen nur wenig Zeit in Anspruch – in einem Kokon der Zeitlosigkeit. In rascher Aufeinanderfolge formten sich vor ihrem geistigen Auge die Konturen zahlloser Bilder. Ael sah die scharlachroten Fahnen der Senatskammer, die Gesichter alter Freunde im Prätoriat, die ernst ›nein‹ sagten – oder auch ›vielleicht‹, was ›nein‹ bedeutete. Sie beobachtete die Mienen ihrer Besatzungsmitglieder, die froh waren, daß sie zu ihnen zurückkehrte, deren Wut über ihre Abkommandierung von der *Blutschwinge* fast zur Meuterei geführt hätte. Verachtung regte sich in ihr, als sie die Züge der Männer und Frauen an Bord der *Küraß* betrachtete, als sie aus dem Lautsprecher die Stimme t'Liuns hörte, die sie aufforderte, sofort auf die Brücke zu kommen. Tafv, schlank und hager, ihr Sohn, der ihr die Hände entgegenstreckte, als sie die *Blutschwinge* betrat, sich an der Stirn berührte – eine Geste des Willkommens, die angesichts der besonderen Umstände fast absurd wirkte. Und der Jubel ihrer Kameraden, der beinahe kindliche Frohsinn von Leuten, die ihr so nahestanden wie Brüder und Schwestern. Der Transporterraum der *Blutschwinge.* Und dann eine andere Kammer, in der sie rematerialisierte, ausdruckslose Gesichter. Ein Mann, dunkelhaarig, mit durchdringend blickenden Augen und feingliedrigen Händen; jemand, der ein Bruder hätte sein können, wären nicht die blaue Starfleet-Uniform und Erinnerungen an alte Feindseligkeiten gewesen…

Aels sonderbare Neugier veranlaßte sie dazu, sich eingehender mit jenem alten Groll zu befassen. Zunächst zögerte sie, denn sie fürchtete, Wunden aufzureißen, die gerade erst verheilt waren. Aber die Neugier erwies sich als sehr hartnäckig, und schließlich gab Ael nach. Sie sah die Tochter ihrer Schwester, die vor den Senat trat, nach der Niederlage, die sie gegen Captain Kirk und Spock erlitten hatte – nach dem Verlust des Tarngerätes an die Föderation. Ael verteidigte sie leidenschaftlich vor den Senatoren. Vergeblich. Ihre Herzen waren erfüllt von Haß und Rachsucht – und von der Besorgnis, Einfluß und Macht zu verlieren. Deshalb schenkten sie dem Plädoyer keine Beachtung. Ael blickte durch die weiße Kammer und sah den Leeren Stuhl, während um sie herum Dutzende von Stimmen ertönten und verlangten, die Tochter ihrer Schwester in die ewige Verbannung zu schicken, ihr zu verbieten, jemals nach ch'Rihan und ch'Havran zurückzukehren. Darüber hinaus entehrte man sie. Und was noch schlimmer war: Man ordnete ein Schand-Ritual an und untersagte ihr, weiterhin ihren Haus-Namen zu tragen. Auch dagegen protestierte Ael, ungeachtet der Gefahren, die sie damit für sich selbst und ihre Stellung heraufbeschwor. Niemand nahm ihren Einspruch zur Kenntnis. Empört mußte sie erleben, wie der Name dreimal aufgeschrieben und verbrannt wurde. Die Tochter ihrer Schwester verließ die Senatskammer mit gesenktem Kopf. Sie galt nicht einmal mehr als Person, denn eine Rihannsu ohne Haus war nichts und niemand.

Und wo ist sie jetzt? wandte sich Ael kummervoll und verzweifelt an den neugierigen Teil ihres Ichs, der alles schweigend zur Kenntnis nahm. *Reist sie durchs All, oder lebt sie auf irgendeinem abgelegenen Provinzplaneten, allein unter Fremden? Wie soll ich* nicht *diejenigen hassen, denen sie dieses Schicksal zu verdanken hat?* Auch in Tafv schwelte noch der Zorn über die Verbannung seines Vetters und Spielkameraden. Der neugierige Aspekt des erweiterten Bewußtseins stellte fest, daß es sowohl Tafv als auch Ael gelungen war, ihre Wut im Zaum zu halten, sie für später aufzuheben. Vielleicht sorgten die Elemente irgendwann einmal dafür, daß sich eine Gelegenheit bot, es den Feinden heimzuzahlen, ihnen bei einer fairen und ehrenvollen Begegnung zu beweisen, daß sie Feiglinge waren, daß sie ihre Ziele mit schändlicher Verschlagenheit anstrebten. Jetzt aber brauchte sie eben jene alten Feinde. Persönliche Dinge mußten beiseite geschoben werden, wenn das Schicksal ganzer Sternenreiche auf dem Spiel stand.

Der neue Teil ihres Ichs stimmte ihr schweigend zu und wartete eine Zeitlang ab. Ael nutzte diese Gelegenheit, denn in ihr selbst regte sich ebenfalls Neugier. Und jetzt hatte sie es mit einem Feind zu tun, dessen Bewußtsein mit dem ihren verbunden war. Sie übernahm die Initiative und dehnte die Gedanken aus. Und der andere Selbstfaktor gewährte ihr diese mentale Bewegungsfreiheit, hielt es nur für gerecht, daß sie ihrerseits mit einer Sondierung begann. Ael streckte ihm ihre geistigen Hände entgegen...

Seit Jahren hatte sie sich eine Art Ungeheuer vorgestellt, einen Hybriden ohne eigentliche genetisch-kulturelle Tradition – jemanden, der kühl und emotionslos die Tochter seiner Schwester verraten konnte. Nun aber war sie ebenso überrascht wie zuvor durch den Anblick von Spocks Zimmer, begriff plötzlich, daß sie sich gründlich geirrt hatte. Scham erfüllte sie. Natürlich ertastete sie einen umfangreichen Vorrat an memorialen Daten und Erfahrungen, denn schließlich handelte es sich um eine Person, die sogar bei den Rihannsu zu einer Legende geworden war und als eine der besten Starfleet-Offiziere galt. Dennoch erstaunte sie das Wesen Spocks. Ael fühlte, daß er innerlich ebenso hin und her gerissen war wie sie selbst, gleichzeitig aber auch einen Pol der Ruhe darstellte. Die Parallelen zu ihrem eigenen Charakter erstaunten sie. Sie spürte ein Ich, das ebenfalls einen Eid abgelegt hatte und ein noch härteres Leben führte als sie, das unter dem Schwur litt, sich jedoch bereitwillig mit allen Entbehrungen abfand. Darüber hinaus verfügte jenes Ich über Wurzeln in einem anderen Leben, in einer emotionalen Existenz. Es basierte in der Kultur eines Planeten, in der es für immer etwas Fremdes bleiben mußte, deren Beziehungspotential es nur zu einem geringen Teil nutzen konnte. In dieser Hinsicht gab es keinen Schwur, nur einen eisernen Willen, Disziplin und Entschlossenheit. Mit einer *solchen* Person hatte Ael nicht gerechnet. Spock mochte ihr seltsam erscheinen, doch er wies ein wichtiges Rihannsu-Charakteristikum auf – die unerschütterliche Treue gegenüber einer Idee, einem Ziel, feste Loyalität in bezug auf die eigenen Wertvorstellungen. Der beste Teil der herrschenden Leidenschaft, vorsichtig geschürtes Feuer, loderte tief im Innern dieses Mannes und zehrte ihn innerlich auf, ohne daß er irgend etwas preisgab. Spock war bereit, sich zu opfern, um sich selbst zu genügen.

Einem *derartigen* Mann konnte sich Ael öffnen, ebenso wie Tafv, Aidoann oder tr'Keirianh. Und sie gab diesem Impuls nach, ließ ihr Bewußtsein den unterdrückten Gefühlen Spocks entgegentreiben, konzentrierte sich dabei auf eins, das besonderes Verständnis in ihr weckte: Heimweh. Sie zeigte ihm Airissuin, die schroffen roten Berge ihrer Heimatwelt, die man in gewisser Weise mit Vulkan vergleichen konnte. Sie demonstrierte ihm das Anwesen, den Hof mit den Ställen und Schuppen, das Gehege der Hlai, auch ihren Vater, der ihm so sehr ähnelte. Gemeinsam betrachteten sie die kleinen und welken Blumen am Hügelhang, das matte Schimmern des Sonnenlichts, das sich am Tage nach der Geburt ihres Sohnes auf der Niederkunftscouch widerspiegelte. Sie erlebten, wie sie ihn zum erstenmal in den Armen hielt, ohne von den Wehenschmerzen abgelenkt zu werden. Ael wünschte sich, sein Vater wäre lange genug am Leben gewesen, um seinen Sprößling kennenzulernen... Oh, Liha, den Klingonen zum Opfer gefallen, während des sogenannten ›Mißverständnisses‹ von Nh'rainnsele! Würden sich solche Zwischenfälle bis ans Ende der Zeit wiederholen? Gab es denn keine Möglichkeit, Planeten zu schützen, ihren Bewohnern eine sichere Existenz zu ermöglichen und auf andere Art und Weise der Langeweile zu entkommen, Abenteuer zu erleben? Mußten ständig Unschuldige sterben? Und blieb ihr, Ael, nichts anderes übrig, als dauernd zu töten? *Warum hört das nicht endlich auf?*

Unruhe vibrierte im anderen Ichfaktor, und auch in Ael selbst bildete sich Nervosität, die ihre Gedanken zu zerfasern drohte. Sie empfand kein Mitleid, weder für sich noch ihren mentalen Begleiter. Diese Angelegenheit war zu wichtig, ließ sich konkret beschreiben, mit Namen, mit logischen und emotionalen Wahrheiten. Das Leben mußte weitergehen, und das Forschungsprojekt von Levaeri V stellte in dieser Hinsicht eine enorme Gefahr dar. *Diese* Wahrheit hatte das Potential eines millionenfachen Todes, und was Logik, Gefühl und Namen anbelangte... Ael hielt es für besser, wenn es weiterhin zu kleineren Konfrontationen kam, zu lokal begrenzten Kriegen, die zwar töteten und verheerten, aber nicht zu einer galaxisweiten Katastrophe kulminierten. Sie war bereit, zusammen mit Tafv und ihren Kameraden an Bord der *Blutschwinge* zu sterben, und sie zweifelte nicht daran, daß sich auch Kirk, Spock und die anderen Föderations-Individuen von der *Enterprise* opfern würden, um eine Apokalypse zu verhindern. Es handelte sich um ehrenvolle Personen – was sie schon immer vermutet hatte und nun bestätigt sah. Diese Schlußfolgerung gründete sich auf das Bild, das Spock von Kirk besaß, eine geistige Einschätzung, die keinen Platz ließ für vage Wahrscheinlichkeitsmuster, jeden Zweifel ausschloß. Dem Bordarzt Dr. McCoy brachte der Vulkanier ebenfalls Loyalität entgegen, die sich ein wenig von der unterschied, die ihn an Kirk band – aber ebenso fest gestaltet war. Ganz gleich, was in solchen Personen vor sich ging, was sie haßten und verabscheuten, liebten und schätzten – Ael erachtete sie als Beweis dafür, daß jenseits der Neutralen Zone noch mehr von ihnen existierten. Wenn das Forschungsprojekt von Levaeri V fortgeführt wurde und breite Anwendung fand, bedeutete dies den Tod für ganze Völker. Und Ael durfte nicht zulassen, daß Wesen starben, die ihre Vorstellungen von Ehre teilten, die keine Schuld auf sich geladen hatten. *Das muß unter allen Umständen verhindert werden…*

– Ganz plötzlich löste sich etwas von ihrem Bewußtsein. Das Gefühl der Trennung schmerzte nicht, wurde aber begleitet von dumpfem Kummer. Es war, als hätte sie für kurze Zeit einen Zwillingsbruder bekommen und nun wieder verloren.

Ael schlug die Augen auf. Nach wie vor spürte sie, daß Spock hinter ihr stand – offenbar war die mentale Verbindung noch nicht ganz unterbrochen. Sie nahm ein sonderbares Vibrieren wahr, ein Beben an der Grundfeste des vulkanischen Ichs. Verblüfft begegnete sie dem Blick des Captains: In seinen Pupillen glitzerten Mitleid und neues Verständnis. Der Doktor hatte sich umgedreht und rieb sich verstohlen die Augen. Erst nach einer Weile stellte Ael fest, daß ihre Wangen feucht waren.

Spock trat um den Stuhl herum, blieb vor der Romulanerin stehen und legte die Hände auf den Rücken. Körperlich wirkte er völlig entspannt. Aber Ael erinnerte sich daran, wie es *in* ihm aussah. »Commander«, sagte er ruhig, »ich möchte mich in aller Form für die telepathische Sondierung entschuldigen.«

»Ich danke Ihnen«, erwiderte Ael. »Sie brauchen sich nicht zu entschuldigen. Es geht mir ganz gut.«

Als sie zu ihm aufsah, vermutete sie, daß Spock es besser wußte. Der Captain musterte sie beide. »Wenn das jetzt noch etwas nützt… Ich bitte Sie ebenfalls um Verzeihung«, sagte er.

»Für die Verbannten und Toten kommt Ihre Entschuldigung zu spät«, stellte Ael fest und versuchte, diese Worte möglichst gelassen zu formulieren. Sie fragte sich, ob Spock und sie während ihrer Mentalverschmelzung laut gesprochen, wieviel sie von ihrem innersten Wesen offenbart hatten. Sie befürchtete das Schlimmste. »Aber was mich angeht, Captain: Vielen Dank.«

»Hätten Sie etwas dagegen, wenn wir Sie für einige Minuten allein lassen?« fragte Kirk. »Ich muß diese Sache mit Mr. Spock und Dr. McCoy besprechen.«

Ael neigte kurz den Kopf, und die drei Männer traten auf den Korridor. Sie bewegten sich wie drei Einzelaspekte eines gemeinsamen Geistes. *Wir sind uns weitaus ähnlicher, als wir bisher annahmen,* fuhr es der Romulanerin durch den Sinn. Sie berührte kurz ihre Wangen und dachte an die Kämpfe zurück, während derer Tafv, Aidoann und sie als eine Einheit an drei verschiedenen Orten gehandelt hatten. *Wenn ich nicht vorsichtig bin, vergesse ich meinen Haß auf diese Leute – für das, was sie der Tochter meiner Schwester angetan haben... Besteht die Gefahr, daß ich so werde wie sie?*

»Captain«, hörte sie Spocks leise Stimme, *»sie hat uns die volle Wahrheit gesagt. Ael steht unter keinem Konditionierungszwang, sieht man einmal von den Geboten ihres sehr stark ausgeprägten Gewissens ab. Nicht ich war es, der unsere Verbindung unterbrach; vielmehr bestand der Auslöser dafür in ihrer festen Entschlossenheit, in Aels Furcht, wertvolle Zeit zu verlieren.«*

»Es gibt also nicht die geringsten Hinweise auf irgendeine Art von Manipulation ihres Bewußtseins?« vergewisserte sich der Captain.

»Nein. Ich fand Bereiche, die ich nicht berühren konnte, aber solche Regionen existieren in jedem Ich-Komplex. Darüber hinaus entdeckte ich einen Datenblock, der mit einer ungewöhnlich starken Intimbarriere geschützt ist – eine Zone voller Gefühle, die ich mit den menschlichen Äquivalenten Scham

und Kummer verglich. Ich bin der Ansicht, dabei handelte es sich um private Informationen, die uns nichts angehen.«

»Das gefällt mir nicht«, warf Dr. McCoy ein. *»Konnten Sie irgendwelche assoziativen Verbindungen zwischen jenem Bereich und den anderen Selbst-Regionen feststellen, die für uns von Bedeutung sind?«*

»Einige, Doktor. Doch der abgeschirmte Bewußtseinssektor ist mit praktisch allen anderen Aspekten des Mentalkomplexes Aels verbunden. Ich glaube, in diesem Zusammenhang brauchen wir uns keine Sorgen zu machen.«

»Nun«, brummte der Captain und seufzte, *»ich sage das nicht gern, Spock, aber ich bin sicher, Starfleet würde Aels Vorschlag ablehnen. Es wäre eine zu außergewöhnliche und gefährliche Operation, und obgleich die romulanische Kommandantin viel von Ehre hält: Den anderen Romulanern kann ich wahrscheinlich nicht trauen. Sie hat uns selbst gesagt, daß sich in ihrem Volk die opportunistischen Tendenzen verstärken und der alte Ehrenkodex immer mehr an Bedeutung verliert. Es wäre durchaus denkbar, daß einer der Romulaner an Bord der* Enterprise *auf den Gedanken kommt, unser Schiff* tatsächlich *zu übernehmen. Vermutlich würde es uns gelingen, einen solchen Plan zu vereiteln, aber wenn dabei ein Besatzungsmitglied ums Leben kommt, zieht mir Starfleet das Fell über die Ohren – zu Recht. Ich bin ebenso wie Ael der Ansicht, daß wir in bezug auf die drei großen Sternenmächte eine moralische Verantwortung haben, aber wenn wir uns auf die vorgeschlagene Aktion einlassen und die ganze Sache bekannt wird, ohne daß es uns gelingt, Levaeri V zu vernichten... Nein. Tut mir leid. In strategischer Hinsicht ist der Vorschlag eine gute Idee, aber in bezug auf die Taktik, angesichts unserer derzeitigen militärischen Stärke – beziehungsweise Schwäche – taugt er nichts. Ich werde erst weitere Raumschiffe anfordern und dann handeln.«*

Der Captain atmete tief durch und schien sich in seiner Haut alles andere als wohl zu fühlen. *»Kommen Sie, meine Herren. Bringen wir ihr die schlechten Nachrichten so behutsam wie möglich bei...«*

Der kleine Kommunikator auf Spocks Tisch summte. *»Brücke an Captain Kirk.«*

Ael beugte sich vor und betätigte die Aktivierungstaste. »Bitte warten Sie einen Augenblick. Ich gebe ihm Bescheid.« *Mr. Spock,* dachte sie und konzentrierte sich auf die schwindenden Reste der mentalen Verbindung. *Würden Sie dem Captain bitte ausrichten, daß ihn jemand zu sprechen wünscht?*

Sie empfing ein knappes telepathisches Bestätigungssignal. Kurz darauf öffnete sich die Tür mit einem leisen Zischen, und die drei Männer kamen wieder herein. »Tut mir leid, daß Sie warten mußten, Commander«, sagte der Captain. »Zuerst der Anruf.« Er wandte sich dem Kommunikator zu. »Hier Kirk.«

»Captain«, sagte der Kom-Offizier, ein grauhäutiger Hominide, der offenbar den Platz der attraktiven, dunkelhäutigen Frau eingenommen hatte, die sich Uhura nannte. *»Wir haben eine weitere Meldung von der* Intrepid *erhalten. Das Schiff befand sich in der Nähe von NZR 4486, als es angegriffen wurde.«*

»Von wem?« fragte der Captain rasch und bedachte Ael mit einem scharfen Blick.

»Das ist das Problem, Sir. Niemand weiß eine Antwort auf diese Frage. Die Intensität des Ionensturms stieg plötzlich auf Stärke zehn – und das genügte, um die Sensoren ausfallen zu lassen. Nur kurze Zeit später erfolgte der Bericht, jemand habe das Feuer auf die Intrepid *eröffnet. Seltsam ist, daß die Komverbindung mit der Relaisstation erst anderthalb Minuten nach der Zunahme der Ionenstörungen abbrach. Die Meldung endete mitten im Satz und nicht etwa mit einem Notsignal.«*

»Versuchen Sie weiterhin, einen neuerlichen Kontakt herzustellen, Mr. Mahase. Und geben Sie Alarmstufe Rot. Die Gefechtsstationen besetzen. Benachrichtigen Sie sowohl die *Inaieu* als auch die *Constellation*. Dort sollen ebenfalls alle notwendigen Vorbereitungen getroffen werden.«

»Aye, aye, Sir. Weitere Befehle?«

»Derzeit nicht. Kirk Ende.«

Ael hörte, wie das Heulen der Sirenen durch die Korridore der *Enterprise* hallte. »Commander«, brummte der Captain, »haben Sie uns irgend etwas zu sagen?«

»Bei dem angreifenden Schiff handelt es sich vermutlich um eine romulanische Einheit«, erwiderte Ael. »Und außerdem bin ich ziemlich sicher, daß der Ionensturm von uns ausgelöst wurde. Ich wünschte, Sie hätten mich schon eher darauf hingewiesen. Von der *Blutschwinge* aus konnte ich nichts feststellen. Ich nehme an, Ihre Sensoren haben eine größere Reichweite als diejenigen, die an Bord unserer Schiffe installiert sind...«

»Ich verstehe nicht ganz«, warf Dr. McCoy ein. »Was meinten Sie damit, als Sie sagten, der Ionensturm sei von Ihnen ausgelöst worden?«

»Es tut mir leid, meine Herren«, entgegnete Ael, »aber es ist sehr schwierig, Ihnen mit wenigen Worten all das zu schildern, was gegenwärtig im Rihannsu-Raumbereich geschieht. Mr. Spock, wenn Sie sich das ins Gedächtnis zurückrufen, was sie während der Mentalverschmelzung in Erfahrung brachten, werden Sie bestätigen können, daß diese Angaben den Tatsachen entsprechen. Ein anderes Forschungsprojekt, das schon vor einer Weile abgeschlossen wurde, versetzt uns in die Lage, mit Hilfe einer besonderen, hochenergetischen Stimulation von Sonnenkoronen Ionenstürme zu verursachen. Das Oberkommando nutzt diese Technik als Geheimwaffe, um die Klingonen an Überfällen auf unsere Grenzwelten zu hindern. Sie wissen vermutlich, daß sich ihre ökonomische Situation sehr verschlechtert hat, und die Verträge zwischen unseren beiden Völkern werden oft verletzt. Andererseits: Das Verfahren kommt auch auf dieser Seite der Neutralen Zone zur Anwendung – um die Ionenspuren der Schiffe zu verwischen, die vulkanische Einheiten aufbrachten. Man glaubte, niemand schöpfe Verdacht, wenn irgendwelche Transporter während eines interstellaren Unwetters verschwinden...«

Spock nickte. »Mit anderen Worten: Die Veränderung des Weltraumklimas in diesen Sektoren ist nicht etwa natürlichen Ursprungs, sondern wurde bewußt herbeigeführt.«

»Zumindest bis zu einem gewissen Ausmaß. Einige Wissenschaftler befürchteten, die Manipulation in einem Quadranten könne auch Auswirkungen in anderen haben. Der klimatische Wandel, den Sie eben ansprachen, ist also vielleicht nur sekundärer Natur. Andererseits: Ich schätze, die Lage ist noch weitaus ernster, als wir bisher vermuteten. Wenn die Forscher eine so große Gruppe Vulkanier entführen – noch dazu direkt vor der Nase einer Einsatzflottille der Föderation –, sind die Entwicklungsarbeiten in der Orbitalbasis von Levaeri offenbar weiter fortgeschritten, als wie bisher vermuteten. Der hohe Bedarf an lebendem Gewebe deutet darauf hin, daß die Produktion einer großen Menge ›korrigierten‹ Genmaterials unmittelbar bevorsteht.« Ael wirkte sehr ernst. »Captain, wenn Sie nicht rasch etwas unternehmen, werden die Mitglieder des imperialen Senats bald zu Telepathen. Und das Hirngewebe der Vulkanier an Bord der *Intrepid* wird ausreichen, um viele andere Romulaner – Politiker und Militärs – zu behandeln...«

Spock rührte sich nicht von der Stelle und schien unbeeindruckt zu sein – aber auch in diesem Fall wußte es Ael besser. Kirk und McCoy wechselten einen entsetzten Blick. »Commander«, brachte der Bordarzt der *Enterprise* schließlich hervor, »das ist doch absurd! Wenn Romulaner versuchen, die Vulkanier gefangenzunehmen und zu verschleppen, so geht die Besatzung der *Intrepid* eher in den Tod...«

»Aber das wird man nicht zulassen, Doktor«, hielt ihm Ael ungeduldig entgegen. Sie wurde immer unruhiger und nervöser. »Begreifen Sie denn nicht? Die neue Technik ermöglicht es den Anwendern nicht nur, die mentalen Fähigkeiten ausgebildeter Vulkanier zu erlangen, sondern verstärkt sie auch weit über das normale Maß hinaus. Welchen Sinn hätte es für die Senatoren, zu Berührungs-Telepathen zu werden? Sie sind bestimmt nicht bereit, sich von jemandem berühren zu lassen. Nein, die neue Technik dient dazu, zumindest für kurze Zeit mentale Sondierungen und Bewußtseinskontrollen über eine gewisse Distanz hinweg durchzuführen. Und das bedeutet: Es wäre sogar möglich, damit Vulkanier zu beherrschen, die über viele Jahre hinweg in den geistigen Disziplinen ausgebildet wurden! Drei oder vier Behandelte an Bord eines romulanischen Schiffes könnten die Brücken-Crew der *Intrepid* dazu bringen, das Feuer einzustellen, die Deflektoren zu desaktivieren und eine Entergruppe an Bord zu nehmen. Und in diesem Zusammenhang gibt es noch andere und mindestens ebenso effektive Methoden. Nach der Kaperung bringen die Rihannsu das ganze Schiff in ihre Gewalt, durchqueren im Schutze des Ionensturms die Neutrale Zone und liefern die Gefangenen in der Forschungsbasis ab...«

»Aber Vulkanier mit Kommandotraining...« begann Captain Kirk.

»Auch damit können sie nichts gegen die verstärkten Mentalfähigkeiten ausrichten, Captain«, unterbrach ihn Ael. »Wenn den Wissenschaftlern Zeit genug bleibt, die Entwicklung der neuen Technik noch weiter voranzutreiben, können damit sogar telepathisch außerordentlich hochentwickelte Wesen wie Organianer und Melkot kontrolliert werden.«

Kirks Gesicht wurde aschfahl. »Wir müssen der *Intrepid* zu Hilfe eilen...«

»Auf keinen Fall«, widersprach Ael heftig. »Dann erlitten Sie das gleiche Schicksal wie die Vulkanier – oder müßten sogar mit der sofortigen Vernichtung Ihres Schiffes rechnen. Sie hätten nicht die geringste Möglichkeit, sich gegen die telepathische Manipulation Ihres Bewußtseins zu wehren. Auch die *Inaieu* und die *Constellation* könnten nichts gegen den Feind ausrichten. Nein, Captain, wenn Sie die Besatzung der *Intrepid* retten wollen, bietet nur mein Plan Aussicht auf Erfolg. Aber wir dürfen nicht noch mehr Zeit verlieren. Wenn die Forscher in der Orbitalbasis das genetische Material bekommen, das sie benötigen, zögern sie gewiß nicht, sofort Gebrauch davon zu machen. Die Vulkanier werden unmittelbar nach ihrer Ankunft Hirnoperationen unterzogen.«

Ael saß ganz ruhig und musterte den Captain stumm. Sie beobachtete, wie er nachdenklich die Stirn runzelte, wie er die Lage einschätzte, um zu einer Entscheidung zu gelangen. Es überraschte die Romulanerin nicht, daß er schon nach wenigen Sekunden den Kopf hob.

»Commander«, sagte er, »ich glaube, Sie haben einen neuen Verbündeten gewonnen – zumindest vorübergehend. Spock, weisen Sie Lieutenant Mahase an, sich mit Rihaul und Walsh in Verbindung zu setzen. Alle Sektionsleiter sollen sich in einer Stunde an Bord der *Inaieu* einfinden. Pille, bring Lieutenant Kerasus mit.«

»Ja, Captain.«

»In Ordnung, Jim.«

Sie verließen die Kabine. Ael blieb am Tisch zurück und betrachtete die Züge eines zornigen Mannes. Es war Kirk keine andere Wahl geblieben, als eine Entscheidung zu treffen, die ihm ganz und gar nicht behagte.

»Commander«, wandte er sich an sie, »glauben Sie, ich bedaure es bald, auf Ihren Vorschlag eingegangen zu sein?«

»Wenn ich mich nicht sehr irre, ist das schon jetzt der Fall, Captain.«

Kirk runzelte die Stirn – und gleich darauf lächelte er schief.

»Kommen Sie«, sagte er knapp.

KAPITEL 10

Es war die chaotischste Besprechung, die Kirk seit vielen Jahren erlebte. Zum Teil war die große Teilnehmerzahl der Grund dafür – zu den Repräsentanten der *Enterprise* gehörten die Leiter aller achtzehn Schiffssektionen, darüber hinaus noch Janice Kerasus von der Linguistik (eine Expertin für romulanische Kultur) und Colin Matlock, Leiter der Sicherheitsabteilung. Hinzu kamen die Kommandanten und Sektionsleiter von der *Constellation* und *Inaieu*. Sogar im saalartigen Hauptbesprechungsraum der *Inaieu* fanden kaum alle Platz – Hominiden und Tentakelwesen, Geschöpfe mit mehr als nur zwei Beinen, Vertreter der drei denebianischen Spezies und anderer Rassen. Ein einzigartiges, exotisches Wirrwarr.

Mitten in der bunten Mischung aus blauen, orangefarbenen, goldenen und grünen Uniformen (oder Teilen davon) zeigte sich eine sowohl ernster als auch prächtiger wirkende Farbe: das Scharlachrot der beiden romulanischen Offiziere Ael und Tafv. Sie verhielten sich ganz und gar nicht wie zwei Fremde in einer fremden Umgebung. Ael offenbarte die gleiche Gelassenheit wie schon zuvor in der Offiziersmesse an Bord der *Enterprise*. Und als Kirk ihren Sohn Tafv musterte, der ruhig in einem Sessel saß und sich gerade zurücklehnte, kam er zu dem Schluß, daß er mehr von seiner Mutter geerbt hatte als nur die Nase. Kirk erinnerte sich an die Neugier des jungen Romulaners nach seiner Rematerialisierung im Transporterraum der *Enterprise*. Er blickte sich wie jemand um, der nach schwachen Punkten suchte und die Stärken eines Gegners einzuschätzen versuchte. Kirk beobachtete ihn dabei und fragte sich, wie alt Tafv sein mochte. Ebenso wie Vulkanier zeigten Romulaner erst dann Alterungserscheinungen, wenn sie ihren sechzigsten Geburtstag hinter sich gebracht hatten. Tafv schien noch keine dreißig zu sein, aber vielleicht täuschte dieser Eindruck. Kurz darauf fühlte Kirk Tafvs Blick auf sich ruhen und sah Augen, deren hellbraune Tönung fast eine goldfarbene Qualität gewann, die wie zwei Sondierungslinsen wirkten. »Subcommander«, begrüßte er ihn, und der junge Mann war höflich genug, sich vor ihm zu verbeugen. Dennoch verblieb ein Rest von Unruhe in Kirk. Noch immer überlegte er, was der Grund dafür sein mochte.

Die Sektionsleiter der drei Raumschiffe kommentierten die Anwesenheit zweier Romulaner mit brummenden und knurrenden Lauten, mit leisem Fauchen und verhaltenem Zischen. Ael und Tafv machten sie nicht nur nervös, sondern weckten auch schmerzliche Erinnerungen. Kirk wartete, bis sich die Offiziere beruhigten. Er wollte ihnen Gelegenheit geben, zuerst Dampf abzulassen, bevor er ihnen Aels Vorschlag erläuterte.

Er sah McCoy an, dann auch Sulu und Matlock. Schließlich verharrte sein Blick auf Lieutenant Kerasus, und fragend hob er die Brauen.

Kerasus schüttelte andeutungsweise den Kopf, als sie hörte, wie ein eyrenischer Denebianer auf die Informationen reagierte, die Spock ihm über das Forschungsprojekt von Levaeri V gab. Sie leitete die linguistische Abteilung der *Enterprise* und war insbesondere für die Programmierung der Übersetzungscomputer und die Transkription der Nachrichten verantwortlich, die das Schiff von fremden Spezies empfing. Kirk sah eine hochgewachsene und schlanke Frau mit knochigem Gesicht, dunklem und lockigem Haar und ruhigen braunen Augen, die sich in den Winkeln verengten. Dadurch wirkte sie die meiste Zeit über wie eine schläfrige Katze – es sei denn, etwas weckte ihr Interesse. Und genau das war jetzt der Fall. In ihren Zügen kam eine gewisse Zufriedenheit zum Ausdruck, und sie schien nur darauf zu warten, ihre Krallen ausfahren und eine metaphorische Maus packen zu können.

Ganz offensichtlich wartete sie auf irgend etwas. Inzwischen war es im Zimmer nicht mehr ganz so laut; vielleicht hatten sich die Offiziere bereits an Ael und Tafv gewöhnt. Mike Walsh hatte Kirk so angestarrt, als hielte er ihn für übergeschnappt, und auch Rihaul schien plötzlich an seinem Verstand zu zweifeln. Jim wußte, daß er sich auf diese Offiziere verlassen konnte, auf ihre Fähigkeit, alten Groll wenigstens zeitweise zu vergessen und den Plan mit einem Höchstmaß an individueller Objektivität zu prüfen. Allerdings dauerte es eine Weile, bis ihnen die Konsequenzen klar wurden, die sich aus der derzeitigen Krise ergeben mochten, und Kirk bedauerte es sehr, noch mehr Zeit zu verlieren.

Er beschloß, die Sache ein wenig zu beschleunigen. Spock hatte den schwierigsten Teil übernommen und der Versammlung die schlechten Nachrichten mitgeteilt. Kirk hob die Hand und hinderte Spock daran, erneut eine Frage zu beantworten. »Nun, wir sollten jetzt auf den eigentlichen Kern der Sache zu sprechen kommen«, sagte er. »Sie haben gehört, was Commander Ael vorschlägt...«

»Wenn wir uns darauf einließen, würden wir uns praktisch über alle bestehenden Vorschriften hinwegsetzen«, meinte Mike Walsh. »Die Durchquerung der Neutralen Zone und das Vorstoßen in gegnerisches Raumgebiet. Ein Bündnis mit einer fremden Macht. Spionage. Zerstörung von Privateigentum...«

»Ich bin befugt, solche Entscheidungen zu treffen, Mike«, erwiderte Kirk ruhig. »Das ist der Sinn der ›außerordentlichen Diskretionsbreite‹.«

Mike schnitt eine Grimasse. Ihm war natürlich klar, daß Kirk das Kriegsgericht erwartete, wenn die geplante Operation in einem Fiasko endete. »Ich weiß, ich weiß. Aber wir können nicht einfach die Hände in den Schoß legen und abwarten. Bestimmt patrouillieren romulanische Überwachungsschiffe in unmittelbarer Nähe der Neutralen Zone, und wenn wir in diesem Sektor bleiben, schöpft der Gegner bestimmt Verdacht. Andererseits ist es uns auch nicht möglich, einfach nach Hause zurückzukehren und das Schicksal der *Intrepid* mit einem Achselzucken zu akzeptieren. Wir dürfen nicht um Verstärkung bitten – vielleicht hört jemand unsere Subraum-Botschaften ab. Außerdem können wir auch kein Kurierschiff ausschicken, denn wir brauchen unsere ganze militärische Schlagkraft. Wir müssen handeln, und zwar unverzüglich. Es fällt mir nicht leicht, dies einzugestehen, aber bisher hat Ael den besten und aussichtsreichsten Vorschlag gemacht.«

Als Kirk diese Worte formulierte, trug Ael einen Gesichtsausdruck zur Schau, der den Captain an die steinerne Miene Spocks erinnerte. Sie vermied es, sich ihre Genugtuung anmerken zu lassen. Tafv räusperte sich. »Ich versichere Ihnen, daß Ael diesen Plan keineswegs gern in die Tat umsetzt und dabei ähnliche Empfindungen hegt wie Sie. Wenn wir Erfolg haben, erwartet sowohl mich als auch meine Mutter und die Besatzung der *Blutschwinge* lebenslanges Exil. Vermutlich wird man unsere Namen im Imperium wie einen Fluch aussprechen, und des weiteren müssen wir damit rechnen, von romulanischen Agenten gejagt, irgendwann gestellt und erschossen zu werden.« Er sah sich ernst um. »Trotzdem sind wir bereit, dieses Risiko einzugehen. Es ist eine *Mnhei'sahe*-Angelegenheit.« Der Translator ließ diesen Ausdruck unübersetzt, und einige Offiziere wechselten verwirrte Blicke. Tafv fuhr fort: »Doch wenn die Aktion fehlschlägt, sind die Konsequenzen noch weitaus schlimmer. Wenn man uns im romulanischen Raumgebiet stellt, kommen wir und die Mannschaft der *Blutschwinge* sicher nicht mit dem Leben davon. Sie wären vermutlich in der Lage, sich mit Hilfe Ihrer Schiffe einen Weg freizukämpfen. Und ganz gleich, welche Probleme sich später mit Starfleet Command ergäben – Sie würden nicht sterben.«

»Ich verstehe, Subcommander«, sagte Kirk. »Einen Augenblick bitte. Lieutenant Kerasus: Was bedeutet ›Mnhei'sahe‹?«

Die Linguistin verzog das Gesicht. »Es handelt sich um einen Ausdruck, der sich nur sehr schwer in unsere Sprache übertragen läßt. Er bezeichnet zum einen Teil Ehre und zum anderen Loyalität – aber auch Zorn, Haß und etwa fünfzig andere Dinge. Es kann eine Form von Haß sein, die von Ihnen verlangt, einem durstigen Feind ihren letzten Tropfen Wasser zu geben – oder ein Akt der Liebe, der es erfordert, einen Freund zu töten. Die Bedeutung hängt ganz vom Kontext ab. Und selbst in einem gegebenen Zusammenhang bleibt er vage.«

»Und in diesem Fall?«

Kerasus bedachte Tafv mit einem kurzen Blick. »Wenn ich den Subcommander richtig verstanden habe, zeigt sich die Besatzung der *Blutschwinge* dafür erkenntlich, daß sie unter dem Befehl von Commander t'Rllaillieu dienen durfte, indem sie erneut bereit ist, sich unter ihren Befehl zu stellen. Das klingt recht seltsam, ich weiß, aber die romulanische ›Loyalität‹ kann durchaus auf Dinge verzichten, die wir Gehorsam und vielleicht auch Willfährigkeit nennen. Die Mannschaft wird ihr in den Tod folgen – und auch darüber hinaus, wenn das möglich ist –, weil sie fest daran glaubt, daß Ael recht hat. Und in diesem Zusammenhang spielt es keine Rolle, was das Oberkommando behauptet.«

Einige Sekunden lang herrschte Stille. »Commander«, sagte Captain Rihaul leise, »ich bitte Sie, Unsicherheit und Vorsicht unsererseits zu entschuldigen. Bisher kennen wir die Romulaner nur aus Kriegen, bei denen sie sich als zu allem entschlossene Kämpfer erwiesen. Daß diese Eigenschaften auch in bezug auf den Frieden gelten, überrascht uns ein wenig.«

Ael kommentierte die Worte des denebianischen Offiziers mit einem Lächeln und senkte kurz den Kopf. »Captain, ich darf Ihnen versichern, daß wir mehr Künste kennen als nur die des Krieges. Aber da sich unsere Sektoren zwischen der Föderation und dem Einflußgebiet der Klingonen erstrecken, haben wir kaum eine Gelegenheit, uns eingehender damit zu befassen. Daher überlassen wir sie anderen – unseren Verbündeten... oder unseren Dienern.«

Bei diesen Worten hob Lieutenant Kerasus den Kopf. Kirk bemerkte ihre Reaktion und fragte: »Möchten Sie etwas sagen, Lieutenant?«

»Ja, Sir.« Sie blickte auf den Tisch und begann zu sprechen. Zuerst klang ihre Stimme zaghaft, doch sie festigte sich rasch. *»Vielleicht gelingt es anderen Völkern, Bronze wirklich zum Leben zu erwecken,*

und dann ziehen sie hinaus und verlieren
das Leben, das sich im Marmor verbirgt.
Einige verstehen es möglicherweise zu erklären
oder sie benutzen die Instrumente der Wissenschaft,
um die Stimmung der Götter zu prophezeien
und die Bahnen der wandelnden Sterne zu berechnen.
Aber, Römer, denk immer daran,
daß deine Künste folgende sind:
Du mußt mit Macht über die Nationen regieren,
Im Frieden ihre Geschicke bestimmen,
dich um die unterworfenen Völker kümmern
und den Willen des Stolzen brechen, der sich
dir widersetzt...«

Kirk beobachtete, wie sich in Aels Miene so etwas wie Überraschung oder Hoffnung zeigte, vielleicht auch beides. »Das sind recht eindrucksvolle Worte. Sie scheinen vor langer Zeit zu Sätzen aneinandergereiht worden zu sein. Ich nehme an, die Leute, von denen sie berichten, leben nicht mehr.«

»Nur ihre Nachkommen«, warf Kirk ein. »Aber sie übten einen großen Einfluß auf viele Sprachen der Erde aus. Von den meisten ihrer Traditionen haben wir uns abgewandt. Aber wie dem auch sei: Die Römer waren ein großes Volk.«

»Wenn bei ihnen schließlich der Niedergang einsetzte«, sagte Ael und wußte, daß ihr alle Anwesenden aufmerksam zuhörten, »so geschah das bestimmt, weil sie die Bedeutung jener Worte vergaßen und ihre Macht anderen überließen – vielleicht einstigen Feinden, die sie in ihrer Verachtung und faulen Trägheit zu einem Teil ihrer Kultur machen wollten, die sie nicht mehr fürchteten. Möglicherweise auch denen, die gegenüber den Geboten der Tradition nur Lippenbekenntnisse ablegten und nicht verstanden, wie wichtig es ist, am Alten festzuhalten, ohne das Neue zu behindern. Trifft diese Einschätzung zu?«

Die ernsten Mienen der Terraner bewiesen ihr, daß sie recht hatte. »Und genau das ist die Gefahr, die nun auch meiner Heimat droht«, fügte Ael hinzu. »Ich werde nicht zulassen, daß eine fünftausend Jahre alte Zivilisation neuen Werten geopfert wird, die nichts mehr mit Ehre und Anstand zu tun haben! Ich wies den Captain der *Enterprise* bereits darauf hin, daß ich von meinen Freunden keine Hilfe zu erwarten habe, und deshalb muß ich mich an meine Feinde wenden. Ihre Föderation behauptet immer wieder, sie strebe den Frieden zwischen den Völkern an. Jetzt kann sie beweisen, wieviel ihr daran liegt; es kommt ganz auf die Entscheidungen ihrer Repräsentanten an. Sie kennen nun die Situation. Wenn Sie trotzdem nicht handeln, rückt der Friede in unerreichbare Ferne.«

Erneut schloß sich Stille an, und während die Offiziere über die letzte Bemerkung der Romulanerin nachdachten, summte das Interkom. »Hauptbesprechungsraum«, meldete sich Rihaul.

»Captain«, erklang die Nebelhornstimme eines denebianischen Besatzungsmitglieds, *»wir haben nun die Zone erreicht, von der aus die* Intrepid *zum letztenmal Bericht erstattete. Die von den Triebwerken hinterlassene Mesonenspur*

führt bis hierher und hört abrupt auf – als seien die Materie-Antimaterie-Wandler abgeschaltet worden. Ein schwächerer Mesonenstrom reicht noch ein wenig weiter und besteht nur aus Rest-Mesonen.«

»Was ist mit den entsprechenden Kursdaten?«

»Neunzig Komma plus fünf. Direkt in die Neutrale Zone.«

Die Offiziere am Tisch wechselten bedeutungsvolle Blicke. »Sonst noch etwas, Syill?« fragte Rihaul.

»Nein, Madam.«

»In Ordnung. Besprechungsraum Ende.«

»Da wär's also«, sagte Kirk knapp. »Eins unserer Raumschiffe ist verschwunden – und wir wissen nun, wohin es gebracht wurde. Mit anderen Worten: Jetzt haben wir einen Vorwand, die Neutrale Zone zu durchqueren. Nicht einmal Starfleet kann leugnen, was unsere Sensoren feststellten. Damit erübrigt sich auch die Frage, ob wir uns einer Kriegshandlung schuldig machen oder nicht. Als was würden Sie die Entführung der *Intrepid* bezeichnen?«

»In diesem Punkt sind wir uns einig, Jim.« Rihaul musterte ihn besorgt. »Leider. Jetzt kommt es darauf an, eine Eskalation des Konflikts zu verhindern.«

»Und das kann nur gelingen, wenn wir uns Aels Plan zu eigen machen«, stellte Kirk fest. »Ich bedaure es, Ihnen eine Aktion zu befehlen, mit der Sie nicht ganz einverstanden sind, aber mir bleibt keine andere Wahl.«

»Jim«, sagte Mike Walsh, »vielleicht haben Sie uns nicht richtig verstanden. Wir stehen voll und ganz auf Ihrer Seite. Uns gefällt die Sache nur nicht besonders.«

Kirk warf ihm einen ermutigenden Blick zu.

Walsh machte eine skeptische Miene und holte tief Luft. »Ihre Erfolgsaussichten wären besser, wenn Sie die *Inaieu* und die *Constellation* mitnähmen.«

»Tut mir leid, Mike, aber das kommt nicht in Frage. Wenn die Wissenschaftler in der Orbitalstation von Levaeri V Verdacht schöpfen, löschen sie ihre Computerspeicher und machen sich mit dem Genmaterial auf und davon. Bestimmt bringen Sie die *Intrepid* dann tiefer in den romulanischen Raum. Und das würde bedeuten, wir hätten keine Möglichkeit mehr, die Vulkanier zu befreien.«

»Und wenn man auch uns als ›Beutegut‹ ins Schlepptau nähme?« meinte Rihaul. Ihre Stimme klang so betrübt, daß Kirk am liebsten aufgestanden wäre und ihr beruhigend auf die Tentakel geklopft hätte.

Die in der Nähe Rihauls sitzende Ael lachte leise. »Captain«, sagte sie, »Sie erweisen der *Blutschwinge* eine einzigartige Ehre. Aber Ihr Vorschlag läßt sich nicht verwirklichen. Wenn ich behaupte, ein Raumschiff der Föderation gekapert zu haben, kann ich das mit meiner Reputation rechtfertigen. Aber vergessen Sie nicht: Das Oberkommando glaubt nach wie vor, ich befehligte die *Küraß*, eine Besatzung, die nur aus Idioten und Unfähigen besteht. Und mit einer derartigen Mannschaft wäre es völlig unmöglich, gleich *drei* Raumschiffe in meine Gewalt zu bringen – ganz zu schweigen von einem Zerstörer der *Defender*-Klasse. Das OK wüßte sofort, daß etwas nicht stimmt. Und die erste Reaktion bestünde in einer Evakuierung der Forschungsstation... Ganz abgesehen davon: Wenn ich den Versuch unternähme, solche Massen ins Schlepptau zu nehmen, käme es zu einer gefährlichen Überlastung der Triebwerke meiner Kriegsschwalbe. Nein, ich fürchte, wir müssen uns mit der *Enterprise* begnügen. Es tut mir sehr leid, daß ich gezwungen bin, Ihr *Mnhei'sahe* abzulehnen...«

Die Offiziere schwiegen und sahen Kirk an. »Nun, ich glaube, wir sollten sofort beginnen«, sagte er. »Mr. Spock hat für Sie die Einzelheiten des Plans ausgearbeitet. Wir halten uns streng daran. Sowohl die *Inaieu* als auch die *Constellation* setzen ihren Patrouillenflug fort, wobei sie darauf achten, diesen Sektor einige Stunden lang zu meiden. Es dürfen hier keine verräterischen Mesonenspuren zurückbleiben. Das Phaserfeuer des ›Gefechts‹ wird die Ionenströme beseitigen, die von unseren Triebwerken stammen. Ael beamt vierzig Romulaner an Bord der *Enterprise*, die wichtige Stationen besetzen – falls die Schiffe der Eskorte überprüfen wollen, ob alles seine Richtigkeit hat. Subcommander Tafv bleibt in der *Blutschwinge*, während Ael ihre Einsatzgruppe bei uns überwacht. Wann erreichen wir Levaeri V?«

»Mit Schleppgeschwindigkeit – etwa Warp zwei – in zwei Tagen und fünf Stunden Ihrer Zeitrechnung«, sagte Tafv. »Die Sensoren der Orbitalstation erfassen uns schon früher, in einem Tag und zwanzig Stunden. Und wenn das Oberkommando beschließt, uns eine Eskorte zu schicken, so können wir nach rund einem Tag Flugzeit mit ihrem Eintreffen rechnen.«

»Gibt es keine Möglichkeit, unbemerkt in Ihr Raumgebiet vorzustoßen und die Orbitalbasis anzufliegen?« fragte Sulu.

»Nein«, erwiderte Tafv mit einem dünnen Lächeln. »Ganz abgesehen davon, daß eine solche Vorgehensweise nicht besonders ehrenhaft wäre. An unserer Seite der Neutralen Zone wimmelt es ebenso von Überwachungssatelliten wie auf der Ihren. Wenn wir die Zone durchquerten, ohne uns zu melden, wüßte das Oberkommando sofort, daß etwas nicht mit rechten Dingen zugeht. Und ob wir die *Enterprise* im Schlepptau haben oder nicht: Die Kontrollschiffe würden erst das Feuer auf uns eröffnen und anschließend Fragen stellen. Möglicherweise wären sie froh über die Gelegenheit, die *Enterprise* zu zerstören – um die Ehre des Sieges für sich in Anspruch zu nehmen. Außerdem haben Sie erfahren, daß es viele Leute gibt, denen Commander Ael ein Dorn im Auge ist. Nein, wir müssen unseren Flug ganz offiziell melden und dann die Eskorte täuschen.«

Kirk nickte. »In Ordnung. Commander, Subcommander, Sie sollten jetzt mit Dr. McCoy und Mr. Spock zur *Enterprise* zurückkehren und dort Vorbereitungen für die Ankunft der anderen Romulaner treffen. Im

Mannschaftsquartier gibt es zwar nicht allzuviel Platz, aber ich bin sicher, wir können es Ihren Leuten einigermaßen bequem machen. Uhura: Bitte stellen Sie fest, ob es sich irgendwie bewerkstelligen läßt, die Subraum-Kommunikation in unserer Nähe zu blockieren oder zumindest zu stören.«

»Aye, Captain.«

»Captain Rihaul, ich überlasse Ihnen das Kommando über die Einsatzflottille – über die drei übrigbleibenden Schiffe. Einen Punkt möchte ich besonders betonen: Wenn die Operation fehlschlägt, dürfen Sie unter keinen Umständen eine Rettungsaktion einleiten. Behaupten Sie, nichts von unserer Mission gewußt zu haben. Ist das klar?«

»Jim...«

»Keine Widerrede, Mike. Bestätigen Sie meine Order.«

»Bestätigt«, sagte Captain Walsh.

»In Ordnung, Jim«, meinte Rihaul.

»Gut.«

»Und viel Glück, Jim«, fügte Walsh hinzu.

»Davon können wir bestimmt eine ganze Menge gebrauchen«, brummte Kirk. »Danke. Damit ist die Sitzung beendet.«

Jim stand auf und beobachtete, wie sich der saalartige Raum leerte. Zuerst stürmten die Denebianer mit dem für sie typischen Eifer hinaus, weitaus langsamer gefolgt von den Vertretern der anderen Spezies. Schließlich blieben nur drei Personen zurück: zwei Hominiden und die braune, schneckenartige Deirr.

»Eine ziemlich riskante Sache, Jim«, sagte Captain Walsh. »Es wäre mir weitaus lieber, Sie benutzten irgendeinen Trick.«

»Sie haben ja gehört, was Ael und Tafv von Ehre halten«, entgegnete Kirk. »Nehmen Sie sich ein Beispiel daran.« Er grinste. »Nhauris, ich schlage vor, wir suchen Ihr Quartier auf und setzen unser Gespräch fort.«

Stunden später trat Kirk an die Navigationskonsole. »Wie sieht's aus, Mr. Sulu? Glauben Sie, Sie kriegen es hin?«

»Bestimmt, Captain.« Sulu saß an den Instrumenten und programmierte die Fluganweisungen. Neben Kirk stand Tafv und blickte dem Navigator interessiert über die Schulter. Er hatte sich ausführlich mit Sulu beraten, um das ›Gefecht‹ zu ›choreographieren‹, das im romulanischen Raum stattfinden sollte.

»Es ist ähnlich wie bei den Kampfsimulationen an der Akademie«, sagte Sulu. »Es gibt nur einen Unterschied: Diesmal geht es um echte Raumschiffe. Wir müssen Phaser verwenden, die auf eine höhere als die niedrigste Energiestärke justiert sind, um unsere Mesonenspuren vollständig zu beseitigen, so daß bei eventuellen Nachforschungen nichts entdeckt wird. Während der ersten Phasen funktionieren die Deflektoren beider Einheiten mit normaler Soll-Stärke. Beim vierten Manöver dann wird der vierte Schirm der *Enterprise* getroffen und fällt aus. Dadurch kommt es zu Beschädigungen der Triebwerksgondel auf der Backbordseite. Mr. Scott hat bereits mit entsprechenden Vorbereitungen begonnen...«

»Hm«, machte Kirk und erinnerte sich an die kurze Unterredung mit seinem Chefingenieur. Als Scotty erfuhr, was der Captain mit seinen geliebten Maschinen anzustellen gedachte, hätte ihn fast der Schlag getroffen. »Er ist nicht gerade begeistert«, brummte er.

Sulu reagierte nicht auf diese Bemerkung.

»Mit einer anderen Phaserentladung brennen wir eine Öffnung in die Gondel«, erklärte Tafv. »Wir müssen dabei sicherstellen, daß nicht die Verstärkungsstrukturen beeinträchtigt werden, die Ihr Chefingenieur an der Innenhülle anbringt, um die Funktionsfähigkeit des dortigen Materie-Antimaterie-Wandlers zu gewährleisten. Ich nehme an, das ist der schwierigste Teil des ganzen Unternehmens. Mr. Sulus Programm sieht vor, daß die *Enterprise* im Anschluß daran noch einmal angreift und einige Schäden an Bord der *Blutschwinge* verursacht. Eine Salve, die eigentlich unserem Antriebssystem galt, trifft statt dessen den Frachtbereich, verursacht die übliche dekompressive Explosion und sorgt dafür, daß Kisten und Container mit Ausrüstungsgegenständen ins All treiben. Doch das schränkt unsere Manövrierfähigkeit nicht ein. Wir verfolgen die *Enterprise,* die sich nicht absetzen kann und sich aufgrund einer Überhitzung in der einen noch funktionstüchtigen Triebwerksgondel zum Kampf stellen muß. Wir eröffnen erneut das Feuer aus unseren Lasern, während der Energiepegel Ihrer Bordgeschütze rasch sinkt. Es dauert nicht lange, bis die Deflektoren destabil werden, und Commander Ael schickt dem Oberkommando die Nachricht von ihrem Erfolg. Angesichts der augenblicklichen Entfernung von Romulus dauert es sechs Stunden, bis sie den Empfänger erreicht – und diese Zeit nutzen wir, um das System zur Abwehr von Eindringlingen zu aktivieren und Kämpfe in den Korridoren und Fluren zu führen.« Bei den letzten Worten umspielte ein dünnes Lächeln die Lippen Tafvs.

»Gleichzeitig«, fügte Sulu hinzu, »machen wir die Hilfsbrücke zum Kontrollzentrum des Raumschiffs und unterweisen die romulanischen ›Kaperer‹ im Umgang mit den Kommunikationsanlagen und so weiter. Die angeblichen Eroberer der *Enterprise* müssen Bescheid wissen, wenn die Eskorte eine Kontrolle vornimmt.« Er unterbrach sich und runzelte besorgt die Stirn. »In diesem Zusammenhang gibt es ein Problem, Captain. Was ist, wenn die Kontrolleure an Bord kommen und sich nicht auf eine externe Komverbindung beschränken wollen?«

Kirk schüttelte den Kopf. »Commander Ael glaubt, das verhindern zu können«, erwiderte er. »Aber wenn sie sich trotzdem auf die *Enterprise* beamen... Nun, dann müssen wir sie eben beschäftigen. Ich glaube nicht, daß wir es mit besonders vielen Romulanern zu tun bekommen. Die Eskorte schickt uns bestimmt keine ganze Mannschaft, um jeden Winkel der *Enterprise* zu inspizieren. Die Gruppe bestünde vermutlich aus etwa zwanzig bis dreißig Personen. Und wenn es uns nicht gelingt, dreißig Romulaner zu täuschen...« Kirk brach ab und wandte sich an Tafv. »Entschuldigen Sie, Subcommander. Es fällt schwer, sich von gewissen Angewohnheiten zu trennen.«

»Da bin ich ganz Ihrer Meinung«, entgegnete Tafv und lächelte. »Ich finde es jedoch interessant, wie sehr Sie sich bemühen. Gibt es sonst noch etwas, Captain? Ich werde bald an Bord der *Blutschwinge* gebraucht.«

»Wenn Sie hier fertig sind, können Sie sich auf den Weg machen«, sagte Kirk. Tafv verbeugte sich kurz, winkte Sulu zum Abschied zu und verließ die Brücke.

Als sich die Lifttür hinter ihm schloß, lehnte sich Sulu in seinem Sessel zurück und blickte zu Kirk auf. In seinen Zügen kamen sowohl Sorge als auch Erheiterung zum Ausdruck. »Sir«, meinte er, »ich bin daran gewöhnt, Ihnen vollständig zu vertrauen – aber in Hinsicht auf die Romulaner bin ich nach wie vor skeptisch.«

»Das kann ich durchaus verstehen.« Der Captain nickte. »Aber es bleibt uns keine andere Wahl. Nur indem man jemandem vertraut, läßt sich feststellen, ob der Betreffende vertrauenswürdig ist. Ich wünschte nur, es ginge bei diesem besonderen Test nicht um die *Enterprise* und ihre Besatzung...«

Sulu gab ein zustimmendes Brummen von sich und musterte Kirk. »Captain«, sagte er, »wir stehen auf Ihrer Seite. Nicht nur die Romulaner haben ein Mneh... oder wie es auch heißen mag.«

»Ja, Mr. Sulu. Ich weiß. Vielen Dank.« Kirk seufzte. »Ich schätze, ich sollte jetzt besser den Maschinenraum aufsuchen und nachsehen, wie weit Scotty ist.«

»Bestimmt leidet er von uns allen am meisten«, ließ sich der neben Sulu sitzende Chekov vernehmen.

»Da haben Sie sicher recht, Mr. Chekov«, sagte der Captain. »Halten Sie hier die Stellung – bis wir sie den Romulanern überlassen müssen...«

Einige Stunden später war es soweit. Ein einzelnes Raumschiff verließ den Hoheitsbereich der Föderation, drang in die Neutrale Zone der Romulaner vor und wurde sofort von einer Einheit mit der ID-Kennung ChR *Küraß* geortet. Die *Enterprise* versuchte, sich abzusetzen, aber sie befand sich bereits zu weit in der Zone, um einen Kampf vermeiden zu können. Ein kurzes und erbittertes Gefecht fand statt. Der Steuermann des Föderationsschiffes führte einige Ausweichmanöver durch, doch die *Küraß* ließ sich nicht abschütteln. Das Geschick des Navigators reichte nicht aus, um das Raumschiff zu retten. Während eines besonders gewagten Manövers kam es in einer Triebwerkseinheit zu einer gefährlichen Überhitzung. Die *Küraß* stellte sofort fest, zu welchen Problemen es an Bord der *Enterprise* gekommen war, nutzte die Gelegenheit aus und feuerte. Ihre Phaserstrahlen brannten einen achtzig Meter langen Riß in eine der beiden Antriebsgondeln. »Ach du lieber Himmel!« stöhnte jemand auf der Brücke der *Enterprise.* Doch die Romulaner, die diese Worte hörten, lachten nur leise und nahmen die Deflektoren unter Beschuß. Schild Nummer vier wurde destabil, kurz darauf auch die anderen. Eine große Anzahl von Romulanern kam an Bord des eroberten Schiffes und besetzte die Brücke, bevor das interne Abwehrsystem der *Enterprise* aktiviert werden konnte. Die Eindringlinge programmierten es neu und übernahmen die Kontrolle. In verschiedenen Sektionen zischte Gas aus winzigen Düsen, und die meisten Besatzungsmitglieder an Bord verloren das Bewußtsein. Angesichts der romulanischen Drohung, die Crew zu töten, blieb dem Captain und seinen Offizieren nichts anderes übrig, als offiziell zu kapitulieren.

Zum zweitenmal in der Föderationsgeschichte ergab sich ein lebender Captain und wurde unter Arrest gestellt. Die stolze Ael nahm im Sessel des Befehlsstandes auf der Brücke Platz, setzte sich mit dem Rihannsu-Oberkommando in Verbindung und unterrichtet es von ihrem Sieg über die USS *Enterprise*.

Das OK hatte noch keine Meldung von den drei anderen romulanischen Raumschiffen erhalten, die im Bereich der Neutralen Zone patrouillierten und herauszufinden versuchten, warum die *Küraß* – gefolgt von einer anderen Kriegsschwalbe – plötzlich verschwunden war. Die drei Kommandanten der Einheiten, die nach wie vor klingonische Namen trugen, berieten sich an Bord der *Ehhak* und überlegten, was sie dem Oberkommando berichten sollten, um ihren Hals zu retten.

Als die Nachricht eintraf, herrschte Feststimmung im OK. Eine aus drei Raumschiffen bestehende Eskorte wurde ausgeschickt, um der *Küraß* zu helfen, die *Enterprise* tiefer in den romulanischen Raum zu bringen. Der Senat beauftragte einige Richter, ein Kriegsgerichtsverfahren vorzubereiten, und die Spezialisten von der Wissenschaft und den technischen Abteilungen der Schiffswerften freuten sich darauf, einen schweren Kreuzer der Föderation demontieren und eingehend untersuchen zu können. Mehrere Senatoren und Prätoren brummten unwillig: Aels Erfolg behagte ihnen überhaupt nicht. Wenn man die t'Rllaillieu in einen Misthaufen wirft, dachten sie verärgert, kriecht sie mit einem Schatz aus Dilithium-Kristallen daraus hervor. Sie begannen damit, nach einer anderen Möglichkeit zu suchen, mit der viel zu erfolgreichen Kommandantin fertig zu werden.

Diese Leute hätte es bestimmt erleichtert zu erfahren, daß es bereits mehrere Personen gab, die eine Lösung des Problems anstrebten.

KAPITEL 11

Ael konnte sich nach wie vor nicht daran gewöhnen, auf der Brücke eines Föderations-Schiffes zu stehen – nicht etwa als Gefangene, sondern als Verbündete bei einem gemeinsamen Komplott.

Sie empfand es als außerordentlich bizarr, sich umzusehen und den Captain zu beobachten, der ruhig und gelassen im Sessel des Befehlsstandes saß und seinen Blick über die einzelnen Stationen schweifen ließ, an denen Terraner, Romulaner und andere, exotisch anmutende Geschöpfe zusammenarbeiteten. Die von der *Blutschwinge* stammenden Besatzungsmitglieder waren ebenfalls verwirrt, konzentrierten sich aber auf ihre Pflichten und machten sich nur während ihrer dienstfreien Stunden Gedanken über das, was eigentlich geschah. Innerhalb kurzer Zeit mußten sie viel lernen.

Es sind die besten, dachte Ael anerkennend. Während der vergangenen drei Jahre war die *Blutschwinge* immer wieder in Schwierigkeiten geraten, und die Kämpfe hatten nicht nur zu Schäden an Bord geführt, sondern auch zum Tod von Freunden und Kameraden. Nur fünfzig Romulaner der insgesamt zweihundertköpfigen Mannschaft dienten schon länger als zehn Jahre unter Aels Kommando – alte Veteranen, die genügend Erfahrungen gesammelt hatten, um zu überleben, und junge Hitzköpfe, die bisher nur deshalb alles mit heiler Haut überstanden hatten, weil sie Ael blind vertrauten und sich genau an ihre Anweisungen hielten. Einige von ihnen waren so klug, ständig die Augen offenzuhalten und zu lernen – und aus manchen hätten inzwischen gute Kommandanten werden können. Doch wenn dieses Thema zur Sprache kam, behaupteten sie immer, sie seien nicht annähernd so fähig wie Ael. Zu dieser letzten Gruppe gehörten viele ihrer Offiziere, und sie liebte und schätzte sie, hatte des öfteren das Gefühl, nicht nur einen Sohn zu haben, sondern viele Nachkommen. Die Männer und Frauen erwiderten diese Empfindungen, sahen in Ael fast so etwas wie eine Mutter. Für die jüngere Gruppe war sie eine ›Sussethrai‹, und die Älteren nannten sie schlicht ›unsere Kommandantin‹ und belächelten die Jüngeren.

»Commander«, sagte der Captain und unterbrach damit Aels Überlegungen, »irgendwelche Nachrichten von der *Blutschwinge?*«

»Nichts Neues«, erwiderte sie. »Vor einer Weile hat Ihr Lieutenant Kerasus die letzte Meldung vom Oberkommando übersetzt. Die Transkription müßte inzwischen fertig sein. Die Ausdrucksweise ist... nun, zumindest bemerkenswert.«

Kirk musterte sie erstaunt. »Ach? Aus dem, was sie mir sagten, schloß ich, es handele sich um eine eher nüchtern klingende Botschaft.«

Ael setzte sich an eine Hilfskonsole der wissenschaftlichen Station. »Aus diesem Grund schlug ich eine Übertragung in Ihre Sprache vor. Der Text enthält einige Nuancen, die ich Ihnen nicht so ohne weiteres verständlich machen kann. Wissen Sie, ich bin dem Senat in gewisser Weise ein Dorn im Auge. Man sieht ein ernstes Ärgernis in mir. Das Oberkommando mag mich ebenfalls nicht sonderlich, denn es ist der Senat, der die finanziellen Mittel bewilligt; aus diesem Grund neigen die Bürokraten in den OK-Büros dazu, nach den Pfeifen der Senatoren zu tanzen. Man schickte mich in erster Linie deshalb zur Neutralen Zone, weil man hoffte, ich würde dort bei einem Gefecht ums Leben kommen – eine ›ehrenvolle‹ Pflicht, die zu unehrenhaften Zwecken mißbraucht wurde. Lieutenant Kerasus meinte, man habe mich dorthin verbannt, ›wo der Pfeffer wächst‹. Ein seltsamer Ausdruck.«

Der Captain grinste. »Er hat eine alte Tradition und bezieht sich auf die Erde vor der industriellen Revolution. ›Wo der Pfeffer wächst‹ – das waren damals abgelegene Regionen ohne große politische oder wirtschaftliche Bedeutung. Ein langweiliges Exil, wenn Sie so wollen.«

»Ich verstehe«, erwiderte Ael langsam, fragte sich jedoch nach wie vor, was ihre Lage mit irgendwelchen Gewürzen zu tun hatte. »Nun, wie dem auch sei: Die Nachricht war... ziemlich knapp gehalten. Das Oberkommando mußte mir zu meinem Erfolg gratulieren – mit großem Verdruß. Außerdem wagt es das OK nicht, mir allzuviel ›Hilfe‹ zu schicken, um Sie nach Romulus zu bringen. Ich könnte so etwas als Beleidigung auffassen – und wenn sich der Senat entschließt, mir seine Gunst zu schenken – was nach der Kaperung der *Enterprise* durchaus möglich wäre –, würden sich meine Gegner damit nur den Ast absägen, auf dem sie sitzen. Lesen Sie die Meldung, dann werden Sie verstehen. Lieutenant Kerasus scheint mir eine überaus fähige Linguistin zu sein, und ich bin sicher, Ihre Übersetzung bringt das zum Ausdruck, was ich meine.«

Kirk nickte. »Sie sprachen von drei Schiffen, nicht wahr?«

»Ja. Die *Reas Helm* und die *Irrlicht* kennen Sie vermutlich schon; sie haben Befehl erhalten, ihre Patrouille in anderen Bereichen der Neutralen Zone zu beenden und unseren Sektor anzufliegen. Die *Speer*, die für gewöhnlich als Kurier zwischen Eisn und den Grenzquadranten an der Peripherie des klingonischen Reiches verkehrt, war unterwegs nach Hihwende und kommt ebenfalls hierher. Das ist ein Vorteil für uns, Captain. Die Kommandanten der *Helm* und *Speer* sind alte Gegner von mir – gleichzeitig aber auch zu opportunistisch, um etwas gegen mich zu unternehmen, wenn sie glauben, mein politischer Einfluß nehme zu. Den Commander der *Irrlicht* kenne ich nicht, aber ich glaube kaum, daß wir in dieser Beziehung Schwierigkeiten zu erwarten haben.«

»*Reas Helm*«, wiederholte Kirk langsam und nachdenklich. »Was bedeutet dieser Name?«

Ael runzelte die Stirn, und einige Sekunden lang sah sie den Captain schweigend an. »Reas hätte Ihnen gewiß gefallen«, sagte sie dann. »Er war ein Magier, der in Gefangenschaft geriet und von Feinden gezwungen wurde, seine Künste in ihre Dienste zu stellen. Sie forderten ihn auf, einen Helm herzustellen, der denjenigen, der ihn trug, vor Verletzungen schützen sollte. Er erfüllte ihnen diesen Wunsch. Und als einer von denen, die ihn gefangengenommen hatten, den Helm aufsetzte, biß ihm der Dämon, der auf Reas thaumaturgischen Befehl hin darin lauerte, den Kopf ab. Nun, eine Leiche braucht sich über Verletzungen keine Sorgen mehr zu machen...« Sie lachte, als sie den verblüfften Gesichtsausdruck Kirks sah. »Genug damit, Captain. Sonst erkundigen Sie sich auch noch danach, was es mit der Bezeichnung ›Blutschwinge‹ auf sich hat...«

»Das wäre meine nächste Frage gewesen«, gestand der Captain ein.

»Später«, sagte Ael und stand auf, als Lieutenant Kerasus hereinkam. »Und dann können Sie mir erklären, warum man dieses Schiff ausgerechnet ›Enterprise‹ – Unternehmen – nannte...«

Sie trat zu der dunkelhäutigen und sehr attraktiven Uhura, die sich mit der Romulanerin Aidoann unterhielt, und aus den Augenwinkeln beobachtete sie, wie der Captain die von Kerasus erstellte Übersetzung las. Dann und wann lachte er leise. Aidoann t'Khnialmnae war Aels dritter Offizier – eine junge, hochgewachsene Frau mit bronzefarbenem Haar und einem runden, breiten Gesicht, das einerseits erstaunlich sanft, andererseits aber auch ausgesprochen zornig wirken konnte. Es kam ganz darauf an, in welcher Stimmung sie war. »Wie läuft's, Kleine?«

Ihr alter Scherz – und wie üblich blickte sich Aidoann kurz um, verbiß sich eine scharfe Erwiderung und machte sich eine gedankliche Notiz, um später darauf zurückzukommen. »Ganz gut, Khre'Riov«, erwiderte sie. »Lieutenant Uhura hat sich große Mühe mit mir gegeben. Wenn es soweit ist, komme ich bestimmt mit ihren Kom-Anlagen zurecht.«

»Es war nicht sonderlich viel Mühe erforderlich«, warf Uhura ein. »Die Unterzenturio lernt rasch...«

Aidoann nickte ihr zu. »Nun gut, Aidoann«, sagte Uhura. »Es ist wirklich schade, daß sie...« Sie unterbrach sich rasch. »Ich meine...«

»Daß sie nicht zu Ihrer Crew gehört?« fragte Ael. »Ich verstehe, was Sie meinen, Lieutenant. Nun, derzeit *ist* sie Ihre Kollegin.« Sie bedachte Aidoann mit einem kurzen Blick. »Kommt Khij mit den Navigationskontrollen zurecht?« Sie sahen in Richtung des kleinen, schlanken Mannes, der neben Sulu saß. Chekov blickte ihm über die Schulter und gab ihm ab und zu Ratschläge. »Recht gut, glaube ich«, sagte Aidoann. »Zumindest ist die *Enterprise* noch nicht auf einen Asteroiden geprallt.«

»Commander?« erklang die Stimme des Captains. »Was ist mit dem anderen Schiff, der *Kampfkönigin*?«

»Sie gehört nicht zu unserer Eskorte«, entgegnete Ael, wandte sich von Uhura ab und trat neben den Befehlsstand. »Zum Glück. Die *Kampfkönigin* steht unter dem Kommando von Lyirru tr'Illialhae, und Lyirru ist ein tollkühner und blutrünstiger Idiot, der bestimmt dazu entschlossen wäre, sich sofort an Bord der *Enterprise* zu beamen. Ein anderer Kommandant, der ebenso viele Fehler gemacht hätte wie er, wäre sicher längst degradiert worden. Unglücklicherweise aber hat er Freunde sowohl im Senat als auch im Prätoriat; Lyirru ist der Liebling der expansionistischen Lobby in der Trikammer. Nun, die Elemente waren so gnädig, ihn derzeit von uns fernzuhalten. Auf einem Kolonialplaneten kam es kürzlich zu einer Rebellion, und Lyirru wurde beauftragt, dort die Ordnung wiederherzustellen. Ich hoffe nur, von der Kolonie bleibt anschließend noch etwas übrig. Es sähe ihm durchaus ähnlich, den ganzen Planeten zu vernichten.«

Der Gesichtsausdruck des Captains machte deutlich, was er von einer solchen Taktik hielt, und erneut regte sich Anerkennung in Ael. »Nun, wollen wir nur hoffen, daß er uns nicht in die Quere kommt...« brummte Kirk. Er gab Lieutenant Kerasus die Übersetzung zurück, die sie daraufhin Spock reichte. »Jetzt verstehe ich tatsächlich, was Sie meinten, als Sie von einer ›bemerkenswerten‹ Ausdrucksweise sprachen. Die Bürokratie verändert sich nie, nicht wahr?«

»Offenbar nicht. Captain, ich würde gern eine Inspektion durchführen, um festzustellen, ob meine Leute die ihnen zugewiesenen Posten einnehmen. Möchten Sie mich begleiten?«

»Ich komme später nach, Commander«, erwiderte Kirk. »Zuerst muß ich hier noch einige Dinge erledigen. Geben Sie dem Liftcomputer einfach Ihr Ziel an. Wenn Sie das gewünschte Deck erreichen, nennt er Ihnen die Richtung. Zwischen den Sprachprozessoren und dem Übersetzungsnetz ist eine Verbindung geschaltet worden.«

»Danke, Captain.«

Ael betrat den Lift, und als sich die Tür hinter ihr schloß, blieb sie einige Sekunden lang unschlüssig stehen und überlegte, wohin sie sich wenden sollte. Dann fiel ihr ein, daß Tafv mit ihrem Unteroffizier Hvaid t'Khaetthaetreh aufgebrochen war, um sich die Einrichtungen in der Nähe der Erholungssektion anzusehen. »Freizeitdeck«, sagte sie, und sofort setzte sich die Liftkabine in Bewegung.

Kurze Zeit später schoben sich die beiden Hälften der Tür auseinander, und Ael vernahm ein dumpfes Stimmengewirr, das ihr den Weg wies. Sie lenkte ihre Schritte in die entsprechende Richtung, ging dabei jedoch nicht so energisch wie an Bord der *Blutschwinge*. Sie hatte sich noch immer nicht ganz an die enorme Größe der *Enterprise* gewöhnt. Im Vergleich dazu wirkte ihre Kriegsschwalbe geradezu winzig, und in ihrem Innern gab es nicht annähernd soviel Platz wie an Bord des schweren Kreuzers. *Ich sollte mich nicht so sehr beeindrukken lassen*, fuhr es der Romulanerin durch den Sinn. *Ich neige immer mehr dazu, die* Enterprise *zu begehren. Und allein dieser Gedanke ist schon gefährlich genug…*

Die Tür des Freizeitbereichs stand offen. Ael trat ein und war überrascht, als sie sah, wie viele Leute sich an diesem Ort aufhielten – nicht nur Hominiden, sondern auch die Vertreter anderer Rassen. Auch das verwirrte sie nach wie vor. Als die Rihannsu Vulkan verließen, war die Astronomie eine der ältesten Wissenschaften, doch die Entwicklung des Raumflugs lag noch nicht allzulange zurück. Damals existierten nur Generationsschiffe. Während der langen Reise begegneten sie keinen anderen Intelligenzen, und auf ch'Rihan fanden sie zwar eine ausgeprägte Fauna, jedoch keine vernunftbegabten Wesen. Viele tausend Jahre lang dachten die Rihannsu nicht einmal an die Möglichkeit vielfältigen intelligenten Lebens im Universum, und selbst Vulkan wurde zu einer Legende. Dann jedoch baute man die ersten überlichtschnellen Raumschiffe, und es kam zu Begegnungen mit anderen Völkern. Bald darauf brach der Erste Krieg aus, der zur Bildung der Neutralen Zone führte. Ignoranz und Isolation stellten den Nährboden für eine politisch orientierte Xenophobie dar; weite Kreise vertraten die Auffassung, alle intelligenten Geschöpfe, die nicht zu den Rihannsu gehörten, hätten es nur darauf abgesehen, zu töten und zu plündern. Das Verhalten der Klingonen bestärkte die Romulaner in dieser Überzeugung. Jetzt ließ Ael ihren Blick über die bunte Mischung aus Besatzungsmitgliedern schweifen: Terraner und Tellariten, Andorianer und Sulamide, drei verschiedene Spezies aus dem Deneb-System, und noch viele andere sonderbar anmutende Individuen. Ihre Verwunderung wuchs. Im Bibliothekscomputer der *Enterprise* hatte sie einen Hinweis auf ›vierhundert unterschiedliche Menschheiten‹ gefunden, und diesen

Ausdruck empfand sie, gelinde gesagt, als erstaunlich. Es war allgemein bekannt, daß es nur eine Menschheit gab. Aber das schien den Wesen, die Ael derzeit beobachtete, nicht klar zu sein. Sie arbeiten so harmonisch zusammen, als gehörten sie alle zu einer Spezies.

Ael wußte natürlich, daß es ausgesprochen unhöflich gewesen wäre, sich ihre Einstellung anmerken zu lassen. Aus diesem Grund wanderte sie durch das große Zimmer und betrachtete mit zurückhaltendem und (wie sie hoffte) höflichem Interesse Tentakel, Pseudopodien, zitternde Fühler, vibrierende Sprech- und Hörmembranen, Männer und Frauen mit verschiedenen Hautfarben, die zusammen aßen und tranken, sich unterhielten, gemeinsam lachten. Ael fragte sich stumm, ob man ihr etwas vorzumachen versuchte, ob sich all die vielen Personen tatsächlich so gut verstanden, wie es den Anschein hatte.

»Kann ich Ihnen helfen, Ma'am?« ertönte hinter ihr eine sehr freundliche Stimme, die so klang, als riebe man zwei Steine übereinander. Ael drehte den Kopf und mußte sich sehr beherrschen, um nicht die Augen aufzureißen. *Bei den Elementen!* dachte sie. Das Wesen, das sie gerade angesprochen hatte, sah aus wie ein Felsen mit rissigen Kanten. Sie beobachtete schwarze und ockerfarbene Schattierungen auf der scheinbar granitenen Oberfläche, krustenartige Erweiterungen, die wie sonderbare Geschwülste wirkten. Das exotische Geschöpf schimmerte, als sei seine Haut mit winzigen Edelsteinen besetzt, und auf einem schwarzen Kasten, der in einer Rückenmulde zwischen zwei Auswüchsen ruhte, leuchtete das Symbol der *Enterprise.* Vermutlich handelte es sich bei dem Gerät um ein Übersetzungsmodul.

Ael versuchte, die Fassung zu wahren, als sie so ruhig wie möglich erwiderte: »Das wäre sehr nett von Ihnen, Fähnrich.« Der Felsen trug keine Uniform, und auf dem Modul fehlten Streifen. Aus dem Studium des

Starfleet-Protokolls wußte Ael, daß nur Fähnriche – bei den Romulanern entsprach dieser Rang dem eines Vorzenturio – keine solchen Abzeichen besaßen. »Ich suche den Offizier, der für die Unterbringung der Rihannsu verantwortlich ist. Können Sie mir sagen, an wen ich mich wenden muß?«

»Mr. Tanzer und Dr. McCoy kümmern sich darum, Commander«, erwiderte der Felsen, dessen eine Kante in Bewegung geriet und zerfranste. »Darf ich Sie zu ihnen führen?«

In der Stimme kam fröhlicher Eifer zum Ausdruck, und Ael hätte fast gelächelt. Sie vermutete, daß dieses Wesen ein noch recht junger Offizier war. Sie dachte an Tafv, erinnerte sich an den Beginn seiner beruflichen Laufbahn, an Aidoann, die sie erst vor einigen Jahren kennengelernt hatte – vor der Verbitterung und dem großen Wandel. »Danke, Fähnrich.«

Der Felsen knirschte davon, kratzte durch den großen Raum, und Ael folgte ihm gemächlich und blickte sich immer wieder um. Ein Schwimmbad – bei allen Raumgeistern! – und Bankettische, an denen einige Leute saßen und eine Mahlzeit einnahmen, die nach Rihannsu-Maßstäben einem Festessen gleichgekommen wäre. Ael vermutete, daß sie nichts weiter als eine normale Ration darstellte. *Sie haben so viel,* dachte sie. *Im Vergleich zu ihnen sind wir bettelarm. Kein Wunder, daß sie uns nicht verstehen. Vielleicht ist ihnen nicht einmal die Wut des Hungrigen klar, wenn er beobachten muß, wie andere im Überfluß leben...* Doch der Anblick der Besatzungsmitglieder verdrängte den Zorn aus ihr, den Gedanken an ihre Mannschaft, die sich mit engen Quartieren zu begnügen hatte. Ihre Freunde und Kameraden saßen in einer Ecke des großen Zimmers, wirkten einerseits ruhig und wachsam, andererseits aber auch unsicher und irgendwie fehl am Platze. Dr. McCoy sprach freundlich auf sie ein, während er seinen Injektor mit intradermalen Übersetzungsmodulen lud und das kleine Gerät auf romulanische Unterarme preßte. Die Bordärztin der *Blutschwinge,* t'Hrienteh, stand neben ihm und ließ ihn nicht aus den Augen. In ihrem dunklen und fast immer grimmigen Gesicht entdeckte Ael überraschenderweise ein anerkennendes Lächeln, als McCoy dem nervösen tr'Jaihen auf die Schulter klopfte, einige beruhigende Worte an ihn richtete – die der Rihannsu nicht verstand – und den Injektor ansetzte.

»Doktor«, sagte Ael, und es amüsierte sie, als sich nicht nur McCoy zu ihr umdrehte, sondern auch t'Hrienteh.

»Oh, Sie sind's, Commander«, erwiderte McCoy und bedachte sie mit einem beiläufigen Blick – als erachte er ihre Anwesenheit an Bord der *Enterprise* bereits als eine selbstverständliche Sache. »Wie ich sehe, haben Sie schon die Bekanntschaft unseres Fähnrichs Naraht gemacht.«

»In der Tat.« Ael starrte kurz auf das felsenartige Wesen herab. »Nehmen die Vorbereitungen noch viel Zeit in Anspruch? Meine Leute und ich haben eine Menge zu tun.«

»Wir sind fast fertig, Commander. Es fehlen nur noch einige Transkriptionsimplantate.« McCoy musterte die Romulaner vor ihm. »Der Leiter der Erholungssektion hat vorgeschlagen, diesen Bereich abzutrennen und als Schlafsaal für Ihre Crew zu verwenden. Leider haben wir nicht genug Platz, um sie in den normalen Mannschaftsquartieren unterzubringen. Fast alle Kabinen sind von unserer eigenen Besatzung belegt.«

»Ein paar Matratzen genügen, Doktor«, sagte Ael. »Wir sind ans Kasernenleben gewöhnt, und hier haben wir viel mehr Bewegungsfreiheit als an Bord der *Blutschwinge*. Gibt es eine Besuchermesse?«

»Nicht in dem Sinne, aber Mr. Tanzer hat die Lebensmittelprozessoren in dem Raum neu programmiert, der an diesen Saal grenzt. Ich habe Ihren Leuten bereits alles erklärt, und für Sie möchte ich es noch einmal wiederholen: Wenn Sie den Prozessor benutzen, so rühren Sie nichts an, was mit einem roten Etikett gekennzeichnet ist – das sind Lebensmittel, die von ihrem Metabolismus nicht verarbeitet werden können. Wir haben schon genug um die Ohren und sollten es vermeiden, uns auch noch über ein titanisches Durchfallsyndrom Sorgen machen zu müssen.«

»Bitte?«

»Llhrei'sian«, sagte t'Hrienteh.

»Oh, ich verstehe. Vielen Dank, Doktor. Sie haben natürlich völlig recht.«

»Len?« fragte jemand hinter ihnen. Ael drehte sich um und sah einen kleinen, stämmigen und grauhaarigen Mann, dessen Augen so klug und weise blickten, daß ihr erster Gedanke lautete: *Ein Seniorzenturio.* Aber das war unmöglich: Der Captain hatte ihn bei der Versammlung der Sektionsleiter nicht vorgestellt. Er musterte Ael ebenfalls, versuchte offenbar, sich ein Bild von ihr zu machen – und akzeptierte sie einfach. »Ich bitte um Verzeihung, Commander.«

»Dazu besteht kein Anlaß«, erwiderte sie freundlich. Die Höflichkeit des Mannes beeindruckte sie.

»Das ist Lieutenant Harb Tanzer, Commander«, sagte McCoy. »Als Leiter der Erholungssektion wird er sich um Ihre Leute kümmern. Wenn sie irgend etwas brauchen, während sie sich an Bord der *Enterprise* befinden – abgesehen von medizinischer Behandlung –, so können sie sich an ihn wenden.«

»Ich stehe Ihnen jederzeit zur Verfügung, Commander«, sagte Mr. Tanzer. »Bis die anderen Rihannsu-Schiffe eintreffen, bleibt Ihren Leuten sicher Zeit genug für eine vollständige Ruhe-Schicht. Geben Sie mir Bescheid, wenn Sie fertig sind. Dann schirme ich diesen Bereich ab. Ich bedauere es sehr, daß wir über keine mobilen Wände verfügen. Normalerweise verwenden wir undurchsichtige und akustisch neutrale Energieschilde.«

»Die genügen uns völlig«, entgegnete Ael und hatte nicht die geringste Ahnung, wovon Tanzer sprach. »Wenn es irgendwelche Probleme gibt, erfahren Sie sofort davon.«

»Und sobald festgelegt ist, welche Aufgaben Ihre Crew an Bord der *Enterprise* wahrnehmen soll...« Mr. Tanzer breitete die Arme aus. »Benutzen Sie ruhigen Gewissens unsere Einrichtungen. Wenn ich etwas hinzufügen darf, Commander: Unsere Leute würden sich sehr über eine Gelegenheit freuen, Sie besser kennenzulernen. Sie sind unglaublich neugierig. Bisher hatte niemand von ihnen eine Möglichkeit, sich mit Rihannsu zu unterhalten.«

Verblüfft stellte Ael fest, daß der Name ihres Volkes nicht etwa vom Übersetzungsimplantat transkribiert wurde. Tanzer hatte keineswegs von ›Romulanern‹ gesprochen, sondern den richtigen Ausdruck – ›Rihannsu‹ – verwendet, noch dazu mit einer recht guten Betonung. »Für dieses Angebot danke ich Ihnen sehr«, antwortete sie. »Vielleicht machen wir Gebrauch davon. Würden Sie mich jetzt bitte entschuldigen? Ich möchte mit meinen Besatzungsmitgliedern sprechen.«

McCoy, Tanzer und das Felsenwesen gingen davon und ließen Ael allein mit ihrer Gruppe. Mit der für sie typischen kühlen Ruhe ließen sich die Rihannsu auf den weichen Boden sinken und nahm mit überkreuzten Beinen Platz.

»Nun, was ist mit euch?« fragte sie. »Habt ihr euch bereits von eurer Überraschung erholt, oder braucht ihr dazu noch eine Weile? Seid ihr in der Lage, euch unter diesen Umständen an den Schwur zu halten, während euch Fremde beobachten? Eins steht fest: Niemand von uns wurde jemals so schwer geprüft. Jeder von euch, der glaubt, vielleicht nicht widerstehen und der Versuchung nachgeben zu können, während eines günstigen Augenblicks einen alten Feind anzugreifen, hat jetzt die Gelegenheit, dies einzugestehen. Die Betreffenden werden an Bord der *Blutschwinge* zurückkehren, in Ehren, weil sie eine bittere Wahrheit verkündeten und den Mut aufbrachten, sie offen auszusprechen.«

Ernst und schweigend erwiderten sie Aels Blick – eine verschworene Gemeinschaft, der sie unbegrenztes Vertrauen schenkte. Sie sah die bekannten Gesichter derjenigen, die ihr schon viele Male in den Kampf gefolgt waren – die kleine N'alae mit ihren sanft blickenden Augen und den tödlichen Händen, Khoal, still und in sich gekehrt, der große und hagere Dhiemn mit seinen dünnen Armen und dem messerscharfen Verstand, Rhioa, Ireqh, Dhiov, Ejiul T'maekh und all die anderen. Sie starrten Ael schweigend an, und niemand von ihnen rührte sich. »Überlegt gut«, riet sie ihnen. »Wenn wir versagen, laden wir Schande auf uns, wir alle. Und was meine Ehre angeht... Nun, wenn das Oberkommando begreift, worin unsere Absicht steht, bleiben ohnehin nur Fetzen davon übrig.« Etwas schärfer fügte sie hinzu: »Aber ich möchte wenigstens ihre Reste erhalten.«

Dhiov, die immer sehr scheu war – es sei denn, ein Kampf erforderte, daß sie über sich selbst hinauswuchs –, sagte zaghaft: »Die Dinger mit den Tentakeln...«

»Das sind keine ›Dinger‹, sondern intelligente Lebewesen», warf Ael ein. »Vergiß das nie. Ich halte sie ebenfalls für häßlich und abscheulich, aber vermutlich wecken wir in ihnen ähnliche Empfindungen.« Leises Lachen erklang. »Darüber hinaus haben sie ihre eigene Version der Leidenschaft. Sie würden ebenso entschlossen wie wir für ihr Schiff und ihre Kameraden eintreten. Das gilt auch für die blauen, orangefarbenen und braunen Individuen. Und für das Wesen, das aussieht wie ein Hlai.«

»Und was ist mit dem Felsen?« fragte Dhiemn mit dem für ihn charakteristischen trockenen Humor.

»Auch und gerade für den Felsen. Jenes Geschöpf hat mir einen besonderen Schrecken eingejagt. Wenn ich an die Elemente denke... Dem leibhaftigen Boden bin ich bereits begegnet. Doch wenn ich demnächst auch von den Verkörperungen der Luft und des Feuers angesprochen werde, könnte ich überschnappen.«

Erneut lachten die Rihannsu. Ael stellte zufrieden fest, daß sie sich entspannten. »So ist es schon besser«, sagte sie und wechselte das Thema. »Habt ihr inzwischen genug gelernt, um eure Pflichten an Bord wahrnehmen zu können?«

Einige ihrer Kameraden nickten. »Es ist nicht weiter schwierig, Khre'Riov«, sagte Ejiul. »Die meisten Geräte, mit denen wir es zu tun bekommen, dienen der Kommunikation. Andere Konsolen sind so umprogrammiert worden, daß sie Rihannsu-Werte anzeigen und gleichzeitig Instruktionen auf den Schirmen einblenden.«

»Nun gut. Es dürfen euch keine Fehler unterlaufen, sobald die *Speer*, *Reas Helm* und *Irrlicht* hier eingetroffen sind.«

Jemand holt zischend Luft. Ael musterte den kleinen Nniol, der bestürzt den Kopf senkte. »O Luft und Erde, Khre'Riov«, sagte er. »Soweit ich weiß, gehört meine Schwester zur Besatzung der *Speer*.«

Ael sah ihn an. »Ich kann mir vorstellen, wie hart es für dich ist. Wirst du dich an den Schwur halten?«

Er zögerte einige Sekunden lang. »Ich... ich weiß es nicht, Khre'Riov.«

»An wen sollen wir uns wenden, um Antwort auf diese Frage zu erhalten?« Aels Stimme klang ganz sanft.

Erneut blickte Nniol zu Boden. »Meine Schwester und ich, wir stehen uns sehr nahe«, erwiderte er leise. Und nach einer langen Pause: »Ich glaube, ich sollte zur *Blutschwinge* zurückkehren.«

Ael beobachtete ihn noch einige Sekunden lang und nickte dann. »*Mnhei'sahe* – schmerzlich, aber rein. Bleib noch eine Weile bei uns, Nniol. Später spreche ich mit dem Captain. Sonst noch jemand?«

Niemand meldete sich zu Wort.

»In Ordnung. Was haltet ihr davon, wenn wir jetzt mit den Übungen beginnen? Wir hatten heute noch keine Gelegenheit, die Glieder zu strecken, und morgen muß der Körper ebenso gut funktionieren wie der Verstand.« Ael grinste. »Was meint Ihr? Bieten wir unseren Zuschauern eine kleine Vorstellung?«

Die anderen Rihannsu lächelten, selbst Nniol. Sie standen gleichzeitig auf, und nachdem sie sich vor ch'Rihan verbeugt hatten, in der Richtung der Elemente – Dhiemn deutete auf den Boden; er wußte es immer am besten –, führte Ael mit ihnen die einleitenden Übungen durch. Anschließend folgten die ersten Zweikämpfe, bei denen besondere Griffe angewendet wurden, und als die Freistilphase begann, kamen einige Besatzungsmitglieder der *Enterprise* wie beiläufig näher und sahen interessiert zu. Ael trat ein wenig zurück, als die Rihannsu fröhlich übereinander herfielen. Wie üblich dominierten N'alae und Khoal. Die anderen sprangen auf sie zu und wurden schon nach wenigen Sekunden zu Boden geschleudert.

Ael wischte sich den Schweiß von der Stirn und beobachtete unauffällig das Publikum. Es wahrte eine vorsichtige Distanz, und trotz der gelassen wirkenden Gesichter konnte Ael deutlich erkennen, daß sich mehrere Personen am liebsten in das Durcheinander gestürzt hätten, um ebenfalls ihr Glück zu versuchen. Einige Hominiden entschieden sich schließlich dazu. Ael wußte nicht, was in einem purpurnen Tentakelwesen vor sich ging, dessen Facettenaugen matt glänzten und ihr keinen Anhaltspunkt für Motivationsbeurteilungen boten.

Das traf auch auf Fähnrich Fels zu, der neben jenem sonderbaren Geschöpf stand – beziehungsweise lag. In den Mienen der Hominiden deutete nichts auf Feindseligkeit hin. Tatsächlich las sie in einigen Zügen Hoffnung, wie die von Kindern, die erwarteten, zu einem neuen Spiel eingeladen zu werden. Die meisten reagierten nach wie vor mit ruhiger Aufmerksamkeit.

Ael fühlte einen Blick auf sich ruhen und sah auf. Captain Kirk trat auf sie zu, begleitet von Lieutenant Tanzer. Kirk sah an ihr vorbei und beobachtete das lärmende Ringen hinter ihr. Zunächst fiel es ihr schwer, den Gesichtsausdruck des Captains zu deuten, denn das terranische Mienenspiel unterschied sich von dem der Rihannsu. Aber sie vermutete, daß Kirk ebenfalls versucht war, an dem freundschaftlichen Kampf teilzunehmen. *Armer Mann,* dachte Ael. *Ihm sind ebenso die Hände gebunden wie mir…*

»Commander«, sagte Kirk und blieb neben ihr stehen, den Blick nach wie vor auf das Chaos aus dahinwirbelnden Körpern gerichtet. N'alae packte Dhiemn und stieß ihn auf Lhair und Ameh zu.

»Captain«, erwiderte sie. »Es sind normale Entspannungsübungen. Wir nennen sie 'Llaekh-ae'rl‹.«

»›Lachender Tod?‹ Nun, klingt angemessen… Man berichtete mir, Ihre Leute hätten erstaunlich schnell die Dinge gelernt, die sie für ihre Tätigkeit an Bord wissen müssen.«

»Wer in dieser Hinsicht zu langsam ist, bringt es in unserer Flotte nicht weit, Captain«, sagte Ael. »Und um ganz offen zu sein: Viele von ihnen sterben bei den Patrouillen an der Neutralen Zone oder vor der Grenze zum klingonischen Reich. – Übrigens: Ich bin froh, daß Sie gerade jetzt gekommen sind. Ich habe einige Probleme. Mein Besatzungsmitglied Nniol t'AAnikh hat eine Verwandte an Bord eines Schiffes der Eskorte, der *Speer*. Ich kann nicht zulassen, daß er auch nur in der Nähe einer Gefechtsstation sitzt, wenn der Kampf gegen jenes Schiff beginnt. Aus diesem Grund schicke ich ihn zur *Blutschwinge* zurück.«

Kirk kniff die Augen zusammen. »Wie Sie meinen, Commander. Geht es um eine Vertrauenssache?«

Ael vermied es, die Stirn zu runzeln – obgleich es sie

ein wenig verärgerte, daß Kirk in Hinsicht auf ihre Freunde und Kameraden sofort das Schlimmste annahm. »Ja«, bestätigte sie. »Er vertraut mir so sehr, daß er mir eingestand, er wisse nicht genau, ob er sich in einer solchen Situation selbst trauen könne. Meine Pflicht besteht darin, seine Ehre zu schützen – denn immerhin nahm er Rücksicht auf meine, indem er ganz offen zu mir war.«

Vielleicht spürte der Captain, wie gereizt Ael war, denn sein Gesichtsausdruck veränderte sich rasch. »Natürlich, Commander. Treffen Sie die Entscheidungen, die Sie für richtig halten. Schicken Sie ihn einfach in den Transporterraum, wenn er für den Transfer bereit ist. Ich kündige ihn dort an.«

»Danke. Meine Güte, sehen Sie sich das an...« Sie drehte sich um, als es hinter ihr still wurde. Wie sie feststellte, hatten sich einige Besatzungsmitglieder der *Enterprise* ihren Leuten angeschlossen: zwei Hominiden, der eine blau- und der andere hellhäutig wie der Captain, außerdem eins der seltsamen purpurnen Tentakelwesen. Der Hominide mit der hellen Haut, ein schlanker Mann, versuchte, die letzte Wurfgeste N'alaes nachzuahmen, und das gelang ihm sogar recht gut. Vorsichtig bewegte er die Arme und richtete einige Worte an die Rihannsu. Ael lächelte unwillkürlich, als N'alae zögerte und dann der Aufforderung nachkam. Der Mann gab sich alle Mühe, ihren Angriff abzuwehren, aber seine Vorbereitungen nützten ihm überhaupt nichts. Er flog einige Meter weit durch die Luft, prallte schwer auf den Boden – und stand gleich wieder auf und grinste.

»Sind Sie alle dazu imstande?« fragte der Captain, der noch immer neben Ael stand. Aufmerksam folgte er dem Geschehen in der Ecke des Saals.

»Nein«, erwiderte Ael, und ihre Stimme klang bedauernd. N'alae hatte oft versucht, ihr einige der leichteren Griffe des Llaekh-ae'rl beizubringen, die subtile Veränderung des Gleichgewichts, die ein Bewußtsein erforderte, das im Boden verwurzelt war – oder im Metall der Decksplatten. Doch in Ael gab es zuviel Feuer und Luft, und das machte es ihr unmöglich, sich irgendwo zu verankern. Daher beschränkte sie sich darauf, sich mit einem Phaser zu verteidigen. Oder Ihrem Verstand. »N'alae ist unsere Expertin in dieser Kampftechnik.«

»Hm«, brummte der Captain – ein Geräusch, das vom Übersetzungsimplantat nicht übersetzt wurde. Ael vermochte es trotzdem zu deuten, denn in diesem Augenblick glitt die purpurne Tentakelmasse auf N'alae zu, sprach einige Silben und gestikulierte mit ihren vielen Gliedmaßen.

»Das ist ein Sulamid«, sagte der Captain. »Mr. Athende aus der Wartungsabteilung. Der Kampf mit bloßen Händen ist eins seiner Hobbies...«

Diesen Witz verstand Ael. Einige Sekunden lang lachte sie schallend – und genoß dieses Gefühl sofort. Wie lange war es her, seit sie nicht mehr aus reinem Spaß gelacht hatte, sondern nur aus Verbitterung? Sie beobachtete, wie sich einige ihrer Kameraden zu ihr umwandten. Ganz offensichtlich gefiel ihnen die Reaktion ihrer Kommandantin, und deutlich war zu spüren, wie sich die allgemeine Atmosphäre weiter lockerte, wie ein Teil der steifen Förmlichkeit verschwand. N'alae lachte ebenfalls – ein gefährlicher Laut, den Ael nur zu gut kannte – und streckte dem Sulamid die Arme entgegen. Das Tentakelwesen wickelte einige Pseudopodien darum, wie Ranken, die über die Zweige eines Baums krochen. Einige Sekunden lang schwankten beide Gestalten und spannten die Muskeln an, ohne daß irgend etwas zu geschehen schien. Dann, von einem Augenblick zum anderen, stand N'alae wieder ganz allein, und Mr. Athende flog mit hin und her zuckenden Tentakeln davon. Völlig lautlos fiel er aufs Deck – offenbar dienten ihm seine Pseudopodien als eine Art Kissen – und war gleich wieder auf den ›Beinen‹.

Die Rihannsu bejubelten N'alae, die daraufhin errötete. Dutzende von Besatzungsmitgliedern der *Enterprise* kamen näher, und sie spendeten der Romulanerin ebenfalls begeisterten Beifall. Mr. Athende schwankte, verneigte sich tief und formulierte einige Worte, die Ael nicht verstand, N'alae aber zum Lachen brachten.

Ael sah zur Seite und begegnete dem nachdenklichen Blick des Captains. »Wir könnten eine Menge von ihr lernen«, sagte er. »Bisher war niemand von uns in der Lage, auf diese Weise mit Mr. Athende fertig zu werden – nicht einmal Spock. Was halten Sie davon, uns N'alae eine Zeitlang zu überlassen, nachdem wir die Sache im Levaeri-System hinter uns gebracht haben?«

»Ich weiß nicht, ob wir Ihnen einen solchen Vorteil gewähren sollten«, erwiderte Ael ernst. »Aber wie dem auch sei: Ich frage N'alae, was sie dazu meint.«

Sie wandten sich von der immer größer werdenden Menge in der Ecke des Saals ab und schritten davon. »Seit wir an Bord gekommen sind, Captain, haben uns Ihre Leute sehr freundlich behandelt«, stellte Ael fest.

Kirks Schultern hoben und senkten sich kurz. »Warum auch nicht? Auf diese Weise werden die Beziehungen zwischen den einzelnen Völkern verbessert.« Er lächelte. »Es ist der Geist der Brüderlichkeit.«

Die Übersetzung des letzten Wortes ergab nur wenig Sinn. *Wahrscheinlich deshalb, weil es in unserer Kultur keine direkte Entsprechung für einen solchen Ausdruck gibt,* überlegte Ael. »Vielleicht könnten Sie mir in diesem Zusammenhang etwas erklären«, sagte sie. »Warum bezieht sich die Bezeichnung ›Brüderlichkeit‹ nur auf männliche Geschwister und nicht auch weibliche?«

»Es handelt sich um einen Ausdruck, der in unserer Geschichte verwurzelt ist«, erwiderte Kirk. »›Verwandtschaft‹ wäre zutreffender.«

»Doch die wahre Bedeutung eines Wortes findet immer Ausdruck in seiner Struktur«, wandte Ael ein. »Als Ihre Sprache entstand, vertraten offenbar einige Leute die Ansicht, nur zwischen Männern könne es solche Beziehungen geben, nicht aber zwischen zwei Frauen oder einem Mann und einer Frau. Wie konnten sie so etwas rechtfertigen, obgleich es doch sicher viele Gegenbeispiele gab? Oder wollten sie der einen Hälfte Ihres Volkes einreden, sie sei nicht in der Lage, Seite an Seite um das zu kämpfen, was ihr am Herzen liegt?«

Der Captain antwortete nicht, und sein Schweigen schuf eine eigentümliche Unruhe in Ael. Sie beschloß herauszufinden, warum Kirk stumm blieb. »Nun, Captain? Wieso sollten nur Brüder imstande sein zu kämpfen, Mut und Tapferkeit zu beweisen und Gefahren zu trotzen? Aus welchem Grund sollte die andere Hälfte Ihres Volkes nicht fähig sein, ebenfalls diese Bürde zu tragen, dieses Privileg?«

»Darauf kann ich Ihnen keine Antwort geben«, sagte der Captain taktvoll. Offenbar wollte er sich nicht in die Enge treiben lassen.

»Seltsam. Ich frage mich, wieso es die weibliche Hälfte Ihrer Spezies so lange mit der männlichen aushielt.«

»Nun«, erwiderte der Captain, »vielleicht zahlte sie es uns heim, indem sie uns in dem Glauben ließ, wir hätten recht – und dann insgeheim die Kontrolle übernahm.«

Bei dieser schlagfertigen Erwiderung des Captains hob Ael überrascht die Brauen. Er bedachte sie mit einem sonderbaren Blick, so als erkenne er trotz seiner Verärgerung etwas Vertrautes in ihr. Ael hatte nicht die geringste Ahnung, was er in ihr entdeckt zu haben glaubte, und eigentlich interessierte es sie auch nicht sonderlich. »Aber ganz abgesehen davon«, fuhr Kirk fort. »Brüder weisen eine Eigenschaft auf, die Sie nicht erwähnten. Sympathie. Für gewöhnlich mögen sich männliche Geschwister. Ich bezweifle, ob ich solche Gefühle einer Frau entgegenbringen könnte.«

Ael dachte kurz an die feste und stabile Beziehung, die sie zwischen dem Captain und Uhura gespürt hatte, an ihren Humor, ihr grenzenloses Vertrauen zueinander. Und plötzlich fiel ihr ein, daß Kirks letzte Bemerkung als Beleidigung interpretiert werden konnte. Ganz sicher aber war sie nicht, und deshalb kam sie nicht darauf zu sprechen. Statt dessen richtete sie ihre Aufmerksamkeit auf den Hinweis des Captains. »Sympathie. Nun, ich glaube schon, daß sich Brüder mögen. Das erleichtert es ihnen, miteinander auszukommen. Aber hat das etwas mit ›Brüderlichkeit‹ zu tun? Angenommen, ich streite mich mit meinem Bruder, und wenig später gerät er in Lebensgefahr. Überlasse ich ihn dann einfach seinem Schicksal, nur weil ich ihn nicht mehr ›mag‹? Nein, ich rette ihn natürlich – weil er mein Bruder ist, weil ich ihm gesagt habe, daß er für immer eine besondere Bedeutung für mich hat. Und weil ich an meine Worte gebunden bin.«

»Ich bin mir nicht sicher, ob ich so etwas gemeint habe.«

»Ich auch nicht. Aber wie dem auch sei: Es ist *Mnhei'-sahe*. Eine Verpflichtung, die über den Horizont von Vernunft, Hoffnung und Schmerz hinausgeht. Nicht einmal Verrat kann solche Bande zerreißen – nur langsam ins Herz des Verräters vordringen und dort Kummer und Verzweiflung bewirken. Ja, das Band des Wortes, des freiwilligen Schwurs, besteht für immer und ewig.«

»Der Tod...«

Ael schüttelte den Kopf. »Selbst der Tod kann ihm nichts anhaben. Ihre Eltern, Ihr Bruder, der ums Leben kam – o ja, wir wissen Bescheid. Intelligenz dient auch dazu, etwas über seine Feinde in Erfahrung zu bringen. Nun, lieben Sie Ihre Verwandten weniger, nur weil sie tot sind? Oder vielleicht noch mehr?«

Der Captain schwieg.

»Jetzt verstehen Sie die gemeinsame Basis zwischen zwei Personen, die den gleichen Kampf führen«, sagte Ael. »Es kommt darauf an, in die gleiche Richtung zu gehen, für einige wenige Tage oder auch ein Leben lang. Mehr ist nicht notwendig. Nur die Entscheidung, sich jemandem anzuschließen.« Die Romulanerin zuckte mit den Schultern. »Sympathie hingegen... Müssen zwischen Verbündeten unbedingt solche Empfindungen herrschen?«

»Nein«, erwiderte der Captain nach einer Weile. »Offenbar nicht.«

Seite an Seite schlenderten sie weiter, und nach einigen Metern blieb Ael neben einer sonderbaren Vorrichtung stehen. Sie betrachtete einen Tisch mit der holografischen Projektion eines Würfels, der in viele kleinere Kuben unterteilt war, jeweils acht an den Kanten. »Was ist das?«

»Vierdimensionales Schach«, erklärte Kirk. »Kennen Sie sich damit aus?«

»Nein.«

Ein seltsames Lächeln umspielte die Lippen des Captains und weckte die Neugier Aels. »Wenn sich uns eine Gelegenheit bietet...«

»Ich würde mich freuen, dieses Spiel erlernen zu können. Jetzt sofort, wenn Sie nichts dagegen haben. Ich kann bestimmt einige Minuten erübrigen, um mich mit den Regeln zu befassen.«

Kirks Lächeln wuchs in die Breite, als er einen Stuhl vom Tisch zurückzog und der Romulanerin anbot, Platz zu nehmen. Doch keiner von ihnen kam dazu, sich zu setzen, denn genau in diesem Augenblick heulten erneut die Alarmsirenen. Die im Freizeitsaal anwesenden Personen sahen auf, und einige der Leute, die bei den Rihannsu standen, entschuldigten sich rasch und eilten davon.

»*Alarmstufe Rot*«, tönte die ruhige Stimme des Vulkaniers aus den Lautsprechern. »*Gefechtsstationen besetzen. Dies ist keine Übung. Ich wiederhole: Dies ist keine Übung.*«

Der Captain streckte die Hand nach dem Tischkommunikator aus und betätigte eine Taste. »Hier Kirk.«

»Captain, unsere Sensoren haben gerade ein romulanisches Raumschiff der K'tinga-*Klasse geortet. Die ID-Kennung weist es als* Speer *aus.«*

»Die Eskorte ist ziemlich früh dran«, sagte Ael besorgt.

»Hat es bereits versucht, sich mit uns in Verbindung zu setzen?« fragte Kirk.

»Noch nicht, aber es kommt schnell näher.«

»Wir brauchen mehr von Ihren Leuten auf der Brükke, Commander. Mr. Spock, sind Unterzenturio Aidoann und Hvaid bei Ihnen?«

»Ja, Captain.«

»Sie sollen alle Kom-Signale beantworten, die an uns gerichtet werden. Ein visueller Kontakt darf erst dann hergestellt werden, wenn bewaffnete Romulaner auf der Brücke eingetroffen sind. Übergeben Sie die Kontrolle sofort der Hilfsbrücke und schicken Sie Mr. Sulu und Mr. Chekov nach unten, damit sie sich dort um alles kümmern können.«

»In Ordnung, Sir.«

»Gut. Schalten Sie eine interne Netz-Verbindung. Commander...«

»Hier spricht t'Rllaillieu«, sagte Ael und hörte, wie das dumpfe Echo ihrer Stimme durch die Gänge und Korridore der *Enterprise* hallte. »Rihannsu, nehmen Sie sofort die Ihnen zugewiesenen Posten ein. Verhalten Sie sich wie vereinbart und lassen Sie alle Dinge verschwinden, die Sie als Besatzungsmitglieder der *Blutschwinge* ausweisen könnten. Wenn Sie nicht genau wissen, was Sie unternehmen sollen, wenden Sie sich an Ihre ›Gefangenen‹.« Beim letzten Wort lächelte sie dünn und sah aus den Augenwinkeln, wie der Captain kurz das Gesicht verzog. »Denken Sie daran: Sie gehören zur Mannschaft der *Küraß.* Wenn wir kontrolliert werden, so vermeiden Sie es, unnötige Aufmerksamkeit zu erwecken! Ehre sei Ihnen – und *Mnhei'sahe.* Ende.«

Kirk musterte sie verwirrt. »Ich habe meinen Leuten viel Glück gewünscht«, erklärte Ael.

Er schüttelte den Kopf. »Ich dachte, die Bedeutung jenes Worte sei ›Liebe‹.«

Ael lächelte erneut. »Was nützt ein Wort, das nur eine Bedeutung hat? Außerdem handelt es sich in diesem Zusammenhang praktisch um Synonyme…«

Kirk schien einige Sekunden lang verwundert zu sein. »Da wäre noch etwas anderes…« sagte er zögernd. »Mir ist aufgefallen, daß Sie Ihre Kameraden manchmal siezen und dann wieder die persönliche Anrede verwenden. Selbst bei Ihrem Sohn Tafv ist das der Fall.«

Ael seufzte. »Das ›Du‹ ist ein Zeichen von Vertrauen, während das ›Sie‹ Ehrerbietung und Respekt erweist. Und wen respektiert man mehr als den eigenen Sohn?«

Die Verwunderung des Captains schien noch ein wenig zuzunehmen, doch nach wenigen Sekunden straffte er seine Gestalt und wurde wieder zum Kommandanten der *Enterprise,* einem Offizier, der es gewohnt war, rasche Entscheidungen zu treffen. »Vielleicht können wir dieses Gespräch später fortsetzen. Ich glaube, derzeit werden Sie auf der Brücke gebraucht.« Er wandte sich dem Interkom zu. »Mr. Spock, die Show beginnt. Sie können jetzt Ihre Fähigkeiten als Schauspieler beweisen. Bitte begleiten Sie mich in die Arrestzelle.«

»Mit Vergnügen, Captain. Brücke Ende.«

Der Humor in der Stimme des Vulkaniers war so deutlich und trocken, daß Ael laut auflachte. Aber sie schwieg sofort wieder, als der Captain die Brauen hob. »Madam…« sagte er.

»Ich mache mich jetzt auf den Weg zur Brücke«, entgegnete Ael. Sie drehte sich um und ging davon, und als sie das Freizeitdeck verließ, folgte ihr der nachdenkliche Blick Kirks.

Ael empfand es als überaus seltsam, im weichen Sessel des Befehlsstandes zu sitzen, in einem Kontrollraum, der mindestens dreimal so groß war wie die Zentrale der *Blutschwinge*, auf den breiten Wandschirm zu blikken und einfach zu warten. Das Herz pochte ihr bis zum Hals empor, und ihre Hände schwitzten – wie immer, wenn eine bedeutende Konfrontation bevorstand. Sie fluchte halblaut und wischte sie an der Hose ab. Die anderen Rihannsu auf der Brücke schenkten ihr keine Beachtung und starrten auf die Anzeigen der Instrumente, die ihnen noch immer fremdartig erschienen. Tafv fehlte: Er befand sich an Bord der *Blutschwinge* und hielt sich zurück; schließlich rechnete niemand mit seiner Anwesenheit. Aidoann hatte als Stellvertreterin Aels das Kommando über die angebliche *Küraß* übernommen. Commander t'Rllaillieu, so würde Aidoann der *Speer* mitteilen, hielt sich an Bord der *Enterprise* auf, um sicherzustellen, daß von der Föderations-Besatzung keine Gefahr drohte – und um den Transfer der im Bibliothekscomputer gespeicherten Daten zu überwachen. Hvaid und N'alae saßen an der Navigationskonsole, und Lhian bediente die Kommunikationskontrollen. Sie alle wirkten ruhig und kompetent – fast ebenso beeindruckend wie während der Zweikämpfe im Freizeitsaal. *Und ich sitze hier herum, ebenso nervös wie eine brütende Hlai*, dachte Ael. *Möge das Feuer brennen und lodern: Wir sind in der Lage, ein Gerät zu entwickeln, das ein ganzes Raumschiff tarnt, aber wir sehen uns außerstande, etwas gegen schwitzende Hände zu unternehmen...*

»Kom-Signal von der *Speer*, Khre'Riov«, sagte Lhian, im gleichen Tonfall wie an Bord der *Blutschwinge*.

»Bestätigung«, erwiderte Ael.

Die Darstellung auf dem Wandschirm veränderte sich. Ael holte tief Luft und spürte, wie sie sich entspannte. Sie kannte das runde und einfältige Gesicht, das sie nun sah: LLunih tr'Raedheol. Ael fühlte, wie sich Genugtuung in ihr regte, und sie dankte den Elementen: Wenn jemand den Tod verdiente, so war es LLunih, ein Feigling und Narr, der glaubte, alle seien so wie er, zu faul und zu träge, um mehr als nur das unbedingt Notwendige zu tun. Eigentlich kam es ihm nur darauf an, sich in Hinsicht auf das Oberkommando den Rücken freizuhalten. »Commander tr'Raedheol«, sagte Ael und bemühte sich, ihre Stimme freundlich klingen zu lassen, »willkommen im Außensektor. Wie Sie sehen können, haben wir in diesem abgelegenen Quadranten eine interessante Entdeckung gemacht...«

»Ja«, antwortete LLunih. In seinen Augen blitzten soviel Gier, Neid und Haß, daß er eigentlich auf der Stelle hätte sterben müssen. Leider aber war er gegen sein eigenes Gift immun, ebenso wie die *Nei'rrh. »Das Oberkommando unterrichtete mich bereits. Ich würde mich gern zu Ihnen beamen, um die Ergebnisse Ihres beeindruckenden Erfolgs aus unmittelbarer Nähe zu betrachten.«*

Und um herauszufinden, ob du mich irgendwie betrügen kannst, fügte Ael in Gedanken hinzu. »Oh, LLunih... Darf ich Sie LLunih nennen?«

»Gern«, erwiderte das Wesen und lächelte.

Ael beherrschte sich und unterdrückte ein Schaudern der Verachtung. »Das kann ich derzeit noch nicht zulassen. Wir sind noch immer damit beschäftigt, den Umgang mit den Kommandoeinrichtungen an Bord zu erlernen. Die Offiziere der *Enterprise* sind uns nicht gerade freundlich gesinnt und weigern sich, uns einzuweisen. Die Deflektoren, zum Beispiel. Heute morgen haben wir sie mehrmals ein- und ausgeschaltet und sie schließlich ganz desaktiviert. Aber als jemand von der *Küraß* versuchte, sich hierher zu beamen, traf der Transporterstrahl auf einen ›Phantomschild‹, den unsere Sensoren nicht geortet hatten. Es handelt sich dabei um eine Weiterentwicklung unserer Tarnvorrichtung. Eine sehr faszinierende technische Innovation.« Ael lächelte hintergründig. »Unglücklicherweise aber bezahlte einer meiner Unteroffiziere diese Entdeckung mit dem

Leben. Seine atomaren Überreste schweben jetzt irgendwo im All.« *Vielleicht erwartet dich bald ein ähnliches Schicksal...* »Bis wir ganz sicher sind, sollte jedes Risiko vermieden werden.«

»Das verstehe ich durchaus, Ael...« Sie überhörte die nächsten Worte und dachte an eine alte Redewendung: Ein beschmutzter Name kann nur mit Blut reingewaschen werden. *In seinem Körper fließt genug Blut, um nicht nur mich reinzuwaschen, sondern auch die Besatzung meiner Kriegsschwalbe. Nun, wir werden sehen.*

»... ist es sehr schade, daß ich mir nicht den berühmten Captain Kiuurk ansehen kann.«

»Ich bin möglicherweise in der Lage, Ihnen eine diesbezügliche Enttäuschung zu ersparen«, sagte Ael und kniff die Augen zusammen. »Ich glaube, ich könnte Ihnen etwas zeigen, was Sie zufriedenstellt. Tatsächlich habe ich eben eine Beschwerde des Captains bekommen, in der es um sein gegenwärtiges Quartier geht. Als Sie sich mit uns in Verbindung setzten, wollte ich gerade die Brücke verlassen, um nach ihm zu sehen. Wenn Sie sich ein wenig gedulden, können Sie uns beobachten.«

»Das ist sehr nett von Ihnen.«

Ael stand auf und nickte Lhian zu. Die Projektion auf dem Wandschirm verblaßte. »Geben Sie dem Captain Bescheid.«

»Khre'Riov«, sagte Lhian und hob eine dunkle Augenbraue, »die Scanner der *Speer* erfassen uns. Zwar sind die Schilde stabil, aber es gibt einige Signallecks. Vielleicht kann die *Speer* selbst Mitteilungen empfangen, die über das interne Kom-System gesendet werden...«

»Danke für den Hinweis«, erwiderte Ael. »Warten Sie, bis ich das Deck acht erreicht habe und mich dem Arrestbereich nähere. Justieren Sie dann die optische Erfassung und schalten Sie einen Kanal zur *Speer*. Anschließend folgen Sie mir. Hvaid, kommen Sie.«

Der junge Hvaid stand sofort auf, und Seite an Seite betraten sie den Turbolift. »Arrestbereich, Deck acht«, sagte Ael. »Hvaid, wenn der Lift anhält, laufen Sie voraus und warnen den Captain und seine Offiziere. Sagen Sie ihnen, wer sich bei uns gemeldet hat und was sie erwartet. LLunih ist dumm und schwer von Begriff; einige subtile Hinweise genügen nicht. Andererseits: Wenn es uns gelingt, seine Zweifel auszuräumen, wird er die Kommandanten der anderen Schiffe überzeugen und uns damit viel Mühe ersparen. Wenn Sie das erledigt haben, suchen Sie sofort die anderen Abteilungen der *Enterprise* auf und geben allen die Anweisung, zunächst auf eine Benutzung des internen Kom-Systems zu verzichten – bis es uns gelingt, die Signallecks abzudichten oder wir sicher sind, daß entsprechende Meldungen nicht abgehört werden können. Lyie, K'haeth und Dhisuia, unsere besten Läufer, sollen als Kuriere tätig werden.« Der Lift hielt an. »Los!«

Hvaid stürmte durch den Gang. Ael lehnte sich an die offene Tür des Lifts, zählte langsam bis zwanzig und versuchte, ihren Atemrhythmus zu verlangsamen. Den größten Teil der Anspannung konnte sie nicht aus sich verdrängen. Nach einer Weile setzte sie sich in Bewegung und bemühte sich vergeblich, das Zittern ihrer Knie zu beenden. »Können Sie mich hören, *Speer?*« fragte sie betont fröhlich, sah zur Decke hoch, als sie eine Abzweigung erreichte, und beobachtete aus den Augenwinkeln die andere Passage. Die Reichweite der optischen Scanner war begrenzt, und deshalb war Ael sicher, daß LLunih Hvaid nicht sehen konnte, der gerade durch die Tür der Arrestsektion eilte, um eine Ecke lief und verschwand.

»Der Empfang ist klar«, sagte LLunih.

»Gut. Da wären wir...«

Ael betrat den Arrestbereich – und das, was sich ihren Blicken darbot, hätte das Herz eines jeden Romulaners höher schlagen lassen. Der Captain der *Enterprise* und seine Offiziere saßen in einer kleinen Zelle und schnitten finstere Mienen. Ael beobachtete Doktor McCoy, in dessen blauen Augen es zornig funkelte, die attraktive Uhura, die den Eindruck erweckte, als könne sie jeden Augenblick vor Wut platzen. Chefingenieur Scott hatte die Arme verschränkt und den Kopf gesenkt. Er wandte sich abrupt zur Wand um, als Ael eintrat. *Er spielt seine Rolle gut,* dachte sie. *Und vielleicht braucht er sich nicht einmal sonderlich anzustrengen...* Scott hatte ihr noch immer nicht die bewußt herbeigeführte Beschädigung seiner geliebten Maschinen verziehen. Selbst die Miene des Vulkaniers war jetzt nicht mehr ruhig und gelassen. Und der Captain... Der freundliche, höfliche und taktvolle Kirk schien sich am liebsten auf die Romulanerin stürzen zu wollen – wie ein gefährliches Raubtier, das zwar die Muskeln spannte und die Zähne fletschte, sich aber noch zurückhielt. Ael nickte den Rihannsu-Wächtern vor der Erg-Barriere zu. Triy und Helev gaben sich triumphierend, aber Ael ahnte, daß sie sich sehr beherrschen mußten, um nicht schallend zu lachen.

»Captain«, sagte Ael – eine romulanische Kommandantin, die sich an einen Gegner wandte, der Respekt verdiente. Kirk unterbrach sie sofort.

»Sie haben sich verdammt viel Zeit gelassen, hierher zu kommen«, sagte er, und die monotone Stimme stand in einem eigentümlichen Kontrast zu seinen empörten Zügen. *»Was stellen Sie mit meinem Schiff an?* Und mit meiner Besatzung? Sie verletzen alle Regeln der...«

»Sie sind nicht in der geeigneten Position, um mit mir über die Verletzung irgendwelcher Regeln zu sprechen«, zischte Ael und bedeutete Triy mit einem Wink, die Erg-Barriere abzuschalten. »Sie mißachteten die Bestimmungen es Vertrages zwischen uns und der Föderation, indem sie in die Neutrale Zone vordrangen...«

»Haben Sie etwas dagegen, wenn auch meine Besatzung zusieht?« klang LLunihs Stimme aus dem Interkom.

»Wer, zum Teufel, ist *das*?« knurrte Dr. McCoy.

»Nein, natürlich nicht«, antwortete Ael, als sie den kleinen Raum betrat und Nniol sah, der die Aufgaben eines Innenwächters wahrnahm.

Oh, bei den Elementen, dachte Ael. Nniols Schwester befand sich an Bord der *Speer* – und wußte natürlich daß er nicht etwa zur Besatzung der *Küraß* gehörte, sondern zur Mannschaft der *Blutschwinge.* Zum Glück hatte er sich halb umgedreht, so daß sein Gesicht nicht deutlich zu erkennen war. Aber wenn er sich bewegte – oder Ael – würden ihn die optischen Scanner klar erfassen. Wenigstens wandte er ihr den Rücken zu. Sie bedachte ihn mit einem warnenden Blick; mehr durfte sie nicht wagen.

Und dann begann plötzlich der Kampf. Zumindest mußte jeder nicht eingeweihte Beobachter den Eindruck gewinnen, daß es sich um einen Kampf handelte. Nur Ael sah, wie sich der Captain ein wenig zurückneigte und einen raschen Blick mit McCoy wechselte. Der Bordarzt reagierte sofort, senkte den Kopf, stürmte los und traf Nniol in der Magengrube. Der Rihannsu krümmte sich zusammen, wodurch sein Gesicht aus dem Erfassungsbereich der Scanner geriet, und als er zu Boden sank, hielt er sich an den Beinen des Doktors fest und brachte auch ihn zu Fall. McCoy verlor das Gleichgewicht und stürzte auf ihn, wodurch die Gefahr einer Identifizierung beseitigt war. Chefingenieur Scott und der Vulkanier sprangen auf, aber Triy und Helev, die sich an Ael und dem Captain vorbeischoben, drängten sie an die Wand zurück. Sie hielten die Phaser im Anschlag, und das Unbehagen, das sich in den Mienen der beiden Männer widerspiegelte, schien nicht nur gespielt zu sein. Als McCoy Nniol angriff, wandte sich Kirk Ael zu und holte zum Schlag aus. Ael handelte aus einem Reflex heraus, blockte den Hieb ab, hielt den Arm fest, drehte sich halb um die eigene Achse und stieß zu. Irgend etwas knackte, und Kirk wurde zurückgeschleudert, taumelte, sank zu Boden und blieb reglos liegen.

Ael starrte Uhura, Scott und Spock an, die in einer Ekke standen, von den Waffen der beiden Außenwächter in Schach gehalten. »Ich wollte Sie auf Ehrenwort entlassen«, sagte sie, »aber Sie haben mir gerade bewiesen, daß Sie kein Vertrauen verdienen.« Ael sah Triy an. »Fesseln Sie die Gefangenen, und auch die anderen. Der Versuch, uns sinnlosen Widerstand zu leisten, ist typisch für Sie.« Sie zögerte. »Und kümmern Sie sich um diesen Mann.« Mit der Stiefelspitze stieß sie Nniol an. Der Rihannsu lag noch immer bäuchlings auf dem Boden, unter Dr. McCoy, und er stöhnte leise. Aber er war klug genug, sich nicht auf die Seite zu rollen.

Ael verließ die Arrestzelle und klopfte ihre Uniform ab. »LLunih«, sagte sie, während Helev Nniol aus der Kammer half und Triy die Erg-Barriere reaktivierte, »ich würde mich gern noch länger mit Ihnen unterhalten, aber wie Sie sehen, habe ich eine Menge zu tun. Verhöre, Vernehmungen und so weiter. Und wie Sie eben feststellen konnten, besteht kaum Aussicht, daß die Besatzung der *Enterprise* kooperiert. Bitte entschuldigen Sie mich jetzt.«

»Wenn Sie Hilfe brauchen, Ael...«

»Setze ich mich sofort mit Ihnen in Verbindung, LLunih. Unterdessen würde ich es begrüßen, wenn Ihr Navigator sich mit meinem beraten könnte, um den Kurs der *Speer* an unseren gegenwärtigen Vektor anzugleichen.«

»Selbstverständlich.«

»Ich wünsche Ihnen noch einen guten Tag, LLunih. Wenn Sie so freundlich sind, mich zu empfangen, werde ich Ihnen heute abend oder morgen einen Höflichkeitsbesuch abstatten. Vielleicht nehmen wir zusammen eine Mahlzeit ein.« *Die ich bestimmt nicht lange im Magen behalte...*

»Es wäre mir eine Ehre, Ael.«

»Dann bis später.« Sie wandte sich erneut der zornigen Gruppe in der Arrestzelle zu und beobachtete sie stumm, bis Lhian von der Brücke aus meldete: *»Die* Speer *hat den Kontakt zu uns unterbrochen. Soll ich ein Sicherheitsteam schicken?«*

»Er ist noch immer vorsichtig, dachte Ael.

»Nein«, erwiderte sie. »Es droht jetzt keine Gefahr mehr. Weder uns noch Ihnen.«

»Commander...«

Mit einem Ruck trat Ael vor, schaltete das Energiefeld ab und beugte sich über den Captain. »Verdammter Mistkerl«, fauchte sie, als sie Kirk auf die Beine half. »LLunih liebt es so sehr, die Schande anderer Personen zu beobachten, daß er seine ganze Besatzung an diesem Vergnügen teilhaben lassen wollte. Captain, ich muß mich in aller Form bei Ihnen entschuldigen!«

Kirk konnte zunächst kein Wort hervorbringen und stöhnte nur. Ael stützte ihn auf der einen Seite, Spock auf der anderen, und beide achteten darauf, seinen verletzten Arm zu schonen. »Nun, wenigstens bietet uns dieser Zwischenfall einen gewissen Vorteil«, fügte Ael hinzu. »Bestimmt berichtet LLunih den Kommandanten der *Reas Helm* und *Irrlicht,* daß ein Fluchtversuch des berühmten Captains der *Enterprise* scheiterte. Dadurch wird man keinen Verdacht schöpfen. Hm, ich bin sogar sicher, daß LLunih für seine Kollegen alles aufzeichnen ließ. – Doktor, ich habe vorhin ein leises Knacken gehört. Ich wollte den Captain nicht verletzen...«

Der Doktor nahm einen kleinen und summenden Med-Scanner zur Hand und hielt ihn über Kirks linken Arm. »Knickbruch der Elle, Commander. Des Unterarmknochens. Nichts Ernstes, Jim, offenbar hast du in der letzten Zeit deine sportlichen Übungen vernachlässigt. Seit wann läßt du dich einfach so zu Boden schikken?«

»Dir wäre es wohl kaum anders ergangen«, erwiderte Kirk und lächelte trotz der Schmerzen.

»Nun, ich...«

»Schon gut, Commander, war das eben der junge Mann, den Sie zur *Blutschwinge* zurückschicken wollten?«

»Ja. Ich wußte nicht, daß er sich hier aufhielt, denn sonst hätte ich ihn gewarnt...«

»Der Zufall spielt einem die seltsamsten Streiche«, sagte der Captain. »Wenigstens ist es uns gelungen, eine Identifizierung zu verhindern.« Er wandte sich an die anderen. »Gute Arbeit. Pille, wie lange dauert's, bis mein Arm wieder in Ordnung ist?«

»Etwa eine Stunde. Und wenn du ihn still hältst, geht es noch schneller.«

Kirk sah Ael an. »Es gibt da einen Grundsatz, an den ich mich bisher immer gehalten habe.«

»Und wie lautet er?«

»›Wenn du gegen eine romulanische Kommandantin antreten mußt, so weiche dem Kampf nicht aus und führe ihn zu Ende.‹«

Ael blieb gerade noch Zeit genug, verwirrt die Stirn zu runzeln. Der Hieb des Captains traf sie dicht über dem Brustbein und schleuderte sie an die Wand zurück. Der Aufprall war ziemlich hart und kam einem zweiten Schlag gleich. Ael taumelte und wankte, und das Bild vor ihren Augen verschwamm. Sie versuchte, sich irgendwo festzuhalten.

Kirk nickte zufrieden.

Vor Aels Augen drehte sich noch immer alles, und in ihrem Innern fühlte sie eine seltsame Mischung aus Wut, Erleichterung und Fröhlichkeit. Sie wußte nicht so recht, wie sie sich verhalten sollte. »Ihre Hand, Captain«, sagte sie und streckte die ihre aus. Einige Sekunden lang erwog sie die Möglichkeit, einen Trick N'alaes anzuwenden. Dann aber kam sie zu dem Schluß, daß es alles andere als ehrenhaft war, einem Verwundeten ihre Überlegenheit zu demonstrieren... Kirk griff zu und grinste.

»Ihre Hände schwitzen ebenfalls?« fragte er.

»Ach, Captain«, seufzte Ael. »Wie schade, daß Sie kein Rihannsu sind...«

»Ich wette, diese Worte richten Sie an alle Ihre Gefangenen. Wir sollten jetzt besser zur Brücke zurückkehren.«

KAPITEL 12

Kirk saß im Sessel des Befehlsstandes und dachte über die sonderbare Situation nach.

Er befand sich tief im romulanischen Raum, umgeben von romulanischen Schiffen. Und er konnte nicht einmal manövrieren, denn die Materie-Antimaterie-Wandler der *Enterprise* erzeugten gerade genug Energie für die Lebenserhaltungssysteme. In achtzehn Stunden würden sie eine romulanische Starbase erreichen. Und doch fühlte er sich ruhig und entspannt. Er beobachtete Scott, der sich im Sitz vor seiner Konsole zurücklehnte und mürrisch auf die Anzeigen der Instrumente starrte. Die Flüssigkristallbalken verharrten auf den Marken des niedrigsten Energieniveaus. Der junge, dunkelhaarige Romulaner namens Hvaid blickte über seine Schulter und hörte aufmerksam zu, als der Chefingenieur von den Schwierigkeiten berichtete, die Aggregate in der nur scheinbar beschädigten Triebwerksgondel wieder auf volle Leistungsstufe zu bringen. Auf der anderen Seite saßen Mr. Spock, Lieutenant Kerasus und Aidoann. Sie unterhielten sich über die linguistischen Wurzeln des Alten Hochvulkanisch und die Einflüsse auf die Sprache der Vulkanier und Romulaner.

Als sich der Captain umblickte, stellte er fest, daß Uhura nicht ihren üblichen Platz einnahm.

»Mr. Spock, wo ist Lieutenant Uhura?«

»Sie machte sich auf den Weg zum Freizeitdeck, Captain«, erwiderte Spock. »Ich habe nicht das ganze Gespräch gehört, aber offenbar ging es um irgendein Kommunikationsproblem. Uhura glaubt vermutlich, Mr. Freeman könne es lösen.«

»Gut. Und Commander Ael?«

»Ich glaube, sie hält sich ebenfalls im Freizeitbereich auf, Captain. Lieutenant Uhura bat sie vor einer Weile darum, zu ihr zu kommen.«

Kirk stand auf, machte Anstalten sich zu strecken – und überlegte es sich sofort anders. Noch immer schmerzte sein Nacken infolge des Handkantenschlages, den Ael ihm versetzt hatte. »In Ordnung, Mr. Spock. Halten Sie hier die Stellung, bis ich zurück bin.«

»Aye, Captain«, sagte Spock. Er verließ die wissenschaftliche Station und nahm Kirks Platz im Befehlsstand ein. Kerasus und Aidoann folgten ihm, um die Diskussion fortzusetzen.

»Krankenabteilung«, wies Kirk die Sprachprozessor-Kontrolle des Turbolifts an. Dann lehnte er sich an die Wand und massierte sich den Hals.

Irgendein Aspekt der gegenwärtigen Lage beunruhigte ihn sehr. Er fürchtete nicht etwa, daß ihn Ael oder ihre Besatzungsmitglieder hintergingen. Vielmehr blieb seine Besorgnis vage, ein nebulöser Faktor, dem er keine klaren Konturen zu geben vermochte. Die derzeitige Position der *Enterprise*, die Tatsache, daß sie den Romulanern ausgeliefert war... *Ich habe keine Kontrolle mehr über die Situation,* dachte er. *Das ist es.*

Das alte Problem, fügte er kummervoll in Gedanken hinzu. Nur zu deutlich erinnerte er sich an den Zwischenfall auf Triacus, an Gorgan, den sogenannten ›Freundlichen Engel‹. Damals hatte jene Furcht fast lähmende Ausmaße gewonnen. *Der Vergleich hinkt,* ermahnte er sich. *Außerdem habe ich eine freie Entscheidung getroffen.* Trotzdem: Es war Ael gewesen, die mit einem praktisch schon fertigen Plan zu ihm kam. Und selbst wenn er beschlossen hätte, ihren Vorschlag abzulehnen – die Umstände zwangen ihn schließlich dazu, sein Einverständnis zu geben.

Umstände. Eigenartige Zufälle... Um Himmels willen, hör endlich auf damit! Das grenzt schon an Paranoia!

In Hinsicht auf Ael konnte man leicht Anfälle von Paranoia bekommen. Zunächst einmal war sie Romulanerin... Nun, das allein begründete noch kein Mißtrauen. Aber sie hatte zugegeben, selbst für die ›besonderen Umstände‹ gesorgt zu haben, die für die augenblickliche Lage der *Enterprise* verantwortlich zeichneten. Die Nachricht von ›ungewöhnlichen Vorgängen im romulanischen Raumgebiet‹ ging ebenfalls auf ihre Initiative zurück – Bestechungsgelder für Agenten, die die Botschaft zu Starfleet Command schmuggelten. Sie hatte dafür sorgen wollen, daß die *Enterprise* zur Neutralen Zone geschickt wurde – und das war ihr auch gelungen. Jetzt nahmen ihre Offiziere wichtige Plätze auf der Brücke ein, und im Freizeitbereich wimmelte es von Aels Mannschaftsmitgliedern... *Und außerdem,* dachte Kirk mißmutig, *tut mir immer noch der Nacken weh.*

Er kam sich plötzlich wie ein Spielball vor, der fremden Geboten gehorchte, der nicht einmal wußte, worin sein Schicksal bestand. Und gerade das setzte ihm so sehr zu.

Keine Kontrolle mehr...

Der Lift hielt an. Kirk trat aus der Kabine, ging durch den Korridor und näherte sich der Krankenstation, noch immer tief in Gedanken versunken. Er hätte alles als wesentlich leichter empfunden, wenn Ael wenigstens liebenswürdig gewesen wäre. Aber von solchen Dingen hielt sie offenbar nichts. Sie beschränkte sich darauf zu manipulieren, an Fäden zu ziehen, die nur sie sehen konnte. Und ihr Verstand... so scharf und kalt wie die Klinge des Schwerts, das sie in Spocks Kabine betrachtet hatte. Ständig erweckte sie den Anschein, die allgemeine Situation ebensogut zu kontrollieren wie Spock die Züge seiner Gegenspieler beim 4-D-Schach. Doch auch dieser Vergleich traf nicht ganz zu. Spocks virtuose Kompetenz verbarg sich hinter einer Maske der Gelassenheit, und manchmal offenbarten seine Züge einen Hauch von schelmischer Freude.

In diesem Zusammenhang entsann sich Kirk an das fröhliche und verstehende Aufblitzen in Aels Augen, kurz nach seinem Hieb, der sie an die Wand geschleudert hatte...

Seufzend ließ er den Atem entweichen und schob das Problem als etwas beiseite, das er nicht ändern konnte – obwohl er eine Lösung dafür herbeisehnte. In der Krankenabteilung wurde seine innere Unruhe einmal mehr stimuliert, als er Aels Bordärztin sah. Er versuchte vergeblich, sich an ihren Namen zu erinnern. Neben ihr stand Lia Burke und unterwies die Rihannsu im Umgang mit einem anabolischen Protoplaser, der auf den Regenerationsmodus justiert war. Als Demonstrationsobjekt diente der Arm der Romulanerin. Vermutlich entfernte Burke eine alte Narbe und heilte nach und nach verhärtete Gewebestrukturen, so daß die Ärztin von der *Blutschwinge* sich ein Bild von der Funktionsweise des kleinen Geräts machen konnte. »Nein, wenn Sie so vorgehen, beeinträchtigen Sie das Bindegewebe, und dann besteht die Gefahr einer Zellschädigung«, sagte Lia. Sie hatte sich so dicht zu der Romulanerin vorgebeugt, daß ihr dunkles und lockiges Haar fast die glatten, bronzefarbenen Strähnen der Rihannsu berührten. »Üben Sie etwas weniger Druck aus. Wo die Haut besonders dünn ist, genügt eine Tiefe von einem Millimeter.« Sie sah auf. »Guten Tag, Captain. Wie steht's mit Ihrem Nacken?«

»Ist noch immer ganz steif«, sagte Kirk. »Wo ist Dr. McCoy?«

»In seinem Büro, Sir. Erledigt irgendwelchen Papierkram. Kann ich Ihnen helfen?«

»Vielleicht. Wenn uns Ihr Gast entschuldigen würde...« Kirk durchquerte die Krankenstation und hielt auf das Büro McCoys zu. Lia folgte ihm.

»Pille?«

Der Bordarzt sah auf und blickte über die Kassetten und Computerfolien hinweg, die auf seinem Schreibtisch hohe Stapel bildeten. »Komm herein, Jim. Was hast du auf dem Herzen?«

»Bitte schließen Sie die Tür hinter sich, Lieutenant.« Als Burke der Aufforderung nachgekommen war, bedachte sie der Captain mit einem scharfen Blick. »Würden Sie mir bitte erklären, was eben dort vorging? Mein Befehl lautete, unseren ›Gästen‹ keine wichtigen Informationen zu geben. Wenn wir diese Sache hinter uns gebracht haben, müssen wir uns vor Starfleet Command verantworten – vorausgesetzt natürlich, wir bekommen überhaupt Gelegenheit dazu.«

McCoy setzte zu einer Erwiderung an, aber Lia kam ihm zuvor. »Mit dem gebührenden Respekt, Captain: Ich glaube kaum, daß ich ›wichtige Informationen‹ preisgebe, wenn ich Verletzungen heile – ganz gleich, wie alt sie sein mögen. Und in dieser Hinsicht habe ich den Schwur, den ich sowohl Starfleet als auch anderen Autoritäten gegenüber ablegte, nicht gebrochen.«

»›Anderen Autoritäten?‹«

»›Ich werde meine Kunst anderen Personen lehren, die daran interessiert sind – ohne daß ich dafür Gebühren verlange oder irgendwelche Vorbedingungen stelle‹«, intonierte Lia mit gleichzeitig sanft und ernst klingender Stimme.

McCoy fügte ebenso ruhig hinzu: »...und dies schwöre ich bei Apollo dem Heiler, bei Äskulap und den Mächten der Gesundheit und des Wohlbefindens, bei allen Göttern und Göttinnen und auch dem Einen, der über ihnen steht und dessen Namen wir nicht kennen...« Er musterte Kirk. »Die romulanische Version ist wesentlich kürzer, hat aber den gleichen Inhalt. Für den Beruf des Arztes gibt es bei allen Völkern ähnliche philosophische Grundlagen.«

Der pochende Schmerz im Nacken des Captains verstärkte sich. Er öffnete den Mund – und schloß ihn wieder. *Ganz ruhig. Mach dich doch nicht zum Narren.* Und dann: *Keine Kontrolle mehr, weder über die Lage noch über mich.* »Es tut mir leid, Lieutenant«, sagte er. »Sie haben natürlich völlig recht. Entschuldigung, Pille.«

McCoys Brauen kamen in die Höhe. »Wofür, Jim? Zur Zeit geht es bei uns drunter und drüber. Nichts ist mehr normal. Und ein solcher Zustand bleibt nicht ohne Auswirkungen auf uns. Lia, geben Sie dem Captain zehn Milligramm Aerosal.«

»Zwanzig wären besser«, sagte Kirk.

Lia musterte die beiden Männer nacheinander, blickte anschließend zur Decke hoch und nickte. »Fünfzehn«, meinte sie und ging hinaus.

McCoy sah ihr nach und verzog kurz das Gesicht. »Die Krankenschwestern sind auch nicht mehr, was sie einmal waren.«

Kirk setzte sich und lachte leise. »Aber dafür haben sie mehr auf dem Kasten, nicht wahr?«

»Tja«, brummte der Bordarzt, »ich hatte dir ebenfalls fünfzehn Milligramm vorschlagen wollen. Ich glaube, Lia geht bei Spock in die Schule – aber ich habe nicht die geringste Ahnung, was sie von ihm lernt. Übrigens: Mach es dir nicht allzu bequem, Jim. Ich wollte hier gerade Schluß machen und das Freizeitdeck aufsuchen.«

»In der letzten Zeit scheint dort besonders reger Betrieb zu herrschen«, sagte Kirk. »Es gibt wohl keine Möglichkeit, die Mannschaft von den Romulanern zu trennen...«

»Das hätte auch keinen Sinn. Während der nächsten vierundzwanzig Stunden – vielleicht sogar noch länger – müssen unsere Leute eng mit den Rihannsu zusammenarbeiten. Je mehr sie sich an sie gewöhnen, desto besser.«

»Zumindest theoretisch...«

»Hast du irgendwelche Befürchtungen?« Die kleine Transporterfläche auf McCoys Schreibtisch summte und flimmerte, und einen Sekundenbruchteil später materialisierten ein Injektor und eine winzige Ampulle, die bernsteinfarbene Flüssigkeit enthielt. McCoy griff danach, prüfte das Etikett gleich dreimal, schob sie in den Injektor und trat um den Tisch herum auf Kirk zu. »Halt den Arm still.«

»Er juckt noch immer.«

Ein verhaltenes Zischen – und das Medikament drang in den Blutkreislauf des Captains. »Nun, einige Leute mögen mich für einen verkalkten Landarzt halten, aber ich bin noch immer gescheit genug, um gewisse Symptome zu erkennen. Vermutlich juckt dich nicht nur der Arm.«

Die Schmerzen im Nacken ließen rasch nach. »Ich bin nervös«, gestand Kirk ein.

»Siehst du? Irgendwann kommt die Wahrheit raus. Gewisse Dinge lassen sich einfach nicht geheimhalten.«

Kirk seufzte. »Wer wird davon erfahren?«

»Christine Chapel. Vielleicht auch Lia. Dann erzählen Sie Spock davon, und Spock starrt nur stumm an die Decke. Ein kleiner Kreis aus Vertrauten. Die Schwestern reden nur mit Vulkaniern, und Vulkanier sprechen nur mit Gott...«

Kirk gab ein abfälliges Schnaufen von sich. Jetzt, da er nicht mehr an den Nackenschmerzen litt, fiel es ihm weitaus schwerer, an der Paranoia festzuhalten. »Das erklärt, worauf seine Schach-Strategien basieren... Pille, ich möchte dir eine Frage stellen: Wo hast du so gut spielen gelernt?«

»Indem ich Spock zusah. Und auch dir.«

»Mit einem derartigen Talent solltest du an Turnieren teilnehmen.«

McCoy lachte leise, als er mit Kirk sein Büro verließ, die Krankenstation durchquerte und auf den Turbolift zuhielt. »Jim, hast du dir eigentlich nie meine Personalakte angesehen? Meine FIDE-Quote ist höher als 700.«

Sie betraten die Liftkabine, und Kirk starrte den Arzt groß an. FIDE – das bedeutete ›Federation Intergalactique des Echecs‹. Die Mitglieder errangen ihre Einstufungsquoten bei offiziellen Turnieren. Werte von über 700 kamen zwar nicht an die von Großmeistern heran, waren jedoch mehr als nur gut. »Tatsächlich? Warum spielst du nicht öfter?«

»Im Grunde meines Wesens bin ich ein Voyeur. Mach

nicht ein solches Gesicht, Jim. Es ist nicht das, was du denkst. Ich sehe gern anderen Spielern beim Schach zu. Man könnte so etwas Beobachtungsdiagnose nennen.«

»Willst du mich auf den Arm nehmen?«

»Jim, Schach ist nicht nur als Konzentrationsübung geeignet. Darüber hinaus bietet es eine ausgezeichnete Gelegenheit, Aufschlüsse über gewisse Einstellungen in bezug auf Leben, Spiel und andere Personen zu gewinnen. Ihre Reaktionen auf Streß, die Fähigkeit zu planen, ihre Reaktionen, wenn bestimmte Strategien nicht zum Erfolg führen – das alles sind Dinge, mit denen ein Psychologe viel anfangen kann. Das Schachbrett ist für den Spieler das Symbol seiner Existenz, und er identifiziert sich mit seinen Figuren. Es kommt darauf an, wie er vorgeht: ruhig und überlegt, gelassen und abgewogen, oder aber kühn und wagemutig, offensiv und herausfordernd. Dann die Art und Weise, wie er mit Niederlagen fertig wird, Humor und Enthusiasmus, das berühmte ›Poker Face‹ – Methoden, um auf den jeweiligen Gegner einzuwirken, um ihn zu verunsichern... Fünf oder sechs Partien genügen, um ein hervorragendes Persönlichkeitsbild zu gewinnen und in der wechselnden Stimmungslage ein Stimulansmuster zu erkennen.«

»Mit anderen Worten: ein Intelligenztest?«

Der Lift hielt an, und die beiden Männer traten auf den Gang. »Himmel, nein«, widersprach McCoy. »Es gibt nicht einmal eine genaue Definition der Bedeutung des Wortes ›Intelligenz‹. Und eigentlich hat das Schachspiel überhaupt nichts damit zu tun. Schon vor Jahrhunderten gab es Schachautomaten, die selbst meisterhafte Spieler in Schwierigkeiten bringen konnten – aber niemand wäre auf den Gedanken gekommen, solche Maschinen als ›intelligent‹ zu bezeichnen. Es mangelte ihnen an assoziativen Fähigkeiten, an einem ›Denken‹, das fremde und eigene Erfahrungswerte benutzt, um zu Schlüssen zu gelangen. Nein, Jim, wenn man jemandem beim Schach zusieht, so kann man nicht etwa seinen Intelligenzquotienten in Erfahrung bringen, sondern den persönlichen Stil des Betreffenden erkennen, sein ›Flair‹. Nehmen wir zum Beispiel Spock. Aus welchem Grund wird er so häufig um 3-D-Partien gebeten, wenn wir auf dem Rückflug zu einer Starbase sind? Nicht etwa deshalb, weil er ein ausgezeichneter Spieler ist. In der Föderation gibt es so viele Schachmeister, daß man einen ganzen Planeten mit ihnen besiedeln könnte. Aber Spock hat einen eleganten Stil. Ich vermute, das ist die notwendige Folge seiner wissenschaftlichen Arbeit – Freude an einer perfekten Lösung, der logischsten und ökonomischsten. Und was die Eleganz angeht: Beobachte nur, wie er Fallen vorbereitet, die anschließend mit erstaunlicher Präzision zuschnappen. Man könnte den Eindruck gewinnen, alles sei bis in die letzte Einzelheit geplant. Offenbar schätzt Spock die Präzision nicht nur deswegen, weil sie logisch ist, sondern auch schön und rein – obgleich er eher sterben würde, als das einzugestehen. Ja, unser kühler, ›nicht-emotionaler‹ Vulkanier ist ein heimlicher Ästhet, Captain. Aber das wußtest du sicher.«

»Nun, ich glaube schon.«

McCoy musterte ihn skeptisch. »Eigentlich hättest du das selbst herausfinden müssen, Jim«, fuhr er fort. »Immerhin kennst du ihn schon seit einer ganzen Weile und hattest ausreichend Gelegenheit, ihm zuzusehen. Seine Ästhetik ist eine Tugend – sie kommt auch in seiner Arbeit zum Ausdruck. Gleichzeitig bietet sie einen Hinweis darauf, wo sich einer seiner schwachen Punkte verbergen könnte. Bei seiner Schachstrategie verabscheut er direkte und unmittelbare Offensiven, die vielleicht sogar schneller zum Sieg führen könnten. Und genau dieser Umstand gereicht dir manchmal zum Vorteil, Jim, denn du neigst dazu, ›brutale‹ Vorstöße zu unternehmen und eine schnelle Entscheidung zu suchen. Spock hingegen schafft ein Konstellationskunstwerk –

und vergnügt sich insgeheim dabei. Darüber hinaus gefällt es ihm, anderen Leuten bei gedanklicher Arbeit zuzusehen; in diesem Zusammenhang hat es ihm insbesondere dein Verstand angetan, Jim. Manchmal verliert er sich geradezu in seinem Spaß, läßt sich davon ablenken. Und dann unternimmst du einen deiner Vorstöße, greifst nach der symbolischen Axt und läßt von seiner strategischen Kunst nur noch Fetzen übrig. Zwar behauptet er seine Stellung, aber ich glaube, der Sieg über den Gegenspieler hat bei seinen Partien nicht unbedingt Priorität.«

»Vielleicht hast du recht, Pille. Was hältst du davon, wenn ich einen Fernkurs belege?«

McCoy schnitt eine Grimasse. »Psychologie per Post, wie? Das könnte schwierig werden. Es gibt nicht gerade sehr viele medizinische Fakultäten, die sich mit Schachdiagnose befassen, und in bezug auf die vierdimensionale Version könnten sie dir ohnehin kaum helfen. Da wir gerade dabei sind: Lia ist eine der wenigen Personen, der es gelang, einen Kurs in 3-D-Analyse zu finden. Wenn sich ihr eine Möglichkeit bietet, spielt sie die eine oder andere Partie mit ihren Patienten. Taktisch ist sie keine große Leuchte, aber sie meint, es mache ihr nichts aus, zu verlieren... Es kommt ihr vor allen Dingen darauf an, etwas über andere Leute herauszufinden.«

McCoy lachte leise, als er zusammen mit Kirk das Freizeitdeck betrat. »Du hättest erleben sollen, wie sie in der vergangenen Woche gegen Jerry Freeman antrat... Die arme Lia erwartete eine Überraschung, mit der sie nicht gerechnet hatte. Zu Anfang schenkte Jerry der Partie kaum Beachtung, und Lia drängte ihn sofort in die Defensive, brachte ihn schon nach wenigen Zügen in eine aussichtslose Lage. Daraufhin wartete er ab, bis Lia den Tisch verließ, um einen Anruf zu beantworten. Als sie fort war, programmierte er den Würfel rasch auf ›chaotische Neuformierung‹. Als Lia zurückkehrte und versuchte, eine Figur zu setzen, platzten die anderen in einem Funkenregen auseinander. Sah aus wie ein Miniaturfeuerwerk... Kannst du dir vorstellen, was Lia für ein Gesicht machte?«

Kirk grinste unwillkürlich. »Und welche Schlußfolgerungen zog sie daraus?«

»Wenn sie klug ist, die gleichen wie ich, nachdem ich einige Male gegen ihn spielte. Mr. Freeman ist außerordentlich intelligent und weiß das auch, aber manchmal wird er unvorsichtig. Und er verabscheut nichts mehr, als anderen Leuten gegenüber den Eindruck zu erwekken, dumm und schwer von Begriff zu sein. Er ist bereit, zu ungewöhnlichen Mitteln zu greifen, um sein Gesicht zu wahren.«

»Aber er verlor gegen Lia.«

»Nicht in dem Sinne. Schließlich hatte Lia keine Möglichkeit, ihn schachmatt zu setzen. Bei der nächsten Partie...«

»Lia hat sich noch einmal mit ihm an den Tisch gesetzt? War sie denn nicht sauer auf ihn?«

»Das schon. Aber sie versteht es recht gut, ihre Empfindungen unter Kontrolle zu halten. Nun, nächste Woche steht Freemans Jahresinjektion auf dem Plan. Bin gespannt, ob er sich anschließend noch auf den Beinen halten kann. Wie dem auch sei: Beim nächsten Spiel hatte Lia nicht die geringste Chance gegen ihn. Nach seinem Sieg besorgte er ihr einen Drink und gab sich überaus galant. Er ist ein sehr guter Gewinner.«

Kirk lachte. »Würdest du mir einen Gefallen tun, Pille?«

»Was für einen?«

»Spiel 4-D-Schach mit Ael.«

Plötzlich wurde McCoy ernst und nahm den Captain zur Seite. Aus den Augenwinkeln beobachtete er die Romulaner, die in der linken Ecke des großen Raumes ihre Freistilübungen durchführten. In einer Gesprächsnische ließ sich der Bordarzt in einen Sessel sinken und erwiderte: »Das habe ich bereits, vor einigen Stunden.«

Eine dunkle Ahnung regte sich in Kirk, als er sich an Aels Bemerkung erinnerte, sie könne ›einige Minuten‹ erübrigen, um die Regeln des Spiels zu lernen. Vielleicht hatte es sich dabei nicht nur um eine Redewendung gehandelt... Zum *Teufel* mit jener Frau!

»Und?«

»Sie hat mich aus dem Würfel gefegt.«

»Es gelang ihr, *dich* zu schlagen?«

»Starr mich nicht so verblüfft an, Jim. Und du brauchst auch kein Mitleid mit mir zu haben! Durch die Niederlage erfuhr ich weitaus mehr über Ael, als es mir bei einem Sieg möglich gewesen wäre. Doch die Diagnose stimmt mich nicht besonders froh.«

»Wie ging sie vor?«

»O nein, Jim. Das überlasse ich dir als Studienlektion. In den offenen Dateien meines Büros findest du eine Aufzeichnung der Partie unter dem Kennwort ›Trojanisches Pferd‹. Übrigens: Ael wußte, daß ich ihre Züge speicherte.«

»Und?«

»Es war ihr gleichgültig. Bestimmt hatte sie keinen Zweifel über den eigentlichen Zweck der Partie, aber sie kümmerte sich nicht darum. Denk einmal *darüber* nach, Jim.«

»Später. Dort drüben sind Uhura und Chaos-Experte Freeman. Ich bin gekommen, um mit ihnen zu sprechen.«

»Du warst also nicht auf der Suche nach Ael?«

»Natürlich nicht. Ach, komm schon, Pille...«

McCoy nickte langsam, als sie aufstanden. »Da wäre noch etwas, Jim.«

»Ja?«

»Leg dich heute nachmittag einige Stunden lang schlafen. Du siehst aus, als hätte man dich gerade durch die Mangel gedreht, und außerdem beeinträchtigt das

Aerosal deine Reaktionsfähigkeit. Die beste Medizin für einen Raumschiffkommandanten heißt nach wie vor Ruhe.«

»Wie du meinst...«

Gemeinsam traten sie an die große Kontrollkonsole der holografischen Bühne heran. In den vergangenen Tagen schien sich nur wenig verändert zu haben. Uhura arbeitete nach wie vor an den oberen Schaltmechanismen, während Lieutenant Freeman erneut halb in den Geräteblock hineingekrochen war. Als sich Kirk und McCoy näherten, schob sich ein Arm aus der Konsole heraus, tastete nach den Werkzeugen auf dem Boden, ergriff einen Spannungsmesser und verschwand damit wieder in den elektronischen Eingeweiden. Der Captain sah, wie Ael interessiert über Uhuras Schulter blickte.

»Alles klar, Nyota«, erklang die gedämpfte Stimme Freemans. »Versuchen Sie's jetzt noch einmal.«

»In Ordnung.« Uhura hob den Kopf, erkannte Kirk und lächelte erfreut. »Sagen Sie irgend etwas, Captain.«

»Gern. Sollten Sie um diese Zeit nicht auf der Brücke sein?«

»HEUOIPK EEIRWOINVSY SHTENIX GFAK HU MMHNANAAWAH!« ertönte es aus der Konsole.

»Um Himmels willen, was war das denn?« entfuhr es McCoy. »Klingt ganz so, als hätten Sie hier ein Problem, Lieutenant. Eine akustische Fehlfunktion.«

»Keineswegs, Doktor. Während der letzten halben Stunde haben wir versucht, dieses Ergebnis zu erzielen.« Uhura strahlte übers ganze Gesicht. »Captain, ich habe derzeit dienstfrei. Und das, was Sie eben hörten, ist die Lösung des Problems, auf das Sie mich vor einigen Tagen aufmerksam machten. Gleichzeitig wissen wir jetzt auch, was es mit dem Signalleck auf sich hat, das wir während des Kom-Kontakts mit der *Speer* entdeckten.«

»Ich bin ganz Ohr«, sagte Kirk. »Das heißt – einen Augenblick. Mr. Freeman, sind Sie zu schüchtern, oder hat Lieutenant Burke inzwischen dafür gesorgt, daß Sie Ausschlag bekamen?«

Die aus der Konsole ragenden Beine bewegten sich, und der Captain vernahm ein fröhliches Lachen, das ein wenig hohl klang. Dann kroch Freeman aus dem Geräteblock und klopfte sich die Hose ab, als er aufstand. Er war rund eins achtzig groß und hatte zerzaustes, graumeliertes Haar. Trotz seines Alters von gut dreißig Jahren sah er so aus, als sei er eines der jüngsten Besatzungsmitglieder an Bord der *Enterprise*. Praktisch alles schien seine Begeisterung zu wecken, und obgleich sich sein Interesse fast von einem Augenblick zum anderen anderen Dingen zuwenden konnte, war er immer ganz auf die Sache konzentriert, mit der er sich gerade beschäftigte. »Was geht hier vor?« fragte Kirk scharf.

McCoy rollte mit den Augen. »Wie wär's zur Abwechslung einmal mit ›Würden Sie mir freundlicherweise erklären, womit Sie sich hier befassen?‹«

Kirk drehte sich kurz um. »Ich wollte zwanzig Milligramm Aerosal, mußte mich aber mit fünfzehn begnügen. Daher lehne ich jede Verantwortung ab.«

Freeman strich sich das Haar aus der Stirn. »Wir manipulieren das Interkom-System«, erwiderte er. »Aber das ist noch nicht alles. Der Captain braucht eine wirkungsvollere Möglichkeit, die Subraum-Kommunikation zu stören; die Mittel, die ihm Starfleet zu diesem Zweck zur Verfügung stellte, genügen offenbar nicht. Zwar können Nachrichten per Richtstrahl gesendet werden, und man versucht, die Botschaften mit einem komplexen Code zu verschlüsseln, unter anderem mit sogenannten ›Hyperwellenbündeln‹. Aber für alles, was die moderne Technologie entwickelt, gibt es auch ein technisches Gegenmittel.«

Die neben Ael stehende Uhura verschränkte die Arme und bedachte ihren Schützling mit einem anerkennenden Lächeln. »Auf diese Weise kann man das Problem nicht lösen«, stellte sie fest. »Starfleet hat das eigentliche Übertragungsmedium ignoriert und bisher die Meinung vertreten, der Subraum sei zu komplex, um andere Codierungsmethoden zu verwenden. Die Störungen des Kommunikationstransfers, wie sie in der Ionosphäre eines Planeten möglich wären, lassen sich hier nicht bewerkstelligen. Und wie bereits erwähnt wurde, genügt keine einfache Verschlüsselung. Aus diesem Grund haben Jerry und ich nach einer Möglichkeit gesucht, den Raum in gewisser Weise unseren Bedürfnissen anzupassen... Die von uns entwickelte Methode ist ein Ergebnis der Technik, die Jerry verwendet, um digitale Filmdokumente aufzuarbeiten.«

»Mr. Scott hat uns dabei geholfen«, sagte Freeman. »Wir haben Komponenten aus dem Ersatzteillager benutzt, um einen kleinen Warp-Generator zu bauen – in der Art, wie man sie in überlichtschnellen Shuttles verwendet. Anschließend verbanden wir ihn mit einer der kleinen Nachrichtenbojen, die bei Gefahrensituationen automatisch ausgeschleust werden. Dann justierten wir den Warp-Generator so, daß er die Raumkrümmung in einem großen und kubischen Bereich verstärkt. Dadurch verändern sich auch die multidimensionalen Konturen des Subraums, was einen direkten Tachyonenfluß durch bestimmte ›Verwerfungstunnel‹ begünstigt. Darüber hinaus lassen sowohl die energetische Bandbreite als auch die restrukturierten Krümmungspartikel eine hochfrequente Absorption von Signalen zu, die nicht transformiert wurden.«

»Bis später«, sagte McCoy. »Ich widme mich besser einfacheren Dingen. Zum Beispiel der Entwicklung einer Substanz, die Ausschlag bewirkt.«

»Dadurch sind Subraum-Nachrichten weitaus einfacher zu stören«, fügte Freeman rasch hinzu. »Das ist alles.«

»Warum haben Sie das nicht gleich gesagt?« brummte McCoy.

»Ich wollte es Ihnen *erklären.*«

»Die ganze Sache erfordert eine Menge Energie«, warf Kirk nachdenklich ein. »Selbst ein leistungsstarker Warp-Generator könnte das Störfeld nicht lange stabil halten.«

»Das stimmt, Sir. Nach unseren Schätzungen beträgt die obere Grenze vier Stunden. Aber während dieser Zeit empfängt niemand, der die Subraum-Frequenzen abhört, etwas anderes als übliches Hintergrundrauschen. Und alles, was gesendet wird, geht darin ein.«

»Reichweite?«

»Bisher etwa tausend Kubik-Lichtjahre, Captain. Wenn Sie die Distanz erweitern wollen, reduziert sich gleichzeitig die Stabilitätsdauer des Störfeldes. Beide Faktoren stehen in unmittelbarer Verbindung zueinander.«

Kirk nickte; er hatte mit einer solchen Antwort gerechnet. »Na schön. Wie viele solcher Bojen können Sie mir in den nächsten vier Stunden zur Verfügung stellen?«

Uhura und Freeman wechselten einen kurzen Blick. »Wir brauchen mehr Leute...«

»Geben Sie Scotty und seinen Technikern Bescheid.«

»Wir möchten nicht das ganze Ersatzteillager plündern«, sagte Freeman nachdenklich. »Würden drei Bojen genügen, Sir?«

»Ich denke schon. Was halten Sie davon, Ael? Wie lange mag es dauern, bis Ihre Leute Verdacht schöpfen?«

Die Romulanerin machte ein skeptisches Gesicht. »Schwer zu sagen, Captain. Es sind nicht alles Idioten wie LLunih – oder so selbstgefällig wie t'Kaenmie und tr'Arriufvi, die Kommandanten der *Reas Helm* und *Irrlicht*. An Ihrer Stelle würde ich so lange wie möglich warten, bevor ich eine Störboje einsetze. Dann bliebe

Ihnen genug Zeit, bis ein aufmerksamer Beobachter mißtrauisch wird.«

Ja, dachte Kirk. *Diese Auskunft überrascht mich nicht. Worte, die praktisch nichts erklären, keinen Ansatzpunkt bieten.* Er verdrängte diese Gedanken. »Einverstanden«, sagte er. »Wenn wir unsere derzeitige Geschwindigkeit beibehalten, müssen wir uns in etwa fünf Stunden von der Eskorte trennen, nicht wahr?«

»Ja, Captain.«

»In Ordnung. Wenn der Kampf beginnt, schleusen wir eine der Bojen aus – um zu verhindern, daß die drei romulanischen Schiffe Verstärkung anfordern. Die zweite bringen wir im Levaeri-System zum Einsatz. Die dritte soll mit einem zusätzlichen Warp-Generator versehen werden, so daß sie nicht nur die Subraum-Kommunikation stören, sondern auch überlichtschnelle Transits durchführen kann. Von Levaeri aus schicken wir sie in die Richtung, aus der sich vielleicht ein unerwartetes Schiff nähert. Denken Sie darüber nach, Commander. Und teilen Sie mir anschließend Ihre Meinung mit.«

Ael zwinkerte verwirrt. »Aber wenn niemand mit der Ankunft eines Schiffes rechnet...« Dann lächelte sie. »Oh, ich verstehe. Hilaefves Paradoxon, nicht wahr, Captain? Nun gut. Ich lasse mir Ihren Vorschlag durch den Kopf gehen.«

»Uhura, Mr. Freeman... Fordern Sie die Leute an, die Sie brauchen, und machen Sie sich unverzüglich an die Arbeit. Bevor Sie beginnen: *Warum* haben Sie die Bühnenkonsole darauf programmiert, verständliche Worte in Kauderwelsch zu verwandeln?«

Uhura lachte leise. »Captain, man braucht monatelange praktische Erfahrung, um mit den Kommunikationsanlagen eines Raumschiffes so gut zurechtzukommen, daß sich in den Abschirmungen keine Signallecks bilden. Das Problem ist: Wenn man eine Zeitlang an einem solchen Pult gearbeitet hat, wird alles zur Routine.

Man denkt nicht mehr darüber nach. Und aus diesem Grund habe ich es versäumt, Aidoann zu warnen. Vermutlich aber hätte sie es trotzdem nicht besser machen können; mir blieb nicht genug Zeit, sie in all die kleinen Tricks einzuweihen, die ich inzwischen beherrsche. Jerry benutzte den gleichen Zufalls-Zahlengenerator, den er für die Störbojen verwendete, und versah die Logikbausteine und Prozessoren des schiffsinternen Interkom-Systems mit einem neuen Programm. Das ermöglicht nun eine automatische Codierung und Decodierung beim Senden und Empfang von verbalen Mitteilungen und der Übertragung von Daten. Mit anderen Worten: Wir brauchen uns keine Sorgen mehr über irgendwelche Signallecks zu machen. Wenn die Romulaner die interne Kommunikation scannen, hören sie das Kauderwelsch, das Sie vorhin vernommen haben. Während Aels Leute mit den entsprechenden Anlagen arbeiten, können wir die Interkoms frei verwenden, ohne befürchten zu müssen, belauscht zu werden. Damit erübrigt es sich auch, Kuriere von Sektion zu Sektion zu schicken...«

»Gute Arbeit«, lobte Kirk. Uhura und Freeman lächelten zufrieden. »Vier Stunden genügen. Uhura, lassen Sie sich von Lieutenant Mahase auf der Brücke vertreten, bis Sie fertig sind. An die Arbeit!«

Uhura und Jerry setzten sich sofort in Bewegung. Kirk sah ihnen nach, und Ael trat um die Konsole herum auf ihn zu. »Wenn wir in vier Stunden zum Gefecht bereit sein sollen«, sagte sie, »sollte ich jetzt besser zur *Blutschwinge* zurückkehren und dafür sorgen, daß meine Leute alle notwendigen Vorbereitungen treffen.«

»Eine gute Idee, Commander. Pille, ich ziehe mich jetzt in mein Quartier zurück, um deinen Rat zu befolgen. Weck mich um Punkt sechs – es sei denn, ich werde schon früher gebraucht.«

McCoy nickte.

Ael und der Bordarzt gingen in verschiedene Richtungen davon. Kirk blieb noch einige Sekunden lang stehen, bevor er sich auf den Weg zu seiner Kabine machte. Seine Gedanken drehten sich um Schach.

Zwei Stunden später dachte der Captain noch immer darüber nach. Er konnte keine Ruhe finden, wälzte sich immer wieder von der einen Seite auf die andere. Selbst das leichte Sedativ, das er von McCoy bekommen hatte, richtete nichts gegen seine innere Anspannung aus. Auf dem Schirm des Computerterminals in seiner Kabine leuchtete eine zweidimensionale Grafik, die den Spielverlauf der Partie zwischen McCoy und Ael zeigte. Interessiert verfolgte Kirk die unterschiedlichen Strategien. McCoys erste Züge waren sicher, die Aels eher zögernd und abwartend. Dann kehrte sich die Situation in ihr Gegenteil um. McCoy wählte eine wesentlich vorsichtigere Taktik, als er feststellte, daß Ael die Bedeutung des Spiels erfaßt hatte. Einmal kam es zu einer längeren Wartephase; Ael erweckte den Anschein, als wisse sie nicht mehr genau, wie sie vorgehen sollte. Kirk glaubte fast zu sehen, wie sie den Kopf hob und über den Würfel blickte, wie sie nicht nur versuchte, die taktische Situation einzuschätzen, sondern auch den Mann ihr gegenüber, der bestrebt war, sich seinerseits ein Bild von ihr zu machen. Anschließend entschied sie sich für einige seltsame Züge. Sie wurde ›höflich‹, schien nicht mehr die Absicht zu haben, McCoy zu schlagen. Man hätte beinahe den Eindruck gewinnen können, als sei ihr daran gelegen, dem Bordarzt einen leichten Sieg zu ermöglichen. McCoy nahm das zehn Minuten lang hin. Dann beanspruchte er Auszeit für die Hälfte seiner Figuren, machte sechs Züge, an deren Zweck kein Zweifel bestehen konnte – und bereitete sich darauf vor, Ael eine vernichtende Niederlage beizubringen. Wenn er es für angebracht hielt, konnte er ziemlich erbarmungslos sein.

Aber Ael verblüffte McCoy ebenso, wie dieser Spock

erstaunt hatte. Drei ihrer Figuren verschwanden in der Auszeit, und es waren nicht einmal besonders wichtige. Einige Züge später kehrten alle Figuren McCoys schlagartig zurück und materialisierten in den Einzelwürfeln des gegnerischen Feldes. Läufer und Türme eliminierten sich gegenseitig, auch Springer und Bauern. McCoy ließ eine sichere Pufferzone für seinen König zurück und verfügte nach wie vor über beide Königinnen.

Ael hingegen opferte ihre Königinnen – und setzte den gegnerischen König mit drei Bauern und einem Springer matt.

Ihre erste Partie.

Es war ihr gleichgültig, erinnerte sich Kirk an die Worte des Arztes. *Denk einmal* darüber *nach.*

Er hatte den Rat beherzigt. Und Kopfschmerzen bekommen.

Plötzlich heulten die Sirenen, und eine aus den Lautsprechern tönende Stimme gab Alarmstufe Rot. *Vertrau ihr,* forderte sich Kirk auf und versuchte, das Schachspiel zu vergessen. Mit einem Ruck schlug er die Decke zurück und griff nach seiner Uniform. *Oder bewahr deinen Argwohn. Es spielt eigentlich keine Rolle. Worauf es wirklich ankommt: Du mußt endlich entscheiden, welchen Standpunkt du ihr gegenüber einnehmen willst.*

Im Laufschritt verließ er seine Kabine und eilte durch den Korridor. Überall waren Besatzungsmitglieder und Romulaner zu ihren Stationen unterwegs. Als er den Turbolift betrat, fiel sein Blick auf die hochgewachsene und recht hübsche Aidoann, die ihn nervös ansah. »Wo ist Commander Ael?« fragte er, nachdem er dem Liftcomputer sein Ziel genannt hatte.

»Sie hat sich zur *Blutschwinge* gebeamt, Captain«, erwiderte Aidoann. Sie musterte ihn aus ihren großen, braunen Augen, und einige Sekunden lang verglich Kirk sie mit Uhura. »Sir...«

Es geschah zum erstenmal, daß ihn jemand von der

Blutschwinge auf diese Weise ansprach und nicht etwa mit ›Captain‹. *Kulturelle Indoktrination?* fragte er sich. Aber ganz gleich, was auch der Grund sein mochte: Plötzlich war Aidoann keine Romulanerin mehr, sondern ein gewöhnliches Besatzungsmitglied der *Enterprise*, eine Frau, die mit unruhiger Besorgnis auf ein bevorstehendes Gefecht reagierte. »Unterzenturio?«

»Glauben Sie an bestimmte Dinge?«

Es war unmöglich, einer so direkten Frage auszuweichen. »Ja«, bestätigte Kirk.

»Ich hoffe, *Sie* sind jetzt bei uns«, fuhr Aidoann fort. »Die drei Schiffe werden alles versuchen, um uns zu vernichten.«

»Ihr Commander und ich haben andere Pläne, Aidoann«, entgegnete Kirk, dankbar darüber, daß er wenigstens diesen romulanischen Namen fehlerfrei aussprechen konnte.

Sie lächelte, und ihre düstere Miene erhellte sich ein wenig. Kurz darauf schoben sich die beiden Hälften der Lifttüre auseinander, sie erreichten die Brücke.

Ich hoffe nur, es läuft alles wie geplant, dachte der Captain, als er im Sessel des Befehlsstandes Platz nahm.

Spock kehrte mit langen Schritten an seine wissenschaftliche Station zurück. »Wir sind ein wenig zu früh dran, Captain«, sagte er über die Schulter hinweg. »Unsere Fernsensoren haben gerade mehrere große Massen geortet. Ihre Gruppierung und Position stimmt mit den Angaben der *Blutschwinge* weitgehend überein: Es handelt sich um das Levaeri-System. Die Orbitalbasis kann noch nicht angepeilt werden. Nach dem angepaßten Zeitplan bleiben uns noch fünf Minuten bis zum Trennungsmanöver.«

»Gut. Mr. Mahase...« Kirk wandte sich dem grauhäutigen Eseriaten zu, der an Uhuras Konsole saß. Aidoann stand neben ihm. »Verbindung zum Maschinenraum.«

»Aye, Sir.«

»Hier Scott.«

»Wir waren schneller als erwartet, Scotty, sind jetzt nicht mehr allzu weit vom Levaeri-System entfernt. Haben Uhura und Freeman alles vorbereitet?«

»Sie helfen meinen Leuten gerade dabei, die letzte Boje fertigzustellen«, antwortete der Chefingenieur.

»In Ordnung. Bringen Sie eine in der Schleusenkammer unter. Ihr Einsatz ist in Kürze erforderlich.«

»Sie befindet sich bereits in der Photonentorpedo-Röhre eins, Captain.«

»Ausgezeichnet. Halten Sie sich in Bereitschaft, Scotty. Ich gebe Ihnen rechtzeitig Bescheid. Ende. – Aidoann, bitte nehmen Sie Kontakt mit der *Blutschwinge* auf und übermitteln Sie ihr das Code-Signal.«

»Ja, Sir«, sagte sie. Und dann, nach wenigen Sekunden: »*Blutschwinge,* hier ist die *Enterprise.* T'Khnialmnae.«

»Tr'Rllaillieu«, klang die wie immer ruhige und gelassene Stimme von Subcommander Tafv aus dem Lautsprecher.

»Subcommander, wir sind in Schwierigkeiten«, sagte Aidoann und gab sich alle Mühe, Besorgnis zum Ausdruck zu bringen. »Einigen Mitgliedern der Föderationsbesatzung gelang es, aus dem Arrestbereich auszubrechen...«

Mahase unterbrach die Verbindung mitten im Satz, und Kirk schaltete das Interkom ein. »Okay, Scotty. *Jetzt.*«

Die Lage des Schiffes blieb wie üblich stabil, doch die Offiziere auf der Brücke vernahmen ein dumpfes Pochen, leiser als das Geräusch, das der Abschuß eines Photonentorpedos für gewöhnlich erzeugte. »Boje ausgeschleust, Captain«, meldete Chekov. »Vektor achtzig Komma minus zwanzig.«

»Aktivieren.«

Chekov betätigte eine Taste. »Boje in Funktion, Captain. Subraum-Kommunikation wird gestört.«

»Interne Netzverbindung«, wandte sich Kirk an Mahase. Seine nächsten Worte tönten aus allen Lautsprechern an Bord der *Enterprise.* »Gefechtsstationen besetzen! Sicherheitsmaßnahmen für Warp-Manöver ergreifen!« Mit einer knappen Geste bedeutete er dem Eseriaten, die Kommunikatoren auszuschalten. »Schirme hoch, meine Herren. Volle Energie in die Deflektoren. Mr. Sulu, gehen Sie auf Warp drei. Aus dem Traktorstrahl der *Blutschwinge* ausbrechen. Volle Manöverfreiheit. Das nächste romulanische Schiff...«

»Die *Reas Helm*, Sir.«

»Phaser bereit. Feuer frei. Mr. Chekov, die Photonentorpedos...«

»Röhren drei bis sechs geladen...«

»Mr. Sulu, worauf warten Sie noch?«

»Die *Blutschwinge* hat das Traktorfeld verstärkt, Sir...«

Was? Sie hatten doch vereinbart...

»Scheren Sie aus«, sagte der Captain scharf.

»Triebwerksüberhitzung, Captain...«

»Riskieren Sie es. Wir brauchen volle Manövrierfähigkeit!«

Sulu führte mehrere Schaltungen aus. »Zwecklos, Sir...«

»Warp vier.«

»Ohne Ergebnis, Sir. Die *Blutschwinge* ist uns zu nahe...«

»Die *Reas Helm* hat ihre Schilde hochgefahren, Captain«, berichtete Spock und blickte in die Optik seines Scanners. »Sie versucht, Kontakt mit uns aufzunehmen.«

»Wir reagieren nicht darauf. Mr. Chekov, feuern Sie auf die *Blutschwinge.*«

Aidoann hob ruckartig den Kopf, und ihr Gesicht war plötzlich aschfahl. »Sie hat die Deflektoren aktiviert, Captain«, erwiderte Chekov.

»Nun gut. Suchen Sie die schwächste Stelle und geben Sie den Phasern die entsprechenden Zieldaten. Halten Sie nach den Bereichen Ausschau, wo sich die Schilde überlappen; normalerweise sind diese weniger geschützt als die anderen...«

»*Irrlicht* und *Speer* beschicken ihre Schirme ebenfalls mit Energie, Captain«, meldete Spock. Die *Enterprise* erbebte, als etwas auf ihre Deflektoren traf. »Auf uns wird geschossen, Captain«, sagte der Vulkanier überflüssigerweise. »Von der *Blutschwinge.* Phaserbeschuß. Treffer auf Schild sechs. Feldstärke auf sechzig Prozent reduziert.«

Verdammt! Verdammt! VERDAMMT!

»Erwidern Sie das Feuer nach Belieben, Mr. Chekov. Mr. Sulu, wenn Sie uns nicht sofort aus dem Traktorstrahl bringen, erzähle ich Lieutenant Renner, wer letzten Monat ihre Kleidung am Pool stibitzt hat!«

Chekov bestätigte die Kontrollen der Bordgeschütze, und der neben ihm sitzende Sulu erblaßte. Kirk konnte nicht genau erkennen, welche Schaltungen der Navigator durchführte, aber er spürte, wie die *Enterprise* erbebte – und plötzlich zeigte der große Wandschirm nur noch leeren Raum. »Schäden?« fragte er.

»Minimal«, antwortete Spock. »Ein kurzer Schub mit Warp acht, mit ausgezeichneter Vektor-Vorbereitung. Gut gemacht, Mr. Sulu.«

»Ja«, brummte Kirk und lächelte schief. Schweiß perlte auf seiner Stirn.

»Die *Blutschwinge* ist viermal getroffen worden, Captain. Der Bugschirm hat nur noch eine Energiestärke von dreißig Prozent, und die Backborddeflektoren sind destabil. Zielerfassung läuft weiterhin...«

»Vergessen Sie sie«, sagte Kirk. »Sulu, Chekov – *ich will die drei anderen Schiffe!«*

»Koordinatenangabe auf dem Schirm«, meldete Spock. Eine schematische Darstellung leuchtete auf: Die *Blutschwinge* befand sich auf der einen Seite, verfolgte nach wie vor die *Enterprise,* wurde jedoch langsamer; die *Reas Helm* näherte sich schnell von links oben, die *Irrlicht* mit noch größerer Geschwindigkeit von der Steuerbordseite, und die *Speer* raste von hinten heran. »Mr. Chekov, achten Sie auf die Einheit hinter uns...«

»Auslösung der Heckgeschütze, normale Energiestärke«, sagte Chekov. Sein Blick huschte zwischen den Kontrollen und der Anzeige des Wandschirms hin und her.

»Ziel verfehlt«, ließ sich Spock ruhig vernehmen. »Die *Speer* fliegt Ausweichmanöver. Distanz vergrößert sich... Jetzt kommt sie wieder heran... Die *Reas Helm* auf Angriffskurs...«

»Feuer!« befahl Kirk genau in dem Augenblick, als Chekov mehrere Tasten drückte. Weiße Blitze lösten sich vom stählernen Leib der *Enterprise* und trafen das feindliche Schiff dort, wo sich zwei Deflektoren im Bereich einer Triebwerkszelle überlappten. Die Sekunden schienen sich in die Länge zu dehnen, zu einer halben Ewigkeit zu werden, und dann platzte die *Reas Helm* auseinander. Materie und Antimaterie reagierten unkontrolliert miteinander und verwandelten das Raumschiff in eine Miniatursonne. Sulu veränderte den Kurs und steuerte die *Enterprise* direkt durch die Vernichtungszone. Die Schilde flackerten und wurden sofort wieder stabil.

»Weiter so, Mr. Sulu«, sagte Captain Kirk und beugte sich in seinem Sessel vor. »Wir hinterlassen eine Spur...«

»Bestätigung, Sir«, lautete die Antwort des Navigators. »Warp sechs...« Erneut berührte er die Sensorfelder seiner Konsole, während die Hecksensoren die *Irrlicht* erfaßten: Sie näherte sich von der Steuerbordseite, und die *Speer* folgte ihr in einem gewissen Abstand. Die *Blutschwinge* bildete den Abschluß und beschleunigte, doch ihre Distanz zu den beiden anderen Schiffen war noch immer recht groß.

»*Irrlicht* kommt auf Schußweite heran«, erklang er-

Zwischendurch: [redacted] Sicherlich ganz schön anstrengend, so ein Kampf mit einem feindlichen Raumschiff! Und wenn Materie und Antimaterie unkontrolliert miteinander reagieren, wird es außerdem ziemlich gefährlich! Wahrscheinlich würden die Besatzungsmitglieder gerne mal eine kleine Pause machen und sich mit Hilfe einer Zwischenmahlzeit für die kommenden Gefahren stärken, aber schon verändert Sulu den Kurs und steuert die Enterprise durch die Vernichtungszone. [redacted] Da hat es der Leser doch besser: Er braucht sich keine übertriebenen Sorgen wegen der Vernichtungszone zu machen. Er darf seine Lektüre in aller Ruhe für einen Augenblick unterbrechen. Für eine kleine Stärkung zwischendurch braucht er lediglich heißes Wasser, einen Löffel und . . . [redacted]

neut die gelassene Stimme des Vulkaniers. »Sie aktiviert die Backbordgeschütze...« Spock zögerte einige Sekunden lang und blickte in seinen Scanner. »Explosion, Captain. Die von uns ausgeschleuste Störboje existiert nicht mehr. Entfernung zur *Irrlicht* fünfhunderttausend Kilometer... vierhunderttausend...«

Sulu hob die Augenbrauen, als seine Finger über die Navigationskontrollen huschten. Kirk beobachtete ihn mit einer Mischung aus Unbehagen und Hoffnung. Sulu zwang die *Enterprise* nun in einen Flugvektor, der ebenso ungewöhnlich wie gefährlich war. Der Captain erlebte so etwas nicht zum erstenmal, erinnerte sich aber daran, daß bei den anderen Gelegenheiten die Geschwindigkeit wesentlich geringer gewesen war. Der Navigator deformierte das Warp-Feld, sorgte dafür, daß es vorn breiter und flacher und hinter ihnen dichter wurde. Und die *Enterprise* reagierte darauf auf die einzige mögliche Art und Weise: Als sie die atomare Wolke passierte, die von der *Helm* übriggeblieben war, neigte sie sich erst langsam und dann immer rascher nach unten, bis sie im wahrsten Sinne des Wortes ›vertikal‹ flog, wobei sowohl die Triebwerksgondeln als auch die stumpfe Seite des Rumpfdiskus' nach vorn zeigten.

Während des Warp-Transfers konnte ein Raumschiff nur für wenige Sekunden in einer solchen Position fliegen. Aber wenn Sulus Taktik den gewünschten Erfolg hatte... »Mr. Sulu...« begann Kirk.

»Ich weiß, Captain«, erwiderte der Mann am Navigationspult und überwachte den Flug der *Enterprise:* Mit siebenhundertzwanzigfacher Überlichtgeschwindigkeit ›taumelte‹ sie durch den Subraum. Die romulanischen Schiffe orteten nur die Schutzschilde, deren Struktur sich nicht veränderte – der Kommandant der *Irrlicht* konnte nicht ahnen, daß er sein Schiff genau in den Zielfokus der bugwärtigen Phaserkanonen steuerte. Vorausgesetzt natürlich, es gelang Sulu, die *Enterprise* rechtzeitig zu drehen! Sie flog jetzt ›diagonal‹, und auf den Monitoren war zu sehen, wie sich die Kurskurve abflachte. Als sie zu einer geraden Linie wurde, raste das Schiff den Kriegsschwalben der Romulaner entgegen. Phaserfeuer loderte... »Treffer auf Schild eins und drei«, meldete Spock, und in seiner sonst so ruhigen Stimme kam eine Andeutung von Sorge zum Ausdruck. »Deflektor eins: kritische Belastung. Strukturverstärkung...«

»Nein, warten Sie noch!« Kirk spürte den verwunderten Blick des Vulkaniers. »Neuerlicher Treffer auf Schirm drei«, sagte Spock. »Feldstärke auf zwanzig Prozent...«

»Fertig, Mr. Chekov?«

»Ich bin bereit, Captain...«

Das auf dem großen Wandschirm sichtbare Abbild der *Irrlicht* schwoll an, als die Distanz weiter zusammenschmolz. Vielleicht begriff der romulanische Commander nun, daß er einen Fehler gemacht hatte, aber es war bereits zu spät. »*Jetzt!*«

Chekov betätigte einige Tasten auf seiner Konsole. Die starken Bugphaser der *Enterprise* entluden sich – und nicht etwa die schwächeren Heckgeschütze. Der *Irrlicht* blieb nicht mehr genug Zeit, um auszuweichen: Stahl verwandelte sich in nukleare Schlacke, und atomare Glut gleißte dort, wo eben noch ein Raumschiff gewesen war...

Die hinter der *Irrlicht* fliegende *Speer* verschwand einfach... »Tarnfeld«, sagte Spock.

»Sensoren umschalten!« befahl Kirk.

»Scanner-Decodierung nicht möglich, Captain«, erwiderte der Vulkanier. »Wir müßten den Warp-Transit unterbrechen...«

O nein! dachte Kirk. Er starrte auf den leeren Schirm, der jetzt nur noch die *Blutschwinge* zeigte, die weiter beschleunigt hatte. *Die* Speer *wird jetzt den Kurs ändern, und wenn wir nicht feststellen können, aus welcher Richtung sie angreift...*

Er beobachtete die rasch herankommende *Blutschwinge* – und plötzlich hatte er eine Idee. »Mr. Chekov – Feuer! Alles was wir haben. Zielerfassung: *Blutschwinge!*«

»Captain!« Der gequält klingende Aufschrei stammte von Aidoann.

Chekov löste sowohl die Photonentorpedos als auch die Phaser aus. »Mr. Sulu, Ausweichmanöver!« Und im gleichen Augenblick flammten die Phaser der *Blutschwinge.* Tödliche Energiebahnen rasten der *Enterprise* entgegen.

Die geballte Vernichtungskraft traf ein unsichtbares Objekt, das sich zwischen den beiden Raumschiffen befand und die Ortungsreflexe der *Blutschwinge* benutzt hatte, um sich zu tarnen. »Spock, die Deflektoren!« rief Kirk, aber der Vulkanier hatte die Schilde bereits verstärkt. Nur die schnelle Reaktion des Ersten Offiziers bewahrte die *Enterprise* davor, ein Opfer des Glutballs zu werden, der sich zwischen ihr und der *Blutschwinge* aufblähte. Der schwere Kreuzer sauste durch die nukleare Wolke, und die romulanische Kriegsschwalbe folgte ihr mit Warp fünf, wobei die Sensoren eine deutliche Verformung ihres Transitfeldes erfaßten.

»Sie sind nicht der einzige, der diesen Trick beherrscht, Mr. Sulu«, stellte Kirk fest und lehnte sich zurück.

»Ortung, Captain«, sagte Spock scharf und sah in seinen Scanner. »Ein kleines Schiff mit der Kennmarke… Zu spät. Tarnfeld aktiv.«

»Der besondere ›Freund‹ Aels«, vermutete Kirk. »LLunih.«

»Wahrscheinlich. Offenbar traute er weder uns noch der *Blutschwinge.* Und er opferte sein Schiff, um festzustellen, ob sein Argwohn gerechtfertigt war.«

»Ein ausgesprochen sympathischer Bursche«, brummte Kirk. »Komverbindung zur *Blutschwinge.*«

Der Bildschirm erhellte sich und zeigte die kleine

Brücke des romulanischen Schiffes. Aels Gesicht wirkte eingefallen, und auch ihre Stirn war schweißnaß. *»Captain«*, sagte sie. *»Ist alles in Ordnung bei Ihnen?«*

»Ja, Ael.« Kirk holte tief Luft. »Ich glaube, ich weiß jetzt, was wirkliche Tapferkeit bedeutet.«

»Meinen Sie? Warum habe ich wohl mit LLunih eine Mahlzeit eingenommen? Um festzustellen, was er in seinem Hangar versteckt hatte. Und ich brachte ihn dazu, mir sein Geheimnis anzuvertrauen. Er verfügte über ein imperiales Kurierschiff – mit dem er sich gerade aus dem Staub gemacht hat. Vielleicht bietet sich mir irgendwann einmal die Chance, es zu verschrotten.«

»Mit LLunih an Bord?«

»Das wäre mir am liebsten. Nun, nach der Ausschleusung der Störboje, die gut funktionierte, blieb mir nichts anderes übrig, als den Anschein zu erwecken, ebenso überrascht zu sein wie die Kommandanten der anderen Schiffe. Ich mußte meine Rolle spielen, verstehen Sie? LLunih wendet sich bestimmt an den Senat und berichtet, daß Sie bewußt *das Feuer auf die* Blutschwinge *eröffneten, um mein Schiff zu vernichten. Und dadurch wird uns niemand der Komplizenschaft verdächtigen. Gewiß schließt sich eine längere Diskussion an – und das Schiff, das von Romulus aus normalerweise innerhalb von vier Stunden hier eintreffen könnte, läßt sich vielleicht vier- oder fünfmal soviel Zeit.«*

»Ich möchte Ihnen gern eine Frage stellen.«

»Ich höre.«

»Warum, zum Teufel, brauchten Sie so lange, um festzustellen, daß die verdammte Störboje funktionierte?«

»Captain, unsere Sensoren sind nicht so gut wie Ihre, insbesondere in Hinsicht auf die Reichweite. Das wissen Sie ja. Ich konnte erst ganz sicher sein, als der Subraum-Kontakt zu den anderen Schiffen abbrach.«

Kirk seufzte und fluchte in Gedanken. »Na schön, Commander. Wir sollten jetzt den Flug nach Levaeri V fortsetzen...«

»Da bin ich ganz Ihrer Meinung. Ich komme mit der Hsaaja *zu Ihnen.«*

Kirk musterte die romulanische Kommandantin und versuchte, sich ein Bild von ihren Motiven zu machen. »Wozu brauchen Sie die *Hsaaja?«*

»Ich brauche sie nicht«, entgegnete Ael. *»Im Gegensatz zu Ihnen. Einer Ihrer Warp-Generatoren wurde zerstört. Der zweite wird gebraucht, um eine Störboje in dem Levaeri-System auszusetzen... Der Annäherungskurs mit geringster Wahrscheinlichkeit, erinnern Sie sich? Ein weiterer Generator kommt am Ziel selbst zum Einsatz. Den letzten installieren wir in der* Hsaaja, *und anschließend programmieren wir den Navigationscomputer so, daß das Beiboot der Ionenspur LLunihs folgt – dadurch verzögern wir seinen Bericht an das Oberkommando. Selbst einige wenige Minuten könnten sich als entscheidend erweisen.«*

Kirk nickte. »Die *Hsaaja* ist ein prächtiges kleines Schiff...« gab er zu bedenken.

»Wenn ich tot bin«, gab Ael trocken zurück, *»nützt es mir nichts mehr.«*

Plötzlich begriff Kirk, und er richtete sich kerzengerade auf. »Ael – Sie haben insgesamt vier Warp-Generatoren erwähnt...«

»In der Tat«, bestätigte die Romulanerin. *»So viele wurden doch auf Ihre Anweisung hin fertiggestellt, nicht wahr?«* Ael lächelte hintergründig und unterbrach die Verbindung.

Kirk war sprachlos.

KAPITEL 13

»Captain, würden Sie mir bitte den silbernen Schraubenschlüssel dort reichen? Nein, nicht den... den anderen.«

»Commander«, erwiderte Kirk, »wollen Sie mich die *ganze Zeit* über ›Captain‹ nennen? Vielleicht auch während des Rückflugs von Levaeri V?«

Ael sah von der geöffneten Luke im Boden der *Hsaaja* auf und wischte sich eine schweißfeuchte Haarsträhne aus der Stirn. »Oh«, machte sie überrascht. »Sie glauben also, daß wir zurückkehren *können*?«

»Commander...«

»›Ael‹ genügt. Auf diese Weise spricht mich Ihr Bordarzt an. Und selbst Mr. Spock.« Sie beugte sich wieder nach vorn, tastete mit ihren Werkzeugen in die mechanisch-elektronischen Eingeweide des Autopiloten und stellte die letzten Verbindungen zur Störvorrichtung her.

»Nun... ich wußte nicht genau, ob Ihnen das recht ist. Sie haben uns Ihren Namen ganz offiziell genannt, und das erachte ich als eine Ehre. Und wenn Sie es McCoy und Spock gestatten, Sie ›Ael‹ zu nennen, so erstreckt sich diese Erlaubnis nicht notwendigerweise auch auf mich.«

Ael stellte erstaunt fest, daß Kirk aufmerksamer und sensibler war, als sie bisher angenommen hatte. »Sie haben völlig recht«, sagte sie. »Ich wollte eine günstige Gelegenheit abwarten, um dieses Thema anzusprechen.«

Kirk war versucht, sich nach dem Grund dafür zu erkundigen, überlegte es sich dann aber anders. Und auch das verwunderte Ael. Sie interpretierte das Verhalten des menschlichen Kommandanten als höfliche Zurückhaltung. Doch die sich dahinter verbergenden Motive blieben ihr unklar. »Was Sie betrifft...« sagte sie langsam, setzte einen Spannungsmesser an und blickte kurz auf die Anzeige. »Den Namen nach dem ›Captain‹ kann ich nicht besonders gut aussprechen. Und es ist unklug, derartige Silben falsch zu formulieren.«

»Darauf wiesen Sie mich bereits hin...« Kirk dachte einige Sekunden lang nach. »Wie wär's mit ›Jim‹?«

Ael schnappte unwillkürlich nach Luft und begann zu lachen – so laut und herzhaft, daß sie fast das Meßgerät fallengelassen hätte. Als sie ihre Hand fester darum schloß und aufsah, war der Captain so verblüfft, daß sie erneut lachte. »Ach, bei den Elementen«, brachte sie schließlich hervor und ließ sich auf das Sitzkissen des Pilotensessels sinken. »Jim. So lautet Ihr richtiger Name?«

»Eigentlich James. Jim ist eine Abkürzung.«

»Meine Güte...« Wieder kicherte Ael, lachte so schallend, daß sich Tränen aus ihren Augen lösten und über die Wangen rannen. Sie gestikulierte vage, und irgendein analytischer Teil ihres Ichs dachte: *Reaktion. T'Hrienteh wäre vermutlich entsetzt. Vielleicht auch der Doktor...* Und auch der Captain wirkte ziemlich konfus. »Nein, nein«, keuchte sie, als Kirk Anstalten machte, aufzustehen und zu gehen. »Oh, Captain. ›Jim‹. Ich bin gern bereit, Sie so zu nennen, aber ich bitte Sie...«

Er bedachte sie mit einem fragenden Blick.

»Fragen Sie mich nicht, was es damit auf sich hat...«

»Nun, wie Sie meinen, Ael.«

»Jim«, sagte sie und gab sich Mühe, möglichst ernst zu wirken. »Dabei gibt es keine Probleme mit der Aussprache. So, ich sollte jetzt besser hiermit fertig werden. Immerhin haben wir nicht den ganzen Tag Zeit.« Einmal mehr hantierte sie mit ihren Werkzeugen. »Der andere Name, die längere Version: Was bedeutet sie?«

»Zum Glück nichts, was mich in Verlegenheit brächte.« Kirk schien noch immer verwirrt zu sein, musterte Ael eingehend und hob die Augenbrauen. Die Romulanerin fragte sich, ob diese Mimik auf das Beispiel

Spocks zurückging. Oder umgekehrt... »Ich habe einmal entsprechende Untersuchungen angestellt. Sie bedeutet ›Verdränger‹ oder ›Ersetzer‹. Etwas in der Art.«

»Die Transkription ist nicht ganz deutlich...«

»Jemand, der die Rechte oder Stellungen anderer Leute beansprucht«, erklärte Kirk.

Daraufhin kamen *Aels* Brauen in die Höhe. »Mit einem solchen Namen sollten Sie vorsichtig sein«, sagte sie. »Er könnte Sie in Schwierigkeiten bringen... Aber gibt es überhaupt irgendwelche andere Stellungen, die Ihr Interesse wecken könnten?«

Der Captain schüttelte den Kopf. Er war Kommandant der *Enterprise* – und das genügte ihm. »Und nach welchem großartigen ›Unternehmen‹ wurde Ihr Schiff benannt?«

»Nach keinem besonderen. Es geht nur um den Geist der Sache. Außerdem gab es viele andere Schiffe, die diesen Namen trugen. Eine alte Tradition...«

Er brach ab, als er den verwunderten Blick Aels bemerkte. »Oh, kein Wunder«, sagte sie kurz darauf, mehr zu sich selbst. »Auf ch'Rihan fragte man sich immer wieder, wie ein einzelnes Raumschiff so viele Abenteuer überstehen, so viel Ruhm erringen konnte...«

»Was halten Sie davon, etwas konkreter zu werden?«

Sarkasmus – aber behutsam, vorsichtig, taktvoll. Kirk schien wirklich nicht zu wissen, was Ael meinte.

»Caip... Ich meine: Jim. Es ist gefährlich, Dinge, Personen oder auch ein Raumschiff nach einer reinen Tugend zu benennen. Namen sind Bedeutung und Schicksalsbestimmung, nehmen zumindest einen Teil der Freiheit... Man mag Ruhm gewinnen, ja, aber manchmal bringt die Zukunft auch Kummer und Leid...«

»Das ist eigentlich immer der Fall, ganz gleich, welche Namen Personen oder Raumschiffe tragen.« Dennoch wurde der Captain nachdenklich.

»Woran denken Sie gerade?«

»Oh, eigentlich eine komische Sache... Es gab auch andere Schiffe mit der Bezeichnung *Intrepid.* Die meisten von ihnen hatten Probleme. Das berühmteste von ihnen, das im Hafen von New York eingemottet wurde...«

»Offenbar weist mein Transkriptionschip eine Fehlfunktion auf. Gibt es auf der Erde kleine Insekten, die ein Schiff namens *Intrepid* gefressen haben? Und trotzdem bezweifeln Sie die Gefährlichkeit gewisser Namen?«

»Jenes Schiff«, erwiderte Kirk so würdevoll wie möglich und warf Ael einen scharfen und unmißverständlichen Blick zu, »wurde ganz offiziell und in allen Ehren außer Dienst gestellt. Viele Jahre lang diente es als Museum. Doch bei der Mannschaft genoß es keinen besonders guten Ruf. Es galt als eindrucksvoll und mächtig – aber es hieß, es bringe Unglück. Die Besatzungsmitglieder nannten es *Evil I.* Ich nehme an, bei diesem Ausdruck gibt es erneut Übersetzungsschwierigkeiten. Die Bedeutung von *evil* dürfte Ihnen klar sein: böse, unheilvoll. *I* ist einerseits die Abkürzung des Namens *Intrepid,* und andererseits gleicht die Aussprache dem des Wortes *eye,* Auge.«

»Unheilvolles Auge, böser Blick«, sagte Ael. »Ja, ich verstehe. Bei uns gibt es eine Geste, die zur Abwehr schlimmer Schicksalsschläge dient.«

Kirk nickte. »Bei uns ebenfalls. Nun, jenes Schiff verkehrte nicht etwa im All, sondern auf den irdischen Ozeanen. Es wurde torpediert und lief auf Grund. Später kam es zu ähnlichen Zwischenfällen. Tja, die andere *Intrepid,* der erste Raumer mit dieser Bezeichnung, war erst wenige Jahre im Dienst, als er von einem sonderbaren kosmischen Wesen angegriffen und zerstört wurde, einer Art Vakuum-Amöbe. Daraufhin baute man die zweite *Intrepid* – und deren Schicksal kennen Sie ja...« Er deutete in die Richtung, in der er das Levaeri-System vermutete.

Ael nickte. »Genau das ist das Problem. Wenn Sie ein Schiff nach dem Geist der Furchtlosigkeit benennen, wird es keine Furcht kennen. Damit werden Unglücke geradezu herausgefordert. Was noch schlimmer ist: Die Besatzung *dieser Intrepid* besteht aus Vulkaniern...« Sie überprüfte die letzte Verbindung, schloß die Klappe des Autopiloten und aktivierte das elektronische Schloß. Als sie zu Kirk aufsah, stellte sie fest, daß er nach wie vor skeptisch wirkte.

»Sie sind noch immer nicht überzeugt«, sagte sie, stand auf und hielt den Kopf gesenkt, um nicht an die niedrige Decke zu stoßen. In ihrem Rücken pulsierte dumpfer Schmerz. »Spielt keine Rolle. Schicken wir jetzt die *Hsaaja* auf den Weg.« Ael wandte sich der Konsole zu, betätigte einige Tasten und blickte bedauernd auf die ihr so vertrauten Kontrollen. Die Bildschirme erhellten sich, und deutlich war die Stelle zu erkennen, wo ihr der Schraubenschlüssel entfallen war und eine Schramme auf dem Pult hinterlassen hatte. Sie empfand es als eine Schande, dieses prächtige Miniaturraumschiff ins Nichts zu schicken, ohne ein lebendes Wesen an Bord, mit einem nur begrenzten Treibstoffvorrat. Bis in alle Ewigkeit würde es zwischen den Sternen im All treiben. Doch es blieb ihr keine andere Wahl. Die Shuttle der *Enterprise,* die ihr Kirk für diesen Zweck angeboten hatte, waren nicht annähernd so schnell wie die *Hsaaja,* und außerdem fehlte es ihnen an einer genügenden Reichweite. Sie konnten weder auf das eine noch das andere verzichten.

»Sie haben sich schon immer recht gut darauf verstanden, sich von Dingen zu trennen, wenn es notwendig ist«, hörte Ael hinter sich die Stimme des Captains. »Ich erinnere mich an einen besonderen Fall. Ich glaube, es war die Schlacht von Alpha Trianguli... Sie räumten zwei Rihannsu-Kreuzer, brachten die Leute an Bord der anderen Schiffe unter und machten sich auf und davon. Die beiden Kriegsschwalben blieben leer im Raum zurück, und die arme Captain Rihaul geriet ganz außer sich, weil sie es mit zwei feindlichen Einheiten zu tun bekam, die sie unter Beschuß nahmen – Sie hatten sowohl die Bordgeschütze als auch den Navigationscomputer entsprechend programmiert. Bei der Flucht brauchten Sie sich nicht einmal sonderlich zu beeilen...«

Ael glaubte, in Kirks Stimme so etwas wie zögernde Anerkennung zu vernehmen, des weiteren noch etwas anderes, das sie nicht genau zu erfassen vermochte: Mitgefühl vielleicht, oder auch Trost. Es deutete darauf hin, daß er verstand, was in ihr vorging.

Eine geradezu absurde Vorstellung. »Ja«, sagte sie. »Ich erinnere mich ebenfalls. Kommen Sie, Jim. Hier ist der Timer. Steigen wir aus.«

Kurze Zeit später betraten sie ein Konferenzzimmer in der Nähe des Hangardecks und beobachteten auf dem Bildschirm, wie das kleine und schwarze Raumschiff auf den Antigravitationspolstern in die Höhe stieg und dem ewigen Schwarz des Weltraums entgegenglitt. Nach einigen Sekunden schloß sich das Außenschott, und Ael starrte ins Leere. Plötzlich war ihr so kalt, daß sie fröstelte, und sie hatte das Gefühl, einen Teil ihres eigenen Selbst verloren zu haben.

Das stimmt auch. Warum liebe ich Dinge *so sehr? Irgendwann kommt immer der Zeitpunkt, von ihnen Abschied zu nehmen...*

Ael straffte ihre Gestalt. »Es ist noch eine weitere Diskussion geplant, nicht wahr, Jim?«

»Ja«, bestätigte der Captain. »Die Einsatzbesprechung vor dem Angriff. Daran werden der Chef der Sicherheitsabteilung und die anderen Sektionsleiter teilnehmen. Sie sollte nicht allzu lange dauern... Wir alle brauchen Ruhe, und es bleiben uns nur noch sechs Stunden, bis wir auf Sensorreichweite an das Levaeri-System herangekommen sind.«

Die Romulanerin nickte; gemeinsam verließen sie das

Zimmer und machten sich auf den Weg zum Turbolift. »Diese Sache mit den Namen...« begann Kirk.

»Es geht nicht nur um Namen, sondern um Worte. Selbst in Ihrer Heimat sind Leute für Worte gestorben. Manchmal auch *wegen* ihnen. In einer solchen Welt muß man lernen, vorsichtig mit dem zu sein, was man sagt. Worte sind mächtige Waffen, und sie können ihre Wirkung in beide Richtungen entfalten. Sie versprechen und verraten, gelegentlich beides zugleich. Das, was wir als Tugend bezeichnen, kann sich auch als Laster herausstellen, als ein Fluch. Deshalb schenken wir der Namensgebung besondere Beachtung – um später keine unangenehmen Überraschungen zu erleben.«

Auch bei diesen Bemerkungen wirkte Kirk ziemlich nachdenklich, und Ael fühlte sich innerlich bestätigt. »Wir bewerten Namen«, fügte sie hinzu. »Es sind die mächtigsten aller Worte und genießen deshalb einen besonderen Respekt. Reagieren Sie nicht gerade dann am stärksten, wenn Sie Ihren eigenen Namen hören? Solange ein Rihannsu jemanden hat, der seinen Namen ausspricht – solange er irgendwo geschrieben steht oder in Erinnerung bleibt –, existiert die betreffende Person. Das Gegenteil bedeutet endgültiger Tod. Ein Schattendasein, so behaupten manche. Ein Aufenthalt an dem Ort, wo die Elemente getrennt voneinander existieren.« Die Romulanerin lachte leise. »Es gibt auch Rihannsu, die meinen, ein solches ›Leben‹ sei realer.« Sie zuckte mit den Schultern. »Aber wie dem auch sei: Namen *sind* Leben...«

Kirk überlegte, während sich die Lifttür vor ihnen schloß. »Sie haben mir noch nicht gesagt, was ›Blutschwinge‹ bedeutet«, erwiderte er nach einer Weile.

Ael lächelte dünn. »Ich fürchte, dieser Name ist nicht annähernd so ehrenhaft wie der der *Enterprise*... Aber auch nicht so gefährlich und schicksalhaft. Bei einer ›Blutschwinge‹ handelt es sich um ein geflügeltes Wesen auf ch'Rihan, und es ist das Siegeltier meines Hauses. Ein großer, träger und häßlicher Aasfresser – so massig, daß er nur dann aufsteigen kann, wenn er genügend Anlauf nimmt. Ein solches Geschöpf kann man allein dadurch gefangenhalten, indem man einen kleinen Zaun aufstellt. Doch in der Luft, beim Flug, gibt es kein anderes Tier, das es in Hinblick auf Eleganz, Geschwindigkeit oder Kraft mit einer Blutschwinge aufnehmen könnte.«

Die beiden Hälften der Lifttür schoben sich auseinander, und Seite an Seite schritten Ael und Kirk in Richtung Hauptbesprechungsraum. Spock und McCoy kamen ihnen durch den Korridor entgegen. »Meine Herren...« sagte der Captain, als sie das Konferenzzimmer betraten. »Sie sind früh dran.«

»Spock und ich wollten die Gelegenheit nutzen, die Zusammenstellung der eigentlichen Einsatzgruppe zu überprüfen«, erwiderte McCoy. Zusammen mit Spock setzte er sich an den Tisch und holte einige Datenkassetten hervor. Ael nahm ihm gegenüber Platz, so daß sie die Gesichter der beiden Männer beobachten konnte. Kirk wählte den Sessel neben ihr. *Aus dem gleichen Grund wie sie?* fragte er sich.

»Dies sind die besten Leute der Gruppe«, sagte McCoy und schob eine Kassette in den Aufnahmeschlitz des Abspielgeräts. »Niedriger Streßfaktor, gute Waffenkenntnisse, Nahkampfausbildung. Die meisten gehören zur Sicherheitsabteilung...«

»Pille«, warf Kirk ein, »ich glaube, wir sollten nicht zu wählerisch sein. Es kommt in erster Linie auf die Anzahl an.«

»Mit der Anzahl allein ist es nicht getan«, sagte Spock. »Wir brauchen die richtigen Leute. Bei dieser Operation ist das Toleranzspektrum für Fehler sehr begrenzt, Captain. Natürlich müssen wir darauf achten, daß alle Stationen der *Enterprise* besetzt bleiben. Fahren Sie fort, Doktor.«

»Nun, ich habe eine Empfehlungsliste zusammengestellt, alphabetisch sortiert: Abernathy, Ahrens, Athende, Austin, Bischoff, Brand, Brassard, Burke, Canfield, Carver, Claremont…«

Er nannte noch eine ganze Reihe anderer Namen. Ael legte die Ellenbogen auf den Tisch und stützte ihr Kinn ab. Sie schien sich zu langweilen, doch das war ein äußerer Eindruck, der nicht ganz dem entsprach, was sie derzeit bewegte. Sie lauschte den fremdartig klingenden Silben, und nach einer Weile setzte die emotionale Reaktion ein. *Wie viele Leben habe ich bereits vernichtet, um den Tod von Milliarden zu verhüten?* fuhr es ihr durch den Sinn. *Heute sind viele Rihannsu zu den Elementen heimgekehrt, verfluchen meinen Namen und den der* Blutschwinge. *Früher oder später muß ich dafür büßen. Schon recht bald, fürchte ich…*

Ein schrecklicher Gedanke formte sich in ihr und ließ sich nicht verdrängen. *Angenommen, die Forschungsarbeiten in der Orbitalstation von Levaeri sind ins Stocken geraten… Angenommen, die Kaperung der* Intrepid *ist nicht etwa ein Zeichen von Fortschritt, sondern eines Fehlschlages – ein Manöver, mit dem die Wissenschaftler über ihr Versagen hinwegtäuschen wollen, um Zeit zu gewinnen… Angenommen, die Übertragungstechnik funktioniert überhaupt nicht richtig… Was bin ich dann? Eine Verräterin, eine vielfache Mörderin – und für meine Taten könnte ich in einem solchen Fall nicht einmal ein vernünftiges Motiv nennen. Außerdem: Der Zweck heiligt nicht immer die Mittel, und das trifft erst recht dann zu, wenn man an die Elemente denkt. Man muß sich für sein eigenes Handeln rechtfertigen, ganz gleich, welche Gründe es dafür gibt…*

»…Khalifa, Korren, Krejci, Langsam, Lee, Litt, London; Maass, Donald; Maas, Diane…«

»Den Namen ›Kirk‹ muß ich wohl überhört haben«, warf der Captain ein. Seine scharfe Stimme brachte Ael in die Wirklichkeit zurück.

Spock und McCoy wechselten einen kurzen und betont unschuldigen Blick. Ael sah das amüsierte Funkeln in den Augen des Bordarztes. »Wie konnte uns ein solcher Fehler unterlaufen, Mr. Spock?«

Der Vulkanier gab sich überrascht. »Aus reiner Angewohnheit, nehme ich an. Der Captain bleibt immer an Bord...«

»Doch in diesem Fall...«

»...und angesichts des Umstandes, daß die bewaffnete Eskorte ziemlich groß ist...«

»Meine Herren!«

»Ich bin ganz Ohr, Jim«, sagte McCoy.

Zunächst versuchte Kirk, ernst zu bleiben, doch schon nach wenigen Sekunden umspielte ein breites Lächeln seine Lippen. »Na schön«, brummte er. »Ich habe die Warnung verstanden. Aber wenn ihr beide hier die Glucke spielen wollt, so werdet ihr euch mit der Tatsache abfinden müssen, daß das ›Küken‹ bereits erwachsen ist.«

»Nun, von meiner Seite aus gibt's da nichts einzuwenden«, entgegnete McCoy. »Aber sei mit Spock vorsichtig. An Bord von Raumschiffen kommt es selbst ohne einen ersichtlichen Anlaß vor, daß die wildesten Gerüchte entstehen...«

»Was hat das mit mir zu tun?« fragte Spock und hob die Brauen.

Kirk seufzte und rollte mit den Augen.

Ael unterdrückte ein Auflachen und hörte weiter zu.

»...Malkson, Matlock...«

Die Tür öffnete sich, und die Romulanerin gewann den Eindruck, als wollten ihr die Elemente einen Streich spielen: Herein kam Colin Matlock, der Leiter der Sicherheitsabteilung, den Ael bereits während der Besprechung an Bord der *Inaieu* gesehen hatte – ein hochgewachsener, recht attraktiver und dunkelhäutiger junger Mann, der sogar dann die Stirn zu runzeln schien, wenn er lächelte. Im Augenblick wirkte er eher verlegen. »Entschuldigen Sie, Captain. Ich komme später zurück...«

»Nein, nein, macht nichts. Nehmen Sie Platz, Mr. Matlock. Wir gehen gerade die Liste der Einsatzgruppe durch. Lies weiter, Pille.«

»Wo war ich stehengeblieben?«

»Bei Matlock«, sagte Kirk, zögerte, hob überrascht den Kopf und sah Ael an.

Sie erwiderte seinen Blick, und ihr Gesicht blieb ausdruckslos. Sollte er ruhig grübeln. »...McCoy, Minambres, Morris, Mosley, Muller, Naraht...«

»Zu jung«, warf Kirk ein.

»Meine Güte, Jim, irgendwann muß er einmal damit anfangen, Erfahrungen zu sammeln«, sagte McCoy. »Außerdem weist er ein außergewöhnlich niedriges Angstniveau auf. Es liegt nur knapp über dem eines Vulkaniers.«

»Er ist doch noch grün hinter den Ohren...«

»Ohren?« fragte Spock.

Ael sah auf. »Jim, sprechen Sie von dem sonderbaren Steinwesen?« Kirk nickte und lachte kurz. »Ja.«

»Ich wäre Ihnen sehr dankbar, wenn Sie mir einen Gefallen erweisen könnten. Nehmen Sie ihn mit.«

»Warum?«

»Ich vermag Ihnen keine Gründe zu nennen, die ich Ihnen begreiflich machen könnte.« *Ich weiß, wie wenig Sie von der Namensbedeutung halten, und ein Hinweis auf die Elemente würde Sie nur noch mehr verwirren.*

»Eine Vorahnung, Commander?« fragte Spock.

»Ja.« Ael nickte.

»Nun, dann ergeht es Ihnen ebenso wie mir«, brummte McCoy. »Jim, ich glaube, diesmal solltest du wirklich mitkommen.«

Kirk winkte kurz. »In Ordnung. Was ist mit den anderen?«

»Norton, Oranjeboom, Paul...«

Und so ging es weiter. Schließlich hatte McCoy die ganze Liste vorgelesen, und er und Spock sahen den Captain erwartungsvoll an.

»Das ist fast die gesamte Sicherheitsabteilung«, stellte Kirk fest. »Und dazu noch die Hälfte der Besatzung...«

»Captain«, sagte der Vulkanier, »Sie hatten völlig recht, als Sie meinten, es käme vor allen Dingen auf die Anzahl an.«

Er richtete seinen Blick auf Ael. »Nach Ihren Angaben besteht die Besatzung der Orbitalstation aus rund hundertfünfzig Personen.«

»Ja, richtig. Aber sie haben den Vorteil, sich in der Basis bestens auszukennen. Wir müssen daher mit hartnäckigem Widerstand rechnen, mit Fallen und abgeriegelten Sektionen. Je mehr Leute – und je erfahrener im Umgang mit Waffen sie sind –, desto besser. *Unser* Vorteil besteht darin, daß sich das Levaeri-System tief im Rihannsu-Raumbereich befindet und daher nicht mit schweren Geschützen ausgestattet ist.«

»Aber es handelt sich doch um eine höchst wichtige Forschungseinrichtung. Wie wird sie geschützt?«

»Mit Hochintensitäts-Deflektoren«, meldete sich Mr. Matlock zu Wort. »Commander Ael wies uns darauf hin, daß wir mit Erg-Schilden rechnen müssen, die weitaus stabiler sind als diejenigen, die von mobilen Generatoren erzeugt werden, zum Beispiel von denen an Bord eines Raumschiffes. Wir müssen irgendeine Möglichkeit finden, jene Abwehrschirme zu durchbrechen.«

»Vermutlich bleibt uns keine andere Wahl, als erneut zu einer List zu greifen, Captain«, sagte Ael. »Und das ist noch nicht alles. Das Levaeri-System gehört zum Patrouillengebiet der *Kampfkönigin*. Ich weiß nicht, wann wir mit der Ankunft von Lyirru t'Illialhae rechnen müssen – die Elemente mögen uns eine solche Konfrontation ersparen. Ich fürchte allerdings, daß LLunih versucht, die *Kampfkönigin* zu erreichen, um sie zu alarmieren. Wie dem auch sei: Wir dürfen keine Zeit verlieren. Es kommt darauf an, möglichst rasch zu handeln.«

Wieder öffnete sich die Tür mit einem leisen Zischen. Chefingenieur Scott kam herein, gefolgt von Sulu, Chekov, Harb Tanzer, Uhura und den anderen Sektionsleitern. Schon nach wenigen Minuten waren alle zugegen.

»Captain«, sagte Matlock, »da wäre noch eine Sache, bevor wir mit der Besprechung beginnen...«

»Ja?«

»Commander...« Der junge Mann wandte sich an Ael. »In welcher Farbe sind die Korridore der Orbitalbasis gehalten?«

»Die meisten sind weiß oder silbern.«

Matlock richtete den Blick wieder auf Kirk, und in seinen Mundwinkeln zeigte sich ein ironisches Lächeln. »Captain, ich halte es für unklug, wenn wir während des Angriffs farbige Uniformen verwenden. Dann könnten wir ebensogut Zielscheiben tragen.«

»Danke für den Hinweis, Mr. Matlock. Sorgen Sie dafür, daß die Leute graue Kampfanzüge bekommen.«

»Ich habe bereits eine solche Anweisung gegeben, Sir«, lautete die Antwort des jungen Mannes. »Der Quartiermeister ist schon bei der Arbeit.« Verlegen senkte er den Kopf.

»Colin«, sagte Kirk, »ich setze große Hoffnungen in Sie. Aber übertreiben Sie es nicht.«

»Kampfanzüge«, wiederholte Ael. »Woraus bestehen sie, Captain?«

»Aus hellen Overalls und Schaftstiefeln.«

»Könnten auch meine Leute damit ausgestattet werden?«

Spock sah von seinem Berichtsblock auf. »Das ist eine ausgezeichnete Idee, Captain. Auf diese Weise nimmt die Besatzung der Station vielleicht an, unsere Verbündeten seien gar keine Rihannsu, sondern Vulkanier, die zu Starfleet gehören. Möglicherweise könnten wir den Gegner dazu bringen anzunehmen, es handelte sich um Vulkanier aus der *Intrepid*, die ausgebrochen sind oder sich versteckt hielten.«

»Die Romulaner in der Station werden sich bestimmt nicht lange täuschen lassen«, gab McCoy zu bedenken. »Denken Sie daran: Die Kulturen der Vulkanier und Rihannsu haben sich seit Jahrtausenden auseinanderentwickelt. Allein die Gestik, die Körpersprache, genügt, um die Unterschiede zu verdeutlichen. Ein Rihannsu würde allein durch Intuition feststellen, daß er es nicht mit einem Artgenossen zu tun hat. Ein längerer Blick genügt. Dabei kommt es nicht einmal so sehr auf das Äußere an, eher auf das allgemeine Gebaren.«

»Aber es wird niemand Gelegenheit zu einem ›längeren Blick‹ bekommen, Doktor – vorausgesetzt, es läuft alles nach Plan«, erwiderte Spock. »Die Rihannsu in der Forschungsbasis sehen die Angreifer nur kurz, sind überrascht – und glauben zunächst, es mit Romulanern zu tun zu haben. Aus diesem Grund zögern sie in einigen Fällen, das Feuer auf sie zu eröffnen. Wir dürfen nicht so stolz sein, auf dieses Überraschungsmoment zu verzichten. Nun, unsere Leute gewinnen dadurch ein wenig mehr Zeit. Captain, ich möchte vorschlagen, daß die einzelnen Teams unserer Einsatzgruppe mit mindestens ein und zwei Rihannsu aus Aels Mannschaft verstärkt werden.«

Kirk nickte. »Einverstanden. So, ich glaube, jetzt können wir mit der eigentlichen Besprechung beginnen, oder? Bitte beginnen Sie, Commander.«

Ael betätigte mehrere Tasten des in den Tisch integrierten Terminals und stellte eine Verbindung zum Schiffscomputer her. Ein dreidimensionales Projektionsfeld glühte auf und zeigte eine grafische Darstellung. In einem Gespinst aus schimmernden Lichtfäden drehte sich langsam die Orbitalbasis Levaeri V: ein großes, rechteckiges Prisma, etwa zweimal so lang wie breit, einem im Raum hängenden Ziegel gleich.

»Das ist die Forschungsstation«, sagte die Romulanerin. »Sie können deutlich erkennen, mit was für einer großen und komplexen Anlage wir es zu tun haben: Sie ist rund drei Kilometer lang und etwa anderthalb Kilometer breit. Meines Wissens wird derzeit nicht die volle Kapazität genutzt; bei der Basis handelt es sich um ein Rihannsu-Standardmodell, das extra größer gebaut wurde, damit später noch genug Platz für Erweiterungen zur Verfügung steht. Es weist achtzehn Etagen auf, und auf jedem Deck gibt es Dutzende von Korridoren. Derzeit sind vermutlich nur die ›äußeren‹ sechs Stockwerke besetzt. Der größte Teil des Inneren steht leer und dient als Installationsort für den Computerkern. Mit anderen Worten: Er steht nicht unter Druck.«

»Commander«, warf Scott ein, »woher stammen Ihre Informationen?«

»Ich war vor ungefähr zwei Jahren Ihrer Zeitrechnung dort«, antwortete Ael. »Eine VIP-Inspektionstour – bevor in Levaeri die Forschungen in Hinsicht auf die neuen Übertragungstechniken begannen. Die anderen Daten habe ich vom Prätoriat oder Spionen meiner Familie bekommen, die gute Kontakte zum Oberkommando unterhalten. Selbst die geheimsten Projekte kann man nicht völlig geheimhalten.«

Chefingenieur Scott nickte.

»Ich nehme an, die eigentlichen Arbeiten finden im Laboratoriumskomplex statt, der sich auf der innersten Ebene befindet, in der Nähe des Computerkerns und der entsprechenden Kontrollräume. Bei diesem Projekt spielt Rechnerleistung eine sehr wichtige Rolle, denn die tatsächlichen Gen-Manipulationen und mikrochirurgischen Operationen, die nötig sind, um das ›auseinanderentwickelte‹ DNS-Material zu verschmelzen, werden von Computern überwacht. Sie sind es, die einen Erfolg der Forschungsarbeiten überhaupt erst ermöglichen. Jede Zelle der genetischen und zerebralen Basismasse muß einzeln ›korrigiert‹ werden; es wären Hunderttausende von Arbeitsstunden notwendig, um auch nur ein Gramm des gewünschten Endprodukts zu erhalten. Ich möchte es noch einmal betonen: Die Computer sind das Herz des ganzen Unternehmens. Wenn sie beschädigt oder zerstört werden, ist ein großer Teil der Gefahr gebannt.«

Ael faltete die Hände und beobachtete die rotierende Holografie. »Aber eben nur ein Teil. Die medizinischen Rechner spielen für sich genommen keine entscheidende Rolle. Es kommt darauf an, die Datenbänke zu löschen, in denen alle bedeutsamen Informationen gespeichert sind. Ich habe Grund zu der Annahme, daß sich die Daten des Projekts nur in Levaeri V befinden und in keiner anderen imperialen Speichereinheit. Der Grund dafür ist die wundervolle Paranoia des Prätoriats, das befürchtet, eine andere Interessengruppe könne Zugang dazu bekommen, jemand, der die Informationen zu eigenen Zwecken einsetzt. Nun, wenn jener Datenbestand vernichtet wird, ist das ganze Projekt erledigt. Die Wissenschaftler würden Jahre brauchen, um erneut ihren gegenwärtigen Forschungsstand zu erreichen – wenn das überhaupt möglich ist. Es existieren Tausende von Verbindungen in jedem einzelnen vulkanischen DNS-Molekül, die während des Korrekturprozesses manipuliert werden müssen. Und wahrscheinlich könnte sich niemand an alle erinnern.«

»Schade, daß es nicht möglich ist, die ganze Station einfach zu sprengen«, ließ sich Chekov vernehmen.

»In der Tat«, sagte Kirk. »Aber ich glaube, das gefiele der Besatzung der *Intrepid* nicht sonderlich... Wo, glauben Sie, sind die Gefangenen untergebracht, Ael?«

»Wahrscheinlich hier«, entgegnete die Romulanerin, streckte die Hand ins Hologramm und deutete auf einen großen Bereich abseits der Laboratorien. »Nicht allzu weit von den Labors entfernt. Diese Sektion ist groß genug, um mehrere hundert Personen aufzunehmen – und auf drei Seiten von strukturellen Schotts abgeschirmt, so massiv, daß sie nicht einmal von der vereinten Kraft aller Vulkanier aufgebrochen werden könnten.« Sie machte ein sehr ernstes Gesicht. »Wenn sie jetzt überhaupt noch in der Lage sind, an Flucht zu denken. Ich nehme an, die Rihannsu in der Basis haben sie längst unter Drogen gesetzt oder kontrollieren sie mit Hilfe mentaler Fähigkeiten, um jedes Risiko zu vermeiden. Die Vulkanier stellen für sie nicht nur eine wichtige Quelle für das benötigte Gewebe dar; sie sind auch nach wie vor äußerst gefährlich.«

»Wir sollten von einer umfassenden telepathischen Kontrolle ausgehen«, sagte Spock düster. »In chemischer Hinsicht schließt sie Schädigungen des Hirns und der zerebralen Substanzen aus, die die Wissenschaftler für ihre Forschungen brauchen. Und daraus ergibt sich ein anderes Problem, Commander. Haben Sie eine Ahnung, wo das bereits korrigierte Gewebematerial gelagert wird?«

»Nein.«

Kirk hob den Kopf. »Warum fragen Sie das, Spock?«

»Weil auch jene Zellen leben«, erwiderte der Vulkanier. »Wir müssen sie finden. Es wäre nicht nur unmoralisch, sondern auch unlogisch, zwar die Besatzung der *Intrepid* zu retten, aber lebendiges vulkanisches Gewebe zurückzulassen.«

Ael sah, wie Kirk zu einer Antwort ansetzte, es sich dann aber anders überlegte. »Spock«, sagte er nach einer Weile, »ich möchte Ihnen eins versichern: Was den Tod der Rihannsu an Bord der Schiffe angeht, die wir zerstört haben, bin ich ebenso betroffen wie Sie. Und ich würde es außerordentlich bedauern, irgend jemand in der Orbitalbasis töten zu müssen, um die Gefahr zu beseitigen, die uns Ael so deutlich beschrieb. Aber das Gewebe... ist doch nur Zellmaterial...«

»Es lebt, Jim«, gab McCoy ruhig zurück. »Spock hat recht. Wenn sich uns eine Chance bietet, müssen wir auch die korrigierten Zellen mitnehmen. Nicht nur aus ethischen Gründen. Auch aus taktischen. Zurückbleibendes Zellmaterial ließe sich einsetzen, um die Forschungsarbeiten zum Ursprung zurückzuverfolgen und die wissenschaftliche Basis wiederherzustellen. Wenn wir uns außerstande sehen, es mitzunehmen, bleibt uns nichts anderes übrig, als es zu sterilisieren. Aber wir müssen es unbedingt finden.«

Kirk musterte McCoy und Spock, und schließlich nickte er. »In Ordnung. Dadurch wird die ganze Sache noch komplizierter, aber was sind schon einige Komplikationen unter Freunden? Mr. Matlock, kommen wir jetzt zum Angriffsplan.«

»Ja, Sir.« Matlock stand auf, nahm eine kleine Kontrolleinheit zur Hand und projizierte farbige Markierungen ins Hologramm. »Wir teilen die Einsatzgruppe in vier Teams und dringen an vier verschiedenen Stellen in die Orbitalbasis vor. Das Ziel der ersten Abteilung ist der Bereich, den Commander Ael als Mannschaftsquartier bezeichnete; dieses Team soll die Leute unter Kontrolle bringen, die zum Zeitpunkt des Angriffs dienstfrei haben. Das zweite und dritte übernehmen zwei verschiedene Sektionen in der Nähe der Laboratorien; dort rechnen wir mit dem größten Widerstand. Das vierte Team schließlich wird versuchen, die Gefangenen von der *Intrepid* zu befreien.«

Matlock unterbrach sich kurz und bedachte die schematische Darstellung der Station mit einem Blick, in dem Ael so etwas wie Genugtuung zu erkennen glaubte. »Sobald das Problem der Deflektoren gelöst ist, werden die vier Gruppen gleichzeitig an die jeweiligen Einsatzorte gebeamt. Sie sichern nicht nur die ihnen zugewiesenen Sektoren, sondern riegeln auch die anderen Bereiche ab, um zu verhindern, daß sie zwischen die Fronten geraten. Diese beiden Abteilungen hier« – Matlock deutete auf die Markierungen nahe der Laboratorien – »haben darüber hinaus die Aufgabe, die Transporter der Station zu kontrollieren, um den Wissenschaftlern und Technikern die Möglichkeit zu nehmen, sich innerhalb der Station zu transferieren. Als zusätzliche Sicherheitsmaßnahme müssen die Erg-Schilde der

Enterprise stabil bleiben – nur für den Fall, daß es dem Gegner dennoch gelingt, das Transportersystem zu benutzen und einen Gegenangriff zu beginnen.«

»Das ist sehr umsichtig«, warf Ael ein. »Captain, meine Damen und Herren: Ein Rihannsu ist dann besonders gefährlich, wenn er sein Territorium bedroht sieht – in dieser Hinsicht sind wir ziemlich atavistisch. Selbst Forscher sind in der Lage, sich mit aller Hartnäckigkeit zur Wehr zu setzen. Außerdem dürfen Sie nicht vergessen, daß es sich zumindest zum Teil um eine militärische Einrichtung handelt. Sie bekommen es nicht mit der Besatzung eines Raumschiffes zu tun, aber Ihre Gegner werden trotzdem Soldaten sein, die nichts mehr hassen als die Föderation. Und dieser Haß wird sich gegen Sie richten, wenn die Leute in der Basis begreifen, wer Sie sind: Die Tochter meiner Schwester hatte viele Freunde.« Ael sah Spock an. »Zögern Sie nicht zu töten. Die Rihannsu von Levaeri V haben in diesem Zusammenhang sicher keine Bedenken, sobald das Überraschungsmoment vorüber ist.«

Spock senkte den Blick und gab keine Antwort.

»Die *Enterprise* setzt die ganze Zeit über ihre Scanner und Sensoren ein«, fuhr Matlock fort, »um die Vorgänge in der Orbitalbasis zu überwachen. Bei der Kommunikation mit der Einsatzgruppe wird ein spezieller Code verwendet. Wenn die eben genannten Sektoren unter Kontrolle gebracht worden sind, macht sich das Computer-Team einsatzbereit – es besteht aus Mr. Spock und den Personen, die er gleich nennen wird –, lokalisiert die Rechner und vernichtet die Datenbestände. Sir?«

Spock hob den Kopf. »Zusammen mit Commander Ael, Lieutenant Kerasus, Mr. Athende und einigen anderen Leuten aus dem Stab Aels und unserer Sicherheitsabteilung zapfen wir das Computersystem der Station an. Entweder überspielen wir die Daten bezüglich der neuen Übertragungstechnik oder löschen sie aus den Speichern. Für den Fall, daß sich dabei Probleme ergeben sollten, habe ich mit Hilfe des Commanders ein Virus-Programm entwickelt, das beim nächsten Einsatz der Anlagen aktiv wird und alle gespeicherten Informationen destrukturiert. Nach der erfolgten ›Infizierung‹ versuchen wir, die Computer in Betrieb zu nehmen und festzustellen, wo das bereits korrigierte Genmaterial gelagert wird. Sollte sich jedoch herausstellen, daß sich beide Pläne nicht verwirklichen lassen, zerstören wir die elektronischen Installationen und schließen uns der Hauptangriffsgruppe an.«

»Die sofort damit beginnt, die gefangenen Vulkanier zu finden und zu befreien, sobald sie die Transporter gesichert hat«, sagte Matlock. »Auf kurze Entfernungen sind unsere Sensoren empfindlich genug, um mit Hilfe der Lebensindikatoren den Unterschied zwischen Vulkaniern und Rihannsu zu registrieren – im Gegensatz zu den romulanischen Instrumenten. Nach der Befreiung der Vulkanier setzen wir uns mit der *Enterprise* in Verbindung und leiten den Retransfer ein, wobei wir die Frachttransporter benutzen.«

»Es müssen recht viele Leute zurückgebeamt werden«, brummte McCoy leise. »Aber ganz abgesehen davon: Was ist mit der *Intrepid?*«

Ael begegnete seinem Blick und schüttelte den Kopf. »Das ist ein Faktor, der sich nicht einschätzen läßt, Doktor. Ich vermute, das Schiff befindet sich hinter den Deflektoren der Station, in einem Traktorstrahl. Und vermutlich sind alle Bordsysteme stillgelegt worden. Mr. Scott, wie lange dauert der Aktivierungszyklus?«

»Das kommt darauf an, seit wann die Energiewandler nicht mehr arbeiten«, erwiderte der Chefingenieur. »Wenn ich vom ungünstigsten Fall ausgehe und eine längere Anwärmphase berücksichtige... rund fünfzehn Minuten.«

»Wir gehen von einer Einsatzdauer aus, die ungefähr vierzig Minuten beträgt, Mr. Scott«, sagte Matlock.

»Nun, dann wollen wir nur hoffen, daß wir die *Intrepid* möglichst früh erreichen. Es braucht seine Zeit, die Materie-Antimaterie-Wandler auf die richtige Betriebstemperatur zu bringen.«

»Und wenn wir die Orbitalbasis aus irgendeinem Grund verlassen müssen, bevor die Bordsysteme der *Intrepid* voll funktionstüchtig sind...« Kirk schüttelte kummervoll den Kopf. »Wir können sie nicht einfach zurücklassen. Die romulanischen Techniker würden sie demontieren und eingehend analysieren. Nein, wenn wir gezwungen sind, uns vorzeitig zurückzuziehen, bleibt uns nichts anderes übrig, als die *Intrepid* zu vernichten.«

Stille schloß sich an diese Worte an, und Chefingenieur Scott wirkte besonders betroffen. »So ein prächtiges Schiff...« stöhnte er leise.

»Das wär's, Captain«, sagte Matlock. »Nachdem wir mit der Besatzung der *Intrepid* und dem Genmaterial zurückgekehrt sind, kann uns nichts mehr davon abhalten, den Rihannsu-Raumbereich zusammen mit der *Blutschwinge* zu verlassen. Ich schlage Warp acht vor.«

McCoy starrte auf seine Datenkassetten. »Wie Mr. Matlock schon sagte: Das wär's wohl.«

»Nun gut.« Kirk sah sich um. »Irgendwelche Fragen?«

Ael hob den Blick. »Nur eine.«

»Commander?«

»Warum haben Sie sich von mir zu dieser Aktion überreden lassen?«

Der Captain musterte sie mit ausdrucksloser Miene, und die anderen Leute am Tisch lachten leise. Doch Ael bemerkte, daß sowohl Kirk als auch Spock und McCoy ernst blieben. »Darüber sprechen wir nach dem erfolgreichen Abschluß der Operation«, erwiderte Jim. Er wandte sich an die Sektionsleiter: »Unterrichten Sie Ihre Abteilungen und stimmen Sie sich mit Mr. Matlock ab. Sorgen Sie anschließend für die Ausrüstung der Personen, die zur Einsatzgruppe gehören. Wir treffen uns in zwei Stunden auf dem Freizeitdeck. Sie können gehen.«

Die Männer und Frauen standen auf und verließen das Besprechungszimmer mit raschen Schritten. Ael drehte den Kopf und sah Kirk an.

»Kalte Füße, Ael?« fragte der Captain.

Sie blickte ihn groß an. »Mit meinen Füßen ist alles in Ordnung.«

»Ich meine, haben Sie…« Kirk brach ab. »Was für eine dumme Frage. Entschuldigen Sie. Wenn Sie mich jetzt begleiten würden… Dann kann der Quartiermeister Sie und Ihre Leute mit allen notwendigen Dingen ausstatten.«

»Ich ziehe es vor, meine eigenen Waffen zu benutzen«, gab Ael zurück. »Damit komme ich bestimmt besser zurecht. Aber was die Uniform angeht: Es wird mir eine Ehre sein, sie zu tragen.«

»Vielen Dank.«

»Wenigstens dieses eine Mal.«

»Nun, Sie brauchen sich nicht länger damit zu belasten, als unbedingt notwendig«, erwiderte Kirk und stand auf. Ael beobachtete ihn, sah sich aber außerstande, seinen Gesichtsausdruck zu deuten.

Sie folgte ihm in den Korridor und schüttelte verwirrt den Kopf, als sie begriff, etwas Falsches gesagt zu haben. Täuschte sie sich, oder trug Kirk seinen Stolz ganz offen zur Schau, wie einen Mantel, den jemand anders jederzeit zerreißen konnte? Aber warum? Es fiel ihr immer schwerer, ihn zu verstehen…

In Gedanken verfluchte sie ihn.

Zwei Stunden später stand Ael wieder auf der Brücke der *Enterprise,* und in ihr regten sich noch sonderbarere Empfindungen als zuvor. Auf dem großen Wandschirm war die Orbitalbasis Levaeri V zu sehen: Zwar befand sie sich innerhalb der Sensor-Reichweite, aber bisher hatte sich noch niemand mit ihnen in Verbindung gesetzt. »Ich warte noch ein wenig«, wandte sie sich an den Mann, der sich zusammen mit zweihundert anderen Besatzungsmitgliedern auf dem Freizeitdeck eingefunden hatte. »Es wäre untypisch für mich, in einer solchen Lage besondere Eile zu zeigen, Captain. Sollen sie uns nur beobachten und staunen.«

»Solange wir dadurch nicht das Überraschungsmoment verlieren ...« wandte Kirk ein.

»Machen Sie sich keine Sorgen. Aidoann meldete eben, die Hilfsbrücke habe jetzt vollständige Kontrolle über das Raumschiff. Einige meiner Kameraden von der *Blutschwinge* ›bewachen‹ Ihre Leute an Bord, so daß selbst bei einer Inspektion niemand Verdacht schöpft.«

»Ist Scotty bereits unten?«

»Er berichtete, alle Systeme funktionieren einwandfrei. Darüber hinaus sind die beiden nächsten Störbojen ausgeschleust worden. Was die Hauptbrücke angeht: Hier halten sich keine regulären Besatzungsmitglieder mehr auf, dadurch wirkt sie ziemlich... seltsam.«

»Kann ich mir vorstellen«, ertönte die belustigt klingende Stimme Kirks. *»Leistet Ihnen Subcommander Tafv Gesellschaft?«*

»Ja, ich bin hier, Captain«, sagte Tafv von der Kommunikationskonsole.

»Geben Sie gut auf mein Schiff acht, Subcommander«, bat Kirk.

»Das werde ich, Captain. Commander, Levaeri versucht, Kontakt mit uns aufzunehmen. Wir nähern uns der Schildbarriere – und die Sensoren orten ein Raumschiff jenseits der Deflektoren. Eine ID-Kennung ist nicht auszumachen, aber es deutet alles darauf hin, daß es sich um die *Intrepid* handelt.«

»Nun gut«, brummte Kirk. *»Jetzt kann die Show beginnen.«* Er klang zugleich verärgert, zufrieden und besorgt – eine eigentümliche Mischung. *»Kommen Sie zu uns, Commander?«*

»Sobald die Schilde desaktiviert sind. Warten Sie nicht auf mich, Jim. Bringen Sie Ihre Leute zum Frachttransporter. Ich gebe Ihnen die Koordinaten.«

»Viel Glück, Ael.«

»Mögen die Elemente mit Ihnen sein«, antwortete die Romulanerin. »Bestimmt brauchen wir ihre Hilfe. Ende.«

Sie wandte sich an Tafv. In seiner Mimik zeichneten sich dieselben gemischten Gefühle ab, die auch in ihr selbst vibrierten. »Öffnen Sie einen Kom-Kanal zur Station, Sohn. Ich glaube, man hat uns jetzt lange genug bestaunt.« Erneut benutzte sie die förmliche Anrede, in der besonderer Respekt zum Ausdruck kam.

»Sofort, Madam«, sagte Tafv. Ael ließ sich in den Sessel des Befehlsstands sinken, verdrängte die Unruhe in einen fernen Winkel ihres Selbst und wurde wieder zur Kommandantin eines Raumschiffs.

»Levaeri-Station an Blutschwinge«, meldete sich eine weibliche Stimme.

»Hier spricht Kommandeur-General Ael t'Rllaillieu«, antwortete Ael ruhig und stolz. »Derzeit befinde ich mich an Bord des gekaperten Föderations-Schiffes USS *Enterprise.* Bitte identifizieren Sie sich.«

»Ich bin Zenturio Ndeian tr'Jeiai, Commander.«

Oh, bei den Elementen – nicht ausgerechnet Ndeian... ! »Ndeian«, sagte Ael laut und gab sich ausgelassen, »bei Feuer und Luft: Was machen Sie in diesem Sektor? Ich dachte, Sie seien auf ch'Havran und beschäftigten sich mit der Aufzucht von Fvai!«

»Man hat mich erneut verpflichtet«, sagte Ndeian.

»Sie sind verzweifelt, Ael, boten mir an, mich reich zu machen. Das Verrückte ist: Ich habe ihnen sogar geglaubt...«

»Sie waren schon immer recht leichtgläubig.« Ael hatte das Gefühl, als zerreiße etwas tief in ihr. »Haben Sie hier den Befehl, Ndeian?«

»Nein, nicht ich, sondern Gwiu t'Laheiin. Man wies uns auf Ihre Ankunft hin, und wir bekamen die Anweisung...«

In Aels Magengrube krampfte sich etwas zusammen...

»...Ihnen jede gewünschte Unterstützung zu gewähren, wenn es hier zu einem Zwischenstop kommen sollte. Verzeihen Sie mir, Ael, aber ich glaube, man möchte vermeiden, daß Sie sich hier zu lange aufhalten. Unser Befehl lautet, Sie in die Lage zu versetzen, den Flug so schnell wie möglich fortzusetzen.«

»Seien Sie unbesorgt, Ndeian: Ich möchte möglichst wenig Zeit verlieren. Ich brauche Vorräte für die *Blutschwinge,* und einige meiner Leute benötigen eine bessere medizinische Behandlung, als sie an Bord dieses Schiffes möglich ist. Es ist alles andere als leicht, nicht die Kontrolle über die erbeutete *Enterprise* zu verlieren und ihre Besatzung in Schach zu halten.« Mit deutlicher Anerkennung fügte Ael hinzu: »Übrigens: In dieser Hinsicht scheinen Sie ebenfalls ziemlichen Erfolg gehabt zu haben.«

»In der Tat«, bestätigte Ndeian. *»Das vulkanische Schiff, das Sie hinter unseren Schilden orten, wurde von der* Kampfkönigin *erbeutet. Nun, gehen Sie einfach in einen Standardorbit, Ael. Dann desaktivieren wir die Deflektoren, so daß Sie, das medizinische Personal und Ihre Techniker zu uns kommen können.«*

»Standardorbit-Vektor, Ndeian. Bis bald. T'Rllaillieu Ende.«

Sie winkte Tafv zu und versuchte, sich ihren Kummer nicht anmerken zu lassen. Der Subcommander unterbrach die Verbindung, sah auf seine Instrumente und sagte: »Levaeri V senkt die Schilde. Wir haben die Barriere passiert.«

»In Ordnung.« Ael stand auf und steuerte auf den Turbolift zu. Vor der Tür drehte sie sich noch einmal um und ließ ihren Blick über die Brücke schweifen. Rihannsu an den Kontrollen, bereit dazu, gegen andere Rihannsu zu kämpfen, und sowohl Ndeian als auch tausend andere zu töten... »Übernimm das Kommando,

Tafv«, sagte Ael und benutzte dabei wieder die persönliche Anrede. Mehr konnte sie nicht hervorbringen. Vor ihr schoben sich die beiden Hälften der Lifttür auseinander. Ael griff nach dem weißen Overall, der zusammengefaltet auf dem Boden lag, und während sie ihn überstreifte, wandte sie sich an die Kontrolleinheit in der Wand. »Freizeitdeck!«

»Wir haben alles gehört und sind bereits unterwegs«, ertönte die Stimme des Captains. *»Kirk Ende.«*

Der Lift hielt an; Ael trat aus der Kabine und eilte durch den Korridor. Kurz darauf erreichte sie den Raum mit der Installation des Frachttransporters, zog ihren Phaser und sprang auf die Plattform, zu Kirk und einigen Besatzungsmitgliedern der *Enterprise*. Der junge Mann an der Kontrollkonsole betätigte die Verzögerungsschaltung und trat ebenfalls auf eins der Transferfelder. Wenige Sekunden später verwandelten sie sich in schimmernde Energiesäulen.

Vielleicht funktionierten die Föderationstransporter ein wenig anders; vielleicht gab es bei ihrer Technik Komponenten, die bei den Rihannsu nicht verwendet wurden. Möglicherweise aber war es auch nur Aels unterdrückte Furcht, die ihr einen Streich spielte: Als sie dematerialisierte, glaubte sie, außerhalb des Transporterraums das Zischen eines Phasers zu hören, gefolgt von einem Schrei...

KAPITEL 14

Montgomery Scott wanderte nervös auf der Hilfsbrücke hin und her, wie ein in einem Käfig gefangenes Raubtier. »Das ist die letzte Transfergruppe«, brummte er und deutete auf die Kontrollen. Seine Worte richteten sich nicht nur an Uhura, Chekov, Sulu und die anderen Anwesenden, sondern auch an das Universum im allgemeinen. »Die ganze Sache gefällt mir überhaupt nicht.«

Sulu und Chekov wechselten einen kurzen Blick, den Scott bemerkte und als Bestätigung interpretierte: Sie teilten sein Unbehagen. »Vielleicht laufen sie geradewegs in eine verdammte Falle«, knurrte Scott. Er sah über Chekovs Schulter, beobachtete die Energiekontrollen und nahm eine kurze Justierung vor.

»Sie hätten sich während der Besprechung zu Wort melden sollen, Mr. Scott«, wandte Uhura sanft ein. Sie saß vor dem Kom-Pult.

»Ja.« Der Chefingenieur nickte und seufzte. »Aber was hätte das schon genützt, Mädchen? Sie wissen ja, wie der Captain ist, wenn er bereits eine Entscheidung getroffen hat. Himmel, Jim ist sturer als die geizigsten Schotten, die ich kenne.«

Er setzte seine unruhige Wanderung durch die kleine Kammer fort. Genau das ist das Problem, fuhr es ihm durch den Sinn. Der Platz genügt nicht. Zu wenig Raum für zu viele Geräte und die Leute, die sie bedienen müssen. Scott verglich das Zimmer mit der Brücke der *Blutschwinge* und fragte sich, ob sie überhaupt eine solche Bezeichnung verdiente. Ein schwarzes Loch, nichts anderes. Eingequetscht zwischen der Waffenkammer und den Nahrungsmittelprozessoren weiter unten. Geradezu lächerlich. »Ist alles klar?«

»Es wird Bereitschaft gemeldet«, sagte Uhura. »Und ab geht's.«

»Viel Glück«, sagte Sulu leise, als der Transfer erfolgte. Er sah auf den Bildschirm und beobachtete die Darstellung der Orbitalbasis. Levaeri V schwebte direkt unter ihnen im All, ein häßlicher Metallquader, gespickt mit Röhren, Gittern, Antennen und vielen anderen Dingen. Der Anblick beleidigte das ästhetische Empfinden Scotts und bestätigte viele seiner Einschätzungen in Hinsicht auf die romulanische Technik. »Vorgefertigte Raumstationen«, brummte er. »Was für ein Unsinn! Wahrscheinlich fallen die blöden Apparate auseinander, wenn man sie nur einmal scharf ansieht.«

»Da haben Sie vermutlich recht«, sagte Khiy, der an den Triebwerkskontrollen saß. »Wirklich schäbig, Sir.«

»Kann man wohl sagen, Junge.« Der Chefingenieur schauderte, wandte sich vom Schirm ab und richtete den Blick auf Uhura. »Irgendwelche Probleme beim Transfer?«

»Keine, Sir. Positive Ankunftsanzeige.«

»Na, wenigstens etwas. Ich wünsche nur, ich hätte den Captain begleiten können...«

Irgend etwas kreischte, und darauf folgte ein auf- und abschwellendes Heulen. Einige Sekunden lang war Scott wie erstarrt, und das Herz klopfte ihm bis zum Hals empor. Sein Schiff wimmerte wie ein verletztes Tier. Die Automatik gab Alarm – Eindringlinge an Bord. »Die Deflektoren!« entfuhr es dem Chefingenieur. »Sulu, die Schilde hoch!« Mit einem Satz war er am Pult. Sulus Finger huschten über die Tasten, und von einem Augenblick zum anderen verklang das Heulen. Uhura hielt sich den Datencoder ans Ohr, und erschrockene Besorgnis spiegelte sich in ihren Zügen. Mit der anderen Hand führte sie flink einige Schaltungen durch. »Mr. Scott, Fremde auf Deck vier, acht, neun, zwölf...«

»Woher?«

»Der Transport ist bereits erfolgt, Mr. Scott. Transferpunkt nicht mehr feststellbar...«

»Blutschwinge«, brachte Scott heiser hervor und starrte Khiy an.

»Nein!« rief Khiy. »Mr. Scott, Commander Ael würde niemals...«

»Ich meine nicht Ihre Kommandantin, Bursche«, sagte der Chefingenieur und spürte, wie ihm das Blut ins Gesicht schoß. »Aber ich glaube, ich weiß, wer dahintersteckt. Warum hat der Captain nicht daran gedacht? Khiy, schirmen Sie uns vom Rest des Decks ab – schließen sie alle Schotten südlich von dreißig. Ach, Himmel...« Mit einigen Schritten war er an der Konsole und berührte mehrere Sensorfelder. Khiy kannte sich mit den Anlagen noch nicht so gut aus, um unverzüglich reagieren zu können. »Lieutenant Uhura, stellen Sie fest, was eigentlich los ist.«

»Ich bekomme keine klaren Angaben, Mr. Scott. Kämpfe auf den Decks sechs und acht. Andere Sektionen melden sich und fragen an, was der Alarm zu bedeuten hat...«

»Geben Sie ihnen Auskunft. Nein, warten Sie. Chekov, helfen Sie Khiy. Ich möchte, daß alle Schotten in diesem Raumschiff verriegelt werden. Kontrollieren Sie die Energieversorgung. Um die Einzelheiten kümmern wir uns später.«

Chekov sprang auf und eilte an Khiys Pult. »Sieht übel aus, Mr. Scott. Einige Verteilerkontakte sind unterbrochen, und von den Hauptverzweigungen funktionieren nur noch...«

»Verdammt! Pavel, desaktivieren Sie die Transporter. Lassen Sie keine Transferstelle aus. Der Captain kann die Levaeri-Transporter benutzen, um hierher zurückzukehren, und ich bin nicht bereit, dem verfluchten Tafv die Möglichkeit zu schiffsinternen Transfers zu geben. Wenn er auf die *Enterprise* scharf ist, so soll er um jeden Quadratzentimeter kämpfen.« Scott holte tief Luft. »Schenken Sie dem Notfall-Protokoll keine Beachtung und riegeln Sie die Gondelbereiche ab. Die verdammten Kerle dürfen nicht die Gelegenheit bekommen, meine Maschinen anzurühren.«

Chekov beugte sich übers Pult, machte Khiy mit den Anzeigen vertraut und erklärte ihm leise, welche Schaltungen es durchzuführen galt. Wenige Sekunden später heulten erneut die Sirenen – ein kreischender Aufschrei, mit dem die *Enterprise* auf die Amputation ihrer wichtigsten Gliedmaßen reagierte, die Versiegelung nicht nur des zylindrischen Aggregats unter dem diskusförmigen Schiffsrumpf, sondern auch der beiden Triebwerksgondeln darüber. Die beiden Warp-Einheiten waren autarke Komponenten, die auch für sich allein funktionsfähig blieben, doch die Abtrennung war eine so außergewöhnliche Maßnahme, daß Scott mit Grauen an die möglichen Konsequenzen dachte. Andererseits: Jetzt brauchten nur noch die Sprengkapseln gezündet zu werden, um sie vom Rest der *Enterprise* abzulösen, und wenn es Kirk und seiner Einsatzgruppe gelang, mit den befreiten Vulkaniern zurückzukehren, konnten sie sich mit Hilfe der Gondeln absetzen.

Bis dahin erachtete es Scott als seine Pflicht, diesen Fluchtweg offenzuhalten. Bei der Vorstellung, daß Kirk und die anderen in der Orbitalbasis festsaßen und dort eine ähnliche Überraschung erlebten wie sie selbst an Bord der *Enterprise,* drehte sich ihm der Magen um. Wut stieg in ihm hoch, und er nahm sich vor, Levaeri V in einem solchen Fall vollständig zu vernichten. Er hatte nach wie vor die Selbstzerstörungs-Option, und wenn er sie in unmittelbarer Nähe der Forschungsstation wahrnahm, bedeutete sie das Ende der Basis sowie der *Intrepid* und *Blutschwinge.* Scott empfand diesen Gedanken nicht als sonderlich tröstlich, war jedoch bereit, nötigenfalls von der Möglichkeit Gebrauch zu machen. Bis dahin jedoch durfte er nicht die Hände in den Schoß legen. »Wie läuft's?« wandte er sich an Chekov.

»Wir machen gute Fortschritte, Sir. Der Maschinenraum ist schon abgeriegelt.«

»Dort sitzen jetzt vierzig Personen fest, Mr. Scott«, sagte Uhura. »Niemand von ihnen ist verletzt. Eine gemischte Gruppe: Sie besteht aus unseren Leuten und Aels Rihannsu.«

»Hm...« Darum ging es: Scott hatte den Romulanern von Anfang an nicht getraut, und er fragte sich, was jetzt in denen vorging, die nicht zu Tafvs Verschwörern gehörten... Gleich darauf rief er sich selbst zur Ordnung, zwang sich dazu, fair zu bleiben. Der arme Khiy zum Beispiel: Er gab sich alle Mühe, ihnen zu helfen, dachte bestimmt nicht einmal daran, mit Tafv gemeinsame Sache zu machen. »Na schön. Was ist mit den Transportern?«

»Alle desaktiviert, Mr. Scott«, meldete Chekov.

»Gut. Nun, wir können jetzt nicht mehr raus, aber angesichts der stabilen Deflektoren trifft das auch auf die Eindringlinge zu. Außerdem: Vielleicht hat es einige von ihnen erwischt, diejenigen, die sich transferierten, als wir die Schilde hochfuhren. Geschieht ihnen ganz recht. Uhura, nehmen Sie Kontakt mit den anderen Sektionen auf und stellen sie fest, wie's dort aussieht. Wie viele Leute stehen uns nach dem Aufbruch der Einsatzgruppe zur Verfügung?«

»Zweihundertacht, Sir.«

»Wir könnten uns mit dem Captain in Verbindung setzen...« schlug Chekov vor.

»Ihm sind die Hände gebunden. Wir haben nur die Bestätigung bekommen, daß er in der Station eingetroffen ist. Bestimmt hat seine Einsatzgruppe mehr als genug zu tun, denn sonst hätten wir schon wieder etwas von ihr gehört. Nein, mit diesem Problem müssen wir selbst fertig werden. Zweihundertacht...« Scott schnaufte abfällig. »Und noch dazu übers ganze Schiff verteilt... Nun, wie dem auch sei. Rundruf, Uhura.« Wieder marschierte der Chefingenieur auf und ab. »Wenn wir versuchen, uns in die Lage des Verräters Tafv zu versetzen – was wäre dann unser Ziel?«

»Dieser Raum, Sir.«

»Genau, Mr. Sulu. Und wir haben uns gerade abgeschirmt und können nicht mit Hilfe rechnen. Nun, Tafv muß sich den Weg hierher freikämpfen, sich durch den Schottstahl brennen – und bekommt es dann mit uns zu tun. Aber ich bin sicher, er wird es trotzdem wagen, ganz gleich, welchen Preis das für ihn erfordert.«

»Was ist mit den internen Sensoren? Können wir nicht das System zur Abwehr von Eindringlingen zum Einsatz bringen?«

»Ach, Khiy, offenbar haben Sie sich die Anzeigen Ihrer Konsole nicht genau genug angesehen. Tafv ist ein gewiefter Bursche. Er hat das System außer Gefecht gesetzt, indem er einige Verteilerstellen und Interface-Verbindungen manipulierte. Himmel, wir hätten ihn nie in die Nähe des Computers lassen sollen…«

Zwei weitere lange Schritte. »Hm…« brummte Scott. »Er hatte nicht allzuviel Zeit, sich mit den bordinternen Kontrollsystemen zu befassen, und vermutlich hat er sich nur die wichtigsten Dinge eingeprägt. Das ist unser Vorteil: Wir kennen die *Enterprise* noch immer wesentlich besser als er. Möglicherweise…« Er unterbrach sich mitten im Satz und blieb abrupt stehen. »Mr. Sulu, fordern Sie eine schematische Darstellung der Wartungsschächte an, die sich zwischen dieser Kammer und der Hauptbrücke erstrecken. Während Sie damit beschäftigt sind… Uhura, schalten Sie einen Kanal zum Bibliothekscomputer und justieren Sie ihn auf verbale Kontrolle. Ich möchte, daß er nur für die Besatzungsmitglieder der *Enterprise* arbeitet. Prächtig wär's, wenn Sie außerdem ein spezielles Programm eingeben könnten: Die einzelnen Terminals sollen sich automatisch blokkieren, wenn eine nicht autorisierte Person versucht, Daten abzurufen…«

»Sie verlangen eine ganze Menge, Mr. Scott«, erwiderte Uhura trocken, lächelte schief und machte sich sofort ans Werk.

»Mr. Scott«, sagte Chekov, »was ist mit den Romulanern auf der Hauptbrücke? Es sind unsere Verbündeten...«

»Ja, was ist mit ihnen?« Der Chefingenieur drehte sich um. »Uhura?«

»Die Stimmuster von Aidoann, Khiy und Nniol habe ich registriert«, sagte Uhura, ohne von ihrer Konsole aufzusehen. Sie lächelte erneut.

»Und Tafvs?«

Uhura hob den Kopf und wirkte ein wenig überrascht. »Ich hatte gar keine Gelegenheit, es aufzuzeichnen. Er hielt sich die ganze Zeit über an Bord der *Blutschwinge* auf.«

Scott nickte verbittert. »Ich sage es nicht gern, aber es hat den Anschein, als fühlten sich einige Leute aus der Mannschaft Aels nicht sehr an die romulanische Ehre gebunden. Ihr eigener Sohn... Es wird ihr das Herz brechen.«

»*Mnhei'sahe*«, murmelte Khiy. »Mr. Scott... einige Mitglieder der Crew gehörten noch nicht lange zu uns. Es gab manche, die über eine bestimmte Gelegenheit sprachen...«

»Darüber, dieses Schiff *wirklich* in ihre Gewalt zu bringen, nicht wahr?« Scott bedachte den jungen Romulaner mit einem durchdringenden Blick.

»Schon die Vorstellung allein ist erbärmlich genug. Nun, einige von uns forderten die anderen auf, diese Diskussionen sofort zu beenden. Sie stellten die entsprechenden Erörterungen ein, aber offenbar dachten sie weiterhin darüber nach. Und als Commander Ael die Leute auswählte, die sich an Bord der *Enterprise* begeben sollten...«

»Wie *wählte* sie sie denn aus?«

»Nur Freiwillige kamen in Frage. Einige von ihnen ließ sie zurück – nicht allzu viele. Seltsam ist, daß niemand von jenen hierher kam, die vorher über eine tatsächliche Kaperung der *Enterprise* gesprochen hatten...«

»Offenbar hat unser Freund Tafv eigene Vorstellungen von der derzeitigen Situation«, knurrte Scotty. »Nun, wir werden uns alle Mühe geben, ihm einen Strich durch die Rechnung zu machen. Mr. Sulu, Mr. Chekov, kümmern Sie sich nicht weiter um die Konsole. Ich habe einen kleinen Spaziergang für Sie geplant.«

»Sir«, erwiderte Sulu langsam und verzog das Gesicht zu einem breiten Grinsen, »die Waffenkammer befindet sich direkt nebenan...«

»Sie scheinen meine Gedanken erraten zu haben, Mr. Sulu. Aber es ist alles andere als ungefährlich.«

»Was haben Sie vor, Sir?« fragte Chekov.

»Nun, Tafv und seine Komplizen wollen *hierher* kommen, um das Schiff unter ihre Kontrolle zu bringen, nicht wahr?« Die beiden Männer nickten. »Er dürfte ziemlich überrascht sein, wenn er hier eintrifft und feststellt, daß dieser Raum entweder vollständig abgeriegelt oder aber zerstört ist – und die Bordsysteme wieder von der Hauptbrücke aus gesteuert werden.«

Chekov lächelte ebenfalls. »Es ist ziemlich weit bis zur Brücke, Sir.«

»Das stimmt. Und deshalb sollten Sie einen Abstecher in die Waffenkammer machen und alles mitnehmen, was Sie unterwegs vielleicht brauchen. Gehen Sie nicht sparsam mit dem Material um. Wenn Sie in den Korridoren und Gängen den Wunsch verspüren, unvorsichtigen Leuten Fallen zu stellen, so bin ich bereit, großzügig darüber hinwegzusehen. Ehe ich's vergesse: Bringen Sie den Rest hierher. Schließlich wollen wir Tafv nicht den Gefallen tun, ihm den Inhalt der Waffenkammer zu überlassen. Uhura, Khiy und ich könnten ebenfalls einige Knarren gebrauchen.«

»Mr. Scott«, sagte Uhura leise, als sich Sulu und Chekov auf den Weg machten. »Die Krankenstation hat sich mit uns in Verbindung gesetzt. Dr. Chapel.«

»Kontakt herstellen.«

»Zum Teufel auch, Scotty: Was ist los?«

»Verrat und Chaos, Christine«, erwiderte der Chefingenieur fröhlich. »Sonst nichts weiter. Einige Romulaner aus Aels Crew haben sich gegen sie und uns verschworen und möchten die *Enterprise* gern für ihre eigenen Zwecke verwenden.«

»Lieber Himmel!«

»An Ihrer Stelle würde ich die Türen der Krankenabteilung schließen und niemandem öffnen, den Sie nicht kennen. Inzwischen sind die Sektionsschotten dicht, aber zuvor sind im ganzen Schiff Romulaner rematerialisiert. Wir wissen nicht genau, wo sich die Kerle überall herumtreiben. Und außerdem gibt es keine Möglichkeit, die Verschwörer von unseren Verbündeten zu unterscheiden.«

»Was für ein Unsinn, Scotty«, lautete die scharfe Antwort Chapels. Der Chefingenieur runzelte unwillkürlich die Stirn, denn für gewöhnlich sprach die Stellvertreterin McCoys in einem recht sanften Tonfall. *»So eine Trennung läßt sich ganz einfach vornehmen.«*

»Meine Güte, *wie* denn?«

»Scotty«, entgegnete Chapel mit übertriebener Geduld, *»Sie waren doch neulich selbst zugegen und haben beobachtet, wie ich den Rihannsu an Bord intradermale Übersetzungs-Transplantate einsetzte. Erinnern Sie sich nicht mehr? Ich klagte darüber, so viele Cäsium-Rubidium-Kristalle auf einmal herstellen zu müssen...«*

»Selektive Tricorder-Kontrolle«, sagte Scott und nickte. »Natürlich! Jeder Romulaner mit Cäsium-Rubidium-Anzeige gehört zu uns.«

»Und die anderen sind Feinde«, fügte Christine Chapel hinzu. *»Was ich fragen wollte, Scotty: Gibt es Verletzte? Wenn ja, müssen M'Benga und ich die Krankenstation verlassen und sie behandeln. Wir können nicht einfach hier herumsitzen und darauf warten, daß die Verwundeten zu uns kommen.«*

»Überprüfen Sie das mit Uhura«, antwortete Scott. Sulu und Chekov kamen gerade in den Raum zurück, mit Waffen und entsprechenden Ausrüstungsgegenständen beladen. Der Chefingenieur sah eine Schallgranate, und dieser Anblick erinnerte ihn an die Möglichkeit, den Sprengkörper mit einem Zeitzünder zu versehen. »Uhura, kümmern Sie sich darum. Chekov, ich möchte Ihnen etwas zeigen...«

Scott und Chekov arbeiteten einige Minuten lang zusammen, während Sulu und Khiy immer wieder die Waffenkammer aufsuchten und alle darin gelagerten Gegenstände in den Raum der Hilfsbrücke brachten. Nach einer Weile stapelten sich an den Wänden Phaser, Energiegewehre und Intervaller. Auf dem Boden lagen sechs verschiedene Arten von Granaten, die Komponenten einiger semimobiler Phasergeschütze und Hunderte von Erg-Zellen.

»In Ordnung«, sagte Scott schließlich und musterte Chekov und Sulu nacheinander. Sie sahen aus wie wandelnde Weihnachtsbäume. Doch es gab einen großen Unterschied: Der Schmuck bestand nicht aus bunten Kugeln, sondern aus geballter Waffentechnik. Chekov hielt einige Gewehre wie Holzscheite in den Armen. »Nehmen Sie den sichersten Weg zur Brücke. Benutzen Sie die Wartungsschächte, denn in den normalen Korridoren sind die Schotten verriegelt. Fordern Sie die Leute, die Sie unterwegs treffen, dazu auf, sich Ihnen anzuschließen. Bestimmt gibt es überall im Schiff kleine Gruppen, die nur darauf warten, etwas gegen die Eindringlinge unternehmen zu können. Versuchen Sie, eine regelrechte Streitmacht zusammenzustellen.«

Uhura sah von ihrem Pult auf und verzog kurz das Gesicht. »Sechs Decks nach oben«, sagte sie. »Das ist recht weit...«

»Sir...«

Alle drehten sich um. Khiy stand hinter ihnen und wirkte ziemlich aufgeregt. »Mr. Scott, ich möchte Sulu und Chekov begleiten!« platzte es aus ihm heraus. »Hier kann ich mich kaum nützlich machen. Aber ich weiß, wie man kämpft – und auch meine Ehre wurde verletzt. Unsere ganze Crew hat geschworen, in Ihnen Brüder zu sehen – zumindest für eine Weile. Subcommander Tafv hat Schande auf uns geladen, uns verraten... Und wenn es uns nicht gelingt, die Kontrolle über die *Enterprise* zurückzugewinnen, wird er Commander Ael dem Verderben ausliefern – oder sie selbst umbringen. Das darf ich nicht zulassen, niemand von uns!«

Scott beobachtete den jungen Mann und stellte fest, daß er trotz der spitzen Ohren eine erstaunliche Ähnlichkeit mit Chekov aufwies. »Also gut«, sagte er. »Nehmen Sie einige weitere Waffen mit, Khiy. Uhura und ich halten hier die Stellung, bis Sie sich von der Brücke aus mit uns in Verbindung setzen. Aels Leute waren dort stationiert, bevor Tafvs Aktion begann. Angesichts der blockierten Schotten sollten sie vor Angriffen der Verschwörer einigermaßen geschützt sein. Ich halte es nicht für ratsam, sie auf Ihre Ankunft hinzuweisen – Tafv könnte davon erfahren, wenn er es geschafft hat, Uhuras Kom-Code zu knacken. Geben Sie uns sofort Bescheid, wenn Sie die Brücke erreicht haben.«

»Mr. Scott...« Chekov sah ebenso betroffen aus wie Khiy. »Wenn Tafv und seine Leute hier eintreffen, bekommen Sie es mit einem zahlenmäßig weit überlegenen Gegner zu tun. Und wenn Sie auf unser Signal hin die Kontrolle an die Hauptbrücke übergeben, reagiert die Automatik und öffnet die Abschirmungen.«

»Wir kommen schon irgendwie zurecht, Junge«, sagte der Chefingenieur – obgleich er in diesem Zusammenhang nicht die geringste Idee hatte. »Brecht jetzt endlich auf und verliert nicht noch mehr Zeit.«

»Ja, Sir.«

Sulu trat zur Tür. Als sie sich aufschob, spähte er vorsichtig in den Korridor. Leer erstreckte sich der Gang vor ihm; weit und breit war niemand zu sehen – sonderbar in einem Raumschiff, in dem normalerweise reger Betrieb herrschte. Plötzlich erzitterte der Boden, und in der Ferne krachte es dumpf. Scott wechselte einen besorgten Blick mit Uhura. Irgendwo waren einige Sprengkörper detoniert, und kurz darauf hörten sie das leise Zischen und Fauchen von Phasern, wie das Summen eines Bienenschwarms, der sich langsam näherte.

»Raus mit euch«, drängte Scott. »Und seid vorsichtig.«

Sulu und Chekov verließen die Hilfsbrücke, gefolgt von Khiy.

»Und an eurer Stelle würde ich meine Haut so teuer wie möglich verkaufen!« rief Scott ihnen nach.

Die drei Männer zögerten kurz, und dann liefen sie los. Hinter ihnen schloß sich die Tür wieder. »Kommen Sie, Nyota, Schätzchen«, sagte der Chefingenieur mit seinem schottischen Akzent. »Was halten Sie davon, den Romulanern eine Lektion zu erteilen? Wir gehen kurz hinaus und lassen einige nette Überraschungen im Korridor zurück.«

»Klingt gut«, erwiderte Uhura. Sie stand auf, griff nach einigen Schallgranaten und justierte sie auf sequentielle Detonation.

Erneut bebte der Stahl zu ihren Füßen, und unmittelbar darauf grollte der Donner einer weiteren Explosion, diesmal wesentlich lauter.

»Sie sind schon auf diesem Deck«, brummte Scotty.

Rasch machten sie sich daran, die nächsten Vorbereitungen zu treffen.

KAPITEL 15

»Phaser auf höchste Betäubungsstufe einstellen«, flüsterte Kirk den Leuten zu, die ihm folgten. »In Bereitschaft halten…«

Die Mitglieder der Einsatzgruppe warteten schweigend und gaben nicht den geringsten Laut von sich. Sekunden verstrichen, wurden zu Minuten. Kirk wich ein wenig von der Gangecke zurück, lehnte sich an die Wand und hielt den Atem an. Inzwischen befanden sich alle vier Teams in der Orbitalbasis, und es war nur noch eine Frage der Zeit, bis der Alarm erfolgte. Zu der Gruppe des Captains gehörten ungefähr fünfzig Personen, und sie hatte die Aufgabe, die eine Seite des Computerbereichs zu sichern. Direkt hinter Kirk standen Spock, Ael und Matlock. Daran schloß sich eine bunte Mischung aus Besatzungsmitgliedern der *Enterprise* und *Blutschwinge* an. McCoy, Lia Burke, Naraht und einige Männer aus der Sicherheitsabteilung bildeten die Nachhut. Es mutete geradezu gespenstisch an, daß sie sich völlig still verhielten. *Die Nerven,* dachte Kirk und lächelte schief. *Meine sind ebenfalls zum Zerreißen gespannt. Hoffentlich verliert niemand den Kopf…*

Spock holte einen Tricorder hervor und desaktivierte das akustische Signal, bevor er das kleine Gerät einschaltete. »Im Korridor vor uns hält sich niemand auf«, sagte er leise. »Voraus und bis zu zwei Decks weiter unten findet beträchtliche Computeraktivität statt. Wir befinden uns in der Nähe des Rechnerkerns.«

»Und die Kontrollbereiche?«

»Wenn ich die Anzeige richtig deute, grenzen sie an den Hauptkorridor, der im rechten Winkel zu dem Gang vor uns verläuft.«

»Was ist mit der Besatzung der *Intrepid?*«

»Keine Werte, Sir… Und mit dem Tricorder ist alles in Ordnung. Vermutlich sind die Vulkanier in einem abgeschirmten Sektor untergebracht. In dieser Station gibt es viele Abteilungen, deren Wände schützende Kraftfelder aufweisen. Der Zweck ist mir noch unklar. Allerdings stören sie den Tricorder-Empfang, zumindest auf eine gewisse Entfernung...«

»Was zum...« erklang eine verblüffte Stimme hinter ihnen.

Wenn Zeit genug gewesen wäre, hätte Kirk »Nicht schießen!« gerufen. Aber dazu kam er nicht mehr. Als er sich umdrehte, sah er einen dunkel gekleideten Romulaner, der in dem T-förmigen Zugang des Korridors stand, welcher dem Captain und seinen Begleitern derzeit als Versteck diente. Nur einen Sekundenbruchteil später begriff Kirk zu seinem Erstaunen, daß eine Warnung gar nicht nötig war. Die letzte weiße Gestalt am Ende der Gruppe stieß sich jäh von der Wand ab und bewegte sich so schnell, daß Kirk nur einen vagen Schemen erkennen konnte. Unmittelbar darauf lag der Romulaner am Boden, den Hals seltsam verrenkt. Fähnrich Brand starrte auf ihn herab und wirkte schockiert.

Kirk nickte ihr kurz zu und deutete mit den Lippen eine Frage an: »Bewußtlos? Tot?«

Die junge Frau beugte sich über den Romulaner, richtete sich dann wieder auf, fuhr sich mit der Kuppe des Zeigefingers über die Kehle und vollführte eine entschuldigende Geste.

Kirk deutete auf den Nebengang. Brand und Fähnrich Lihwa neben ihr nickten und versteckten die Leiche. Anschließend wandte sich Kirk an seinen Ersten Offizier. »Wir müssen los, Spock. Wenn uns hier eine ganze Gruppe von Romulanern findet, haben wir vielleicht nicht soviel Glück.«

»Bestätigung. Gegenwärtig ist der Korridor vor uns frei. Der Tricorder zeigt Bewegungen in den anderen an, aber dabei scheint es sich um reine Routine zu handeln. Außerdem können wir nicht einfach warten, bis es hier ganz ruhig geworden ist...«

»In der Tat. Also los.« Kirk drehte kurz den Kopf, hob die Hand, in der er den Phaser hielt, und gab seinem Team damit das Zeichen. Langsam rückten sie in den leeren Gang vor.

Die Leute schlossen rasch zu ihm auf. Ael bewegte sich lautlos links von Kirk, eine winzige Gestalt, die in ihrem weißen Overall einen ungewohnten Eindruck erweckte. Spock hielt sich auf der rechten Seite des Captains und blickte immer wieder auf die Anzeige des Tricorders. »An der nächsten Abzweigung müssen wir uns nach rechts wenden«, sagte er. »Kurz darauf wieder nach links. Dann noch zehn Meter geradeaus bis zum Haupteingang...«

Das wimmernde Heulen einer Sirene kreischte durch den Flur und hallte schrill von den Wänden wider. »Damit ist das Überraschungsmoment dahin«, sagte Kirk laut. Es hatte jetzt keinen Sinn mehr zu flüstern. »Los geht's. Dichte Formation. Nach hinten decken. Erst betäuben und später Fragen stellen.«

Die Männer und Frauen liefen los. Doch als der Alarm erklang, wurden auch die Romulaner aktiv. Als sich das Team bei der nächsten Abzweigung nach rechts wandte, kamen ihm fast fünfzehn in dunkle Overall-Uniformen gekleidete Rihannsu entgegen. Kirk beherzigte seinen eigenen Rat, sprang mit einem Satz zur Seite und zielte mit dem Phaser. Doch bevor er die Waffe auslösen konnte, stürmten Ael und Spock an ihm vorbei. Die Romulaner an der Spitze der Gruppe sahen zwei ›Rihannsu‹ und zögerten – und hinter dem Captain entluden sich mehrere Phaser und schickten die Uniformierten zu Boden.

»Bewaffnet«, stellte Kirk fest, und tiefe Besorgnis regte sich in ihm. Die Romulaner reagierten enorm schnell. »Die Strahler zerstören und mir folgen«, wies er Matlock an und führte den Rest des Teams weiter. Schon nach kurzer Zeit schloß der Leiter der Sicherheitsabteilung zu ihnen auf. »Wohin jetzt, Mr. Spock?«

»An den Romulanern vorbei, Captain, und dann durch den nächsten Gang, der nach links führt...«

Erneut liefen sie los. Und nur wenige Sekunden später kamen hinter der Korridorecke weitere Romulaner zum Vorschein. Diesmal verloren sie keine Zeit, feuerten sofort ihre Blaster und Intervaller ab. Kirk handelte aus einem Reflex heraus, warf sich nach vorn und stieß gegen Spock – und gleichzeitig spürte er, wie jemand von hinten auf ihn prallte und ihn ebenfalls zu Boden riß.

Die tödlichen Energiestrahlen rasten über sie hinweg und kochten über den Stahl der Gangwand. Zusammen mit seinen beiden Begleitern rollte sich Kirk zur Seite und erwiderte das Feuer, während Matlock und seine Leute in Deckung gingen und die Romulaner ebenfalls unter Beschuß nahmen. Nacheinander sanken die Rihannsu zu Boden. Der Captain stemmte sich in die Höhe und beobachtete, wie Spock benommen den Kopf schüttelte. Er schien jedoch keine Verletzungen erlitten zu haben. Dann streckte Kirk den Arm aus, um der dritten Person hochzuhelfen, der Gestalt, die auf ihn geprallt war. Sein Blick fiel auf Ael, die lächelnd aufstand. In ihren Augen blitzte es gefährlich. »Danke«, sagte er, als sie sich gegenseitig stützten.

Sie hob kurz die Brauen und wandte sich Spock zu, der an der Wand lehnte und sich offenbar alles andere als wohl fühlte. Seine Wangen waren aschfahl. »Spock?« fragte Ael, ein heiseres Raunen, gefolgt vom Heulen der Sirenen.

»Mr. Spock...« brachte Kirk hervor. »Pille!«

»Nein, Captain«, sagte der Vulkanier, wobei seine Stimme nicht annähernd so fest und sicher klang wie sonst. »Ich spüre etwas – einen Druck auf meinem Bewußtsein. Den Zwang, mich nicht zu rühren, an nichts zu denken. Jede Bewegung wird zur Qual. Dieses Empfinden wurde schlagartig stärker, als wir um die letzte Ecke kamen.«

»Eine intelligente Entität?« erkundigte sich Ael. Lia Burke und McCoy kamen herbei.

»Nein. Reine Geisteskraft, ohne jede Persönlichkeit...« Spock ließ sich dazu hinreißen, eine verächtliche Grimasse zu schneiden. »Kein Bewußtsein. Schauderhaft...«

»Eine Maschine«, vermutete Ael und preßte kurz die Lippen zusammen. »Irgendein Apparat, der mit geclontem Hirngewebe von Vulkaniern arbeitet.«

»Der Druck... ist zu stark«, brachte Spock hervor und versuchte, nicht die Kontrolle über sich zu verlieren.

»Eine große Masse von Hirngewebe«, sagte McCoy und verzog ebenfalls das Gesicht. »Ein Tank voller Neuronen, die aus einer einzelnen Hirnzelle geclont wurden. Keine Persönlichkeit – aber ungeheure mentale Macht, für nur einen einzigen Zweck programmiert. In gewisser Weise ein organischer Computer...«

Übelkeit stieg in Kirk empor. »Vielleicht handelt es sich dabei um die Waffe, die man gegen die *Intrepid* einsetzte.«

»Zumindest um eine ähnliche«, pflichtete ihm Spock bei. Er schnappte nach Luft und straffte seine Gestalt. »Captain, die Mannschaft der *Intrepid* muß irgendwo in der Nähe untergebracht sein. Die Romulaner verwenden ihre Waffe wohl kaum, weil sie mit meiner Ankunft rechneten.«

»Aber eigentlich müßten sich die Vulkanier in einer anderen Etage befinden«, wandte Ael ein.

»Vielleicht...« Spock brach ab, als laute Stimmen erklangen. Matlock und zehn Männer aus der Sicherheitsabteilung waren an Kirk, McCoy, Spock und Ael vorbeigeeilt, um die Rihannsu außer Gefecht zu setzen, die sich ihnen durch den Hauptkorridor näherten. Der Captain rief ihnen eine Warnung zu, und einige Leute der Einsatzgruppe drehten sich um und schossen auf die Romulaner, die von hinten herankamen. Zwar waren nur einige von ihnen bewaffnet, aber sie stürmten mit solcher Entschlossenheit los, daß die Phaser plötzlich nicht mehr eingesetzt werden konnten. Chaos brach aus. Von einem Augenblick zum anderen herrschte ein hektisches Durcheinander.

Kirk setzte sich ebenfalls in Bewegung und trat mit bloßen Händen gegen die feindlichen Romulaner an. Tief in seinem Innern genoß er diesen Kampf, denn er gab ihm die Möglichkeit, dem Zorn Luft zu machen, der sich im Verlauf der letzten Wochen in ihm angesammelt hatte. Er wußte, daß er später einen hohen Preis dafür bezahlen mußte – nach solchen Orgien der Wut schmerzte sein Körper immer tagelang. Möglicherweise aber, überlegte der beobachtende Teil seines Ichs, werde ich gleich hier dafür büßen, denn jeder einzelne Romulaner ist ebenso stark wie Spock.

Aber es hatte seinen Vorteil, regelmäßig mit einem Vulkanier trainiert zu haben. Außerdem: Die Romulaner mochten nach einer viele Jahrtausende langen separaten Evolution in genetischer Hinsicht Unterschiede zu den Vulkaniern aufweisen, aber physiologisch hatten sie nach wie vor die gleichen Schwächen. Kopf und Ohren waren relativ empfindsam, und was die Hebelwirkung anging: Auch Romulaner ließen sich durch die Luft schleudern. Gerade darauf konzentrierte sich Kirk: Hier ein rascher Schlag aufs Schlüsselbein, dort eine gebrochene Kniescheibe, einige *Tal-shaya*-Griffe, die Spock ihn gelehrt hatte. Dann und wann beobachtete er aus den Augenwinkeln etwas, das ihn unter anderen Umständen zum Lachen gebracht hätte. Zum Beispiel die kleine Ael: Sie stieß einen Romulaner an die Wand, der fast zweimal so groß und breit war wie sie selbst, rammte ihm den Fuß in die Magengrube, griff nach seinem Arm und kugelte ihn aus – alles in einer einzigen, fließenden Bewegung. Während Kirk einen weiteren Gegner zu Boden schickte, sah er Lia Burke: Sie stemmte sich neben einer Rihannsu in die Höhe, die auf den unbeeindruckt herankommenden Fähnrich Naraht schoß. Mit Phasern, die wie üblich auf ›Stufe eins‹ justiert waren, konnte man nichts gegen einen Horta ausrichten. Der verblüfften Romulanerin blieb keine Zeit, die Einstellung ihrer Waffe zu verändern. Lia streckte sich einfach ein wenig – sie war ziemlich groß – und hieb die Faust wie einen Hammer auf die Kehle der Rihannsu. Zwar heulten noch immer die Sirenen, aber Kirk konnte trotzdem das Knacken und Knirschen splitternder Knorpel hören. *Lieber Himmel,* dachte er, während er erneut ausholte und einem anderen Romulaner den Unterarm brach, *wenn Mr. Freeman ebensogut ist, dürfte seine demnächst anstehende Jahresinjektion zu einem höchst interessanten Ereignis werden. Vielleicht hat Lia die Neuprogrammierung des Schachwürfels noch nicht vergessen... Ob Pille bereit ist, mir einen Platz in der ersten Zuschauerreihe zu überlassen?*

Und dann war der Kampf plötzlich vorbei – obgleich aus der Richtung des Hauptkorridors nach wie vor aufgeregte Stimmen erklangen. Kirk ließ den bewußtlosen Romulaner los, den er nach wie vor festhielt, und sah sich rasch um. Die meisten Leute seiner Einsatzgruppe schnappten keuchend nach Luft, und einige von ihnen wirbelten um die eigene Achse und hielten nach weiteren Gegnern Ausschau. »Verletzte?« fragte der Captain.

»Lahae hat einen gebrochenen Arm«, sagte Ael und deutete auf eine Rihannsu aus ihrer Mannschaft. »Aber ansonsten ist sie wohlauf.«

»Einige Verbrennungen durch Phaserstrahlen, Jim«, fügte McCoy hinzu. »Harrison hat es besonders schlimm erwischt. Ich habe ihn bereits behandelt, aber wir sollten ihn so schnell wie möglich zurückbringen.«

»Es wird noch eine Weile dauern, bevor wir den Rückzug antreten, Pille. Mr. Athende, bitte tragen Sie Harrison. Spock?«

»Captain...« Der Erste Offizier stieg über einige reglos auf dem Boden liegende Romulaner hinweg.

Sein Gesicht wirkte noch immer ungewöhnlich blaß. »Der geistige Druck geht von einer bestimmten Richtung aus. Dort entlang.« Er deutete in den Korridor, dorthin, wo die Stimmen ertönten.

»Dadurch könnten wir wertvolle Zeit gewinnen«, sagte McCoy. »Spock, ist soweit alles in Ordnung mit Ihnen?«

»Ich glaube schon, Doktor. Immerhin bin ich zur Hälfte Mensch – Sie werden ja nicht müde, mich immer wieder daran zu erinnern. Nun, dieser Umstand gereicht mir nun zum Vorteil. Mütterlicherseits weist meine Familie praktisch nicht die geringste psionische Sensibilität auf, was ich bisher immer als bedauerlich empfunden habe. Wie dem auch sei: Wenn wir uns dem mentalen Kontrollzentrum nähern, lassen meine Kräfte vermutlich nach.«

»Es gibt keine Garantie dafür, daß sich die verschleppten Vulkanier dort befinden«, wandte Ael ein.

»Das nicht. Aber wenn es uns gelingt, das Kontrollzentrum irgendwie zu desaktivieren, haben sie die Möglichkeit, sich selbst zu befreien – und dann bekämen es die Romulaner in dieser Basis mit einem neuen und nicht zu unterschätzenden Gegner zu tun.«

»Na schön«, brummte Ael, spähte um die Korridorecke – und zog den Kopf sofort zurück, als ein Phaserblitz dicht an ihr vorbeizuckte. »Es wird Zeit, etwas zu unternehmen. Raha, geben Sie mir bitte den Ersatz-Phaser.«

Einer der Rihannsu warf ihr die Waffe zu. Ael fing sie auf und drehte sie hin und her. »Wo ist denn... Ah, hier.« Sie justierte die Energiekontrolle am Knauf auf Überladung, und nur einen Sekundenbruchteil später ertönte ein warnendes Summen. »Wie lange dauert es, bis das Ding hochgeht?« fragte sie den Captain.

»Fünf Sekunden! Ael...«

»Drei, zwei...« sagte sie, holte aus und warf den Phaser in den Gang. Sie schleuderte ihn mit der linken

Hand, so kräftig, daß die Waffe mehr als hundert Meter weit flog, bevor sie auf den Boden fiel. Als sie auf den Stahl prallte, mitten unter den Romulanern, die am Ende des Korridors in Stellung gegangen waren, explodierte sie. Die ganze Forschungsstation schien kurz zu erzittern, und die Druckwelle raste durch die Passage in Richtung der Einsatzgruppe von der *Enterprise* – eine Sturmbö aus heißer Luft, die Ael das Gleichgewicht raubte. McCoy bewahrte sie vor einem Sturz und taumelte mit ihr an die Seitenwand.

»Jetzt!« rief Kirk und lief in den Gang. Die anderen Männer und Frauen folgten ihm dichtauf. Die Glut der Detonation hatte das Ende des Korridors geschwärzt, und hier und dort lagen die zerfetzten Überreste einiger Romulaner. *O Gott,* dachte der Captain entsetzt. Doch dann erinnerte er sich daran, aus welchem Grund sie sich in der Orbitalbasis aufhielten, und er zwang sich dazu, dem Grauen keine Beachtung zu schenken. Er hielt geradewegs auf eine große Tür zu, hob seinen Phaser, zielte und drückte ab. Keine Reaktion. »Hitzebeständig«, sagte er. »Zu dick, Spock, können Sie das Schloß knacken? Wenn wir versuchen, es aufzubrennen, blockieren wir dadurch vielleicht den Zugang...«

»Vergiß es, Jim«, ließ sich McCoy vernehmen. Er stützte Spock auf der einen Seite, und Mr. Athende, der bereits Harrison in seinen Tentakeln hielt, gab ihm auf der anderen Seite Halt. Der Vulkanier konnte sich kaum mehr auf den Beinen halten, schien kurz davor zu sein, das Bewußtsein zu verlieren. Vergeblich bemühte er sich, gegen die Manipulationsimpulse des mentalen Kontrollzentrums anzukämpfen. Ab und zu verzog er schmerzerfüllt das Gesicht. Kirk begriff, daß sie nicht mehr auf Spock zählen konnten, solange er der telepathischen Flut ausgesetzt war.

»Wer kennt sich mit komplexen Verriegelungssystemen aus?« fragte der Captain besorgt. Weiter hinten erklangen erneut Stimmen. Wenn es ihnen nicht innerhalb kurzer Zeit gelang, die Tür zu öffnen, wurden sie möglicherweise in einen neuerlichen Kampf verwikkelt. »Wir brauchen einen guten Elektroniker...« Doch die meisten Leute der Einsatzgruppe stammten aus den Abteilungen Medizin, Linguistik und Sicherheit.

»Lassen Sie es mich versuchen, Captain«, sagte jemand und trat heran. Kirks Blick fiel auf einen Mr. Freeman, der sich sehr von dem unterschied, den er bisher gekannt hatte. Sein weißer Overall wies an vielen Stellen Brandflecken auf, und in seinem Gesicht zeigten sich rote Striemen. Das eine Auge war dunkel angeschwollen, und das Haar glich einer wirren Masse. Mit einer für ihn typischen Geste strich er es zurück, ging vor der Tür auf die Knie, öffnete einen Beutel und holte einige Instrumente hervor. Mit einem Dekohäser löste er eine kleine Verkleidungsplatte an der einen Seite des Schotts. »Verdammt«, fluchte er halblaut, als er auf das Durcheinander aus Schaltkreisen und Mikroprozessoren starrte. »Ziemlich komplizierte Sache...«

»Mr. Freeman«, sagte Kirk drängend. Die Stimmen hinter ihnen wurden lauter – die Romulaner kamen immer näher.

»Ich weiß, Sir...« erwiderte Freeman und schob einige dünne Meßfühler in die elektronische Apparatur.

Es dauerte zu lange. »In Deckung gehen und feuerbereit machen«, wies Kirk seine Leute an. »Ael...«

»Ich kann Ihnen hier nicht helfen, Jim«, sagte sie, warf nur einen kurzen Blick auf die Schalttafel und drehte sich dann um. »Es handelt sich um eine besondere Technik, die mir unvertraut ist. Hilae, Gehen, Rai – dort drüben auf die Seite. Totsler, Eisenberg, Feder – auf die andere. Fisher, Remner, Paul: Sie bleiben hier bei mir. Die anderen decken den Captain und Mr. Spock. Mr. Athende, bitte geben Sie mir Ihren Phaser. Eigentlich behagt es mir nicht, den gleichen Trick zweimal anzuwenden...«

»Mr. Freeman!« Kirks Stimme klang fast gequält.

»Ich brauche noch etwas Zeit, Captain...«

»Jim«, sagte McCoy ruhig und besorgt, »der Junge schafft es einfach nicht, das ist alles. Wir müssen uns zurückziehen.«

Kirk machte Anstalten, sich zu seinem Bordarzt umzudrehen, und er setzte zu einer scharfen Erwiderung an, als er plötzlich bemerkte, wie sich Freemans Gesichtsausdruck veränderte. Als er McCoys Worte hörte, kam in seinen Zügen so etwas wie wilde Entschlossenheit zum Ausdruck, und einige Sekunden lang fragte sich der Captain, ob der junge Mann kurz vor einem Wutanfall stand, ob er gleich wie ein überladener Phaser explodieren würde. Unmittelbar darauf zwinkerte Kirk verwirrt und glaubte fast, sich getäuscht zu haben: Freemans Miene veränderte sich erneut, wurde so ausdruckslos wie die Spocks. Er setzte ein anderes Instrument an, veränderte einige Schaltwege und betätigte eine Taste.

Die Tür schwang auf.

Hinter Kirk donnerte und krachte es; zornige und triumphierende Schreie hallten durch den Korridor. Er achtete nicht weiter darauf und sprang durch den Zugang. In dem sich daran schließenden Zimmer sah er diverse Geräte und Mechanismen, und an drei Wänden waren bereits Schaltpulte mit Hunderten von Sensorfeldern installiert. Die vierte wies sowohl ein großes Fenster als auch eine weitere hitzebeständige Tür auf. Romulaner fuhren herum. Einen von ihnen betäubte Kirk mit Hilfe seines Phasers. Der zweite stand so dicht vor ihm, daß er die Waffe nicht zum Einsatz bringen konnte; aus diesem Grund trat er ihm zwischen die Beine – und traf eine Stelle, an der auch Rihannsu besonders empfindlich waren. Den dritten Romulaner übernahm jemand anders. Mr. Athende, der nach wie vor den verletzten Harrison trug und auch Spock stützte, sauste ins Zimmer, wickelte einige Tentakel um Kopf und Torso des Gegners und drückte so fest zu, daß dem Mann keine andere Wahl blieb, als den handlichen Intervaller fallenzulassen.

»Gut gemacht, Mr. Athende«, wandte sich Kirk an den Sulamiden.

Das Pseudopodienwesen fuhr mehrere Augenstiele aus und richtete sie auf den Captain. »Ich muß den Verwundeten schützen, Sir«, erwiderte es. Doch selbst der sonst so unerschütterliche Humor Athendes klang jetzt ein wenig gezwungen.

»In Ordnung.« Kirk richtete seine Aufmerksamkeit auf den dritten Romulaner, der noch immer bei Bewußtsein war. »Von welcher Konsole aus wird das mentale Kontrollzentrum gesteuert?«

Der Romulaner versuchte vergeblich, die Tentakel von sich abzustreifen. Athende hielt ihn weiterhin fest. »Von mir erfahren Sie nichts!«

Plötzlich keuchte der Mann, und sein Gesicht verfärbte sich. »Ich an Ihrer Stelle würde mich kooperativer verhalten«, sagte Athende warnend, während er mit seinen astdicken Pseudopodien erneut Druck auf den Rihannsu ausübte. »Oder wollen Sie es riskieren, daß ich die Beherrschung verliere? Übrigens: Mir knurrt der Magen. Und ich mag es, wenn sich meine Opfer hin und her winden.«

Der Romulaner gab einen schmerzerfüllten Schrei von sich, für den Kirk zunächst keine Ursache erkennen konnte. Dann sah er grüne Flüssigkeit, die am Schienbein des Mannens entlangtropfte – der einzigen Stelle, die nicht vom Stoff der Uniform bedeckt wurde. Der Captain erinnerte sich daran, daß er nicht die geringste Ahnung hatte, wo sich der Mund des Sulamiden befand. Andererseits: Die Frage, ob er Zähne aufwies, war jetzt auf eindrucksvolle Art und Weise beantwortet.

»Der Geschmack könnte etwas besser sein«, sagte Athende wie beiläufig. »Aber ich halte es für eine Schande, etwas zu verschwenden. Entweder Sie reden jetzt, oder ich setze Sie auf meinen Speisezettel.«

Der Romulaner schauderte, stöhnte und schnappte erschrocken nach Luft. Sein Gesicht wurde noch dunkler. Und schließlich platzte es aus ihm heraus. »Dort drüben!« Sein Blick ging in Richtung einer Konsole auf der linken Seite.

»Ael«, sagte Kirk. Sie war zusammen mit einigen anderen Leuten aus der Einsatzgruppe in den Kontrollraum gekommen, trat mit ihnen an das Pult heran und betrachtete die Anzeigen. »Alles klar, Captain. Die Mentalkontrolle läßt sich recht einfach desaktivieren...« Ael streckte die Hand aus, betätigte einige Tasten und strich mit der Fingerkuppe über ein leuchtendes Sensorfeld. »Doch auf das System selbst kann man von hier aus keinen Einfluß nehmen.«

»Spielt keine Rolle«, erwiderte der Captain. »Wir suchen den Tank mit dem Hirngewebe und zünden darin eine Schallgranate.« Er drehte sich um und richtete seinen Blick auf das große Fenster. Freeman kniete bereits vor der Tür daneben und arbeitete an einer anderen Schalttafel. Als Kirk durch die transparente Fläche starrte, begriff er sofort, warum Freeman so versessen darauf war, auch die zweite Tür zu öffnen. Auf dem Boden des großen Raums lagen Hunderte von Gestalten, gekleidet in die grünen, blauen und orangefarbenen Uniformen Starfleets. Einige Personen begannen sich zu bewegen.

»Captain«, ertönte eine unsicher und rauh klingende Stimme.

Spock ruhte noch immer in der Tentakelumarmung Mr. Athendes und drehte langsam den Kopf. McCoy eilte auf ihn zu und stützte ihn ebenfalls. »Der Mechanismus... besteht zum größten Teil aus lebenden Zellen...«

»Mr. Spock, unter anderen Umständen wäre ich sofort bereit, die Biomasse von hier fortzubeamen und nach Vulkan zu bringen«, sagte Kirk. »Aber die *Enterprise* hat sich in ihre Deflektoren gehüllt, und außerdem antwortet sie nicht auf unsere Kom-Signale. Mit anderen Worten: Ein Transfer ist unmöglich. Und wenn wir die Mentaleinheit einfach ignorieren, kann sie erneut gegen uns eingesetzt werden.«

»Das ist nicht ganz so einfach, Captain«, wandte Ael ein. »Wenn wir diese Konsole zerstören«, – sie führte einige weitere Schaltungen durch – »brennen die Verbindungen zum Hirngewebe durch. Darüber hinaus wird es Zeit, daß wir wieder aktiv werden und uns an den Zeitplan erinnern. Draußen in den Korridoren wird die Lage immer kritischer, und selbst *meine* Leute können ihre Stellungen nicht mehr lange halten.«

»Sie haben recht«, gestand Kirk ein. »Nehmen wir uns also den Computer vor. Alle Mann zurück.«

Athende und die anderen wichen von der Konsole fort und näherten sich der Tür, die in den Raum führte, der als Kerker für die verschleppten Vulkanier diente. »Helfen Sie ihnen«, sagte Kirk. »Mr. Spock?«

»Es ist mir ein Vergnügen, Captain«, erwiderte der Erste Offizier, zog seinen Phaser und zielte auf das Pult. Ein greller Blitz – und die Konsole platzte funkenstiebend auseinander.

»›Vergnügen‹ ist ein Gefühl, Mr. Spock«, stellte Ael fest, als das Lachen verklang.

Kirk drehte sich um und fragte sich, wie er diese Bemerkung interpretieren sollte. Ael bedachte Spock mit einem durchdringenden Blick, in dem der Captain so etwas wie Belustigung zu erkennen glaubte. Und Spock deutete sogar ein dünnes Lächeln an! »Das ist mir klar, Commander«, antwortete der hochgewachsene Mann. Zusammen mit der romulanischen Kommandantin betrat er den Raum, in dem die Vulkanier gefangengehalten wurden.

Kirk folgte ihnen rasch, und Unbehagen regte sich in ihm, als er feststellte, daß die Stimmen in den Korridoren noch lauter geworden waren. Die meisten Vulkanier standen inzwischen, und die anderen stemmten sich ebenfalls in die Höhe. Einer von ihnen wankte auf ihn zu: der junge und hochgewachsene Sehlk, Erster Offizier der *Intrepid.* Kirk streckte die Hand aus und stützte ihn, als sich Sehlk zusammenkrümmte und das Gleichgewicht zu verlieren drohte. »Ist alles in Ordnung mit Ihnen?«

Sehlk starrte ihn groß an, und für einen Vulkanier kam in seinem Gesicht erstaunlich große Verwirrung zum Ausdruck. »Captain…« sagte er in einer für ihn völlig untypischen emotionalen Aufwallung, »es ist in höchstem Maße unlogisch, daß Sie hier sind.«

»Ach, tatsächlich?« erwiderte Kirk und befürchtete, daß er ähnliche Worte demnächst auch von allen anderen *Intrepid*-Offizieren hören würde. »Ihr Captain hätte sich an meiner Stelle bestimmt ebenso verhalten. Nun, wie dem auch sei: Ich glaube, wir sollten die Erörterung dieser Frage auf einen späteren Zeitpunkt verschieben.«

»Wie Sie wünschen, Sir.«

»In Ordnung. Wo ist Captain Suvuk?«

»Nicht hier, Sir«, sagte der junge Vulkanier. »Kurz nachdem wir hierher gebracht wurden, trennten ihn die Romulaner von uns. Die logische Schlußfolgerung lautet, daß sie versuchen wollten, geheime Informationen von ihm zu bekommen – wahrscheinlich die Kontrollcodes und Computer-Paßwörter der *Intrepid*. Damit könnten sie eine ganze Menge anfangen.«

In der Tat, dachte Kirk. Mit jenen Codes und Verschlüsselungsangaben waren die Romulaner in der Lage, alle klassifizierten Daten aus den Computern der *Intrepid* abzurufen – und dabei ging es um die Patrouillensektoren der Föderation, Truppenstärken, Nachschubwege und dergleichen. »Ich hoffe, er wurde nicht verletzt, Mr. Sehlk.«

»Man hat ihn gefoltert, Captain«, sagte der Vulkanier, und die ruhig und gelassen klingende Stimme stand in einem krassen Gegensatz zum Bedeutungsinhalt seiner Worte. »Doch das nützte den Romulanern nichts. Wie Sie wissen, kann man die Kommando-Konditionierung nicht allein mit Schmerz aufheben. Nun, später versuchten unsere Entführer, Suvuks Willen mit Hilfe der neuen Mentaltechnik zu brechen. Wir gaben uns alle Mühe, ihm aus der Distanz zu helfen, indem wir zumindest einen Teil der Manipulationsimpulse aufnahmen. Und eine Zeitlang gelang es uns auch, den Romulanern Widerstand zu leisten. Bisher ist ihr System besser zur Kontrolle größerer Gruppen geeignet und nicht so sehr zur Manipulation von Einzelpersonen. Offenbar aber wird in diesem Zusammenhang auch irgendeine Art von mechanischer Verstärkung verwendet. Als man unsere Intervention entdeckte, wurde das mentale Kontrollzentrum auf uns fokussiert, mit einer solchen Energiestärke, daß diejenigen von uns, die eine spezielle psionische Sensibilität aufwiesen, den Tod fanden.« Sehlk preßte kurz die Lippen zusammen. »Können Sie sich vorstellen, wie es ist, gelähmt am Boden zu liegen, mit einem zwangsweise entleerten Bewußtsein, ohne eigenen Willen – und trotzdem die ganze Zeit zu überlegen, welches Schicksal Sie erwartet?«

»Mr. Sehlk«, sagte Kirk, »ich hoffe inständig, daß diejenigen von uns, denen eine solche Erfahrung erspart blieb, nicht doch noch damit konfrontiert werden.«

»Es liegt an uns, das zu verhindern«, erwiderte Sehlk. »Captain, als Suvuk begriff, daß die Romulaner eine künstliche Verstärkung zum Einsatz brachten, um sein Bewußtsein unter Kontrolle zu bringen, begab er sich freiwillig ins *Kan-sorn*. Das ist ein geistiger Zustand, der dem Koma ähnelt, jedoch einige wichtige Unterschiede dazu aufweist: Jeder Versuch, Einfluß auf die Integrität eines Kan-sorn-Bewußtseins zu nehmen, muß zwangsläufig in der Zerstörung von Körper und Geist enden. Somit hatte Suvuk keinen Nutzen mehr für die Romulaner. Und jetzt liegt er irgendwo in dieser Station und ruht in sich selbst.« Sehlk holte tief Luft. »Wir müssen ihn finden, Captain.« Diese Worte an sich klangen logisch, doch sie beschränkten sich nicht nur darauf. In ihnen kam auch die feste und bedingungslose vulkanische Loyalität zum Ausdruck, die Kirk so gut kannte.

»Ja«, bestätigte er. »Aber zunächst müssen wir diesen Ort verlassen. Derzeit ist unsere Lage nicht besonders günstig...«

Sehlk nickte knapp, machte sich behutsam aus dem Griff Kirks frei und ging ein wenig unsicher zu seinen eigenen Leuten zurück. Sie erholten sich rasch, und mehr als die Hälfte war schon wieder auf den Beinen. Der Captain beobachtete sie einige Sekunden lang, überrascht von dem unterschiedlichen Anblick, den sie boten. Aus irgendeinem Grund stellte er sich Vulkanier immer hochgewachsen, schlank und dunkelhaarig vor. Jetzt aber sah er Gestalten, die mehr als zwei Meter groß waren. Und andere, die neben ihnen geradezu zierlich wirkten. Dünne und Dicke – obgleich niemand wirklich übergewichtig war. Ganz abgesehen einmal von den entsprechenden Starfleet-Vorschriften: Vermutlich galt bei Vulkaniern Fettansatz, der nicht auf eine Drüsen-Fehlfunktion zurückzuführen war, als ›unlogisch‹. Mit besonderer Faszination stellte Kirk fest, daß es auch blonde, brünette und sogar einige rothaarige Vulkanier gab.

Insgesamt waren es vierhundertacht – eine enorme Streitmacht, dazu entschlossen, ihren Kommandanten zu retten. *Unsere Situation könnte weitaus schlimmer sein*, dachte Kirk mit grimmiger Befriedigung.

Ael trat an seine Seite. »Nun, Captain«, sagte sie, »damit hätten wir wohl die Hälfte unserer Aufgabe erledigt.«

»Ein Drittel«, widersprach er. »Der Captain der *Intrepid* ist nicht hier. Wir müssen Suvuk finden, Ael. Anschließend nehmen wir uns die Forschungscomputer und das gelagerte Genmaterial vor.«

»Und wie sollen wir hier einen einzelnen Vulkanier lokalisieren, in einer Orbitalbasis voller Romulaner?« fragte Ael und starrte Kirk groß an. »Jim, unsere Aktion hat vor mehr als dreißig Minuten begonnen! Es ist nur noch eine Frage der Zeit, bevor wir es mit der ganzen Stationsbesatzung zu tun bekommen...«

»Meinetwegen.« Kirk zuckte mit den Schultern. »Inzwischen hat sich das zahlenmäßige Verhältnis zu unseren Gunsten verändert.«

»Mag sein. Aber die befreiten Vulkanier sind nicht bewaffnet! Und was ist mit Ihrem Schiff? Warum haben wir nichts mehr von Mr. Scott gehört?«

»Dieser Sache werde ich so bald wie möglich auf den Grund gehen«, sagte Kirk fest. »Nachdem hier alles geregelt ist.«

Der Captain drehte sich um, um Sehlk zu rufen, doch der junge Vulkanier kam ihm bereits entgegen, zusammen mit T'Leiar und dem ruhigen Sopek. »Sir«, sagte er, »wir sind bereit. Wie lauten Ihre Befehle?«

»Zuerst machen wir uns auf die Suche nach Suvuk.«

»Überlassen Sie das uns, Captain«, warf die gertenschlanke T'Leiar ein. »Einige von uns hatten bereits Gelegenheit, eine Gedankenverschmelzung mit dem Bewußtsein unseres Kommandanten herbeizuführen. Deshalb sind wir mit dem Grundmuster seines Ichs recht vertraut. Und da jetzt das mentale Kontrollzentrum desaktiviert ist...«

»Sie können ihn also telepathisch anpeilen.« Kirk nickte. »Was haben Sie vor?«

»Sehlk und T'Leiar konzentrieren sich auf das allgemeine Muster«, sagte Sopek. »Die anderen, die keine entsprechende Ausbildung genossen haben, können uns trotzdem helfen. Es ist schwierig, den Vorgang auf Federation Basic zu beschreiben. Ich glaube, ›Intentionsdenken‹ wäre eine angemessene Bezeichnung. Es dauert nur einige Minuten, bis der geistige Fokus hergestellt ist.«

»Nun gut. Sie haben meine Genehmigung. Es tut mir leid, daß ich Ihnen keine Ruhepause gönnen kann. Nach all dem, was Sie durchgemacht haben...«

»Eine Erholungsphase ist nicht notwendig«, sagte Sehlk und trug dabei einen Gesichtsausdruck zur Schau, der dem Spocks ähnelte, wenn er über vulkanische Angelegenheiten sprach. Er wirkte zurückhaltend und reserviert, gab sich alle Mühe (allerdings ohne großen Erfolg), seine Gefühle zu verbergen. »Außerdem: Ich glaube, die Zeit drängt.«

»Das stimmt.« Kirk sah sich um: Die Vulkanier traten aufeinander zu, drängten sich geradezu zusammen, wie eine Selbsterfahrungsgruppe, die körperlichen Kontakt suchte. Der eigentliche Vorgang der Gedankenverschmelzung war keineswegs spektakulär. Sehlk schloß einfach die Augen, und T'Leiar verschränkte die Arme und starrte zu Boden. Doch schon nach wenigen Sekunden spürte Kirk eine seltsame geistige Einheit, die um ihn herum telepathische Gestalt gewann, eine ebenso feste Konsistenz zu erringen schien wie die Körper der Vulkanier und gleichzeitig so ungreifbar blieb wie leere Luft. Ein eigentümliches Unbehagen regte sich in ihm, eine Reaktion auf das Fremde, das er nun erlebte. Die Gruppe war nicht nur die Summe ihrer Teile, und doch mangelte es ihr an einem wichtigen Faktor, der ihre Bedeutung um eine weitere Potenz steigern konnte.

Ist das eigentlich so seltsam? dachte er, als um ihn herum die einzelnen Teile des Ganzen nach dem Zentrum suchten, nach der stabilen Mitte, die ihnen Halt und Sinn gab. Und während vor dem inneren Auge Kirks Gedankenbilder vorbeizogen, fühlte er, wie er eingesponnen wurde in das mentale Netz, obgleich er gar keine PSI-Begabung aufwies, wie sich der Einfluß der Gruppe auch auf ihn zu erstrecken begann. *Aels Crew ist ihr ebenfalls treu ergeben, würde sie niemals im Stich lassen. Und das trifft auch auf meine eigene Besatzung zu. Ja, wir alle ähneln uns mehr, als wir einzugestehen bereit sind...*

Niemand bewegte sich, und dennoch war die Anspannung fast körperlich spürbar, wie statische Elektrizität, die sich jederzeit entladen konnte. Das Krachen in den Korridoren – das Donnern von Explosionen und das Zischen abgefeuerter Energiewaffen – schien aus weiter Ferne zu kommen, zu einer anderen Welt zu gehören.

Der eigentliche Kampf fand nun auf einer ganz anderen Ebene statt. Ein gewachsenes Einheitsbewußtsein trieb über individuelle Gedanken hinweg und machte sich auf die Suche. Einzelaspekte unterschieden sich drastisch voneinander: Manche waren feindselig, einige verzweifelt, andere wiederum rachsüchtig – doch alle hatten einen gemeinsamen Kern: Furcht und Besorgnis. Nur wenige Selbstkomponenten des Über-Ichs empfanden nicht jene Art von heißem, kontrolliertem Zorn, den kein einziger Vulkanier zugegeben hätte. Ein Teil wußte um diese Art von Wut und anderer Gefühle. Und akzeptierte sie bereitwillig. Zwei andere Faktoren zürnten ebenfalls – und dachten an ihre Mannschaften und Raumschiffe. Die gewaltige Macht der Emotionen – ob nun bewußt oder nicht – verband sich mit der enormen Kraft, die aus Entschlossenheit erwuchs, dehnte sich aus, suchte...

»Dort!« rief T'Leiar – und ganz plötzlich brach der mentale Komplex wieder auseinander. Doch die Erinnerung an Richtung und Ort verblieb in den einzelnen Ich-Aspekten, die auf einem gewissen geistigen Niveau nach wie vor miteinander verbunden waren und jetzt ein Semi-Ich bildeten. Kirk schlug die Augen auf – erstaunt darüber, sie geschlossen zu haben – und gewann den Eindruck, als sei er mit einem Seil verbunden, dessen anderes Ende sich um das Bewußtsein Suvuks schlang. Er hätte den vulkanischen Captain selbst dann finden können, wenn er blind gewesen wäre. Unwillkürlich legte er den Kopf in den Nacken und blickte zur Decke hoch.

»Zwei Etagen weiter oben«, sagte er. »Direkt neben dem Hauptforschungscomputer. Meine Damen und Herren – machen wir uns auf den Weg!«

KAPITEL 16

Aels Wissen über Vulkanier stammte größtenteils aus den Unterweisungen während ihrer Kindheit. Ihre fernen Vorfahren waren auch die Ahnen der Rihannsu. Jetzt gehörten sie zur Föderation, und wie alle Völker, die sich dem Bund angeschlossen hatten, erlebten sie etwas, was Ael als Niedergang erachtete: Reichtum förderte Verweichlichung und die Unfähigkeit, eigene Krisen zu bewältigen. Diese Entwicklung hatte eine lange Tradition. Vor vielen tausend Jahren sahen sich die Vulkanier außerstande, weiterhin ständig kampfbereit zu sein, wie es eine echte Kriegerkultur erforderte. Diejenigen, die sich nicht von den alten Werten trennen wollten, wurden ›gebeten‹, den Planeten zu verlassen – und kamen der Aufforderung vermutlich ohne großes Bedauern nach. Die anderen, die auf Vulkan blieben, machten sich eine bizarre Disziplin der Emotionslosigkeit zu eigen – was Ael als ebenso absurd wie erschreckend empfand. Tief in ihrem Innern brodelten nach wie vor Gefühle in den Vulkaniern, aber sie hatten es gelernt, sie zu verdrängen – von zeitlichen Ausnahmen abgesehen –, sie einfach zu leugnen. Als die Rihannsu Jahrtausende später davon erfuhren, sahen sie darin eine Ironie des Schicksals. Die sanften Gemüter hatten Vulkan geerbt, doch die Krieger, die damals aufbrachen, um zwischen den Sternen ihr Glück zu suchen, besaßen heute ein ganzes Imperium.

Logik an sich war keineswegs verkehrt. Unter den richtigen Umständen konnte sie ebenso begeistern wie ein Lied, so berauschen wie starker Wein. Aber man durfte sie nicht mit Brot und Fleisch verwechseln – es hatte keinen Sinn, sie zur einzigen Lebensgrundlage zu machen, sich von Liebe, Haß, Schmerz, Begehren und Ehrgeiz zu trennen. Damit verwandelte man die eigene Existenz in ein farbloses Schattendasein, eine mathematische Gleichung, die weder Freude noch Kummer kannte.

Mit diesen Annahmen und Überzeugungen war Ael aufgewachsen. Nach der ersten Begegnung mit Spock entstanden Zweifel in ihr, und sie fragte sich, ob ihre Prämissen überhaupt irgend etwas mit der Realität zu tun hatten. Andererseits aber: Spock war zur einen Hälfte Terraner, und obgleich Terraner als fast ebenso verweichlicht galten wie Vulkanier, hatten sie sich doch einige Tugenden bewahrt: Mut, Freude, Schläue und viele andere nützliche Eigenschaften. In Spock, so nahm Ael eine Zeitlang an, durfte man nicht einen typischen Vertreter Vulkans sehen. Die beiden so unterschiedlichen Hälften seines Wesens, die Licht- und Schattenseiten seiner Natur, der Kompromiß, den er zwischen ihnen geschlossen hatte – das alles machte ihn zu einer ungewöhnlich komplexen – und auch starken – Person.

Aber als die romulanische Kommandantin in der Orbitalbasis durch die Korridore eilte, begleitet von vielen hundert Vulkaniern, die in einem offensichtlichen Gegensatz zu ihren bisherigen Vorstellungen handelten, fragte sie sich beschämt, ob ihr Hirn eigentlich nur dazu diente, die Leere im Schädel auszufüllen. Das Verhalten der Leute um sie herum zeigte eine kühle Präzision, die sie an Computer erinnerte. Andererseits jedoch entsprach ihre wilde Entschlossenheit dem Empfinden, das die besten Rihannsu-Kämpfer auszeichnete. Als sie gegen die romulanischen Verteidiger der Forschungsstation vorstürmten, offenbarten sie beeindruckende Tapferkeit. Und was ihr Geschick anging: Mit verblüffender Flinkheit wichen sie Phaserstrahlen aus, und wenn die Gegner Granaten warfen, waren die Vulkanier nie dort, wo die Sprengkörper detonierten. Vielleicht gaben ihnen die mentalen Fähigkeiten, die den Rihannsu wie Magie erschienen, einen wichtigen Vorteil. Ael fragte sich, ob die Vulkanier paradoxerweise gerade aufgrund ihres inneren Friedens bessere Krieger abgaben. Erst jetzt wurde ihr klar, daß es auch in der vulkanischen Kultur Tugenden gab, und diese Erkenntnis verglich sie mit der Erfahrung eines heranwachsenden Kindes, das ganz plötzlich begreift, daß seine Eltern nicht so dumm sind, wie es lange Zeit glaubte.

Ael war daran gewöhnt, sich an die Fakten zu halten, und deshalb akzeptierte sie die neue Einsicht als eine unumstößliche Tatsache.

In der Nähe eines weiteren Korridorzugangs verharrte sie, lehnte sich an den kühlen Stahl und hob die Hand – eine Taktik der Vorsicht, die bisher nicht ohne Erfolg geblieben war. Irgend jemand – vielleicht Kirk, Spock oder einer ihrer eigenen Leute – drückte ihr einen Phaser oder eine andere Waffe in die Hand, die Ael anschließend in den Gang warf. Wenn keine Reaktion erfolgte, konnten sie davon ausgehen, daß die Luft rein war.

Nichts geschah.

Erneut streckte Ael den Arm aus, und diesmal schlossen sich ihre Finger um einen Rihannsu-Intervaller.

Sie schleuderte ihn ebenfalls von sich. Ein greller Blitz zuckte durch den Korridor und traf den Intervaller, der daraufhin mit einem lauten Krachen explodierte. Ael duckte sich rasch, und die heiße Druckwelle wehte über sie hinweg.

»Diesmal kommen wir nicht so einfach weiter«, wandte sie sich an ihre Begleiter. »Jim?«

»Alles klar«, erwiderte er. Und lief los. Die anderen folgten ihm, warfen sich zu Boden, rollten sich ab, eröffneten das Feuer und warfen überladene Phaser. Ael hoffte nur, daß sie irgendwo eine Waffenkammer fanden, in der sie sich neu ausrüsten konnten. Bis dahin mußten sie sich auf die Gunst der Elemente verlassen. Ael konzentrierte sich in erster Linie aufs Überleben.

Es dauerte zehn Minuten, bis sie diese Verteidigergruppe außer Gefecht gesetzt hatten. Schon seit einer ganzen Weile hatte Ael nicht mehr an die ethischen Probleme des Tötens gedacht, und als sie sich nun daran erinnerte, pulsierte seelischer Schmerz in ihr. Sie wünschte sich so sehr an Bord der *Blutschwinge* zurück, daß sie zu zittern begann. Aber sie wußte, daß es noch viele Stunden, vielleicht sogar Tage dauern würde, bis sie sich in ihre Kabine zurückziehen konnte. Die einzige Genugtuung, die sie bis dahin erwartete, war die Lokalisierung des vulkanischen Captains und seine Befreiung. Ael spürte die mentalen Verbindungsstränge in sich, wie einen Wegweiser, der direkt auf Suvuk deutete: um die nächste Ecke und dann nach links.

»Keine Gefahr mehr, Captain«, meldete ein Besatzungsmitglied der *Enterprise.* Kirk brummte leise und stieß sich von der Wand ab. Beim letzten Gefecht hatte ein Phaserstrahl eine häßliche Brandwunde auf seinem Arm hinterlassen, und wenn er sich unbeobachtet fühlte, zeigte sich in seinem Gesicht die Pein, die auch Ael empfand. Doch wenn ihn jemand ansah, wurde er wieder zu einem entschlossenen Befehlshaber, der keine Schwächen duldete, erst recht nicht bei sich selbst. *Feuer und Luft,* dachte Ael. *Das Feuer wird so lange lodern, bis nichts mehr übrig ist, was brennen kann...*

»Wir sind jetzt ganz in der Nähe«, sagte Kirk.

Spock stand direkt hinter ihm und musterte ihn besorgt. Aber er sagte kein Wort. Seine Miene war ebenso ausdruckslos wie die der anderen Vulkanier. »Wir sind ganz nahe«, wiederholte der Captain. »Die Entfernung beträgt höchstens noch fünfzig Meter. Tricorder-Erfassung.«

»Das ist nicht möglich, Captain. In den Wänden gibt es Kraftfelder, die die Signale stören.«

»Nett. Also weiter.«

Die Spitze der Einsatzgruppe erreichte die nächste Korridorabzweigung und wandte sich nach links. Überraschenderweise war der sich vor ihnen erstreckende Gang völlig leer – obgleich sie es bisher fast überall mit feindlichen Rihannsu zu tun bekommen hatten. Jetzt aber...

»Eine Falle«, sagte Ael. »Seien Sie vorsichtig, Jim.«

»Irgendeine Art von Hinterhalt?« fragte Kirk skeptisch. »Spock, nehmen Sie eine Kontrolle vor.«

Der Vulkanier kam der Aufforderung sofort nach und runzelte die Stirn. »Wir haben da ein Problem, Captain«, sagte er schließlich. »Tür und Wände bestehen aus massivem Hyponeutronium.«

Ael seufzte. »Kollabiertes Metall? Wir haben nichts, was damit fertig werden könnte...«

»Mit den Schiffsphasern könnten wir vielleicht etwas dagegen ausrichten«, erklang hinter ihnen Sehlks Stimme. »Aber sonst...«

Ael drehte sich um und ging von der Tür fort, die sich als unüberwindliche Barriere herausgestellt hatte. »Hier sind deshalb keine Wächter stationiert, weil sie gar nicht gebraucht werden«, sagte sie bitter. »Und Suvuk befindet sich irgendwo auf der anderen Seite des Schotts.«

Alle im Gang befindlichen Vulkanier starrten auf die Tür, so als genüge reine Loyalität, sie aus den Angeln zu heben. Spock, Kirk und Sehlk sprachen leise miteinander und versuchten, einen Ausweg aus der verfahrenen Situation zu finden. *Es hat keinen Sinn,* dachte Ael. *Hier haben wir es mit einem Problem zu tun, das selbst mit noch so viel Entschlossenheit nicht zu lösen ist.*

Mit einigen raschen Schritten trat sie an die Wand heran und hieb mit der bloßen Faust auf das Hyponeutronium. *Es ist einfach nicht fair!* Und bei diesem zornigen Gedanken hörte sie erneut die Stimme ihres Vaters, der die übliche Antwort gab: *Die Elemente sind ebenfalls nicht fair...*

Die Elemente – wie töricht, ausgerechnet jetzt religiöse Anwandlungen zu bekommen. Aber wie lautete noch die alte Redensart? Ein unlösbar erscheinendes Problem läßt sich nur dann aus der Welt schaffen, wenn man es mit einem anderen Problem konfrontiert. Man muß Feuer mit Feuer bekämpfen, Erde mit Erde, Wasser mit Wasser...

Erde!

Abrupt wirbelte Ael herum und eilte dorthin zurück, wo die vielen Vulkanier und Besatzungsmitglieder der *Enterprise* an der Wand lehnten und neue Befehle abwarteten. Eine dieser Personen konnte sich nicht an den Stahl stützen, sondern lag flach auf dem Boden, glitzerte und schimmerte, beantwortete gelassen alle Fragen, so freundlich und höflich wie immer...

Ael wäre fast über jenes Wesen gestolpert und hielt sich im letzten Augenblick fest. »Mr. Naraht«, sagte sie, »bitte kommen Sie mit. Wir brauchen Sie!«

»Ja, Ma'am!« sagte das Steingeschöpf. Ael lief zurück, und Naraht folgte ihr hastig. Die Männer und Frauen wichen rasch zur Seite, denn die meisten von ihnen wußten aus Erfahrung, wie flink ein Horta sein konnte, wenn er aufgeregt war.

Ael führte ihn um die Ecke und blieb neben Kirk, Spock und Sehlk stehen. »Meine Herren«, sagte sie, »ich möchte Ihnen eine Frage stellen.«

Sie drehten sich zu ihr um und bemerkten Fähnrich Naraht. Ael fühlte den erstaunten Blick Kirks auf sich ruhen. »Nein«, sagte Captain Kirk langsam. »Ich glaube, das ist nicht nötig. Ich habe bereits eine Antwort für Sie.«

Vorsichtig ließ er sich auf ein Knie sinken – einer seiner eigenen Leute hatte einen Romulaner verfehlt, statt dessen den Captain getroffen und ihn dadurch fast zu einem Krüppel gemacht. »Mr. Naraht«, brummte er, »würden Sie bitte feststellen, ob Sie sich durch die Tür vor uns nagen können?«

»Sie besteht aus Hyponeutronium«, warf Spock ein.

Naraht knurrte leise, und der fransige Rand seines Körpers bewegte sich wellenförmig. »Ich weiß nicht, ob ich dazu in der Lage bin«, erwiderte er zögernd. »Bisher habe ich kein Material gegessen, das dichter als Blei gewesen wäre. Nun, mal sehen...«

Der Horta knirschte an die Tür heran, richtete sich ein wenig auf und preßte sich auf das harte Material. Irgend etwas zischte leise, und plötzlich erfüllte ein ätzender Geruch den Gang. Die Decksplatten unter Naraht rauchten.

»Geben Sie acht, Mr. Naraht«, sagte McCoy, der neben Ael stand und den ganzen Vorgang amüsiert beobachtete. »Sonst knabbern Sie noch ein Loch in den Boden.«

Naraht gab keine Antwort. Einige Sekunden lang verharrte er reglos, und dann rutschte er zurück. In der Tür fehlte ein Stück Hyponeutronium, etwa so groß wie der Unterleib des Horta.

»Ausgezeichnet, Fähnrich«, sagte Kirk anerkennend. »Machen Sie weiter so.«

»Nur einen Augenblick, Captain«, erwiderte das Felswesen dumpf. »Ich muß erst verdauen. Das Material ist enorm schwer...«

McCoy hob die Augenbrauen. Ael sah, wie Kirk aufstand, sich von der Tür abwandte und ein breites Grinsen vor dem Horta verbarg. »Ich möchte Sie bitten, dennoch fortzufahren«, sagte Spock sanft. »Die Zeit ist ziemlich knapp, und jetzt hängt der Erfolg der ganzen Aktion vielleicht nur noch von Ihnen ab...«

Naraht schwieg, brachte erneut seine vordere Körperhälfte in die Höhe und stemmte sich ans Schott. Wieder erklang das Zischen, und die beißenden Dämpfe wurden so dicht, daß sie sich zurückziehen mußten. McCoy wanderte umher und sprühte den Leuten ein Schutzmittel in die Augen. Einige lange Minuten verstrichen. Ael ließ sich ebenfalls vom Bordarzt der *Enterprise* behandeln und kehrte dann in den Korridor zurück – gerade rechtzeitig genug, um zu sehen, wie Naraht durch ein zwei Meter großes Loch in der Tür kroch. Im Innern des Raums blitzte Phaserfeuer, doch die

Strahlen strichen über den Leib des Hortas, ohne irgendwelche Schäden anzurichten. Naraht kümmerte sich nicht weiter darum, blieb einfach still liegen.

»Jetzt!« rief Kirk und schien Schmerz und Erschöpfung zu vergessen. *»Achten Sie darauf, nicht die Ränder zu berühren!«*

Zusammen mit Ael sprang der Captain durch die Öffnung, rollte sich auf dem Boden ab und löste seine Waffe aus. Spock, McCoy und die anderen folgten ihnen. Niemand gab sich besondere Mühe, die Hyponeutronium-Ränder zu meiden; alle dachten nur an Suvuk und die Gegner im Zimmer. Die Kammer ähnelte dem Kontrollraum in der Nähe des Saals, in dem die Rihannsu der Orbitalbasis die verschleppten Vulkanier untergebracht hatten: Aels Blick fiel auf Konsolen, Schaltpulte und Speicherblöcke. Nur eine kleine Gruppe von Romulanern hielt sich hier auf, und einige von ihnen lagen bereits bewußtlos auf dem Boden. Rasch kam Ael wieder auf die Beine, zwinkerte im Rauch und orientierte sich mit Hilfe des mentalen Wegweisers. Nach einigen Sekunden starrte sie auf eine ganz normale Tür, von der sie sich wie magnetisch angezogen fühlte. Sie zögerte nicht und feuerte ihren Phaser darauf ab.

Ael sprang ins Nebenzimmer, und kurze Zeit später, als sich die Qualmwolken lichteten, folgten ihr Kirk, Spock und McCoy. Die Einrichtung des Raums entsprach dem einer kleinen Baracke: eine winzige Hygieneeinheit, ein Nahrungsmittelspender und einige schmale Kojen. Auf einer davon lag Suvuk, die Beine in der Fötushaltung angezogen – noch immer bewußtlos, aber lebendig.

»Untersuch ihn, Pille«, sagte Kirk. »Spock, die Computer. Bitte helfen Sie ihm, Ael. Wir müssen so schnell wie möglich das Virusprogramm eingeben. Schicken Sie Sehlk hierher, wenn Sie ihn sehen.«

Das war gar nicht nötig. Der vulkanische Offizier betrat die Nebenkammer, als Ael und Spock das Zimmer verließen. »Ich brauche eine Input-Station«, meinte Spock. »Diese Konsole hier scheint geeignet zu sein...«

»Und hier kommt der Initial-Code.« Ael betätigte mehrere Tasten. Diese Datenverarbeitungsanlage wies gewisse Ähnlichkeiten mit dem Bibliothekscomputer der *Blutschwinge* auf, einem Modell also, das Ael sehr gut kannte. »Erstaunlich, daß diese Dinger überhaupt funktionieren«, sagte sie und aktivierte das zentrale Betriebssystem.

»Elektronen gehorchen den Gesetzen der Logik«, stellte Spock ungerührt fest.

Ael lächelte schief. »So, jetzt ist alles bereit. Haben Sie von dieser Kommandoebene aus Zugriff auf die Informationen?«

»Nichts leichter als das...« Spocks Fingerkuppen huschten über die Kontrollen der Tastatur, so geschickt und mühelos, als habe er sein ganzes Leben lang an diesem Computer gearbeitet. Ael wandte sich um, und ihr Blick fiel auf einen Romulaner, der wieder zu sich kam. Verblüfft starrte der Rihannsu auf das Durcheinander im Raum, riß erschrocken die Augen auf, als er die Vulkanier bemerkte.

Eine der anwesenden Personen schenkte ihm besondere Aufmerksamkeit. T'Leiar trat mit zwei Angehörigen ihrer Sicherheitsabteilung auf den Romulaner zu, packte ihn am Brustteil des Overalls und sagte in einem nur scheinbar freundlichen Tonfall: »Sie werden uns dem Leiter des Forschungsprojekts vorstellen.«

Es blitzte in den Augen des Mannes. »Er steht vor Ihnen. Und es wird mir ein Vergnügen sein, Sie alle hinrichten zu lassen – für die Schäden, die Sie hier angerichtet haben.«

»Bisher hält sich noch alles in Grenzen«, erwiderte T'Leiar, »aber das bleibt nicht mehr lange so. Und was das Vergnügen angeht, das Sie zu genießen hoffen: Anscheinend machen Sie sich ein falsches Bild von der Situation. Wir haben noch einige Angelegenheiten mit Ihnen zu regeln, und wenn wir damit fertig sind, wissen Sie vermutlich gar nicht mehr, was Spaß bedeutet.«

Der Romulaner lachte, so verächtlich, daß Ael seinen Mut bewundern mußte. Gleichzeitig aber fühlte sie sich versucht, auf ihn zuzutreten und ihn eigenhändig zu erwürgen. »Glauben Sie etwa, Sie könnten mich zu irgendwelchen Auskünften zwingen?« fragte er. »Da irren Sie sich gewaltig. Ich gehörte zu den ersten Rihannsu, denen die telepathischen Fähigkeiten der Vulkanier mit Hilfe des korrigierten Genmaterials übertragen wurden. Ich war es, der von Bord der *Kampfkönigin* aus die Kaperung Ihres Raumschiffes überwachte. Ihr Bewußtsein kann mir keine Angst einjagen...«

»Was Sie nicht sagen«, entgegnete T'Leiar leise. »Aber Sie benutzten einen Amplifikator, nicht wahr? Einige tausend Kubikzoll einer Hirnmasse, die Ihre mentalen Impulse verstärkte. Ohne jenes Hilfsmittel hätten Sie uns nicht Ihrem Willen unterwerfen können. Nein«, fügte T'Leiar hinzu, als durch das Loch in der Hyponeutronium-Tür weitere Vulkanier hereinkamen, »ich kann spüren, wie Sie gerade versuchen, meine Gedanken zu manipulieren, aber schon mein Geist allein ist zuviel für Sie. Fühlen Sie den zunehmenden Druck? So erging es uns, während das mentale Kontrollzentrum gegen uns eingesetzt wurde. Und das ist erst der Anfang...«

Erneut schien sich eine seltsame Art von statischer Elektrizität zu bilden, eine fast körperlich spürbare Anspannung. Diesmal formte sich keine ›Intentionseinheit‹ in dem Sinne, kein seelischer Komplex, der bestrebt war, eine Suche zu beginnen. Die innere Harmonie fehlte. Statt dessen wuchs eine telepathische Masse aus Feindseligkeit, die sich immer mehr verdichtete, zu einem mentalen Speer wurde, der auf das Ich des Forschungsleiters zielte. »Teilen Sie uns mit, wo das bearbeitete Genmaterial gelagert wird«, forderte ihn T'Leiar mit kühler und leidenschaftsloser Stimme auf. »An Ihrer Stelle würde ich nicht versuchen, uns irgendeine Art von Widerstand zu leisten.«

Das Gesicht des Romulaners erbleichte und verzog sich zu einer Fratze, als er danach trachtete, gegen den zunehmenden geistigen Druck anzukämpfen. »Nein, ich...« begann er mit einem dumpfen Stöhnen. Und dann, lauter: »Nein! Nein!« Fast ein gequälter Aufschrei. Plötzlich kreischte der Mann. Niemand rührte ihn an, niemand bewegte sich. T'Leiar wich ein wenig zurück und verharrte dann wieder, den Blick gesenkt. Und der Mann schrie, schrie immer wieder. Ael beobachtete das Geschehen. Ein Teil ihres Selbst empfand so etwas wie grimmige Genugtuung, während sich in einem anderen namenloses Grauen regte. Der Wissenschaftler bebte am ganzen Leib und wand sich hin und her...

Und dann war plötzlich alles vorbei. Der Rihannsu schnappte keuchend nach Luft und sank zu Boden; haltlos prallte sein Kopf auf den harten Stahl. Der gebrochene und nach wie vor entsetzt wirkende Blick seiner weit aufgerissenen Augen war an die Decke gerichtet. Die Vulkanier um ihn herum wandten sich ab und gingen fort, ignorierten die Leiche einfach.

Ael starrte T'Leiar groß an. Die Vulkanierin drehte sich zu ihr um und sagte ruhig: »Er wollte sich nicht fügen, hat gegen uns gekämpft.«

»Sie haben die Informationen also nicht bekommen?«

»Doch.« T'Leiar hielt auf die Tür des Zimmers zu, in dem Suvuk untergebracht gewesen war. McCoy kam ihr entgegen, zusammen mit Kirk und Sehlk, der den vulkanischen Kommandanten trug.

Kirk blieb vor T'Leiar stehen. »Nun, Commander?«

»Wir wissen jetzt, wo das Genmaterial lagert«, antwortete T'Leiar. »Sowohl die Übertragungszellen als auch die wissenschaftlichen Daten befinden sich hier im abgeschirmten Bereich der Station. Die Unterlagen sind so umfangreich, daß wir sie nicht einfach an uns nehmen können. Sie müßten mit Hilfe des Transporters fortgebracht werden – aber die *Enterprise* reagiert noch immer nicht auf unsere Kom-Signale.«

»Wir könnten das Transportersystem der Orbitalbasis benutzen«, schlug Kirk vor.

T'Leiar musterte ihn mit ausdrucksloser Miene und nickte langsam. »Mit anderen Worten: Wir sollen die hiesigen Transferstellen sichern, uns zur *Intrepid* beamen und Sie von dort aus zur *Enterprise* zurückschikken, sobald feststeht, warum sie nicht antwortet.«

»Genau. Mr. Spock, was ist mit dem Computer?«

»Die Rihannsu-Wissenschaftler werden ziemlich überrascht sein«, erwiderte der Vulkanier. »Commander Ael hat mir genau die richtigen Parameter für ein wirkungsvolles Virusprogramm genannt. Derzeit schreitet die Infektion des Systems rasch fort. In fünfzehn Minuten enthalten die Speicher keine verwendbaren Daten mehr, und dann läßt sich diese Anlage nur noch für einfache Rechenaufgaben verwenden.«

»Mr. Spock, Commander – das war ausgezeichnete Arbeit«, lobte Kirk. Er wandte sich an McCoy. »Pille, wie geht's Naraht?«

Der Bordarzt grinste schief. »Der Junge hat die schlimmste Verdauungsstörung, die ich jemals behandeln mußte«, sagte er. »Aber es besteht keine echte Gefahr für ihn.«

»Gut. Mr. Spock, beginnen wir mit der Suche nach den Stationstransportern. Wenn wir sie gefunden haben, machen wir uns auf und davon. Himmel, ich möchte wissen, was mit meinem Schiff los ist!«

Sie eilten in Richtung der großen Öffnung in der Tür aus massivem Hyponeutronium. In dem daran anschließenden Gang blieb Kirk kurz stehen und wirkte besorgt: In der Ferne zischten Phaser und donnerten weitere Explosionen.

»Wir bekommen wieder Besuch«, stellte Ael fest.

»Und uns gehen langsam die Energiepatronen aus.«

Kirk seufzte, holte tief Luft und nickte entschlossen. »Nun, wir sollten nicht einfach abwarten, bis die Romulaner hier eintreffen. Hoffen wir das Beste...«

»Hoffen, Captain?« sagte Ael leise und ahmte den gelassenen Tonfall T'Leiars nach. »Hoffnung ist unlogisch.«

»Mag sein. Aber sie gibt Kraft, und die brauchen wir, um mit dem Gegner fertig zu werden und dem Schicksal selbst einen Streich zu spielen.«

Ael lachte kurz. »Ich verstehe. Ein interessanter Standpunkt. Schreiben wir also Hoffnung auf unser Banner...«

Im Anschluß an diese Worte liefen sie los, durch dichten Rauch, den grellen Phaserblitzen entgegen.

KAPITEL 17

Drei Gestalten lagen dicht hintereinander in dem dunklen und heißen Wartungsschacht. Sie rührten sich nicht von der Stelle. Eine von ihnen preßte das Ohr an die Metallwandung. Der Mann hatte die Augen weit geöffnet, als er lauschte, und das matte Licht einer nahen elektronischen Anzeige spiegelte sich in seinen Pupillen wider.

»Hören Sie etwas?« fragte Chekov leise.

»Intervallerfeuer«, sagte Khiy. »Aber offenbar entladen sich die Waffen nicht in unmittelbarer Nähe.«

»Dem Himmel sei Dank«, brummte Sulu, der den Abschluß bildete. »Der letzte Zwischenfall genügt mir. Ich bin nicht scharf drauf, erneut in die Klemme zu geraten.«

Chekov brummte verärgert. »Was beschweren Sie sich eigentlich? *Sie* wurden schließlich nicht getroffen.«

»Wie geht es Ihnen?« erkundigte sich Khiy und schob sich weiter.

Chekov setzte sich ebenfalls wieder in Bewegung, und seine Antwort bestand aus einem schmerzerfüllten Stöhnen – gefolgt von einem Fluch.

»Kopf hoch, Pavel«, sagte Sulu. »Sobald wir andere Leute treffen, sorgen wir dafür, daß Sie zur Krankenstation gebracht werden.«

»Erst müssen wir die Brücke erreichen«, erwiderte Chekov gepreßt. Er blieb nicht liegen und folgte Khiy. »Wohin jetzt?«

Diese Frage hatte sich Sulu während der vergangenen halben Stunde bereits mehrfach gestellt. Schon seit einer halben Ewigkeit schienen sie durch die engen Wartungsschächte zwischen den einzelnen Decks der *Enterprise* unterwegs zu sein. Vom Liftkern aus war es nicht weiter schwierig, zur Hauptbrücke zu gelangen – vorausgesetzt natürlich, es traf nicht gerade eine Transportkabine ein, wenn sie sich dort aufhielten. Das hätte ihren sofortigen Tod bedeutet. Doch ganz abgesehen von diesem Problem: Sulu war nach wie vor der Ansicht, daß drei Personen allein nicht genügten, um die Linien der Verschwörer an Bord zu durchbrechen. Irgendwann mußten sie das System der Wartungsschächte verlassen und den Weg durch die Korridore und Gänge fortsetzen, um den Liftkern zu betreten. Und Tafv war bestimmt nicht so dumm, jene Route unbewacht zu lassen. *Ach, mein lieber Hikaru,* dachte er, als er sich durch die schmale Passage weiterschob, *es muß doch noch irgendeine andere Möglichkeit geben, eine Abkürzung vielleicht, die das Gefahrenpotential erheblich verringert...*

»Pavel«, sagte er, »ich habe die Übersicht verloren. Wo sind wir jetzt?«

»Zwischen Deck drei und vier«, erwiderte Chekov. »In der Nähe des Verwaltungsbereichs und der wissenschaftlichen Bibliothek.«

Sulu schloß die Augen, um sich die innere Struktur der *Enterprise* besser in Erinnerung zu rufen. In seinem geistigen Diagramm beobachtete er die einzelnen Räume des diskusförmigen Schiffsrumpfes. »Dann befinden sich unter uns und in Richtung der Triebwerksgondel sowohl die bordinterne Kapelle als auch die Speisesäle drei und vier und der Freizeitsektor...«

Chekov verharrte und stützte sich auf den Ellenbogen ab. »Dort unten halten sich bestimmt viele Leute auf...« Er schüttelte den Kopf. »Sulu, selbst wenn wir den Weg von hier aus durch den Schacht fortsetzen: Das Deck vier liegt fast acht Meter unter uns!«

»Ja. Wir können zwar nicht runterspringen, aber wir haben die Möglichkeit, den Leuten Waffen zuzuwerfen und sie somit in die Lage zu versetzen, selbst etwas gegen die Eindringlinge zu unternehmen. Aber vielleicht schaffen wir es trotzdem irgendwie, zu ihnen zu gelangen.«

»Wäre das ratsam?« erklang von vorn die leise Stimme Khiys. »Mr. Scott hat uns geraten, vorsichtig zu sein.«

»Das sind wir auch«, sagte Chekov. »Andererseits jedoch: Wir könnten Verstärkung gebrauchen. Wir haben nur *eine* Chance, die Hauptbrücke unter Kontrolle zu bringen, und wenn wir Mist bauen, ist es aus.«

»›Mist bauen‹?« fragte der Rihannsu verwirrt.

Chekov antwortete mit einer anderen Bemerkung, die eigentlich nicht zum Wortschatz von Offizieren und Gentlemen gehörte, vom Transkriptionsimplantat Khiys jedoch problemlos übersetzt wurde. Der Romulaner grinste kurz. »Oh, ich verstehe.« Er lachte, ganz leise, um keine Lauscher auf sie aufmerksam zu machen. »Ja, der Ansicht bin ich ebenfalls. Nun gut: Wohin jetzt?«

»Den Weg zurück, den wir gekommen sind, und dann nach rechts.«

»Soll das ein Witz sein?« entgegnete Khiy. »Dieser Schacht ist so schmal, daß wir uns nicht umdrehen können.«

»Ich meine es ernst, Junge«, sagte Sulu. »Los, verlieren wir nicht noch mehr Zeit.«

Sie brauchen etwa fünfzehn Minuten. Sulu holte sich einige weitere Abschürfungen und blaue Flecken, und schon nach kurzer Zeit hatte er das Gefühl, als werde jede Nervenbahn in seinem Körper mit einem Schmerzstimulator gereizt. Gleichzeitig spürte er, wie die Sekunden viel zu schnell verstrichen, wie die Zeit immer knapper wurde. Sie mußten sich beeilen, und der Navigator empfand es als eine besondere Belastung, nicht zu wissen, was in der Orbitalbasis geschah. Er fragte sich stumm, ob die Angehörigen der Einsatzgruppe und die Besatzungsmitglieder der *Intrepid* überhaupt noch lebten. Es lagen keine Nachrichten von ihnen vor – und solange die Lage an Bord der *Enterprise* nicht geklärt war, gab es keine Möglichkeit, in dieser Hinsicht irgend etwas in Erfahrung zu bringen. *Verdammt, verdammt!* fuhr es Sulu durch den Sinn. Er streckte sich, machte sich so dünn wie möglich, um eine besonders enge Stelle des Schachtes zu passieren. *Wir müssen etwas unternehmen, und zwar schnell. Alles kostet zuviel Zeit...*

Er brachte den schmalen Bereich als erster hinter sich. Aufgrund seiner größeren Statur hatte Chekov mehr Schwierigkeiten als er. Khiy, der größte von ihnen, brummte und keuchte. »Pavel«, sagte Sulu, »die Uhr bleibt nicht stehen. Ich nehme einige der Waffen und gehe voraus.«

»In Ordnung«, bestätigte Chekov. »Wir schließen später zu Ihnen auf. Versuchen Sie es noch einmal, Khiy – aber vermeiden Sie es diesmal, mir Ihre Stiefelspitze ins Auge zu stoßen!«

Sulu kehrte in die Richtung zurück, aus der sie gekommen waren, kroch dort auf allen vieren, wo sich der Zwischenraum zwischen Boden und Decke ein wenig vergrößerte. Manchmal aber mußte er sich lang ausstrecken, und dann war es ihm, als versuchten die Phaser und Granaten, die zu seiner Ausrüstung gehörten, sich ihm in den Leib zu bohren. Enge Räumlichkeiten hatten ihm noch nie gefallen, und jetzt begann er sie zu hassen. Er befürchtete, daß er später, wenn die gegenwärtige Krise überwunden war, ein längeres Gespräch mit dem Bordarzt führen mußte, um nicht an Klaustrophobie zu leiden. Er hoffte nur, daß sich ihm eine entsprechende Gelegenheit bot.

Sulu biß sich auf die Lippe und hielt nach der gesuchten Abzweigung Ausschau. Nicht zum erstenmal sah er sich mit der Gefahr des Todes konfrontiert. Aber derartige Situationen ließen sich wesentlich leichter ertragen, wenn er vor seiner Navigationskonsole saß, in Begleitung der anderen Offiziere. *Angenommen, in unmittelbarer Nähe dieses Schachtes explodiert irgendein Sprengkörper,* dachte er kummervoll. *Dann bleiben all unsere Anstrengungen vergeblich. Dann gehen wir hier jämmerlich zugrun-*

de. Und es gibt noch Dutzende von anderen Möglichkeiten, auf dem Weg zur Brücke zu sterben. Dazu brauchen wir nicht unbedingt auf die romulanischen Verschwörer zu stoßen. Irgendein dummer Zufall genügt – und niemand wird erfahren, wodurch wir ums Leben kamen…

Diese Vorstellung empfand Sulu als besonders erschreckend. In theoretischer Hinsicht wußte er natürlich, daß Mut nicht die Anerkennung Dritter brauchte, um Mut zu bleiben. Es handelte sich dabei um einen Wert an sich, und das Universum selbst war Zeuge. Doch selbst mit solchen Überlegungen konnte Sulu nicht die zunehmende Unruhe aus sich verbannen. Seine Befürchtungen ließen sich in wenigen Worten zusammenfassen: *Wenn ich schon sterben muß, so in Gesellschaft meiner Freunde, im Licht!*

Kurz darauf erreichte Sulu die Stelle, an der ein anderer Schacht von dem abzweigte, in dem er sich befand. Er kroch hinein und wußte, daß er sich jetzt in unmittelbarer Nähe des Ziels befand. Nach einer Weile vernahm er Geräusche: kein Intervallerfeuer, sondern das dumpfe Murmeln Dutzender Stimmen, die leise in den schmalen Passagen widerhallten. *Es müssen recht viele Leute sein,* dachte er, und die Aussicht, sich nicht länger einfach nur durch die Wartungstunnel schieben zu müssen, sondern endlich etwas Konkretes unternehmen zu können, verdrängte die Furcht aus ihm. Rasch setzte er den Weg fort.

Die Stimmen zeichneten sich durch einen Klang aus, den Sulu an Bord der *Enterprise* noch nie gehört hatte. Vor seinem inneren Auge sah er viele Personen, die alle zornig und wütend waren, aus dem gleichen Grund. Ihre Stimmung erweiterte sich auf ihn, gab ihm neue Kraft. Die letzten zwanzig oder dreißig Meter legte er innerhalb weniger Sekunden zurück und stieß an das Gitter am Ende des Schachtes. Prächtiges Licht, die hellgrauen Wände des Freizeitraums, von der Decke aus betrachtet. Und darüber die breiten Fenster des

Aussichtsdecks, transparente Flächen, hinter denen die Sterne schimmerten...

Sulu schlug an das Gitter. Es gab nicht nach, und er bezweifelte, ob ihn irgend jemand hören konnte. Unter ihm wanderten mehr als hundert Gestalten hin und her. *Na gut,* dachte er grimmig, wich ein wenig zurück, hob eins der Phasergewehre und schoß. Das Gitter flog krachend aus der Einfassung.

Sulu wartete nicht, bis sich die Qualmwolken lichteten und der heiße Stahl abkühlte. Er kroch sofort wieder los – und wäre fast erschossen worden. Kurz bevor er die Stelle erreichte, an der sich eben noch das Gitter befunden hatte, zuckten Phaserblitze zu ihm empor und leckten funkenstiebend über die Decke des Schachtes. Aus einem Reflex heraus hob er die Arme, um Kopf und Augen vor glutflüssigen Metallspritzern zu schützen, und die Hitze versengte ihm die Handrücken. *»Nicht schießen, ihr verdammten Idioten!«* rief er und vergaß Höflichkeit und Disziplin. *»Ich bin's, Hikaru Sulu!«*

Einige Sekunden lang herrschte Stille. »Kommen Sie ganz langsam nach vorn«, erklang dann eine scharfe Stimme. »Zeigen Sie sich.«

Sulu setzte sich wieder in Bewegung und schob behutsam den Kopf durch die Öffnung. Sein Blick fiel auf Harb Tanzer, der einen Phaser in der Hand hielt und damit auf die Schachtöffnung zielte. Er war der einzige von mehr als hundert Leuten, der eine solche Waffe trug. Die anderen mußten sich mit Billardstöcken oder Bowling-Kugeln begnügen. Doch sowohl die Besatzungsmitglieder der *Enterprise* als auch die Romulaner von der *Blutschwinge* erweckten den Anschein, als seien sie bereit, ihre Gegner mit bloßen Händen zu erledigen. Finster starrten sie zu Sulu empor. Als sie ihn schließlich erkannten, jubelten Dutzende von Männern und Frauen.

»Lieber Himmel, ich hätte Sie beinahe umgebracht!« entfuhr es Tanzer. Er warf den Phaser jemand anders zu. »Kommen Sie da runter, Mann. Hwavire, wie lang sind Ihre Tentakel? Können Sie Sulu erreichen, wenn Sie auf einen Tisch klettern? Gut, versuchen Sie's...«

Das Unterfangen stellte sich als ziemlich schwierig heraus. Letztendlich war Sulu froh, sich einfach fallenlassen zu können. Er zog sich einige neue blaue Flecken zu, kümmerte sich aber nicht weiter darum und genoß es, von seinen Freunden aufgefangen zu werden. Der sulamidische Juniornavigator, Fähnrich Hwavire, wikkelte zärtlich einige Tentakel um ihn. »Ich wußte gar nicht, daß Ihnen soviel an mir liegt«, sagte Sulu. »Ich dachte, wir seien einfach nur gute Freunde.«

»Stellen Sie mich nicht auf die Probe«, erwiderte Hwavire und lachte blubbernd, als er Sulu auf dem Boden absetzte. »Übrigens: Für einen Hominiden sind Sie erstaunlich gelenkig.« Kurze Zeit später wiederholte sich die Vorstellung zweimal, als Chekov und Khiy eintrafen. Die anwesenden Rihannsu begrüßten den Romulaner mit begeisterten Rufen.

»Holt ihnen Kaffee«, sagte Harb Tanzer. »Wie lautet Ihr Name? Khiy, nicht wahr? Mögen Sie Kaffee? Nun, spielt keine Rolle. Es wird sich gleich herausstellen. Satha, behandeln Sie Sulus Verbrennungen mit den Medikamenten aus dem Erste-Hilfe-Kasten.« Er sah die drei Neuankömmlinge an. »Und jetzt erzählen Sie, was geschehen ist.«

Sulu und seine beiden Begleiter erstatteten Bericht, wobei sie sich mehrmals gegenseitig unterbrachen. »Scott und Uhura können die Hilfsbrücke nicht lange halten«, sagte Hikaru schließlich. »Wenn wir uns bis zur Hauptbrücke durchschlagen, wird die Kontrolle über die Bordsysteme transferiert, und dann geht es Tafv und seinen Leuten an den Kragen. Die auf der Brücke zurückgebliebenen Romulaner sind unsere Verbündeten und werden uns bestimmt unterstützen.« Er fügte hinzu: »Die Zeit wird immer knapper. Wir müssen so schnell wie möglich handeln.«

»Die Eindringlinge sind überall um uns herum, Sulu«, sagte Roz Bates, eine hochgewachsene und stämmige Frau aus dem Maschinenraum. »Bisher verfügten wir nicht über Waffen, und daher erschien es uns absurd, einen Ausfall zu versuchen. Jetzt hat sich die Lage zu unseren Gunsten verändert. Trotzdem…«

»Wartungsschächte«, brummte Tanzer. »Was für eine verdammte Zeitverschwendung. Wenn wir einen Transporter benutzen könnten…«

Chekov schüttelte den Kopf. »Sie sind alle blockiert, Sir…«

Harb nahm Platz und starrte einige Sekunden lang ins Leere. »Ja, das stimmt.« Dann riß er plötzlich die Augen auf. »Moment mal…«

»Sir?«

»Nicht *alle* Transferstellen sind desaktiviert!« Er sprang auf, stürmte durch den Saal und blieb vor dem Würfel des vierdimensionalen Schachspiels stehen. »Roz, würden Sie bitte die Werkzeuge aus meinem Büro holen? Moira!«

»Sie wünschen, Harb?« erklang die Stimme des Computers der Spielabteilung.

»Moira, was ist derzeit die maximale Transportreichweite für die Spielfiguren im Würfel?«

»Zehn Meter, Harb. Aber Transits über diese Entfernung sind nicht notwendig.«

»Ich weiß«, sagte Tanzer. »Bei der Programmierung des Systems kam es uns insbesondere auf Präzision in einem kleinen Maßstab an. Jetzt möchte ich eine andere Justierung vornehmen.«

»Mr. Tanzer«, sagte Sulu und schnitt eine Grimasse. »Wollen Sie etwa vorschlagen, daß wir uns vom *Tisch*-Transporter beamen lassen sollen? Die Energiestärke reicht nicht aus…«

»Das muß sich erst noch herausstellen. Moira, denk darüber nach. Transfer einer maximalen Transportermasse über eine möglichst weite Distanz. Eine schlichte

Programmänderung. Ohne technische Erweiterungen. Alle realisierbaren Lösungen.«

»Analyse erfolgt, Harb.«

Tanzer beugte sich über den Spieltisch und unterbrach die Verbindungen einiger Schaltkreise. »Nun, selbst wenn dieser kleine Transporter hier nicht die Masse einer ganzen Person transferieren kann... Danke, Roz; bitte lösen sie die andere Verkleidungsplatte. Wo war ich stehengeblieben? Ah, ja. In einem solchen Fall könnten wir immer noch kleinere Massen beamen.«

Der neben Sulu stehende Chekov lächelte. »Zum Beispiel eine Granate«, sagte er. »Wir aktivieren den Zeitzünder und sorgen dafür, daß die Granate mitten unter den verdammten Romulanern rematerialisiert... Unter Tafvs Leuten, meine ich.«

»Mr. Chekov.« Tanzer sah auf. »Sie sind wirklich nicht auf den Kopf gefallen. Nein, nicht den elektronischen Baustein, Roz, den anderen. Gehen Sie mit dem Dilithium-Kristall besonders vorsichtig um. Warum läßt du dir soviel Zeit, Moira?«

»Sie regen sich immer auf, wenn ich Sie unterbreche. Transfer einer maximalen Masse über eine möglichst große Distanz: fünfzig Kilo, sechs Meter. Transfer einer maximalen Masse über minimale Distanz: achtzig Kilo, sechzig Zentimeter. Transfer einer minimalen Masse über eine möglichst weite Distanz: null bis fünfzig Gramm, fünfhundert Meter.«

»Und wenn die Masse ein wenig schwerer ist?«

»Ein Kilogramm, zweihundert Meter.«

»Schon besser. Was ist mit dem Tricorder? Harry? Danke. Beginnen Sie mit der Erfassung. Zwar können wir die Verschwörer nicht von den Romulanern unterscheiden, die auf unserer Seite stehen, aber...«

»Doch, das läßt sich bewerkstelligen, Mr. Tanzer«, warf Khiy ein. Er nippte an seinem Kaffee und streckte den Arm aus.

»Bei allen Raumgeistern!« entfuhr es Tanzer. »Mr. Sulu, Sie hatten völlig recht, als Sie mich vorhin als einen Idioten bezeichneten. Harry, halten Sie mit dem Tricorder nach Cäsium-Rubidium-Anzeigen Ausschau. Lokalisieren Sie Gruppen, die keine entsprechenden Werte aufweisen, und halten Sie die Koordinaten fest. Mit allen Dezimalstellen! Ich möchte die Einrichtungen unserer guten alten *Enterprise* so weit wie möglich schonen. Sonst zieht mir der Captain nach seiner Rückkehr das Fell über die Ohren! Wer sind die besten Schützen von uns? Wer hat eine besonders sichere Hand? He, Loni, was ist mit Ihnen? Letzte Woche habe ich gesehen, wie gut Sie mit Wurfpfeilen umgehen können. Schnappen Sie sich eine Granate. Nehmen Sie gleich mehrere. Und jetzt: Macht Platz, Leute. Wir müssen uns an die Arbeit machen!«

Etwa fünf Minuten später hatte Harry Mathshushita alle von Tafv befehligten Gruppen lokalisiert, die sich in dem Teil des Schiffsrumpfes aufhielten, der sich unter den Triebwerksgondeln befand. Seine spezielle Aufmerksamkeit galt zwei Kolonnen, die sich der Hilfsbrücke näherten und versuchten, die dortigen Verteidiger in die Zange zu nehmen. »Die Burschen sind verdammt fix«, knurrte Harb Tanzer und starrte nachdenklich auf die Schallgranate in seiner Hand. »Alles klar, Roz?«

»Ja.«

»Gut. Ladies und Gentlemen – noch eine kurze Bemerkung, bevor wir losschlagen.«

Es wurde still im Saal.

»Ich hoffe, Sie finden nicht zuviel Gefallen daran«, sagte Tanzer. »Ich würde jede andere Möglichkeit vorziehen, unser Schiff zurückzuerobern. Ich erwarte von Ihnen, daß Sie vor dem Feind Gnade walten lassen, wenn es die Situation ermöglicht. Ansonsten: Schützen Sie die *Enterprise* und Ihre Kameraden. Und unsere Gäste.« Sein Blick schweifte kurz über die anwesenden Romulaner. Sulu bemerkte, daß sie jetzt alle eine einheitliche Gruppe bildeten, daß es keine Unterschiede mehr gab. Es kam ihnen darauf an, das gleiche Raumschiff zu verteidigen, und in dieser Hinsicht waren die Rihannsu ebenso entschlossen wie die Besatzungsmitglieder der *Enterprise*.

»In Ordnung«, brummte Tanzer. »Roz, zuerst nehmen wir uns die Eindringlinge auf Deck sieben vor, und anschließend räumen wir den Weg zum Liftschacht frei. Ich halte es nicht für klug, schon jetzt das interne Kom-System zu benutzen, aber ich bin sicher, unsere Kollegen in den anderen Abteilungen wissen Bescheid, wenn sie den Lärm hören. Harry, geben Sie Roz die Koordinaten der Hilfsbrücke; berücksichtigen Sie dabei eine sichere Toleranzspanne.«

»Erledigt, Sir.«

»Also los«, sagte Tanzer, betätigte den Zeitzünder der Schallgranate und legte sie auf den Spieltisch.

Der kleine Gegenstand schimmerte auf, als er vom Transporterfeld erfaßt wurde, und Sulu zählte leise, während er die Bombe beobachtete. Diesmal schien die Dematerialisierung besonders lange zu dauern.

Dann schließlich verschwand der Sprengkörper. Kurz darauf zitterte das Deck, und in der Ferne grollte der dumpfe Donner einer Explosion.

»Zielangaben für die zweite Gruppe«, sagte Tanzer. »Roz, Harry – wir dürfen ihnen keine Zeit lassen!«

»Fertig...«

Harb plazierte eine zweite Granate. Nachdem sie vom Tisch verschwunden war, erfolgte eine neuerliche Erschütterung.

Harry blickte auf die Anzeigen des Tricorders. »Im betreffenden Korridor befindet sich nichts Lebendiges mehr, Sir«, stellte er leise fest. »Zumindest nichts *sehr* Lebendiges. Die Indikatoren geben nur sehr niedrige Werte an, und irgendwelche Bewegungen lassen sich nicht registrieren.«

»Also weiter«, brummte Tanzer. Sulu fiel auf, daß er nicht ›gut‹ sagte – obgleich das seine Standard-Antwort war. »Der Haufen auf Deck vier…«

Sie brauchten rund zwanzig Minuten, um die aus insgesamt dreiundsiebzig Eindringlingen bestehende Streitmacht Tafvs um drei Viertel zu reduzieren. Einige der Romulaner befanden sich außerhalb der Reichweite des Tischtransporters, in der vorderen Hälfte des Diskusrumpfs. Aber bestimmt gab es noch andere Möglichkeiten, mit ihnen fertig zu werden.

Schließlich kam der Korridor außerhalb des Freizeitsaals an die Reihe. Sulu beobachtete, wie Tanzer eine neuerliche Kontrolle vornahm und offenbar hoffte, daß die Romulaner auf ihrem Deck den Rückzug antraten. Doch das war nicht der Fall. Schließlich legte Harb eine weitere Granate auf den Tisch, übernahm die Kontrollen von Roz, ließ sich die Koordinaten geben und beamte die Bombe. Eine Sekunde später bebte der Boden unter ihnen so heftig, daß Sessel umkippten und Dinge von Tischen fielen. Einige Leute mußten sich festhalten, um nicht das Gleichgewicht zu verlieren.

»Das wäre erledigt«, sagte Tanzer leise. Er wirkte sehr ernst. »Waffen bereit. Los geht's.«

Sie traten auf den Haupteingang zu. Harb betätigte das elektronische Schloß, und kurz darauf stürmten sie auf den Gang.

Keiner der Romulaner hatte überlebt.

»Wir teilen uns«, sagte Tanzer. »Mr. Sulu, Mr. Chekov – Sie werden auf der Brücke gebraucht. Nehmen Sie aus Sicherheitsgründen zehn Leute mit. Zwanzig weitere begleiten mich zur Hilfsbrücke. Wir klären dort unten die Lage und sorgen dafür, daß die Aufzüge wieder benutzt werden können. Zehn Mann zum Haupttransporter auf Deck sechs. Zehn andere zur Krankenstation – helfen Sie Doktor Chapel und M'Benga. Der Rest stößt in den vorderen Rumpfbereich vor, setzt die letzten Romulaner außer Gefecht. Abmarsch.«

»Ja, Sir«, lautete die vielstimmige Antwort, und die Männer, Frauen und Extraterrestrier eilten in verschiedene Richtungen davon. Sulu, Chekov und Khiy liefen auf den Lift zu. Nachdem sie etwa zehn Minuten gewartet hatten, neigte Khiy den Kopf zur Seite. »Ich glaube, ich höre etwas...«

Sulu und Chekov lauschten ebenfalls, doch sie bemerkten erst etwas, als die Transportkabine fast schon eingetroffen war. Die beiden Hälften der Tür schoben sich mit einem verhaltenen Zischen auseinander, und Sulu trat seufzend ein, froh darüber, auf eine neuerliche Passage durch die Wartungsschächte verzichten zu können. Bevor sich das Schott hinter ihnen schloß, blickten sie noch einmal in den Korridor zurück. In Sulus Magengrube krampfte sich etwas zusammen, als er im Gang die zerfetzten Überreste der Romulaner sah.

»Brücke«, sagte er rauh, und daraufhin setzte sich die Kabine in Bewegung.

Bevor der Turbolift die Brücke erreichte, wichen die drei Männer an die Seitenwände zurück – für den Fall, daß jemand auf sie feuerte. Eine sehr kluge Vorsichtsmaßnahme. Kaum öffnete sich die Tür vor ihnen, als mehrere Intervallerstrahlen über die Rückwand kochten. »Nein, Eriufv, wir sind's!« rief Khiy den Leuten auf der Brücke zu.

Einige Augenblicke später klopften sie sich gegenseitig auf die Schultern. Sulu spürte, wie ihn Eriufv in die Arme schloß – eine bemerkenswert hübsche Romulanerin –, und er kam zu dem Schluß, daß es weitaus schlimmere Dinge gab. Er umarmte sie ebenfalls, aber nur kurz. »Wir haben keine Zeit«, wandte er sich an die anderen Personen auf der Brücke, als er sich dem Befehlsstand näherte. Furcht und Grauen waren nur noch Erinnerung, und der vertraute Anblick der Konsolen und Schaltpulte erfüllte ihn mit einer sonderbaren Ruhe. »Sie haben die Stellung recht gut gehalten, Eri. Jetzt geht es darum, auch den Rest der *Enterprise* wieder unter Kontrolle zu bringen. Zuerst aber müssen wir uns mit Mr. Scott in Verbindung setzen.« Die junge Frau nickte, nahm an Uhuras Pult Platz und betätigte virtuos einige Tasten. »Mr. Scott, hier ist die Brücke...«

»Scott spricht«, klang der schottische Akzent des Chefingenieurs aus den Lautsprechern.

»Wir haben es geschafft.«

»Ausgezeichnet. Ich habe bereits mit Mr. Tanzer gesprochen und übergebe Ihnen jetzt die Kontrolle.«

»Bestätigung«, sagte Sulu, als an den Konsolen die grünen Bereitschaftslichter aufleuchteten.

»In Ordnung. Uhura und ich sind bereits auf dem Weg zu Ihnen. Nehmen Sie Kontakt mit dem Captain auf und versuchen Sie festzustellen, was drüben in der Orbitalbasis geschieht. Oh, und noch etwas, Mr. Sulu: Sagen Sie ihm, daß wir gerade Tafv gefunden haben. Mehr tot als lebendig. Er wird in die Krankenstation gebracht.«

Eriufv war mit einem Satz auf den Beinen, und in ihren Augen glitzerten Wut und Zorn. »Ich gehe runter und töte ihn...«

»Kommt nicht in Frage, Eri«, erwiderte Sulu. Seine Stimme klang so scharf, daß sich Eriufv ruckartig auf den Sitz zurücksinken ließ.

»Er muß ohnehin sterben«, sagte sie leise und hielt den Kopf gesenkt. Sulu konnte das Zittern ihrer Wangenmuskeln sehen. »Für Verrat gibt es keine andere Strafe als den Tod.«

»Darüber müssen Commander Ael und Captain Kirk entscheiden, nicht wir«, sagte Sulu. »Ich brauche Sie hier. Sonst noch etwas, Mr. Scott?«

»Nein. Setzen Sie sich mit dem Captain in Verbindung und bereiten Sie einen Schadensbericht für mich vor. Ich möchte ihn mir ansehen, wenn ich zusammen mit Uhura bei Ihnen eintreffe. Ende.«

»Stellen Sie eine entsprechende Liste zusammen, Pavel«, sagte Sulu. »Und aktivieren Sie das System zur

Abwehr von Eindringlingen. Leiten Sie Betäubungsgas in die Sektionen, in der sich noch immer Romulaner aus Tafvs Gruppe aufhalten. Vielleicht machen einige von unseren Leuten dadurch ein Nickerchen, aber das ist eben nicht zu ändern. Sorgen Sie anschließend dafür, daß mehrere Männer aus der Sicherheitsabteilung mit Gasmasken in die betreffenden Bereiche vorrücken und die Rihannsu einsammeln.«

»In Ordnung, Mr. Sulu.«

»Externer Kom-Kanal, Eriufv.« Sulu wartete einige Sekunden. »*Enterprise* an Einsatzgruppe.«

»Hier Spock«, ertönte die vertraute Stimme des Vulkaniers. *»Bericht, Mr. Sulu.«*

»Es kam zu einem Angriff auf das Schiff, Mr. Spock. Subcommander Tafv drang mit mehr als siebzig Romulanern von der *Blutschwinge* in die *Enterprise* ein und versuchte, sowohl die Hilfsbrücke als auch die anderen wichtigen Sektionen im Schiff zu übernehmen. Er hatte seinen Plan zeitlich gut abgestimmt, wählte den Augenblick, in dem Sie sich zur Station transferierten. Dazu mußten natürlich unsere Deflektoren desaktiviert werden.«

»Logisch«, erwiderte Spock. *»Nur zu jenem Zeitpunkt gab es eine Möglichkeit für ihn, ins Schiff zu gelangen. Fahren Sie fort.«*

»Die Bordsysteme wurden sabotiert – die Reparaturarbeiten sind bereits in vollem Gange –, und zahlreiche Besatzungsmitglieder erlitten im Verlauf der Kämpfe Verletzungen.« Sulu blickte auf das Chronometer und glaubte, seinen Augen nicht trauen zu können. Er hatte das Gefühl, um zehn Jahre gealtert zu sein, und doch... »Seit dem Beginn des Angriffs sind siebenundachtzig Minuten vergangen, Mr. Spock.«

»Verstanden.« Bei diesem einen Wort glaubte Sulu fast, in der Stimme des Vulkaniers einen Hauch von Ironie zu hören. *»Wir sind ebenfalls nicht untätig geblieben. Senken Sie die Schilde und beamen Sie uns an Bord. Wir müs-*

sen ziemlich viele Personen transportieren, und unsere Lage hier spitzt sich immer mehr zu.«

»Bestäti...« Sulu blickte auf den großen Wandschirm und riß unwillkürlich die Augen auf. Chekov, der an der wissenschaftlichen Station stand und durch den Scanner blickte, schnappte hörbar nach Luft. »Mr. Spock«, sagte Sulu hastig, »ich fürchte, ich kann Ihrer Aufforderung nicht nachkommen. Die Sensoren haben drei romulanische Raumschiffe erfaßt, die sich uns schnell nähern. Sie eröffnen gerade das Feuer auf uns. Die ID-Kennungen weisen sie als ChR *Lahai*, ChR *Stiel* und ChR *Kampfkönigin* aus.«

KAPITEL 18

»Tafv hat *was* getan?«

Ael starrte Kirk und Spock an und hatte das Gefühl, als habe ihr jemand einen Dolch ins Herz gestoßen. Plötzlich verloren das nahe Zischen der Phaser und das Krachen der Explosionen jede Bedeutung. »Aber er...«

»Man weiß noch nicht genau, warum er Sie hinterging«, erwiderte der Captain und wirkte ebenso zornig wie die romulanische Kommandantin. »Aufgrund seiner Verletzungen hat er das Bewußtsein verloren. Er liegt jetzt in der Krankenstation. Von den Rihannsu, mit denen er die Besatzungsmitglieder der *Enterprise* angriff, sind nur wenige mit dem Leben davongekommen. Wie dem auch sei, Ael: Dafür haben wir im Augenblick keine Zeit. Wir müssen unsere eigenen Probleme lösen.«

»Die *Kampfkönigin* hat das Levaeri-System erreicht, Commander«, sagte Spock. »Zusammen mit zwei anderen Schiffen. Sie nehmen die *Enterprise* unter Beschuß. Trotz unserer Bemühungen scheint Ihr spezieller Freund LLunih die gewünschte Hilfe gefunden zu haben.«

Für Kirk und Spock mochte es ganz einfach sein zu behaupten, sie hätten genug eigene Probleme. Ael hingegen sah die Sache aus einer anderen Perspektive. Der in ihr brodelnde Zorn galt in erster Linie ihrer eigenen Dummheit. Die eine Stelle, an der sie sich besonders stark fühlte, die Person, der sie bedingungsloses Vertrauen geschenkt hatte – ein Verräter. Ihr eigener Sohn. Jetzt blieben von ihrer Ehre wirklich nur noch Fetzen übrig... Die Schande senkte sich wie ein schweres Gewicht auf ihre Seele und drohte, ihre zu erdrükken. Vollständige Ehrlosigkeit, nicht nur sich selbst gegenüber, sondern auch vor den Elementen. Ael versuchte, die Fassung zu wahren, und bitterer Pragmatismus setzte sich durch. Sie holte tief Luft. »Wie weit sind wir noch von den Transportern entfernt?«

»Etwa hundert Meter«, sagte Spock. Aber es hätten ebensogut hundert Lichtjahre sein können, denn in dem Korridor, der sich vor ihnen erstreckte, trafen sie auf den bisher hartnäckigsten romulanischen Widerstand. Vermutlich wußten die Rihannsu am anderen Ende des Ganges von der Ankunft der *Kampfkönigin*. Wenn sie noch ein wenig länger aushielten, konnte sie mit Verstärkung rechnen – und dann fand der Kampf ein Ende. Wahrscheinlich freuten sie sich schon darauf, ihre Gefangenen zu foltern...

»Captain«, sagte Ael, »es gibt keine Hoffnung mehr, zu den Transferstellen durchzubrechen! Unser Vorrat an Waffen geht zur Neige, und die Erg-Zellen der wenigen Strahler, die wir noch besitzen, sind nahezu erschöpft. Darüber hinaus ist fast jeder von uns verletzt. Selbst das arme Felswesen kann sich kaum mehr rühren...«

»Hoffnung *ist* unlogisch«, hielt ihr Kirk entgegen und sah sich kurz um. »Dennoch hat sie ihren Nutzen. Spock?«

»Zwar hat Commander Ael eine recht emotionale Einschätzung der Lage vorgenommen, doch ich kann ihr nicht widersprechen«, sagte der Vulkanier. »Wir sitzen hier fest, und die Tricorder-Erfassung zeigt eine weitere Rihannsu-Gruppe. Sie wird bald die Romulaner erreichen, die uns daran hindern, den Rückzug anzutreten. Sie brauchen uns gar nicht extra anzugreifen, Captain. Wenn sie in Stellung gehen und sich verschanzen, können wir kaum etwas gegen sie ausrichten.«

»Ich verstehe. Nun, Mr. Spock, die Situation ist zwar sehr ernst, aber ich bin trotzdem nicht bereit, mich einfach zu ergeben.«

»Das hätte mich auch überrascht, Captain.«

Erneut drehte Kirk den Kopf und suchte nach einem möglichen Ausweg. Ael senkte den Blick, fühlte sich beschämt von dem Mut des Terraners – und gleichzeitig geehrt, Zeugin seiner Tapferkeit geworden zu sein. »Meine Herren...«

Der Kommunikator des Captains summte. »Kirk.«

»Wir haben hier ein Problem, Sir«, klang Scotts Stimme aus dem Lautsprecher.

»Die Deflektoren, nehme ich an.«

»Noch sind sie einigermaßen stabil. Die Stiel *und* Lahai *feuern immer wieder auf uns und reduzieren das Energieniveau der Schilde. Die* Kampfkönigin *ist noch zu weit entfernt. Sir, nach den Angaben der Sensoren zu urteilen handelt es sich dabei um das neue Modell eines klingonischen Zerstörers. Wir kommen wirklich in Schwierigkeiten, wenn die* Kampfkönigin *auf Schußweite heran ist... Und das wird früher oder später der Fall sein.«*

»Mr. Scott«, sagte Kirk, »Sie dürfen unter keinen Umständen zulassen, daß mein Schiff gekapert wird.« Sein Blick richtete sich auf Ael – eine stumme Frage, die ihre Mannschaft betraf. Sie nickte wortlos. »Commander Ael pflichtet mir in bezug auf die an Bord der *Enterprise* befindlichen Besatzungsmitglieder der *Blutschwinge* bei. Und wenn es zum Schlimmsten kommt, so vernichten Sie auch die *Intrepid* und die Orbitalbasis.«

»Verstanden«, antwortete Scott. *»Was, zum Teufel...«*

»Was ist denn los, Scotty? Die *Kampfkönigin?«*

Der Chefingenieur fluchte halblaut. *»Die* Blutschwinge *Captain. Sie hat gerade das Feuer auf uns eröffnet!«*

Ael schüttelte betroffen den Kopf und lehnte sich niedergeschlagen an die rußgeschwärzte Wand. *»Seltsam, Mr. Scott«*, hörten sie im Hintergrund die Stimme Chekovs.

»Wie meinen Sie das?«

»Die Phaser der Blutschwinge *scheinen auf minimale Intensität justiert zu sein, Mr. Scott.«* Chekov klang verwundert. *»Nicht die geringsten Auswirkungen auf unsere Deflektoren...«*

»Blenden Sie eine Absorptionskurve ein.«

»Normal, Mr. Scott! Keine Schäden an Bord der Blutschwinge. *Keine Probleme mit den Triebwerken oder Generatoren. Und außerdem hat sie nicht ihre Schilde hochgefahren...«*

»Scotty«, sagte Kirk drängend. »Nehmen Sie Kontakt mit der *Blutschwinge* auf!«

»Uhura...«

Deutlich war zu hören, wie Lieutenant Uhura einen Kom-Kanal öffnete und versuchte, sich mit Aels Schiff in Verbindung zu setzen. *»Auf dem Schirm, Mr. Scott...«*

»Enterprise...« Wieder eine vertraute Stimme: Aidoann, einerseits aufgeregt, andererseits doch ruhig und sachlich. Ael vergaß ihren Kummer und richtete sich auf. *»Wo ist Commander Ael, Mr. Scott?«*

Kirk räusperte sich. »Scotty, schalten Sie mich durch! Aidoann, hier spricht Captain Kirk. Ihre Kommandantin ist bei uns und wohlauf...«

»Captain«, lautete Aidoanns Antwort, *»Sie müssen die Station unverzüglich verlassen! Wir können nicht mehr lange den Schein wahren. Wenn die anderen Schiffe noch etwas näher herankommen, erfassen ihre Sensoren unseren gegenwärtigen Status...«*

»Transportersystem aktivieren, weiter Fokus!« rief Ael. »Sie können uns in drei, höchstens vier Gruppen transferieren! Beamen Sie uns zur *Intrepid!* Wohin, Captain? Bietet das Freizeitdeck genug Platz?«

»Ja! Spock, geben Sie den anderen Bescheid. Scotty, übermitteln Sie der *Blutschwinge* unsere Koordinaten. Es sollen alle Personen transferiert werden, die ein Transkriptionsimplantat besitzen. Die Vulkanier sind ebenfalls mit solchen Chips ausgestattet. Beeilen Sie sich...!«

Dicht hinter ihnen zischten und fauchten Phaser. Männer und Frauen ließen sich zu Boden fallen und erwiderten das Feuer.

Und dann verwandelte sich ihre Umgebung in einen Strudel aus durcheinanderwogenden Farben. Plötzlich loderte jene Art von Feuer, die Ael am liebsten mochte...

Oh, bei den Elementen! fuhr es der romulanischen Kommandantin durch den Sinn, als der Transporter an Bord der *Blutschwinge* den Retransfer einleitete. Sie materialisierte fast zwei Meter über einem Deck der *Intrepid,* und der weiche Teppich auf dem Stahl milderte den harten Aufprall nur wenig. Um sie herum fluchten einige Besatzungsmitglieder der *Enterprise,* und nur den Vulkaniern schien der Fall überhaupt nichts auszumachen. Wie durch ein Wunder landeten sie alle auf den Beinen.

»Los!« rief Kirk. »Weichen Sie zurück. Gleich treffen zwei weitere Gruppen ein...«

Dutzende von Männern und Frauen zogen sich rasch in Richtung der Wände zurück. Ael rannte los, und während sie lief, zog sie Dr. McCoy mit sich, der sich gerade in die Höhe stemmte. Schmerzerfüllt verzog er das Gesicht, betastete sein linkes Bein und preßte einige Worte hervor, die Aels Transkriptionsmodul glücklicherweise nicht übersetzte. Sie zog ihn bis zur Wand, ließ ihn dort los und drehte sich um. Nur einen Sekundenbruchteil später rematerialisierten die Angehörigen der nächsten Gruppe – und fielen ebenfalls zu Boden.

»Beschweren Sie sich nie wieder über unser Transportersystem«, knurrte McCoy hinter Ael. »*Ihres* ist noch weitaus schlechter!«

»Technische Diskussionen sollten wir auf später verschieben«, sagte Kirk und trat auf die romulanische Kommandantin zu. »Pille, mach dich mit Dr. Seiak auf den Weg zur Krankenstation und behandle dort die Verletzten.« Er zögerte kurz, als die dritte Gruppe rematerialisierte und das Schicksal ihrer beiden Vorgängerinnen teilte. Dann klappte er den Kommunikator auf. »Sind das alle, Scotty?«

»Ja, Captain«, erwiderte Aidoann. *»Wir müssen jetzt unsere Deflektoren aktivieren, und außerdem ist die Entfer-*

nung zu den anderen Schiffen so weit zusammengeschrumpft, daß sie vielleicht unsere Kom-Signale empfangen. Sie können auf uns zählen, Enterprise.« Damit unterbrach sie die Verbindung.

Ael ließ langsam den angehaltenen Atem entweichen.

»Wir haben noch einen Trumpf in der Hand, Scotty«, sagte Kirk fröhlich. »Die *Intrepid.*«

»Aber ihre Triebwerke und Wandler sind kalt! Und die Anwärmphase dauert fünfzehn Minuten, Captain...«

»Halten Sie so lange durch, Scotty. Wenn Sie keinen Widerstand mehr leisten können, führen Sie meinen vorherigen Befehl durch. Nehmen Sie von jetzt an keinen Kontakt mehr mit uns auf, denn sonst merken die Romulaner, daß sich jemand an Bord dieses Schiffes befindet.«

»Aye, Sir. Viel Glück.«

»Das wünsche ich Ihnen ebenfalls, Scotty. Ende.«

Sehlk und T'Leiar näherten sich. »Wir haben da ein Problem, Sir...«

Kirk rollte mit den Augen. Diese Worte hatte er in der letzten Zeit viel zu oft gehört.

»Wo ist Captain Suvuk?«

»In der Krankenstation. Captain...«

»Ich weiß. Kalte Aggregate.«

»Wir hätten keine sonderlichen Schwierigkeiten, wenn wir ›heiße‹ Antimaterie besäßen, um die Reaktion in Gang zu bringen«, sagte Spock.

»Dafür ist es jetzt zu spät.« Kirk schüttelte den Kopf. »Sowohl die *Enterprise* als auch die *Blutschwinge* haben ihre Schilde aktiviert. Mit anderen Worten: Sie können die notwendige Reaktionsmasse nicht hierher beamen...«

Ael nickte langsam, als sie beobachtete, wie sich in der Mitte des saalartigen Raums ein schimmerndes Transferfeld bildete. Die Transporterenergie verdichtete sich, und kurz darauf bildeten sich die Konturen zweier Gestalten: Tr'Keirianh und t'Viaen aus dem Maschinenraum der *Blutschwinge.* Und in einem Antigrav-Gestell trugen sie einen magnetischen Behälter. Die beiden Rihannsu fielen, federten den Aufprall mit den Knien ab und richteten sich auf. Die große Magnetflasche schwebte über dem Boden.

»Sie sprachen doch eben von ›heißer‹ Antimaterie, nicht wahr, Captain?« meinte Ael unschuldig.

Kirk starrte sie sprachlos an.

»Nachdem wir im Besprechungsraum an Bord der *Enterprise* das Problem kalter Generatoren erörterten, wies ich die *Blutschwinge* an, entsprechende Vorbereitungen zu treffen«, erklärte Ael. »Unglücklicherweise ging es wenig später drunter und drüber...«

»Commander...« begann Kirk, brach dann aber ab und schüttelte den Kopf. »Nun, ich glaube, das spielt jetzt keine Rolle mehr. Mr. Spock, Mr. Sehlk – bitte begleiten Sie mich. Sehlk, in Hinsicht auf T'Leiars Maschinen werden wir jetzt etwas unternehmen, was ziemlich unlogisch sein mag, dafür aber recht wirksam ist...«

In gewisser Weise wirkte die Brücke der *Intrepid* noch eindrucksvoller als der zentrale Kontrollraum an Bord der *Enterprise.* Sie war größer und auch moderner. Und derzeit herrschte dort fast hektische Aktivität. T'Leiar saß im Sessel des Befehlsstands; Dutzende von Vulkaniern hatten an den anderen Konsolen Platz genommen und gaben sich gegenseitig Anweisungen. Der offensichtliche Zorn und die Kampfeswut der Vulkanier in der Station hatten Ael zutiefst beeindruckt, und nun beobachtete die romulanische Kommandantin, wie sie sich erneut die übliche Gelassenheit zu eigen machten. *Territoriales Empfinden,* dachte Ael. *Fast ebenso stark ausgeprägt wie bei uns Rihannsu. Wenn sie in Schwierigkeiten sind, bieten sie einen weitaus interessanteren Anblick. T'Leiar zum Beispiel: Sie kämpfte wie ein tollwütiger Thrai. Jetzt aber hat sie all ihre Leidenschaft eingebüßt...*

»Transporterraum«, sagte T'Leiar. »Bericht. Wurde das gesamte genetische Material transferiert?«

»Der Rest ist gerade an Bord eingetroffen, Commander.«

»Sind Sie ganz sicher, nichts übersehen zu haben?«

»Commander«, ertönte die ruhige Stimme einer anderen Vulkanierin aus den Lautsprechern, *»wir haben nicht nur die Biomasse hierher gebeamt, sondern auch alle Unterlagen aus den Archiven: Datenbänder, Kassetten, Dokumente, Kristallspeicher und so weiter. Es wurde alles berücksichtigt. Die Frachtkammer vier ist vollständig mit Papieren und Infobändern gefüllt, und das Genmaterial beansprucht Raum sechs und fast die ganze Kapazität von Nummer sieben...«*

»In Ordnung«, sagte T'Leiar. »Maschinenraum. Captain Kirk?«

»Hier Kirk. Noch fünf Minuten, T'Leiar. Wir haben den Aktivierungszyklus des Warp-Triebwerks eingeleitet, und Spock und Sehlk sind in der Dekontaminierung. Sihek meint, die Impuls-Triebwerke seien bereits einsatzfähig.«

»Ausgezeichnet. Si'jsk, maximaler Impulsschub. Benachrichtigen Sie die *Enterprise* und *Blutschwinge.«*

»T'Leiar«, meldete sich Kirk aus dem Maschinenraum, *»fordern Sie die beiden anderen Schiffe bitte auf, Kurs auf Eta Trianguli zu nehmen. Sie sollen jedoch daran denken, diesen Raumsektor in unterschiedlichen Richtungen zu verlassen.«*

»Gilt das auch für die *Intrepid?«* fragte T'Leiar.

»Ja, Commander.«

T'Leiar nickte. »Dann habe ich Sie also richtig verstanden, Captain.«

»Meine Schuld. Ich hätte mich klarer ausdrücken sollen. Befindet sich Commander t'Rllaillieu bei Ihnen?«

»Ich bin hier, Jim«, sagte Ael.

»Ich habe ganz vergessen, Ihnen zu danken.«

»Wofür?«

»Für die Antimaterie.«

»Schon gut«, sagte Ael. »Vielleicht leihe ich mir eines Tages welche von *Ihnen* aus.«

Kirk lachte leise. »*Gern. T'Leiar, vielleicht haben Sie recht, wenn Sie meinen, die terranische Logik sei unzulänglich. Offenbar ist uns ein Berechnungsfehler unterlaufen: Die Warp-Generatoren brauchen keine fünf Minuten, um die Betriebstemperatur zu erreichen.*«

»Captain?«

»*Die volle Kapazität steht bereits jetzt zur Verfügung. Spock und Sehlk kehren gerade zurück.*«

»Bestätigung, Sir. T'Kiha, wie weit sind wir vom Zentralgestirn dieses Sonnensystems entfernt?«

»Dreihundert Millionen Kilometer, Commander. Anders ausgedrückt: Interferenzen mit dem Warp-Feld sind ausgeschlossen.«

»Gut. Gehen Sie auf Warp zwei, und beschleunigen Sie so schnell wie möglich auf Warp sechs. Informieren Sie die *Enterprise* und *Blutschwinge.* Mr. Setek, laden Sie die Photonentorpedos und geben Sie mir Bescheid, wenn die Phaser klar sind.«

»Ladevorgang der Photonentorpedos eingeleitet. Phaser bereit...«

»Schön. Was ist mit den romulanischen Schiffen, T'Kiha?«

»Die *Lahai* und *Stiel* verfolgen uns, können die Geschwindigkeit jedoch nicht halten und fallen langsam zurück«, lautete die Antwort. »Die *Enterprise* meldet, daß sie gerade die letzte Störboje ausgeschleust hat.«

»Ausgezeichnet. Status der *Kampfkönigin*?«

»Sie schließt mit Warp sechs zu uns auf und beschleunigt weiter.«

Zwar blieb T'Leiars Gesicht ausdruckslos, aber trotzdem war zu erkennen, daß diese Mitteilung nicht ihren Gefallen fand. »Ausweichmanöver.«

»Bestätigung.«

Ael nahm ebenfalls an einem Schaltpult Platz, blickte auf den Schirm und beobachtete die schematische Kursdarstellung. Eigentlich gab es an dem Ausweichmanöver nichts auszusetzen, doch offenbar konnte sich das

Geschick der Navigatorin T'Kiha nicht mit dem Sulus messen. Die *Kampfkönigin* näherte sich weiter. »Commander T'Leiar, darf ich einen Vorschlag machen?« sagte Ael.

Die Tür öffnete sich mit einem verhaltenen Zischen. »Was haben Sie denn diesmal für eine Idee?« fragte Kirk.

»Keine Angst – ich möchte Sie nicht nach Romulus und Remus bringen, damit Sie dort im Senat und Prätoriat aufräumen«, antwortete Ael und deutete ein dünnes Lächeln an. Das Unbehagen, mit dem Kirk auf ihre Vorschläge reagierte, war nicht ganz ungerechtfertigt. Immerhin lagen die Kämpfe in der Forschungsstation Levaeri V erst kurze Zeit zurück. »Jim, die *Kampfkönigin* ist bald auf Schußweite heran...«

»Ich weiß«, erwiderte Kirk verärgert und deutete auf den großen Wandschirm. Der Zerstörer war kaum zu übersehen. »Selbst das neue Triebwerk der *Intrepid* ist nicht leistungsfähig genug, um ihr zu entkommen. Von der *Enterprise* ganz zu schweigen. Nun?«

Ael griff in ihre Tasche und holte einen Logikbaustein hervor.

»Wollen Sie es mit einer romulanischen ID-Kennung versuchen?« fragte Kirk und verzog enttäuscht das Gesicht. »Ael, dies ist nicht der geeignete Zeitpunkt, um...«

»Natürlich nicht, Sie Narr!« sagte sie scharf. Einige Leute auf der Brücke drehten sich erstaunt zu ihr um, aber Ael ignorierte sie einfach. »Bevor Spock das Virusprogramm in die Computer der Forschungsstation eingab, habe ich eine Analyse des Rechnersystems vorgenommen und dabei etwas Interessantes gefunden.« Sie drehte die elektronische Komponente hin und her. »Das Sonnenkeim-Programm...«

Kirk musterte sie wortlos.

»Sonnenkeim!« wiederholte Ael. »Ein Projekt, das die Entführung vulkanischer Raumschiffe ermöglichen sollte, Jim.« Sie hielt ihm den Logikbaustein direkt vors Gesicht. »Wie wäre es, wenn wir unseren eigenen Ionensturm auslösen und es den gegnerischen Schiffen überlassen, damit fertig zu werden? Hier ist das Programm.«

»*Lieber* Himmel!« entfuhr es Kirk. »Sehlk!«

Die beiden Hälften der Tür schoben sich erneut auseinander. »Könnten Sie mit mir vorliebnehmen, Captain?« erklang eine sanfte Stimme – und Captain Suvuk betrat die Brücke. Er wirkte müde und erschöpft, und die Plastsalbe, die ihm McCoy und Sihek aufgetragen hatten, bedeckte nur einen Teil der Wunden in seinem Gesicht. Bei der Vorstellung, welche Verletzungen sich unter der Uniform verbargen, regte sich dumpfer Schrecken in Ael. Dennoch gab sich Suvuk kraftvoll und energisch – obgleich er taumelte, als er sich dem Befehlsstand nähert.

»Sir...« begann Kirk.

»Ich habe alles gehört«, unterbrach ihn Suvuk. »Interne Kom-Verbindung zur Krankenstation«, fügte er hinzu und wandte sich an Ael. »Es käme einer gewissen Ironie gleich, die Waffe unserer Feinde gegen sie selbst zu richten. Gehe ich richtig in der Annahme, daß wir eine Sonne brauchen, um Ihren Plan zu verwirklichen?«

»Ja, Sir.« Zusammen mit Kirk folgte sie Suvuk zur Kommunikationskonsole. »Wir stimulieren die entsprechende Korona nicht nur mit den Phasern und Photonentorpedos, sondern auch mit unserem Warp-Feld. Soweit ich weiß, genügt ein Schiff, aber zwei oder drei wären besser...«

»Ich schlage zwei vor, Commander«, sagte Suvuk. »Ich bezweifle, ob die *Blutschwinge* in der Lage ist, die notwendige Geschwindigkeit von Warp elf zu halten.« Er unterbrach sich kurz und legte den Logikbaustein auf die Scannerplatte. »Außerdem bleibt uns nur wenig Zeit, und mit zwei Einheiten lassen sich die Manöver besser koordinieren. Nun, wie ich sehe, können wir unsere Phaser problemlos auf die erforderlichen Parameter und Erg-Frequenzen justieren. T'Leiar, bitte übermitteln Sie diese Informationen der *Enterprise*...«

»Das ist bereits geschehen, Sir.«

Ael zwinkerte. »Intrepid«, ertönte Scotts Stimme, *»hier ist die* Enterprise...«

»Hier Kirk. Keine Zeit für Diskussionen. Halten Sie sich an die Angaben!«

»Aye, Sir.« Und damit unterbrach der Chefingenieur die Verbindung.

»Zeitliche Abstimmung, Sir...«

»Ich bin gerade dabei«, sagte Suvuk. Spock eilte auf die Brücke, gefolgt von Sehlk. »Sir, was...« begannen die beiden Männer gleichzeitig, aber Kirk winkte nur ab.

»Ein faszinierendes Programm«, ließ sich Suvuk vernehmen. »Mr. Sehlk, geben Sie die Daten bezüglich der Phaser-Justierungen und Frequenzsteuerungen sofort an den Waffenoffizier weiter.« Er blickte wieder auf die Anzeigen des Datenscanners. »Eine geradezu geniale Technik. Der Ionisierungs-Effekt basiert auf den unterschiedlichen Energieniveaus in der stellaren Korona und breitet sich in einem spiralförmigen Muster aus, ähnlich den ›rotierenden‹ Wellenfronten eines Pulsars. Natürlich müssen wir uns ziemlich nahe an die Sonne heranwagen, und dabei haben wir keine andere Wahl, als die Warp-Grenze zu überqueren.Dabei verhindert die Manipulation der Korona eine übermäßige Stimulation der stellaren Chromosphäre...«

»Sir«, warf Sehlk ein, und seine Stimme klang eher so wie die Kirks, hatte kaum Ähnlichkeit mit dem sachlichen Tonfall, der Spock charakterisierte. Suvuk drehte sich um, und als er seinen Ersten Offizier musterte, trug er dabei einen Gesichtsausdruck zur Schau, der mit dem Spocks identisch war. Ael hielt sich die Hand auf den Mund, um nicht laut aufzulachen. »*Enterprise* meldet Bereitschaft.«

»Mr. Sehlk, dürfte ich kurz mit dem befehlshabenden Kommandanten meines Schiffes sprechen?«

Sehlk nickte in Richtung Kommunikationskonsole, und der dort sitzende Vulkanier führte eine entsprechende Schaltung durch. *»Hier Scott«,* erklang der schottische Akzent des Chefingenieurs.

»Ich möchte Ihnen nur folgendes sagen, Scotty: Vermeiden Sie unter allen Umständen temporale Rückkopplungseffekte. Gerade *diesmal* darf die *Enterprise* nicht um vierundzwanzig Stunden in die Vergangenheit zurückfallen.«

»Da haben Sie recht, Captain«, erwiderte Scott und gab ein glucksendes Brummen von sich. *»Ich wünsche Ihnen und der* Intrepid *viel Glück.«*

»Das gilt auch für Sie«, sagte Kirk und blickte in die ruhige Miene Suvuks. »Ende.«

»Die *Kampfkönigin* nähert sich weiter, Captain«, berichtete Sehlk. »Die Entfernung beträgt jetzt nur noch eine Lichtminute.«

»Beginnen Sie mit dem Ionensturm-Manöver!« befahl Suvuk.

Das Summen der leistungsstarken Warp-Triebwerke der *Intrepid* wurde lauter. Ael beobachtete, wie sich Kirk in den leeren Sessel vor einer unbesetzten Konsole sinken ließ und die Sicherheitsbügel schloß. Spock hatte auf der anderen Seite des Raums Platz genommen und folgte seinem Beispiel. Die romulanische Kommandantin aktivierte ebenfalls den Schutzmechanismus. Suvuk ging auf den Befehlsstand zu und mußte sich festhalten, um nicht das Gleichgewicht zu verlieren.

»Computerfokus auf das Zentralgestirn«, sagte er. »Bei geringster Entfernung Sensoren desaktivieren. Schirm aus.«

Ael war dankbar, als die Darstellung auf dem großen Wandschirm erlosch: Sie waren der Sonne bereits so nahe, daß die Protuberanzen direkt nach der *Intrepid* zu lecken schienen. Sie bedauerte es, nicht zu wissen, wo sich die *Blutschwinge* befand oder ob die Distanz zur *Kampfkönigin* weiter zusammenschrumpfte...

Ael begann zu schwitzen. Die Vorstellung, daß Lyillu das vulkanische Schiff mit einer Salve vernichtete, bereitete ihr profundes Unbehagen, doch als noch entsetzlicher empfand sie den Gedanken, als Gefangene nach ch'Rihan gebracht zu werden. Wenn sie zwischen diesen beiden Möglichkeiten wählen konnte, zog sie den Tod vor. *Ach, ihr Elemente*, dachte sie, *ich möchte lieber sterben, als von Lyillu arrestiert zu werden!* Dann rief sie sich selbst zur Ordnung. Möglicherweise kam es der Besatzung der *Enterprise* in erster Linie aufs Überleben an – solange sie lebte, konnte sie hoffen. *Vielleicht ist diese Perspektive gar nicht so schlecht,* fügte Ael in Gedanken hinzu. *Noch nie habe ich es mit so vielen Überlebensspezialisten zu tun bekommen...*

Die Tür öffnete sich, und Dr. McCoy humpelte herein. An seinem linken Bein sah Ael einen breiten Druckverband. Langsam trat er auf Kirk zu, stützte sich an der Brüstung ab und meinte: »Das Wadenbein gebrochen. Irgendwann mußte es ja einmal dazu kommen.«

»Doktor...« Ael lachte leise. »Wenn Sie schon seit längerer Zeit mit einer solchen Verletzung gerechnet haben, wieso waren Sie dann so erstaunt?«

»Ist alles Ihre Schuld«, knurrte der Arzt und verzog das Gesicht. »Wenn Sie nicht den verrückten Vorschlag gemacht hätten, die Orbitalbasis anzugreifen...«

Ael gab keine Antwort und sah Kirk an, der ihrem Blick kurz begegnete und ein Lächeln andeutete. Die romulanische Kommandantin begriff, daß sie nun zu einer sehr exklusiven Gruppe gehörte, zu den Leuten, an denen McCoy seinen Ärger ausließ. Sie hörte seiner Tirade zu, nickte dann und wann und konzentrierte sich ansonsten auf das allgemeine Geschehen.

»Entfernung zur Sonne noch hundert Millionen Kilometer«, sagte Sehlk. »Neunzig... sechzig... dreißig...« *Bei dieser Geschwindigkeit*, dachte Ael sarkastisch, *braucht man nur zu zwinkern, um den entscheidenden Augenblick zu verpassen.* Und nur eine Sekunde später ging es los. Die *Enterprise* und *Intrepid* tauchten in die stellare Korona, und das vulkanische Raumschiff erbebte, als es mit vielfacher Lichtgeschwindigkeit auf die Photonenbarriere stieß und dadurch eine zweite Wellenfront verursachte, die wie ein langer Schweif hinter ihr zurückblieb. Die Torpedokatapulte wurden ausgelöst, und gleichzeitig feuerte die Automatik die Phaser-Geschütze ab. Das Deck schien sich abrupt zur Seite zu neigen, und unmittelbar darauf fühlte sich Ael sonderbar leicht. Nur einen Herzschlag später spürte sie wieder ihr normales Gewicht. Die Systeme, die zur Kontrolle der künstlichen Schwerkraft an Bord dienten, konnten die Erg-Felder in der Nähe des breiten stellaren Gravitationsschachtes nicht stabil halten. Es dauerte ein Weile, bis das vibrierende Zittern nachließ.

»Bericht«, sagte Suvuk, so ruhig, als sei überhaupt nichts passiert.

»An Bord der *Enterprise* keine Schäden, Captain«, antwortete Sehlk. »Manöver beendet. Die *Stiel* und *Lahai* sind weit zurückgefallen, befinden sich sogar in einem ganz anderen Sektor. Die *Kampfkönigin* fliegt jetzt gerade in die Ionensturmzone...«

»Intensitätsmessung.«

»Stärke zwölf – und nimmt weiter zu.«

»Offenbar hatten Sie recht, Commander«, wandte sich Suvuk an Ael. »Mit zwei Raumschiffen läßt sich eine wesentlich wirkungsvollere Stimulation herbeiführen. Dieser Ionensturm ist weitaus stärker als der, den die Romulaner auslösten, um die *Intrepid* in ihre Gewalt zu bringen.«

»Kom-Signal von der *Blutschwinge,* Commander t'Rllaillieu«, sagte der Vulkanier an der Kommunikationskonsole. »Sie hat den Kursvektor unserer Hyperbel angepaßt, um vor dem Ionensturm zu uns zu stoßen. Rendezvous in ungefähr vier Minuten...«

Ael nickte. »Danke.«

»Die *Kampfkönigin* wird langsamer, Captain«, sagte Sehlk. »Vermutlich sind die Navigationssensoren aufgrund der Ionen-Interferenzen ausgefallen.«

»Intrepid, *hier ist die* Enterprise«, erklang Scotts Stimme aus den Lautsprechern.

»Hier *Intrepid«*, erwiderte Kirk. »Wie sieht's bei Ihnen aus, Scotty?«

»Soweit ganz gut. Aber wir sollten uns nicht auf unseren Lorbeeren ausruhen. Der Romulaner hinter uns läßt sich nicht so einfach ins Bockshorn jagen, hat die Hauptwellenfront gerade durchstoßen und beschleunigt wieder. Wir bleiben auf Warp elf und dem Eta Trianguli-Kurs.«

»In Ordnung, *Enterprise«*, sagte Suvuk. »Wir schließen uns Ihnen an. Schirm an, Sehlk. Deflektoren ein. Phaser bereit. Commander, kann die *Blutschwinge* auf Warp elf gehen?«

»Nur für einige Minuten, Captain«, entgegnete Ael. Schon seit einer ganzen Weile dachte sie über diesen Punkt nach, und inzwischen hatte sie schweißnasse Hände.

»Nun gut. *Enterprise,* die *Blutschwinge* ist nicht in der Lage, Warp elf zu halten. Ich schlage vor, wir nähern uns so weit, daß sich die Warp-Felder überlappen. Wir nehmen die Kriegsschwalbe einfach mit.«

»Captain Suvuk...« Wieder die Stimme des Chefingenieurs. Diesmal klang Scott ziemlich besorgt. *»Mit allem Respekt, Sir – so ein Manöver ist selbst dann außerordentlich gefährlich, wenn es um zwei Raumschiffe der gleichen Modellreihe geht. Aber die* Blutschwinge *weist eine völlig andere energetische Struktur auf...«*

»Ich weiß, Mr. Scott«, warf Suvuk ein. »Aber es bleibt uns keine andere Wahl. Wir können die *Blutschwinge* nicht einfach zurücklassen. Möchten Sie mit Ihrem Captain sprechen?«

»Ich glaube, das ist nicht nötig. Später vielleicht. Manövervorbereitung. Scott Ende.«

Suvuk wandte sich an Kirk. »Sir, haben Sie jemals daran gedacht, daß wir zwar die Raumschiffe befehligen, unsere Ingenieure diese jedoch als persönliches Eigentum betrachten?«

Ael beobachtete das Lächeln Kirks. Der Captain nickte nur und schwieg.

»Hecksensoren«, sagte Sehlk. Das Bild auf dem großen Wandschirm veränderte sich und zeigte nun die *Enterprise,* einen Schatten vor dem Fusionsofen der Sonne. Das Zentralgestirn des Levaeri-Systems schien zu schrumpfen, als sie sich rasch davon entfernten, und gleichzeitig wurde die *Enterprise* größer. Sie kam immer näher, und es hatte den Anschein, als verharre sie dicht neben der *Intrepid.* Die beiden Warp-Felder interagierten, verbanden sich teilweise miteinander. »Rendezvous mit der *Blutschwinge* steht unmittelbar bevor«, meldete Sehlk. »Sie beschleunigt auf Warp elf, um zu uns zu gelangen. Warp-Reaktion mit der *Enterprise.*«

Die *Intrepid* erbebte einmal mehr, noch heftiger als während des Fluges durch die Sonnenkorona. »Warp-Reaktion mit der *Blutschwinge«,* sagte Sehlk – und diesmal war der Ruck so stark, daß einige vulkanische Offiziere aus den Sesseln geschleudert wurden.

Suvuk hingegen erweckte den Anschein, als klebe er auf den Polstern fest. »Überlappung vollständig«, sagte er fast teilnahmslos. »T'Kiha, Eta Trianguli-Kurs, in Richtung Neutrale Zone...«

»*Kampfkönigin* schließt zu uns auf, Captain«, meldete Sehlk. »Warp zwölf... Warp dreizehn...«

»Wenn sie uns mit Warp dreizehn verfolgt, ist es nur eine Frage der Zeit, bis sie uns erreicht«, stellte Suvuk fest und sah Kirk und Ael an.

»Jetzt sogar Warp vierzehn«, sagte Sehlk. Spock wechselte einen kurzen Blick mit Kirk und schüttelte andeutungsweise den Kopf.

»Irgendwelche Vorschläge, Captain?« fragte Suvuk. »Commander?«

»Unsere Schiffe dürfen nicht dem Feind in die Hände fallen«, sagte Kirk.

»Commander?«

»Der Meinung bin ich ebenfalls.«

»Die *Enterprise* hat bereits einen entsprechenden Befehl erhalten«, sagte Jim.

Suvuk nickte.

»Entfernung zur *Kampfkönigin* beträgt erneut nur eine Lichtminute.« Sehlk sah auf seine Instrumente. »Eine halbe Lichtminute...«

»Captain...« Suvuk wandte sich an Kirk. »Einige Leute sind zwar der Ansicht, es sei unlogisch, sich für etwas zu bedanken, aber...« Er zögerte kurz. »Wie dem auch sei: Ich danke Ihnen dafür, daß Sie unser Leben für drei Stunden verlängert haben.«

Kirk neigte kurz den Kopf und sah dann wieder auf. »Ich bedauere nur«, fuhr Suvuk fort, »daß ich Sie und Ael nicht an Bord Ihrer Schiffe zurückbringen konnte.«

»Eine unglückliche Fügung des Schicksals.« Ael zuckte mit den Schultern.

»Wenn es so etwas wie Schicksal überhaupt gibt«, sagte Suvuk. »Ich danke Ihnen ebenfalls, Commander. Es war eine unerwartete und sehr erfreuliche Erfahrung festzustellen, daß unsere Vettern auch unsere Brüder sein können.«

Ael folgte dem Beispiel Kirks und verneigte sich.

Plötzlich herrschte völlige Stille auf der Brücke der *Intrepid*.

»Sechs Lichtsekunden«, meldete Sehlk leise.

»Enterprise«, brummte Kirk.

»Aye«, lautete Scotts Antwort – mehr sagte er nicht.

Ael hob den Kopf. *»Blutschwinge.«*

»Commander...«

»Warten Sie noch ein wenig. Es ist gleich soweit.«

»Vier Lichtsekunden«, sagte Sehlk.

Ael beobachtete, wie Kirk erst Spock ansah und dann auch McCoy. Dann richtete er seinen Blick auf den großen Wandschirm, betrachtete das Schimmern der Sterne vor ihnen, die Neutrale Zone, die sie nicht mehr rechtzeitig erreichen konnten.

»Eine Lichtsekunde«, sagte Sehlk. »Die *Kampfkönigin* eröffnet das Feuer auf uns…«

Das Raumschiff erzitterte mehrmals, doch sonst geschah nichts. Ael zwinkerte verwirrt, und sie brauchte einige Sekunden, um zu begreifen, daß sich irgendwo schwere Geschütze entluden – aber nicht etwa hinter, sondern *vor* ihnen…

»Kontakt!« rief Sehlk. »ID…«

Ael richtete sich ruckartig auf. Der Wandschirm zeigte zwei weißgraue Streifen, die an der *Intrepid* vorbeirasten, so schnell, daß eine visuelle Identifikation ausgeschlossen war. Dennoch wußte sie, um welche Raumschiffe es sich handelte. »Die *Constellation*«, sagte Sehlk. »Und dahinter die *Inaieu*…«

Ael drehte sich um und starrte Kirk verblüfft an. Er sah noch immer auf den Schirm, ebenso erstaunt wie die romulanische Kommandantin. Und vielleicht glaubte er, seinen Augen nicht trauen zu können. »Sie feuern«, berichtete Sehlk. »Die *Kampfkönigin* wendet sich der *Constellation* zu. Phaser und Photonentorpedos…«

Er betätigte eine Taste und schaltete den Schirm um. Hinter der *Intrepid* flammte ein greller Blitz auf, schwoll dann zu einem lodernden Ball an, dessen Schimmern langsam verblaßte. Wie in Zeitlupe beugte sich Sehlk vor.

»Die *Inaieu* hat die *Kampfkönigin* während des Vorbeiflugs unter Beschuß genommen«, stellte er fest. »Der romulanische Zerstörer wurde vernichtet.«

»Was ist mit der *Inaieu*?« fragte Kirk und wandte den Blick nicht vom Wandschirm ab.

»Intrepid«, klang es aus den Lautsprechern, *»hier ist die* Inaieu. *Suvuk, Sie alter Halunke, wo sind Sie gewesen? Haben Sie sich irgendwo verkrochen?«*

»Na klar, Nhauris«, antwortete Suvuk. »Ebenso wie damals auf Organia.«

»Gut gemacht, Nhauris«, sagte Kirk.

»Ich bin immer zur Stelle, wenn ich gebraucht werde«, erwiderte die Deirr und lachte blubbernd. *»Nun, wir sollten jetzt die Neutrale Zone durchqueren, bevor weitere romulanische Kriegsschiffe eintreffen, um hier nach dem Rechten zu sehen.* Inaieu *Ende.«*

»Geschwindigkeit herabsetzen, T'Kiha«, sagte Suvuk. »Kurs bestimmen.«

»Aye, Sir.«

Ael klappte den Schutzbügel zurück, stand auf und trat auf Kirk zu. Er wandte den Blick vom Wandschirm ab und bedachte sie mit einem Lächeln, das Ael als unerträglich empfand.

»Wie haben Sie das fertiggebracht?« entfuhr es ihr. »Es ist Ihnen gelungen, alles bis auf die Minute, bis auf die Sekunde genau zu planen – und das in einem Raumbereich, der Hunderte von Lichtjahren durchmißt! Wie?«

Kirks Antwort galt nicht etwa der romulanischen Kommandantin, sondern Dr. McCoy, der ihn ebenso verblüfft ansah, doch bisher geschwiegen hatte. »Erinnerst du dich, Pille?« meinte er. »Du hast mir doch geraten, mich nicht dauernd zu unterschätzen...«

KAPITEL 19

CAPTAINS LOGBUCH: STERNZEIT 2816.3

Gemäß unserer Einsatzorder setzen wir die Patrouille am Rande der Neutralen Zone so lange fort, bis die Raumschiffe *Potemkin* und *Hood* eintreffen, um uns abzulösen.

Seit wir den romulanischen Raumbereich verlassen haben, ist es in der Neutralen Zone ungewöhnlich ruhig. Captain Rihaul vermutet, der Grund dafür sei, daß wir nicht nur das ›korrigierte‹ vulkanische Genmaterial besitzen (vielleicht fürchten die Romulaner, wir könnten es gegen sie zum Einsatz bringen), sondern auch das Sonnenkeim-Programm, mit dem sich Ionenstürme auslösen lassen. Die entsprechenden Unterlagen beweisen eindeutig, daß für die Veränderungen der interstellaren Ökologie das romulanische Oberkommando die Verantwortung trägt. In diesem Zusammenhang arbeitete es sowohl mit dem Senat als auch dem Prätoriat zusammen. Ich nehme an, eine Zeitlang werden wir nichts mehr von den Rihannsu hören. Bestimmt haben sie für eine Weile mit sich selbst genug zu tun.

Ich möchte folgende Personen für besondere Auszeichnungen vorschlagen: meinen Ersten Offizier Spock, Lt. Cmdr. Harb Tanzer, Lt. Cmdr. Nyota Uhura, Lt. Hikrau Sulu, Lt. Pavel Chekov und noch viele andere. Eine betreffende Liste wird beigefügt (siehe Anlage).

Die Besatzung der *Blutschwinge* (früher ChR *Blutschwinge*) machte sich gerade startbereit. Wenn es möglich wäre, würde ich auch Commander Ael t'Rllaillieu für eine Auszeichnung

vorschlagen. Die ganze Zeit über hat sie persönliche Integrität und bemerkenswerte Tapferkeit bewiesen und auf diese Weise dafür gesorgt, daß wir uns ein völlig neues Bild von den Romulanern machen konnten.

An dieser Stelle brach er ab und fragte sich, ob er noch etwas hinzufügen sollte. Nach einigen Sekunden schaltete er den Datenschirm aus. »Ael«, sagte er, »wohin wollen Sie sich jetzt wenden?«

Sie befanden sich in der Krankenstation, wo die meisten verletzten Rihannsu behandelt wurden. Ael sah von dem Medscanner auf, dessen Anzeige sie beobachtet hatte. »Das All ist ziemlich groß«, sagte sie. »Und es gibt weite Bereiche, die weder von der Föderation noch dem Imperium beansprucht werden. Vielleicht finden wir irgendwo einen Planeten, dessen Bewohnern wir uns als Söldner anbieten können. Möglicherweise führen wir fortan ein Leben als Händler... oder als Piraten...«

»Ael!«

»Ach, kommen Sie«, sagte sie. »Inzwischen sollten Sie es eigentlich besser wissen.«

Kirk beute sich in seinem Sessel vor.

»Die hiesigen Raumsektoren bieten uns keine Sicherheit«, fuhr die romulanische Kommandantin fort und wandte sich wieder dem Scanner zu. »Wir haben nicht nur die mentale Übertragungstechnik sabotiert, sondern auch das Projekt Sonnenkeim auffliegen lassen, und darüber hinaus zerstörten wir mehrere Rihannsu-Schiffe. Oberkommando, Senat und Prätoriat erlitten eine empfindliche Niederlage. Sie werden es nicht wagen zu versuchen, sich an Ihnen zu rächen – nicht einmal dann, wenn sie eine Gelegenheit dazu bekämen. Die *Enterprise* bringt den Rihannsu nur Unglück...«

»Die Vulkanier wären sicher sofort bereit, Sie aufzunehmen«, sagte Kirk. »Spock und Suvuk und die anderen setzen sich bestimmt für Sie ein. Immerhin haben Sie maßgeblich dabei geholfen, die Besatzung der *Intrepid* zu retten...«

»Aber es ging mir dabei nicht in erster Linie um das Schicksal der Vulkanier«, warf Ael ein. »Ich bin auf diese Weise aktiv geworden, um meiner Heimat zu helfen – weil ich mich an meinen Eid gebunden fühlte. Ich bin nicht bereit, von einer Dankbarkeit zu profitieren, die auf falschen Annahmen basiert.«

Sie blickte zu der Tür, die ins Nebenzimmer führte, in dem McCoy arbeitete. »Was ist mit ihm?« fragte Kirk leise.

»Meinen Sie Subcommander Tafv?« Ael mied den Blick des Captains. »Er wird nicht überleben. Dafür habe ich gesorgt.«

Kirk starrte auf den Tisch. »Machen Sie sich keine Vorwürfe...«

»Es geht nicht darum, sich irgendwelche Vorwürfe zu machen.« Ihre Stimme klang ganz ruhig, und doch ließ sich tiefe Verbitterung darin vernehmen. »So sind nun einmal das Universum und die Elemente. Wenn man sorglos mit dem Feuer umgeht, wird es einen irgendwann verbrennen. Wenn man verrät, muß man damit rechnen, seinerseits verraten zu werden. Töte – und die Strafe ist der Tod. Ich habe mich all dieser Dinge schuldig gemacht. Und jetzt bezahle ich den Preis dafür – mit meinem eigenen Fleisch und Blut. Und noch mehr als das: ich werde fern der Heimat sterben, es sei denn, ich riskiere es im Alter, nach ch'Rihan zurückzukehren und dem ersten Rihannsu, der mich erkennt, zum Opfer zu fallen. Es gibt keine Nachkommen, keine Freunde, die meine Namensfahne hissen, bevor ich sterbe. Ich habe keine Familie mehr, nur noch meine Kameraden von der *Blutschwinge*, die mir treu ins Exil folgen. Doch sie können das, was ich unter Familie verstehe, nie ersetzen...« Ael sah ihn an, und in ihren Augen schimmerte Trauer. »Und dennoch: Wenn man mich noch einmal vor die Wahl stellte, würde ich mich auf die gleiche Weise verhalten. Sie verstehen noch immer nicht...«

Kirk musterte sie betroffen und suchte nach den richtigen Worten. »Wann verlassen Sie uns?« fragte er schließlich.

»In zehn oder fünfzehn Minuten.«

»Wir treffen uns im Transporterraum.«

Kirk verließ das Zimmer.

Ael empfand es als Erleichterung, daß der Captain ging und sie allein ließ; sie hatte fast das Gefühl, als sei ein schweres Gewicht von ihren Schultern genommen. Doch die Bürde kehrte zurück, doppelt so belastend wie zuvor, als McCoy hereinkam und den Kopf schüttelte.

»Hirnstamm und Rückgrat sind irreparabel geschädigt«, sagte er. »Er wird sterben, wenn man ihn vom Lebenserhaltungssystem trennt.«

»Und wenn er angeschlossen bleibt?«

»Einige Tage unter starken Schmerzen. Wenige Stunden nur, wenn er Glück hat.«

»Doch der Tod erwartet ihn in jedem Fall?«

»Ja.« McCoys Stimme klang dumpf und niedergeschlagen.

Ael verneigte sich kurz und betrat das Nebenzimmer.

Dort lag er, das Gesicht aschfahl. Unter der bis zum Kinn hochgezogenen Decke war deutlich die Stelle zu sehen, an der ihm der linke Arm fehlte. Ael blieb eine ganze Zeitlang stumm neben der Liege stehen, bevor sie sich räusperte.

Es fiel ihr schwer, ihn in diesem Zustand zu sehen, sterbend. Vor ihrem inneren Auge sah sie einen Tafv, der zehn, zwanzig oder vierzig Jahre jünger war: ein Knabe, der ein Spielzeugschwert schwang und stolz meinte, er wolle wie seine Mutter werden. In gewisser Weise war ihm das auch gelungen. Und gerade ihr Vorbild hatte ihn in diese Lage gebracht.

»Du hast meine Unterlagen gesehen«, sagte Tafv mit einer dünnen und kaum hörbaren Stimme.

Ael nickte und entsann sich an die Daten im Computer seines Zimmers. Viele Jahre lang hatte er geplant, seine geliebte Kusine zu rächen. Er ließ sich nicht von seinem Eid aufhalten, als die ersehnte Gelegenheit kam – ebensowenig wie Ael, als sie eine Chance sah, Levaeri V zu verraten, die *Küraß* und all die anderen. Er hatte sich gut vorbereitet, die neuen Mannschaftsmitglieder der *Blutschwinge* bestochen, mit Geld und dem Versprechen, seine spätere Macht mit ihnen zu teilen. Als man ihm die Kontrolle über die *Enterprise* anvertraute, mußte er darin einen Wink der Elemente gesehen haben. Ael wußte aus den elektronischen Tagebüchern, was Tafv mit dem Schiff Kirks hatte anfangen wollen. Mit der *Enterprise* wäre er reich und berühmt geworden, ein einflußreicher Mann im Oberkommando. Ael hingegen hätte mit der Verhaftung rechnen müssen – und im Anschluß daran mit der Hinrichtung. Tafv verzieh ihr nicht, daß sie vor dem Senat geschwiegen, daß sie nicht mehr versucht hatte, die junge Kommandantin zu retten, seine Kusine – obgleich durch einen Einspruch ihr Leben vielleicht endgültig verwirkt worden wäre. Und auch das Aels.

»Ich habe getan, was ich tun mußte«, sagte Tafv. »Und ich würde mich wieder dafür entscheiden. Es war *Mnhei'sahe.*«

»Ich verstehe«, sagte Ael.

»Jetzt mußt du dich auf die Weise verhalten, die das *Mnhei'sahe* von dir erfordert«, fügte ihr Sohn hinzu. Das Sprechen strengte ihn so sehr an, daß er keuchend nach Luft schnappte.

Ael blieb einige Minuten lang reglos stehen, und erst dann nickte sie langsam. Entschlossen löste sie die Verbindung zwischen Tafv und den Geräten des Lebenserhaltungssystems: Verrat konnte nur mit dem Tod bestraft werden.

Als sie wieder das andere Zimmer betrat, wich McCoy zur Seite und sah sie nur stumm an. Ael verharrte kurz und bedachte ihn mit einem scheuen Blick.

»Danke«, sagte sie und ging.

Und dann gab es nur noch eine Hürde: den Transporterraum, in dem Kirk auf Ael wartete. Erleichtert stellte sie fest, daß sonst niemand zugegen war.

»Spock hat mich gebeten, Ihnen seine Grüße zu übermitteln«, sagte der Captain.

»Er ist ein bemerkenswerter Mann«, erwiderte Ael. »In ihm sind alle Elemente verkörpert. Geben Sie gut auf ihn acht – und danken Sie ihm in meinem Namen.«

»Das werde ich.«

Sie wandte sich der Plattform zu, doch als sie aus den Augenwinkeln eine vage Geste Kirks wahrnahm, blieb sie stehen.

»Sie haben mir noch nicht gesagt, was ›Jim‹ in Ihrer Sprache bedeutet«, sagte er.

Ael blickte auf die geschlossene Tür, vergewisserte sich, daß das Interkom ausgeschaltet war – und gab ihm die gewünschte Auskunft.

Er begann schallend zu lachen. Ael hatte zwar mit einer solchen Reaktion gerechnet, war aber trotzdem überrascht. »Meine Güte!« stieß er nach einigen Sekunden hervor. »So ist das also. Kein Wunder...«

»Ja.«

Er verschränkte die Arme, so als schmerzten seine Zwerchfellmuskeln, als wolle er auf diese Weise einem neuerlichen Lachanfall zuvorkommen. Was für ein seltsamer Mann...

»Und jetzt möchte ich Ihnen erklären, was ›Ael‹ bedeutet«, sagte die romulanische Kommandantin und warf dabei wieder einen Blick zur geschlossenen Tür. Sie sagte ihm auch, was es mit ihrem zweiten und dritten Namen auf sich hatte. Und sie nannte ihm – ganz leise – den vierten.

Er starrte sie groß und wortlos an.

Ael stieg auf die Transporterplattform und wartete darauf, daß Kirk hinter die Kontrollkonsole trat. Kurz darauf hörte sie das fast schrill klingende Summen, das mit der Aktivierung des Transfersystems einherging. Alles verschwand hinter einem Vorhang aus flirrender Energie, das kleine Zimmer mit den vielen Konsolen, der Mann, der keinen vierten Namen hatte.

Nein, verbesserte sich Ael in Gedanken. *Er besitzt* doch *einen. Und er hat ihn mir nicht nur genannt, sondern ihn ganz konkret meiner Kontrolle überantwortet:* Enterprise…

Es erfüllte sie mit Kummer, daß genau in diesem Augenblick die Dematerialisierung begann und sie keine Gelegenheit mehr hatte, Kirk *dafür* zu danken.

KAPITEL 20

Fast fünfzehn Minuten lang blieb Kirk allein im Transporterraum und dachte über Aels letzte Bemerkung nach, insbesondere über ihren vierten Namen. Ihm war, als habe sich die Klinge eines Schwertes in sein Innerstes gebohrt. *Ein durchaus angemessener Vergleich*, fuhr es ihm durch den Sinn, als er sich an das Schwert erinnerte, das Ael in Spocks Kabine in der Hand gehalten hatte. Solche Klingen waren Manifestationen der Elemente, und wenn es sich um ein gutes Schwert handelte, merkte man erst dann, getroffen worden zu sein, wenn man zu bluten begann…

Nach einer Weile verließ er den Transporterraum und machte sich auf den Weg zur Brücke: Dort erwartete ihn etwas Vertrautes, etwas, das bereits zu einem Teil seines Selbst geworden war, das er kontrollieren konnte.

Etwas, das er nicht verloren hatte.

Der Rückflug zur Erde dauerte zwei Monate, und während der nächsten Tage mußte sich Kirk der ermüdenden Prozedur unterziehen, immer wieder über den Levaeri-Zwischenfall zu berichten.

Er war an solche Dinge gewöhnt – so etwas gehörte zu den Routineaufgaben eines Raumschiffkommandanten. Doch in Gedanken beschäftigte er sich mit ganz anderen Dingen, insbesondere am letzten Tag.

Der Zufall wollte es, daß die Konferenzen in der Starfleet-Niederlassung von San Francisco stattfanden, und die *Enterprise* schwebte fast genau über der Stadt in einem geostationären Orbit. Gegen fünf verließ Kirk das Büro, trat in den Nebel hinaus und setzte sich mit Spock in Verbindung. Nach dem Retransfer an Bord des Schiffes suchte er unverzüglich seine Kabine auf, nahm dort ein kleines Objekt an sich und kehrte sofort in den Transporterraum zurück.

Zufrieden stellte er fest, daß der dort arbeitende Techniker fortgegangen war. Kirk trat an die Konsole heran, projizierte eine Darstellung der Erde auf den Schirm und registrierte voller Genugtuung, daß die dunkle Linie des Terminators gerade über die kalifornische Küste kroch. Seattle, San Francisco und Los Angeles stellten glitzernde Flecken vor einem dunklen Hintergrund dar, der nur matt vom perlmuttenen Schein des Mondes erhellt wurde. *Perfekt,* dachte er und schaltete den Monitor ab. Anschließend justierte er das Pult auf die gewünschten Koordinaten, vergewisserte sich, daß der kleine Kommunikator an seinem Gürtel hing, und aktivierte die Verzögerungsschaltung.

Als das Gleißen des Transporterfeldes verblaßte, sah sich Kirk wachsam um. Er hatte diesen Ort schon seit vielen Jahren nicht mehr aufgesucht und rechnete daher mit Veränderungen. Eine angenehme Überraschung erwartete ihn: Der Anblick, der sich ihm bot, entsprach genau seinem Erinnerungsbild. Kirk sah hohe Hügel, rundliche Konturen, an die sich Büsche und Sträucher schmiegten, Bärentrauben und Oleander, wilde Oliven und hier und dort auch eine Palme. Würziger Salbeiduft wehte ihm entgegen, und in der Nähe gluckerte und plätscherte das Wasser eines Baches. Er floß im gleichen Bett, in die gleiche Richtung, spülte über die gleichen Steine hinweg wie damals. Kirk lächelte. Manchmal, nur manchmal, blieben die Dinge so, wie sie sein sollten.

Er setzte sich in Bewegung, wanderte am Ufer des Baches entlang stromaufwärts, in Richtung Quelle. Sespe – ein Ort, mit dem sich besondere Erinnerungen verbanden. Vor mehreren Jahrhunderten hatte er als Reservat für Kondore gedient, die großen Vögel, die damals vom Aussterben bedroht gewesen waren. Jetzt gehörte Sespe zum Nordamerikanischen Naturschutzgebiet, das viele Tausend Quadratmeilen umfaßte – eine Region, in der es keinen Weg und Straßen gab, keine

Häuser und Städte, die man nur zu Fuß oder mit Hilfe eines Transporters erreichen konnte. Tatsächlich wäre Kirk in der Lage gewesen, sich direkt zum Ziel zu beamen, aber dann hätte er keine Zeit gehabt, sich in die richtige Stimmung zu bringen. Er genoß die Stille, ging so leise wie möglich. Er hörte nur das Flüstern des Windes und das leise Gluckern des Baches, und das Geräusch seiner Schritte kam der Entweihung einer heiligen Stätte gleich.

Während Kirk im sich verdunkelnden Zwielicht den Weg fortsetzte, kam er an Mulden vorbei, in denen während des Frühlings ebenfalls Bäche und kleine Flüsse strömten. Jetzt aber, im Sommer, enthielten sie kein kühles Naß, sondern nur trockene Erde. Der Wasserlauf hingegen, an dem der Captain entlangschritt, unterlag nicht den Schwankungen der Jahreszeiten. Die körperliche Bewegung beschleunigte Kirks Atemrhythmus ein wenig, und er kletterte weiter, wanderte an einem Hügel vorbei und durchquerte platschend den Bach, als ein Erdrutsch den Pfad blockierte. Nur noch einige Meter, dann nach rechts, anschließend nach links...

Abrupt blieb Kirk stehen. Es sah *genauso* aus, wie er es im Gedächtnis hatte. Wasser rann aus der Flanke eines hohen und dunklen Hügels, der aus massivem Fels bestand. Und über der Quelle wuchs ein Baum aus der steilen Granitwand: schlangenartige Wurzeln, ein gekrümmter Stamm, der sich in die Höhe neigte. Seit Kirks letztem Aufenthalt an diesem Ort war es der Pflanze offenbar nicht besonders gut ergangen. Ein Blitz hatte das Holz des alten Olivenbaums geschwärzt, und in der Borke zeigten sich tiefe Kratzer, die ›Visitenkarten‹ von Schwarzbären. Doch er lebte noch immer. Nach wie vor ragten seine Wurzeln tief in den Hügel, und die reifenden Früchte erfüllten die Luft mit einem aromatischen Geruch. Kirk blickte anerkennend hoch und begann den Aufstieg.

Es dauerte eine Weile, bis er den Baum erreichte, denn lockeres Gestein bedeckte den Hang, und er mußte vorsichtig sein, darauf achten, nicht den Halt zu verlieren.

Schließlich berührten seine Hände den Bereich des Stamms, der horizontal verlief. Er zog sich in die Höhe, stand auf dem Holz und trat an die Stelle heran, wo sich die Zweige nach oben wandten. Ein besonders dicker Ast, an dem große Oliven hingen, reichte bis über die Quelle hinweg. Der Duft kühlen Wassers vermischte sich mit dem Aroma der Früchte – ein eindrucksvolles Symbol des Lebens. *Hier,* dachte der Captain. *Genau hier.* Er holte das kleine Bündel hervor, das er in der *Enterprise* an sich genommen hatte, und entnahm ihm einen schmalen Wimpel, der aus speziellem Kunststoff bestand und während der nächsten Jahre Wind und Wetter schadlos überstehen würde. Die Befestigungsschlaufen... Kirk tastete in seiner Tasche danach, zog sie durch die winzigen Ösen im Wimpel und schlang sie nacheinander um den Ast. Ganz unten verschmolz er sie mit einem vorsichtigen Feuerstoß aus seinem Phaser.

Im Anschluß daran kletterte er wieder herab und kehrte zum Aussichtspunkt am Bach zurück. Deutlich war der Wimpel zu sehen, der sich in der Abendbrise sanft hin und her neigte. Das Zwielicht verwandelte den scharlachroten Glanz in ein bernsteinfarbenes Grau, und die schwarzen Zeichen darauf stellten nur vage Schatten dar. Kirk blickte gen Himmel. Angesichts der hohen Hügel konnte er nur einen Teil davon sehen, doch die hellsten Sterne funkelten bereits am Firmament, und innerhalb weniger Minuten gesellten sich andere hinzu. Im Westen die drei Sterne des Sommerdreiecks: Deneb, Wega und Altair. Kirk lächelte, als er Deneb sah, ließ seinen Blick dann nach Norden schweifen, beobachtete das diffuse Band der Milchstraße, machte den galaktischen Äquator aus und lokalisierte die Sternbilder Schwan, Kassiopeia und Andromeda. Die Sonne Beta Andromeda, und dann, ein wenig weiter im Süden... Kirk stand reglos und wartete darauf, daß sich seine Augen an die zunehmende Dunkelheit gewöhnten. Er wußte natürlich, daß er den Stern, nach dem er suchte, mit bloßen Augen gar nicht sehen konnte. Doch das spielte eigentlich keine Rolle. Es kam darauf an zu wissen, daß er da war. Und deshalb wartete er weiterhin.

Als Kirk glaubte, der richtige Zeitpunkt sei gekommen, straffte er seine Gestalt und sprach einen bestimmten Namen fünfmal aus – den vierten Namen, den nur die Vertrauten kannten, der als Identifizierung gegenüber den Elementen diente und somit als ein Teil der Ewigkeit galt. Er formulierte auch die Bezeichnung für Erde, Luft, Feuer und Wasser und fügte den Namen des Erzelements hinzu, das alle anderen in sich vereinte. Er forderte Es auf, ihn anzuhören und einer einsamen Seele Sein Wohlwollen zu schenken, sie im Kummer zu trösten und ihr ein Refugium zu gewähren. Als er den Namen zum fünften Mal nannte, ließ der Wind nach. Stille senkte sich über das Land, und Kirk rührte sich nicht von der Stelle.

Dann plötzlich sah er einen großen Schatten, der über die Hügelkuppe hinwegschwebte, getragen von vier Meter breiten Schwingen aus schwarzen Federn. Der Mondschein spiegelte sich auf den weißen Flecken darunter wider. Das geflügelte Geschöpf erschien dem Captain wie gestaltgewordene Eleganz, eine körperliche Manifestation von Freiheit und Unabhängigkeit. Der Kondor nutzte den warmen Aufwind und kreiste über Kirk, ein dunkles Etwas zwischen ihm und den Sternen. Einmal neigte der Vogel den Kopf und warf einen kurzen Blick nach unten. Eine silhouettenhafte Bewegung. Augen, die in der Finsternis verborgen blieben. Dann schlug er mit den Schwingen, drehte ab und verschwand jenseits des nächsten Hügels.

Das Siegeltier meines Hauses, hatte Ael gesagt.

Ein großer und häßlicher Raubvogel – doch wenn er fliegt, kann es kein anderes Wesen mit seiner Erhabenheit aufnehmen…

Kirk blickte dem Vogel nach, seufzte melancholisch und dachte voller Verwunderung über das nach, was er gerade erlebt hatte. *Was für eine seltsame Sache,* fuhr es ihm durch den Sinn. Erneut kam die Abendbrise auf, beugte die Olivenzweige. Und die Namensfahne bewegte sich zitternd.

Der Captain holte seinen Kommunikator hervor. »Kirk an *Enterprise.*«

»Hier Spock.«

»Mr. Spock, schicken Sie jemanden in den Transporterraum und beamen Sie mich hoch.«

»Ja, Captain.« Der Vulkanier zögerte kurz, und Kirk lächelte bei der Vorstellung, wie sich sein Erster Offizier auf der Brücke umsah, um festzustellen, ob irgend jemand zuhörte. Als er sich erneut meldete, klang seine Stimme leise und sanft. *»Jim… ist alles in Ordnung mit Ihnen?«*

»Es geht mir prächtig.« Kirk blickte zum Bach, dann zum Hügel, hinter dem der Kondor verschwunden war – und zum erstenmal seit Tagen fühlte er sich erleichtert und zufrieden. Er hatte lange Zeit auf dieses Empfinden gewartet, und er genoß es. »Mr. Spock… Ich nehme an, irgendwo in der Galaxis gibt es derzeit Zwischenfälle, die unser Eingreifen erfordern, nicht wahr?«

»Captain«, erwiderte die ruhige Stimme des Vulkaniers, *»in den neuen Patrouillenberichten, die wir während der vergangenen Stunde von Starfleet erhielten, ist die Rede von zwei bewaffneten Aufständen, einer Seuche und einem Streik der Müllabfuhr. Hinzu kommen mehrere Naturkatastrophen, für die angeblich irgendwelche erzürnten Gottheiten verantwortlich sind, und einige weitere Krisen, die man auf hohe Inflationsraten, politische Mißverständnisse und diplomatisches Versagen zurückführen kann. Insgesamt siebzehn*

Personen, Dinge oder Raumschiffe verschwanden auf geheimnisvolle Weise, wobei teilweise Notrufe ausgestrahlt wurden. Acht neue intelligente Spezies sind entdeckt worden. Drei davon haben ihre Absicht erklärt, Starfleet und die Föderation zu annektieren, und ein Volk verkündete, es wolle nur dann davon absehen, uns zu vernichten, wenn wir ihm regelmäßig Tribut zahlen. Besonders ernst ist der Umstand, daß in einer großen Stadt auf Arcturus VI ein Raubtier aus dem Zoo ausbrach und in Ermangelung natürlicher Beutetiere Hauskatzen frißt.«

Kirk überlegte kurz. »Nun gut, Mr. Spock«, erwiderte er und gab sich sehr ernst. »Bestimmt brauchen wir mindestens eine Woche, um all das in Ordnung zu bringen. Deshalb halte ich es für angeraten, sofort zur *Enterprise* zurückzukehren und mit der Arbeit zu beginnen.«

»Sie haben völlig recht, Sir. Energie.«

Die Konturen der Umgebung lösten sich in einem goldenen Schimmern auf.

Der Wimpel neigte sich erneut von einer Seite zur anderen, nannte dem Wind stumm einen Namen, geschrieben in den sonderbar anmutenden Zeichen der Rihannsu.

Sternenlicht glitzerte auf dem rasch dahinströmenden Wasser des Baches. Und einer der leuchtenden Punkte am Himmel setzte sich in Bewegung, zog immer schneller über den dunklen Himmel, vorbei an der Sichel des Mondes. Die *Enterprise* kehrte in die Tiefen des Raums zurück.